十九世纪文学主流
法国的浪漫派
The Romantic School in France

[丹麦]勃兰兑斯 著　李宗杰 译

人民文学出版社

Georg Brandes
Main Currents in Nineteenth Century Literature
Ⅴ. The romantic school in France
根据 London：William Heinemann Ltd. 英译本（1923，译者 Diana White 与 Mary Morison）译出

图书在版编目（CIP）数据

十九世纪文学主流.Ⅴ,法国的浪漫派/（丹）勃兰兑斯著；李宗杰译.—北京：人民文学出版社,2023
ISBN 978-7-02-016879-8

Ⅰ.①十… Ⅱ.①勃…②李… Ⅲ.①文学流派—研究—欧洲—19世纪②文学研究—法国—19世纪 Ⅳ.①I500.94②I565.064

中国版本图书馆 CIP 数据核字（2022）第 042576 号

责任编辑	欧阳韬
装帧设计	黄云香
责任印制	王重艺

出版发行	人民文学出版社
社　　址	北京市朝内大街 166 号
邮政编码	100705
印　　刷	三河市中晟雅豪印务有限公司
经　　销	全国新华书店等
字　　数	318 千字
开　　本	880 毫米×1230 毫米　1/32
印　　张	14　插页 12
印　　数	1—6000
版　　次	2023 年 3 月北京第 1 版
印　　次	2023 年 3 月第 1 次印刷
书　　号	978-7-02-016879-8
定　　价	86.00 元

如有印装质量问题，请与本社图书销售中心调换。电话:010-65233595

勃兰兑斯

街垒上的自由 [法]德拉克鲁瓦 绘

希奥岛的屠杀 [法]德拉克鲁瓦 绘

圣西门

乔治·桑

以斯帖的婚礼 [荷] 伦勃朗 绘

《布洛瓦的局势》

《查铁敦》

拉马丁

皮埃尔·勒茹

雨果和他的儿子

安德烈·谢尼埃

玛丽 - 约瑟·谢尼埃

夏洛特·柯尔岱

司汤达

吕克莱斯 [荷]伦勃朗 绘

拿破仑在埃及 [法]耶洛姆 绘

波西米亚女子 ［法］梅里美 绘

风景 [法]梅里美 绘

戈蒂耶

巴尔扎克

目　录

修订版说明 …………………………………………… *1*
出版前言 ……………………………………………… *1*

一　政治背景 ………………………………………… *1*
二　一八三〇年代 …………………………………… *8*
三　浪漫主义 ………………………………………… *18*
四　夏尔·诺迪埃 …………………………………… *35*
五　回顾——外国的影响 …………………………… *47*
六　回顾——国内的源泉 …………………………… *63*
七　维尼的诗与雨果的《东方集》 ………………… *88*
八　雨果与缪塞 ……………………………………… *99*
九　缪塞与乔治·桑 ………………………………… *118*
十　阿尔弗雷德·德·缪塞 ………………………… *133*
十一　乔治·桑 ……………………………………… *144*
十二　巴尔扎克 ……………………………………… *171*
十三　巴尔扎克 ……………………………………… *182*
十四　巴尔扎克 ……………………………………… *188*
十五　巴尔扎克 ……………………………………… *193*
十六　巴尔扎克 ……………………………………… *198*
十七　巴尔扎克 ……………………………………… *210*
十八　司汤达(贝尔) ………………………………… *217*

十九	司汤达	229
二十	司汤达	241
二十一	梅里美	251
二十二	司汤达与梅里美	258
二十三	梅里美	271
二十四	梅里美	278
二十五	梅里美	286
二十六	梅里美和戈蒂耶	292
二十七	泰奥菲尔·戈蒂耶	298
二十八	泰奥菲尔·戈蒂耶	309
二十九	圣伯夫	319
三十	圣伯夫	333
三十一	圣伯夫与现代批评	339
三十二	戏剧：维泰、大仲马、德·维尼、雨果	351
三十三	文学与当代社会运动及政治运动的关系	368
三十四	被忽略和被遗忘的人们	382
三十五	结论	400

修订版说明

丹麦批评家勃兰兑斯的六卷本《十九世纪文学主流》，本社已于 1980—2018 年重印数次。为了便于新旧读者系统阅读和收藏，我们今天将它修订再版。

勃兰兑斯(1842—1927)，生于哥本哈根的犹太家庭；1864 年毕业于哥本哈根大学；1865 至 1871 年漫游欧洲，在巴黎结识大批评家泰纳和勒南，及英国政治哲学家密尔等，深受他们思想的影响。

回国后，他在哥本哈根大学教授文学。为了帮助丹麦摆脱文化上的孤立状态和地方主义，他以革新者的热情宣传西欧政治文化传统。他为宣传进步思想和现代社会改革而写作，号召反对后期浪漫主义和抽象的唯心主义，本书就是他在哥本哈根大学的讲义。

他进而和现代文学先驱易卜生一起，共同提倡精神革命；并和北欧文化名流比昂松、雅可布森、斯特林堡等，共同领导了北欧文学的自然主义运动。为此受到国内保守势力的反对，他被称为"不信上帝的犹太人"。

他的专著除《十九世纪文学主流》外，还有不少传记，如宗教哲学家克尔恺郭尔传，德国社会领袖拉萨尔传，丹麦剧作家霍尔堡传等；单篇论著有介绍民族传统的《丹麦诗人》(1877)，推荐他所影响过的青年作家的《现代的开路人》(1883)。后受尼采影响，提倡"贵族激进主义"(1889)，散见于其关于莎士比亚、歌德、伏尔泰、恺撒、米开朗琪罗等人的传记中。晚年所著《耶稣传奇》，树敌甚多。

由于认为文学是人类心理的反映，文学史即心理史，他视文学运动为一切进步和反动力量的斗争，他的《十九世纪文学主流》勾勒了十九世纪上半叶西欧文学所反映的人类心理的轮廓。从中可见，这些文学现象是由一个巨大的时起时伏的思想运动在主导，在左右；前世纪的思想感情在减弱，在消失，而进步思想在新浪潮中在抬头，在增强。虽然如此，也可以说，进步和反动势力在彼此消长中经常是互相渗透的，并不是泾渭分明的，更不是永远优胜劣败的。

《十九世纪文学主流》由六分册组成：第一分册《流亡文学》，概述法国作家在卢梭思想的启发下，为了反抗暴政，纷纷逃离本国，到国外从事创作活动；同时，与当时尚在萌芽状态的反动相对照，"流亡文学"仿佛还能让人看见"一道颤动的亮光"。第二分册《德国的浪漫派》，指由于反动逐渐增强，脱离争取自由和进步的斗争的一些德国作家；也可以说，德国浪漫派的反动是上升时期的反动。第三分册《法国的反动》，意味着斯塔尔夫人及其左右的一批作家以"感情"的名义开始的法国文学的反动，即法国复辟时期头几年的反动，应称为"胜利的极盛时期的反动"；反动的对象先是所谓"权威原则"，被抛弃的"感情原则"转而支持"权威原则"，使后者一度在法国文学领域受到空前的荣誉和崇敬；不久，"权威原则"摇摇欲坠，它的原来的维护者（从夏多布里昂到克吕德内夫人，从雨果到拉马奈），七月革命以前的伟大作家们，一个个转身向它宣战了。第四分册《英国的自然主义》，检点最初以华兹华斯为代表的自然主义，在英国作为一种思想倾向，在柯尔律治、骚塞、司各特、济慈、穆尔、坎贝尔、兰多、雪莱等人身上各不相同的表现；在包罗万象的雪莱早年夭折后,拜伦"挺身而起,发出了他那惊天动地的吼声"。第五分册《法国的浪漫派》,毫不夸张地被本书作者称为"十九世纪最伟大的文学流派",它人才辈出,个个跻于先进之列。自不待言,雨果使所有同辈诗人相形见绌,缪塞甚至排挤了雨果,长期成为青年崇拜的偶像。还须知,戈蒂耶领导浪漫主义走向了造型艺术,巴尔扎克在心理学方面发展了浪漫主义,司汤达则在民族心理学或比较心理学方面,梅里美在历史方面,圣伯夫在自然主义的批评方面,各自发展了浪漫主义——在这些领域的每一方面,1830年这一代人都产生了不可磨灭的杰作。第六分册《青年德意志》,是"十九世纪文学主流"这部伟大的历史剧的最后一幕,由海涅、伯尔内、古兹柯夫、卢格、费尔巴哈所代表,他们由于为希腊解放战争所鼓舞,特别崇拜在这场战争中牺牲的拜伦,为1848年大动荡做了革命精神上的准备,使德国的新文学运动在同年的三月事件中喷薄而出。此前从文学上看,发生了拜伦之死;从政治上看,发生了希腊解放战争:这两件事开辟了欧洲大陆精神生活和文学的新时代。接着,1848年的欧洲革命暴风雨标志了历史的转折点,本书作为一部文学史的发展叙述也就到此为止。

以上六个分册,法国文学占去六分之三,如果把流亡文学也算在内;德国文学占六分之二;英国文学占六分之一。这种分量上的比例,既可能反映了客观事实,也可能取决于本书作者个人的识见和价值观。作者勃兰兑斯在西方学术界的历史评价是矛盾的:一方面,他被认为具有"生动的智慧""不餍足的求知欲"和"无可匹敌的审美鉴别力";另一方面,他又被鉴定为"为前期精神所渗透的公认现代主义者,没有任何政治哲学的叛逆者,他的风格及其耀眼的才华基本上是保守的。"(参见《二十世纪世界文学百科全书》第一卷,纽约弗雷德里克·昂加尔出版社)。不过,作者毕竟是两个世纪以前的人,我们拿二十世纪的观点来议论他,未必是公正的,正如拿二十一世纪的观点来套二十世纪的人和事一样。无论如何,本书最大的贡献在于,为丹麦文学吹来一阵新风,以科学的批评方法代替了狭隘的传统的价值观,这才是今天仍然值得我国读者重视的。

人民文学出版社
外国文学编辑室
2023 年 1 月

出版前言

六卷本《十九世纪文学主流》,丹麦文学史家格奥尔格·勃兰兑斯的名著,对欧洲,尤其是对北欧的文学运动起过巨大的影响,迄今仍是研究欧洲文学史的重要参考书之一。作者由于本书及其它论著,曾被称为泰纳以后欧洲最大的批评家。

勃兰兑斯于1842年出生在哥本哈根的一个犹太家庭。早年受过同时代的丹麦哲学家克尔恺郭尔的熏陶,试图在形而上学范围内调和知识与宗教信仰的矛盾,并以《美学研究》(1862)和《书评与画像》(1870)两书初步见重于文坛。1865至1871年旅游欧洲,结识当时一些文化名人,特别接近泰纳、勒南、约翰·斯图尔特·密尔等人,始从抽象的思辨转向实证主义的学风。1870年写博士论文《当代法国美学》,即着意传播泰纳的艺术原则。回国后在哥本哈根大学任讲师,主持美学讲座,热切引进当时欧洲新兴的哲学、美学思潮,力辟北欧弥漫一时的地方自大观念。他的这些划时代的、发聋振聩的讲义,凝聚了他近二十年的心血,后经整理成书,便是《十九世纪文学主流》(1872—1890)这部巨著。

本书把文学运动看做一场进步与反动的斗争,概述了从十九世纪初叶起欧洲几个主要国家的文学发展状况(法国部分到三十年代为止,英、德部分到二十年代和1848年为止),着重分析了这几个国家的浪漫主义的盛衰消长过程,以及现实主义相继而起的历史必然性。值得注意的是,这里提出了一个比较科学的研究文学史的方法。本书没有把某个作家的某部作品看做"和周围的世界没有任何联系"的独立自在的艺术品,而认为它不过是"从无边无际的一张网上剪下来的一小块";同样,也没有把某个国家的某些文学现象看做是孤立的、这个国家仅有的现象,而认为它们不过是一个历史阶段的时代精神被体现在相互影响的国家中的不同形态。此外,作者还把文学史看做是一种心理学,认为可以通过一个国家的文学(如果它是"完整的")来研究这个国家某个时期所共有的思想感情的一般历史。当然,这种研究方法也并不是作者的独创,从中正可以看出当时一些文学理论家(特别是泰纳、圣伯夫等)对于他的影响。

泰纳认为人与文学是种族、环境和时代三因素的综合产物,这种艺术哲学在本书中得到了生动而又有创见的发挥。本书作者作为一个自觉的实证论者,主观上尊重经过"科学""实证"过的事实,但是实际上,科学的作用有时被降低为仅仅记载事实,而事实则被理解为仅仅是一定的意识形态。他说:"我的工作便是追溯每一种心情、情绪或者憧憬,把它列入它所属的某一类的心理状态里去。"正是这样,他在分析某一部具体作品时,便往往把人物形象看做所谓"普遍人性"的某个方面(例如吝啬、贪婪、嫉妒之类)的体现者,而不可能把它同产生这一形象的社会制度和社会阶级联系起来,进行真正科学的研究。其次,作者还承袭和发展了圣伯夫的文艺观,认为文艺作品不外乎是作家的自传,因此在本书的一些作品分析中,人物有时简直成为作家的自我写照,而情节则几乎等于作家个人经历的忠实复制。我们当然不能完全否认作家在创作中所流露的自传成分,但是一言以蔽之的"自传说"显然低估了文艺创作的概括性和人物性格的典型意义。此外,作者还像一般资产阶级作家和批评家一样,十分强调作家、艺术家的"个人的完全绝对的独立性""可宝贵的个性"等;因此,他对法国雅各宾党人的革命专政和拿破仑的第一帝国一视同仁地加以反对,而对于反抗这两次统治的"流亡者"夏多布里昂等人,以至继第一帝国之后复辟时期的"思想自由"的鼓吹者,则寄予无限的同情。应当说,这些地方都不免背离了本书把文学运动视作进步与反动的斗争这一主导精神。

尽管如此,本书的优点和特色仍然是不可抹煞的。首先,它把西欧文学当做一个浑然的整体,从各国的文学思潮中清理出它的纵横交错的来龙去脉,使读者能够对它得出一个全局的观念,从而更深刻地理解构成全局的各个部分。它评议某一国家某一作家的某一作品,即使为了达到前面所说的"自传说"式的结论,一般都能充分地联系历史传统、社会生活、时代思潮、文化背景、各国流派间的关系,以及作者个人的经历和他的其它作品,进行综合分析。通过这样的分析过程,读者即使未必完全同意作者的结论,也能够更确切地判断这部作品所起的社会作用,并确定它在历史上的地位。因此,可以说,尽管泰纳的艺术哲学的影响是明显的,本书作者却避免了泰纳强求事实服从原则的公式化倾向,而从丰富的相互联系的历史事实和历史背景出发,分别引申自己的有关结论:这是有别于,也是他强似泰纳的地方。

作者撰写本书,还有更现实的目的,就是希望借此促使丹麦和整个北欧醒悟过来,迅速摆脱文化上同欧洲大陆相隔绝的孤立状态。他在本书中苦口婆心地告诫自己的同胞:欧洲早已为天主教和浪漫主义所蛀毁,新的人物正在通过新的风暴发出新的声音,而丹麦的文化、艺术和政治社会生活不过是在古老的精神废墟上苟延残喘而已。正是这样,这部名著一出版,便在北欧文化界引起了强烈的共鸣,为作者聚集了一批志同道合的战友,如易卜生、比昂松、雅可布森等。这些"现代的开路人"在文学创作上共同抵制浪漫主义,促进现实主义,可以说一起领导了一场精神革命。然而,也正因为作者毫无顾忌地站在激进主义、实际上是自由主义的立场上,对1848年的欧洲革命作为历史的必然抱肯定的态度,并且斥责民族偏见和宗教偏见腐朽过时,这部名著又在教会和保守势力方面为作者招致了一大批敌人。他们以"不信神的犹太人"的罪名撤销了他在哥本哈根大学的教席,并采用其它卑鄙手段继续对他进行迫害。

1877年勃兰兑斯不得已移居柏林,到1883年才回国。1902年重进哥本哈根大学主持美学讲座。1927年卒于故土。

这位大批评家一生著述丰富,并能用几种文字写作和讲学。除《十九世纪文学主流》外,他还有一系列关于丹麦和北欧文学的专著,如《索伦·克尔恺郭尔》(1877)、《爱塞伊斯·台格奈尔》(1878)、《路德维希·霍尔堡》(1884),综述丹麦文学传统的《丹麦诗人》(1884)以及鼓舞和推荐他周围一批新作家的《现代的开路人》(1883)等。他的游记也是很闻名的,如《德国首都柏林》(1885)、《波兰印象记》(1888)、《俄国印象记》(1888)等,后两部有较大的篇幅涉及文学内容,并不是一般意义上的游记作品。作者还为同时代的政治人物(如英国保守党的创始人狄斯雷利)写过传记,并用德文写过一本《斐迪南·拉萨尔》(1877)。他还是《易卜生全集》德文版的主编人之一。晚年潜心于巨型的文化、历史名人传记,其中著名的有《莎士比亚》(1895—1896)、《歌德》(1914—1915)、《伏尔泰》(1916)、《恺撒》(1918)、《米开朗琪罗》(1921)等。去世前不久出版的《耶稣传奇》(1925),由于把耶稣写成一个凡人,更使基督教社会为之哗然,恨之入骨。

勃兰兑斯学识渊博,目光敏锐,见解深刻,文字风格清新流畅,这是举世公认的。但是,他毕生又是一个前后矛盾的、不断引起争议的人物。他大半生在思想上追求自由与进步,实际上没有摆脱欧洲资产阶级的传统精神,更没有达到人类已经达到的以马克思、恩格斯为代表的先进思想水平。他从自由主义的立场反对任何形式的专制和暴力,同情进步的社会运动,晚年甚至对列宁领导的俄国十月革命表示拥护,但始终没有建立明确的政治观点。在(十九世纪)八十年代,由于受到尼采思想的熏染,精神上反而日见孤立和衰退,逐渐发展了一种貌似激烈、实则颓放的个人主义哲学,以致成为欧洲一些所谓"精神贵族"的偶像,这一点特别反映在1889至1905年间他的论文(见《尼采》,1909)及晚年的传记作品中。勃兰兑斯本人的思想变化,正如易卜生在晚年创作中所表现的思想变化一样,当然也不是一个孤立的现象,也需要他身后的文学史家们至少按照本书所运用的原则,到十九世纪末叶业已开始的剧烈的社会变革中去寻找原因。

但是,不论在作者本人的整个著述生涯中,还是在整个欧洲文学史的范围内,《十九世纪文学主流》仍不失为一部严肃的、丰富的、宏大的、里程碑式的学术著作。这部著作的研究方法和具体论点,对于我国学术界仍然有充分的借鉴的价值。远在本世纪三十年代,鲁迅向我国读者介绍北欧国家文学时,曾一再推荐过勃兰兑斯的理论成就;他还特地引用过勃兰兑斯慨叹丹麦在文化上闭关自守时的一句名言:"于是精神上的'聋',那结果,就招致了'哑'来"①,借以警惕一些人忽视世界各国精神遗产的错误倾向。

为了满足广大读者的共同愿望,我们将逐卷出版勃兰兑斯的这部名著。鉴于本书内容浩瀚,包括法、德、英等不同国家的文学运动,我们邀请了几位译者分别按照英译本和德译本进行翻译。他们在翻译过程中还参考过韩侍桁先生解放以前和以后出版的中译本②,特此志谢。

编　者
1980年5月

---

① 见《准风月谈》中的《由聋而哑》一文。
② 韩侍桁译《十九世纪的文学主潮》曾由商务印书馆逐卷出版(未出齐),并由其他书店选印过个别章节,其中第1卷由本社重印过。

给我们谈谈一八三〇年吧，
那电光闪闪的时代，
谈谈它的战斗，它的热力……

      ——泰奥多·德·班维尔

宣称自己生气勃勃、强壮有力，
倒不是危险的威胁。
危险的威胁是透顶的庸俗，
那永远成为昨天的过去，它会不断重现，
到明天还会发生影响，因为它今天已经有了影响。

      ——席 勒

一　政治背景

　　1824年到1828年之间所产生的法国文学,不但重要,而且令人惊叹。经过革命的动荡,帝国的战争,以及路易十八统治的衰微,崛起了年轻的一代;他们以满腔热诚,孜孜从事那些久经忽视的最高级的精神活动。在革命时期和拿破仑的几次战争时期,法国青年所承担的使命不是文学改革和艺术创新。这个民族最优秀的精华已经转向了政治生涯、军事冒险和民政管理等方面。现在,一股巨大的长期遭受禁锢的思想洪流,突然奔放开来,倾泻而出了。

　　波旁王室复辟和七月君主政体这一时期,可以确定为资产阶级在历史舞台上正式登场的时期。随着拿破仑的垮台,开始了历史上的工业时期。如果我们只是注意法国的话,我们就可以看到,曾经在革命时期创造的,并由拿破仑的经济使节对欧洲其他区域加以维护的国家财富的重新分配,现在开始产生了必然的后果。限制工商业的一切桎梏都被解除了;各种垄断权和私人特权废止了;被没收的教会土地和贵族庄园被弄得支离破碎,售给那些以最高价格收购的买主,这些地产主比以前起码要多二十倍。其结果便是,资本——自由流动的资本,现在开始成为社会的动力,因而也就成为个人欲望的对象。七月革命以后,财富的力量逐渐取代了出身门第的力量,并使皇室力量也为财富效劳。富人得以跻身于贵族的行列,获得了贵族的特权,而且利用宪法,能够从君主专制政体获取与日俱增的利润。于是,对金钱的追求,为金钱的斗争,及大工商企业中对金钱的运用,成了这一时期主要的社会特征。这种庸俗的贪婪独占和前一时期革命热情和军事热诚形成强烈的对照,在这个背景上,它有助于给当代文学留下浪漫和理想的痕迹。这个时期大名鼎鼎的作家中,只有一个,也是最伟大的一个,即巴尔扎克,对于这个时期并不感到反感,反而把新生的资本力量、灵魂的新统治者——金钱作为他伟大史诗的主人公。而当代另外的艺术家们,虽然往往是获得物质利益的前景鼓舞他们辛勤创作,却在他们的热情和作品中,尽量远离这个新的现实。

1825 到 1835 这十年间,从文艺的观点看,是最不同凡响、也最富饶多产的时期,而从政治观点看,却是暗淡无光和名誉扫地的时期。这十年的焦点是七月革命,然而这次革命却是点缀在一片灰茫茫中的一斑孤零零的血痕。

这十年的前五年,即从 1825 到 1830 年查理第十的统治时期,是宗教反动时期。三届内阁——维莱尔、马蒂纳克和波里纳克——与其说标志着反动的三个阶段,不如说是三种不同的调子:急调、缓调和大急调。在维莱尔内阁时期,耶稣教会派获得了几乎无限的权力。修道院恢复了;有关渎神罪行的中世纪的严刑峻法施行了(例如,抢劫教堂者处以死刑);所有拿不出信仰证明书的贫民都被拒绝予以救济;而且在 1827 年,提出了一道限制出版自由的法令,这就足以使得教会的敌人箝口不言。但由于贵族院的反对,政府才被迫撤销这个提案。国民军被解散了,出版检查又恢复了;于是,这届内阁被议会大多数人击败,于 1828 年 1 月辞职。接替这个不妥协的教会分子内阁的是一个执行让步政策的内阁;马蒂纳克内阁作过一些微薄软弱的努力,以遏止教会的权力,而这种努力的唯一结果,却是国王抓着政府在议会中遭到第一次溃败的良机,解散了政府,并以波里纳克为首的内阁取而代之。波里纳克做过前任驻英国宫廷的大使,是一个深得国王欢心的人物。波里纳克相信君权是上帝在尘世的影子,而且相信(并且在信仰中以幻觉来证实了这种信念)他曾受命于上帝来恢复君权古已有之的烜赫荣华。但是,他的政府不孚众望,以致它征服阿尔及尔人的那次唯一军功,受到国人冷遇,强大的反对派还对此公开表示遗憾。尽管主教们给教区教友写了公开信,尽管国王亲自插手干涉,议会的解散引起了反对派重新竞选,随着竞选接踵而至的就是政变。经过了三天的战斗,公众情感的巨澜把这届内阁席卷而去,连带也冲跑了国王的宝座和波旁王室。

不过这十年的前五年,虽然从政治上来说,是一个反动时期,但从社会观点和才智角度来观察,它却呈现出迥然不同的面貌。首先,压迫本身就产生了对自由的渴望。资产阶级和职业阶层在整个这个时期都处于与日俱增的不满和敌对状态之中,终于借助首都民众和学生的支援,把波旁王室从国王宝座上驱逐下来了。这桩事件的后果之一,便是文学的情调完全改变了。这种文学最初同政治一样,都为反对十八世纪末叶各派学说和行为的反动精神所充分激励着,而且从一开始就对天主教、君主政体和中世纪都是有着一些热诚的。夏多布里昂被维莱尔内阁免职一事,就是一个征兆(参阅本书第3分册)。第二点,我们可以看到,那些规定文学情调和风格的最高级社会团体的文化精神生活,仅仅是在表面上对政治的反动有所同情。从一个方面来看,君主复辟是十八世纪在十九世纪遗留下来的余波,是人文时代在工业时代遗留下来的余波。从涂脂抹粉的宫廷散发出一股宫廷式的风度和习俗,从古老贵族的沙龙散发出使十八世纪荣极一时的涉及道德和宗教问题的自由思想。这些最高级团体为之防卫并竭力使之延续下去的民族传统的重点之一,就是承认千姿百态的才能;他们以其多种多样的文化教养和广泛博大的同情关注着文学和艺术。在宗教问题方面本着一种宽容的怀疑精神,在道德领域里抱有一种融洽无间的放纵和体贴入微的宽恕(姑且这么说吧),止是一个美好社会吸入和呼出的气氛;而对于一种在欣欣向荣成长过程中的文学来说,简直难以找到比这更为滋润、更能使其硕果累累的气氛了。既然反动的压迫产生了政治上的自由主义,那么最美好社会的文化教养就给非政治性的文学在感情领域和思想领域两方面开辟了自由驰骋的用武之地,别的什么也不要求,只要求形式的精美和完善。于是,文学就处在极其有利的地位,使一次新的文化创作运动摆脱束缚,起程飞跃了。

七月王朝建立了,"三色旗的市民君主政体"宣告成立,路易·菲力普被人偷偷地捧上了法兰西国王的宝座,使他处于一种蒙受革命恩典的国王的难堪境地。

在他的政府中孕育着的那些特征,在他统治的最初五年就表现出来了。首先,它缺乏一种坚定而庄严的外交政策,而这正是一个为昌盛繁荣的中产阶级所专门支持的君主政权不可或缺的。谨小慎微、爱好和平的国王使法国一次一次丧权辱国。为了各国和睦共处,他对比利时奉献给其次子的王位拒不敢纳;出于同样的动机,他竟默许奥地利镇压意大利的几次革命,而这几次革命正被法国国民正确地视为七月革命的产物。对于镇压波兰起义和华沙投降,他无力防范;而这次事件却使法兰西民族笼罩在一片沉痛哀悼之中。列强之一的法国,威望和影响日益衰落。而在国内事物方面,政府也同样威信扫地。皇室经常勒索金钱,偏偏几乎一定要遭到议会拒绝,这就产生一种大杀风景的印象。

在一个短时期内,路易·菲力普是很得人心的,他之得人心是作为瓦尔米和盖马普的一名士兵,作为公民国王,作为从前的流亡者和学校教师——拉法耶特[①]亲自称之为"最好的共和国"。尽管他一开始就热心争取人望,然而他却没有保持人望的才能。他是一个天资聪颖的人,本质上是一个谨小慎微的人。他的家庭生活

[①] 拉法耶特(Marie-Joseph, La Fayette, 1757—1834),法国将军和政治家,作为自由君主派在法国两次革命中指挥国民卫队。

是令人羡慕的;他一天到黑忙于家务,生活习惯有条不紊,几个儿子都上了公立学校。他本人穿上一身普通市民服装,带着那把有历史意义的伞,一个侍从也不带,在巴黎街道上踱来踱去;他随时准备说一两句友好的言词,或者握一握手以回敬人们朝他鞠躬致敬或高喊"国王万岁!"但他所表演的这一番资产阶级的美德,并不是法国人所重视于统治者的美德。"我们要求骑在马上的统治者!"——曾经向患有痛风病的路易十八发出过的这种呼声,也反映出导向路易·菲力普退下宝座的形形色色的感情中的一种。

因为路易·菲力普真的骑在马上时,那副景象无论怎样也是谈不上仪表堂堂的。1832年6月,在一次巴黎数不清的小规模叛乱之后,他宣布全城戒严,并且就在这时举行一次五万国民军和正规军的检阅,士兵们都队列整齐,集合在林荫大道两旁。国王陛下不从大街中心驰马前进,而是首先沿着部署着国民军的林荫大道的右边乘马经过,从始至终都在马鞍上歪斜着半边身子和尽可能多的士兵——握手。两小时以后,沿着正规军的行列走回来,同样也是那么一套——握手的方式。瞧他那副样子,仿佛肋骨免不了要折断似的。整个时间里,他都是满脸堆笑;卷边帽滑下来覆盖着前额,显出一副可怜相。他那双眼睛,含着哀求的表情,仿佛是想博得人家的好感,又仿佛在请求大家原谅他宣布了全城戒严。老一辈的人们曾经见过拿破仑·波拿巴纵马经过,"面容像一尊雕像,宛如恺撒再世,目光凝聚有神,他那双手啊,是不可接近的统治者的手!"①对于感受性强烈、想象力丰富的人民,对于曾经见过拿破仑雄姿的那一群人,路易·菲力普的这副尊容是怎样的景象呢?

尽管国王极力热心地争取"万众归心"的局面,然而在他的宫廷和人民之间,比起复辟时期家长式君主政体和人民之间却存在着一道更为广阔的鸿沟。旧贵族对新宫廷避而远之,各个阶级之

---

① 海涅的用语,他曾目击这一场面,作了这个类比。(原注)

间的悬殊更加明显。地主们眼巴巴地观望着证券交易所的阔佬篡夺了一切权力,心怀敌意和憎恶。合法王朝派和上层资产阶级,政治家和艺术家,都不再继续联合了。古老君主政权下的沙龙,一个一个纷纷关闭,高雅时髦社会的狂欢游乐和蒙昧自然也随之消逝。随着古老政府体制的消失,附丽于它的那种冠冕堂皇的温文典雅和优美动人的轻佻僄薄也消失了。高尚贵妇们生机活泼的联珠妙语和娇媚迷人的大胆恣肆也烟消云散了。在为国王所宠幸、皇太子婚前所笼络的豪富银行家的团体里,那种英国式的体育运动和俱乐部之类的时髦玩意儿,庸俗不堪地沉溺于口腹之欲以及低级趣味的排场和奢侈,取代了上述一切优美的东西。国王原本是个伏尔泰派,由于家族的盟约关系,曾经显露出新教的倾向。可是出于一种急切要保持宝座安全的愿望,他慌慌张张地改换了门庭;他卑躬屈节以求赢得教士的青睐(事实证明不过是白费力气罢了),宫廷内的情调也变得更虔诚了。上层中产阶级出于对第四阶级①的畏惧,同时也逐渐显示出一种一半儿恳切一半儿做作的虔诚模样。贵族反动文学熏陶出来的伪善作风,现在也开始渗透到资产阶级里去了,自由思想在一个妇女身上就被认为是"品质恶劣"。从外表上看来道德是更为严格了,一种更带英国风味的情调风靡一时;而在实际上人们更加不讲道德。社会对于百万富翁的招摇撞骗宽大为怀,但对待一个情感误入歧途的妇女,却拘泥礼节,百般挑剔。正像一位当时的历史学家所说:"前一时代的人,无论是对于教士背离教会或者妇女背弃丈夫,只要不是出于自私的动机,社会从来都未曾加以严禁。而现在仅仅是要希望恢复离婚,这一点便可成为伤风败俗的迹象,更不用提教士的结婚了。"金融大亨们的住宅区圣奥诺莱区,代表了当时的风尚。

那柄伞不久变成了这次君主政权的象征,而且"中庸之道"这

---

① 第四阶级:戏指新闻界、记者们。欧洲中世纪称僧侣、贵族、平民为三个等级。

个词儿——国王有一次谈到应该采取的政策时曾经巧妙地用过它——变成了用以称呼一切软弱无能的事物,称呼一个暗淡无光、尊严扫地的政权的诨名,这就毫不足怪了。

如果我们把1825到1835这十年当做一个整体,就很容易理解,为什么从美学观点来看,这个时期似乎是如此令人绝望。

二 一八三〇年代

正是对照着这一片灰茫茫的背景、合法王朝的头巾和路易·菲力普的洋伞的陪衬——正是在这个社会里（像大力神赫尔克里士般强大的新生的资本力量，甚至在它的摇篮中，都曾经在这个社会里扼杀过一切生活外部的罗曼斯），在这个有一只无形手指用灰色文字在灰色墙壁上写下了"中庸"二字的这一阶段，一种如火如荼、光芒四射、鲜艳夺目的文学，一种迷恋于姹紫嫣红、热情奔放的文学，突然呈现出来了。所有这些条件交织在一起，必然要驱使年轻而激荡的心灵倾向于浪漫的热诚，倾向于对公众舆论强烈的蔑视，倾向于崇拜脱缰之马般的热情和放荡不羁的天才。对资产阶级的仇恨（正如在德国前一代人对庸俗的市侩的仇恨一样）成了当代一时的风气。然而，"庸俗市侩"一词总使人联想到一幅壁炉和烟斗的图画，反之，"资产者"一词立刻令人想起经济利益的神通广大。从本质上对于功利主义和财阀统治的憎恶，使当代的知识潮流转到反对现存的和公认的一切事物方面去，同时大力增强了这股潮流的威力，对一些已在公众面前崭露头角的才智人士来说是这样，对一些萌芽中的天才来说尤其是这样。艺术的宗教，对于艺术自由的狂热，顷刻间占据了所有的心灵。艺术是至高无上的，艺术是光明，艺术是火焰，艺术是一切的一切，唯有艺术的美和艺术的大胆放肆才给人生赋予了价值。

青年一代在童年时期就曾经听人讲述过革命的丰功伟绩，曾经认识了帝国的面目，而且他们也是英雄们的子孙或牺牲者的后代。他们的母亲在两次战争之间孕育了他们,大炮的隆隆响声引导他们走进了这个世界。对于当代年轻的诗人们和艺术家们来说,只存在着两种类型的人,光辉灿烂的人和灰溜溜的人。一方面,有着那种象征着热血沸腾、姹紫嫣红、运动不已而又放纵恣肆的艺术;而另一方面,却是循规蹈矩、胆小怕事、平庸凡俗、暗淡无光的艺术。他们当代生活中的万事万物,在他们看来仿佛都是缺乏诗意的,功利主义的,毫无才华的,灰溜溜的;他们渴望表示轻蔑这样的时代,表示对天才的赞美,表示对庸俗市侩精神的仇恨。而现在,自从中产阶级变成了一个有势力的阶级,这种精神也就变成了一股势力。

从我们当今的观点来看,那个时代的青年人,仿佛比一般青年人更为年轻——更年轻,更清新,更富有天资,更热情奔放,更热血澎湃。我们看见了法国的青年,他们在革命时期曾以他们的献身精神改变了法国的政治状况和社会状况;在帝国时期,他们曾在法国、意大利、德国、俄罗斯和埃及的每一个战场上出生入死;而现在他们却以同样的热情献身于文学和艺术的教化了。在这里,同样也有革命可以进行,也有胜利可以争取,也有国土可以征服。在革命时期,在拿破仑的赫赫战功之下,他们崇拜过自由;而现在,他们崇拜着艺术。

艺术这个词在法国第一次正规地应用到文学上来了。在十八世纪,文学的目标是使文学向哲学方面转化,当时在这个名称下包罗了许多东西,我们今天已经不再使用这个名称了;而现在,文学却是以艺术的名义和尊严为目标了。

这种变化可作如下的解释:区别古典时期想象的作品和思考的作品的那种分析和推理的倾向,在新时期里,慢慢地转移到对实际存在的事物,即感官所触知的事物发生兴趣了。而且,这种新的偏爱有其深远潜在的论据,那就是人们现在把自然、把独创性的、下意识的、粗野的、未经熏陶的自然,置于一切文明的教化之上。

为什么呢？因为一个唯历史观的时代已经接替了一个唯理主义的时代。人们已不再羡慕哲学家的头衔,因为现在人们认为,成为一个有独创性的人物比成为一个自觉的思想家,拥有更大的荣誉。十八世纪的诗文学,不,就连十七世纪的诗文学,都受到了蔑视,因为它是纯粹属于智能的,因为它既缺乏血色,又温文尔雅,仿佛是按照传统和规律制造出来的,而不是天然诞生、茁壮成长的。十八世纪曾把思维和行动视为活动的最高形式,而新时代的儿童却把创造、把自然的本来面目看做最高的形式。这是德国人的观念,是赫尔德①和歌德的观念,人们的心灵不知不觉地被这种观念占有了,而且这种观念在他们的心里产生了对于清规戒律和学理原则的憎恶。因为,艺术作为无意识的、自然的产物,如何能够俯首听命于武断的、外部的清规戒律呢?

一种令人联想到文艺复兴的精神创作活动已经开始了。连人们呼吸的空气都仿佛使他们感到心醉神迷。在很长一段时期里,法国处于一种精神智力上停滞不前的阶段,而她那伟大的邻邦德国和英国却急速地超越了她,而且在从古老的、碍手碍脚的传统中解脱出来的努力方面大踏步地前进了。她感到了这一点,感到这是一种屈辱,而这种感觉赋予新的艺术热忱一种猛烈的推动力。现在外国作家的作品,无论是新的作品,还是迄今未为人知的古代作品,都一齐涌入法国,并且在青年人的心灵里引起了一场革命。每个人都阅读瓦尔特·司各特小说的译本,阅读拜伦的《海盗》和《莱拉》的译本,并且贪婪地阅读歌德的《少年维特的烦恼》和霍夫曼的狂想故事。顷刻之间,醉心于不同种类艺术的人们都觉得彼此亲如兄弟了。音乐家既研究本国的文学,也研究其他国家的文学;诗人们(如雨果、戈蒂耶、梅里美、博雷尔)也弄起素描和绘画

---

① 赫尔德(Johan Gottfried von Herder,1744—1803),德国哲学家和批评家,德国狂飙运动的先驱,著有《人类历史哲学大纲》。

了。画家和雕刻家的工作室里在朗诵着诗歌;德拉克鲁瓦和德威利亚①的弟子们,站在他们的画架前低声吟咏着雨果的歌谣。某些伟大的外国作家,如司各特和拜伦,影响了诗人(如雨果、拉马丁、缪塞),影响了音乐家(如贝利奥兹、阿莱维、费利西恩·大卫②),也影响了画家(如德拉克鲁瓦、德拉罗什、谢费尔)。艺术家力图超越他们本行艺术的范围,而去拥抱另一种亲近的艺术。贝利奥兹谱写了《查尔德·哈罗德》和《浮士德》的交响乐,费利西恩·大卫谱写了一篇《旷野》交响乐;音乐中充满了诗情画意。德拉克鲁瓦开其端,阿里·谢费尔继其后,都在但丁、莎士比亚和拜伦的作品里选取画题;画家的艺术时时变成了诗歌的插图。然而正是绘画的艺术最强有力地影响了各种姊妹艺术,尤其是诗歌,而且显然永远是这样。恋人们不再像在拉辛时代那样,祷告他的情妇"为他的热情加冕"。公众要求作家的自然逼真,而对那些表现不可能的事物的作品却拒不接受。

1824 年,德拉克鲁瓦展出了他的《希奥岛的屠杀》——一幅取材于希腊题材,缅怀拜伦的画卷;1831 年,展出了《里埃日的主教》——这是司各特的《昆丁·达沃德》的插图;1831 年 5 月,展出了《街垒上的自由》。1829 年 2 月,奥贝尔③的歌剧《波尔蒂齐的哑女》,声誉鹊起,轰动一时;接踵而至的就是 1831 年的梅耶比尔④的《魔鬼罗伯特》。1830 年 2 月,维克多·雨果的《欧那尼》第

---

① 德拉克鲁瓦(Ferdinand Victor Eugène Delacroix,1798—1863),法国浪漫派画家领袖。他作画的灵感来自异国情调,如阿拉伯生活、奇禽猛兽、战争等。德威利亚(Achille Devéria,1800—1857),法国画家。
② 贝利奥兹(Hector Berlioz,1803—1869),法国作曲家,法国浪漫主义运动中的关键人物。阿莱维(Jacques François Fromental Elie Halévy,1799—1862),法国作曲家。费利西恩·大卫(Félicien David,1810—1876),法国作曲家。
③ 奥贝尔(Daniel François Esprit Auber,1782—1871),法国作曲家。
④ 梅耶比尔(Giacomo Meyerbeer,1791—1864),德国作曲家,在巴黎写出《魔鬼罗伯特》。

一次在法兰西剧院上演；1831年，大仲马的《安东尼》获得巨大成功。作家如大仲马和雨果，画家如德拉克鲁瓦，雕刻家如大卫·德·安叶尔，作曲家如贝利奥兹和奥贝尔，批评家如圣伯夫和戈蒂耶，舞台美术家如傅雷戴利克·勒麦特尔和玛丽·多瓦尔，而且还有两位和他们并驾齐驱的恶魔派音乐艺术大师，肖邦和李斯特①，——所有这些巨匠都同时登场了。他们万众一心，一致宣扬自然的福音和热情的福音，在他们的周围也汇聚着一群一群青年人，用和上述这些巨匠近似的精神去思考和培育文学和艺术。

这些人们并未一致认识到，在后代人的眼光里，他们会形成一个天然的集团。他们之中最伟大的几个，觉得他们仿佛是茕茕孤立的，并且相信他们作品的精神和倾向和他们同时代人的作品迥然不同，不，实际上简直是对立的。他们倒也并不是完全错了，因为在他们之间确实存在着本质上的差异。然而，共同的优点，共同的偏见，共同的目标和共同的缺点却把他们结合起来，使他们形成了一个整体。较之一般情况更常发生的是，回顾历史使我们要把他们归入一类的艺术大师们，确实是曾经彼此互相吸引，他们之中多数出类拔萃之辈，早已携起手来，形成一个同盟了。

顺着这些环环相扣的环节探索下去，我们仿佛找到了把这一群人连结在一起的锁链。

许多年月逝去了，当我们干干巴巴地说着或写着"他们形成了一派"时，文学和艺术派别的形成究竟意味着什么，我们却不大肯费心思得出足够生动活泼的印象。这种形成的过程是具有一种神秘的魔力的。某一位杰出的人物，经过长期无意识的和半意识的斗争后，终于具备充分的意识，从各种偏见之中挣脱出来，并在视觉上达到晶莹清澈的境地；然后，一切就绪，天才的闪电照亮了

---

① 肖邦（Frédéric François Chopin，1810—1849），波兰作曲家和钢琴家，父为法国人。李斯特（Franz Liszt，1811—1886），匈牙利作曲家和钢琴家。

他看到的一切。这样一个人表达了以前从未以同样方式思考过或者表达过的某些思想——雨果在二十来页的散文序言《克伦威尔序言》中就表达了这些思想。这些思想或许只有一半是真实的,或许是模糊不清的,然而它们却具有这个显著的特点:尽管或多或少不那么明确,它们却冒犯了一切传统的偏见,并在最薄弱的环节上挫伤了当代的虚荣,同时它们就像一声召唤,就像一个新的大胆放肆的口号在青年一代人的耳边回响。

结果怎样呢?当这个召唤和口号刚一发出,就从挫伤了的虚荣和受损害的派系方面,像回声那样迅速而准确地传来了千百喉舌的答复,就像一百群猎犬发出了一阵猎猎的狂吠。以后又怎样呢?最初是一个人,接着是另一个人,然后是第三个人,各自带着他自己的观点,各自带着他的反抗精神、他的抱负、他的需要、他的希望、他的决心,走向这个新倾向的代言人。他们向他表示,他所倾吐的语言已经体现在他们身上了。有些人和他直接交往,有些人则以他的精神和他的名义互相交往。前不久还是彼此互不相知的人们(正如他们现在仍然不为一般群众所知一样),各自在离群索居中一直在精神上沮丧颓唐的人们,现在聚会在一起了,并且惊奇地发现:原来他们是互相理解的,他们都说着同一的语言,这种语言是他们同时代的其余的人所不能领会的。他们都很年轻,可是都已经具有对他们来说构成生命的那些东西。这一个拥有他曾付出昂贵代价的欢乐,另一个却有着刺激人心的痛苦;正是从一些生命的基本要素中,每个人都吸取了他自己的那一份热诚。他们的会面是电的交流;他们以青年人的迫切心情彼此交流着思想,互相授受他们各式各样的同情和反感,热诚和憎恶。所有这些感情的源泉,就像万道溪流归入江河一样汇流到一起来了。

在这种艺术精神结晶成为一个派别的过程里,最美丽的特征是尊崇,是敬畏;尽管他们意见一致,尽管他们亲密无间,他们彼此对于对方都能感到尊崇,感到敬畏。旁观者往往易于把这种相互敬畏,同讽刺性的所谓"互相标榜"混为一谈。实际上,颓废时期出于利害考虑的效忠致敬,同这些不自觉地形成一个派别的人们对于彼此的才能所流露的纯朴的赞美相比,是有天壤之别的。他们的心灵太年轻了,太纯洁了,不得不用出自肺腑的诚挚来互相赞美。一个年轻而又感情丰富的心灵往往把对方视为令人惊讶的瑰宝,里面珍藏着神奇。一个心灵往往把另一个心灵驰骋的天地当成紧紧密封的一册书籍;他揣测不出那里面下一次将要出现些什么,他茫然不知他的友伴究竟为他储藏了些什么样的欢乐。他们彼此在对方身上尊崇一些他们认为比人品、比通常迄未发展起来的性格具有更高价值的东西,那就是才华,他们凭借这种才华都同他们所崇拜的神祇发生关系——这个神祇就是艺术。

不过,在世界历史上,伴随艺术的觉醒而来的互相赞美,很少达到如1830年代所达到的高度。那简直成了偶像崇拜。这个时期的全部文艺作品表明,那个时代的青年们全都陶醉在友爱和兄弟情谊之中。雨果写给拉马丁、路易·布郎叶、圣伯夫和大卫·德·安叶尔的诗篇;戈蒂耶写给雨果、日安·杜·赛诺和佩特路·博雷尔的诗篇;缪塞写给拉马丁、圣伯夫和诺迪埃的诗篇;尤其特别的是圣伯夫写给这一派别全部旗手们的诗篇;吉拉尔丹夫人的文章;巴尔扎克的献辞;乔治·桑的《旅人书简》——所有这一切诗文都表露出一种真诚而热烈的赞美,这种赞美完全打破了文人相轻的陋习。

他们不仅互相赞赏,而且还交流思想,互相帮助。有时是鼓舞人心的影响,有时是艺术的批评,有时是实际的效劳,在这个时期两位作家之间结成了友谊的纽带。爱米尔·戴尚鼓舞了雨果从古代西班牙的传奇中借取题材;戈蒂耶在巴尔扎克的《一个外省大人物在巴黎》中,写出了吟咏郁金香的十四行诗,并且帮助他把某些情节弄得戏剧化;圣伯夫阅读了乔治·桑的手稿,并以文艺批评对她进行帮助;乔治·桑和缪塞在他们的生涯的某一阶段,彼此发生了强有力的影响;吉拉尔丹夫人、梅利、桑道和戈蒂耶合作写出了一部书简体的小说;梅里美则是现实主义者司汤达(贝尔)、维泰和浪漫主义者之间的纽带。

这个人文荟萃、互相协作的短暂时期正是文学上百花怒放的时期。许多岁月逝去了,诺迪埃躺进了坟墓,雨果在泽西岛上过着流亡的生活,亚历山大·仲马把文学变成了生财之道,圣伯夫和戈蒂耶在马蒂尔德公主的社交圈子里流连忘返,梅里美在欧也妮皇后爱情的宫廷里权势赫赫,缪塞孑然一身对着苦酒独坐,而乔治·桑却退隐诺昂。

他们在日趋成熟的年代里,全都建立了新的联系,这些新的联系也助长了他们的发展;但是他们最大胆、最清新的作品(即使并不总是他们最千锤百炼、最绰约多姿的作品)却是在他们最初汇集到一起时所创作出来的。那时,他们最初的聚会有时是夏尔·诺迪埃在阿尔赛纳尔的寓所里,或是在雨果及其年轻貌美的妻子一年花费两千法郎所居住的诺特尔·达姆·德·尚大街的公寓里,或是在佩特路·博雷尔的阁楼里——那里的墙壁上装潢着屋子主人的欧那尼式的斗篷,旁边是德威利亚的一帧素描和临摹乔尔琼①的一幅图画;由于椅子不够,至少有半数的客人不得不站着。

这一群年轻的浪漫派简直像亲兄弟,又像是同谋的叛逆者;他们感到他们分享着甜蜜的、鼓舞人心的秘密。这就赋予了这派作品一股香气,一股芬芳,就像一年中特别美好的葡萄酿成的名贵旨酒那样。啊!1830年盛大的宴会哟!在这一世纪里没有任何其他宴会是可以和它媲美的。

在所有的艺术中,需要和传统决裂,并以和传统决裂为目的。

---

① 乔尔琼(Giorgione de Castelfranco,1477—1511),威尼斯名画家,他的作品至今还保存的有《暴风雨》《三哲人》《田园音乐会》等。

内在的火焰喷薄而出,闪闪发光,融化了陈旧的音乐形式,吞没了线条和轮廓,把绘画变成了色彩的交响乐,使文学返老还童了。在一切艺术中,要求色彩、热情和风格,并以此为目的。艺术家们那么迫切地追求色彩,连这一时期得天独厚的画家德拉克鲁瓦也忽视了为色彩构成画意;那么强烈地追求着热情,以致抒情诗和戏剧险些儿堕落成歇斯底里的痴情;以那样一种艺术热诚追求着风格,使得像梅里美和戈蒂耶那样各趋极端的比较年轻的诗人都忽视他们艺术在人间的基础,专心致志于风格。

人们探索着,要求着独创精神、浑然无知和通俗流行。人们喊道:"我们一贯都是讲求辞藻的,我们从来不懂得什么叫做简朴和缺乏逻辑——从来不懂得野蛮人,人民,孩童,妇女,乃至于诗人!"

在这以前,人民在文学中只不过用来作陪衬的背景——可是现在在维克多·雨果的戏剧中,热情的平民,报仇雪恨的人,感恩戴德的人,都作为主人公出现在舞台上了。在这以前,野蛮人都像十八世纪的法国人(孟德斯鸠,伏尔泰)那样谈吐——可是现在梅里美在《高龙巴》和《卡门》中,却描绘了野蛮人各种粗犷和清新的情感了。当年,拉辛的孩童(在《阿塔莉》中),像一个具体而微的成年人那样谈话——如今诺迪埃带着一颗童稚的心灵,使他所描写的孩童说着一种单纯天真的语言。在早期的法国文学中,妇女们干什么总是带着充分的自觉,做出的结论也和男子一模一样——让我们看看高乃依、拉辛和伏尔泰的作品吧。高乃依赞扬美德,小克雷比翁赞扬轻浮和恶行,但美德和恶行两者都是有意识的,后天学习而来的。恰恰相反,乔治·桑却描绘了一个高贵妇女心灵中天生的高贵和自发的善良。斯塔尔夫人在她的作品《柯丽娜》中,曾经把资质聪明的妇女表现为才气逼人的伟大人物,而乔治·桑在《莱莉亚》中,却把这类妇女表现为一个女先知而已。在古老的年代里,诗人是宫廷的达官贵人,像拉辛和莫里哀;或者是社会名流,像伏尔泰和博马舍;或者简直不过是个普通的有体面的市民,像拉封丹。如今,他变成了为社会所忽视的前生子,人类崇高的传教士,尽管因贫穷而为人唾弃,然而却有星光照亮的前额和火焰般灼人的舌头。雨果赞美他为芸芸众生的引导者。阿尔弗雷德·德·维尼在《斯泰罗》和《查铁敦》中,把他表现成为超群的稚子——他宁愿挨饿而死,也不愿用庸俗的作品贬低他的诗神的地位,他死在为他的同胞祝福的时候,人们认识到他的真实价值,已经太迟了。

三 浪漫主义

最初,浪漫主义本质上只不过是文学中地方色彩的勇猛的辩护士。浪漫主义者赞颂中世纪,美化中世纪,而中世纪已为十八世纪的文化所诅咒过;他们赞颂和美化十六世纪的诗人,如隆萨尔、杜·贝雷①之辈,而这些诗人已被路易十四时代的古典作家取而代之了。他们抨击假古典主义,抨击那种把所有时代和民族加以现代化和法国化的令人生厌而又千篇一律的做法。他们以"尊重地方色彩"为口号。他们所谓的"地方色彩"就是他乡异国、远古时代、生疏风土的一切特征,而这一切当时在法国文学里都还没有获得适当的地位。他们觉得他们的前辈被一种假定引入歧途,认为每一个人只不过是一个人,尤有甚者,干脆说或多或少就像一个法国人。实际上,从未有过普遍人类这么一种东西;只有个别的种族,个别的民族,个别的部落,个别的氏族。更谈不上什么法国人是典型的人。如果他们要理解人类生活,表现人类生活,只有把自己从自身中解放出来才是最迫切的任务。这个观念给法国十九世纪的艺术和批评提供了一股推动力量。

现在作家们竭尽心力训练读者用这种新观点来观察事物。他们不再为了迎合大众的口味而写作——正是这个事实使这个时期的作品具有价值。因此一个批评家,像我本人这样的批评家,在从

---

① 隆萨尔(Pièrre de Ronsard,1524—1585),法国诗人,"七星诗社"的领袖。杜·贝雷(Joachim du Bellay,1525—1560),法国诗人,撰写"七星诗社"文学宣言《保卫和发扬法兰西语言》。

事探索文学主流时,对于很少为世人阅读、更难购买到手的浪漫派作品就必须详加探究,而对于像斯克里布①那样富有才华的戏剧家(他在整整一个时代独霸了欧洲每一个国家的舞台)只不过寥寥数语,一笔带过而已。

因为如果一个作家不深入到人类灵魂的本质,不深入到灵魂最深远的地方;如果他不敢,或者不能不顾后果而写作;如果他没有胆量像雕像那样赤裸裸地表现他的观念,不敢把人性如它们所显现的那样反映出来,既不增加一分,也不减少一分,而是看公众的脸色行事,一味依从公众的偏见、无知、虚伪、鄙俗或是伤感情调——他或许可能(十之八九已经)为同时代人大加赏识而显赫尊荣,他或许已用他的才智赢得了桂冠和财富;而对我说来,他是不存在的;对我之所谓文学说来,他的作品是毫无价值的。作家和那个不可靠的角色——公众舆论——所缔结的"权宜婚姻"所产生的全部后代,作家由于思想顾虑迎合公众趣味和道德所繁殖的那些文艺子孙,在一世代以后也就烟飞灰灭,不再存在了。这些作品中没有真正的生命和热力,只是充满了对于已经死去的公众的怯生生的重重顾虑;这些作品只不过是满足了一时的需求,而这种需求早已成为过去的陈迹了。然而,一个独立的作家,没有任何思想顾虑,道出了他的亲身所感,写出了他的亲眼所见的每一部这样的作品,不管它的刊印的版本多么稀少,却是一部有价值的文献,而且将永远是有价值的文献。

谴责这种为了迎合公众趣味而生产的作品,和宣扬社会对于作家发生健全而自然的影响的理论,只在表面上是矛盾的。诚然,作家不能使自己脱离他的时代。然而时代的潮流却不是不可分割的潮流——有一种上层潮流,还有一种底层潮流。让自己同上层

---

① 斯克里布(Augustin Eugène Scribe,1791—1861),法国剧作家,轻松戏曲的大师,剧作达 350 部之多。

潮流随波逐流,或被上层潮流指挥驱使,是一种软弱的表现,终必导致灭亡。换句话说,每个时代都有其占优势而投合时好的观念和形式,它们只不过是前些时代生活的结果,早已完结了,现正慢慢变成化石。除此之外,这个时代还有另一整套完全与之不同的观念,虽然尚未具体化,却已弥漫在太空中了,当代最伟大的巨匠已经把它们理解为现今必须达到的目标。这后一类观念形成了团结人们从事新奋斗的因素。

1827年,一个英国剧团访问了巴黎,法国人生平第一次看到莎士比亚的杰作《李尔王》《麦克白斯》《奥赛罗》和《哈姆莱特》的令人啧啧称羡的演出。正是在这些演出的影响之下,维克多·雨果写出了《克伦威尔》的序言,这篇序言被认为是新文学的纲领。

文艺的解放战争就以抨击文艺传统中最脆弱、最无法掩护的据点——法国古典悲剧而打响了开场锣鼓。古典悲剧的权威在欧洲其他国家已经遭受到攻击,雨果却知道得不多。凡是读过许多年前莱辛、施莱格尔①以及英国浪漫派作家关于同一问题的言论的读者,都会觉得雨果宣言中新的见解是不多的。但是,自然,这却是把战争引进法国本土的一个重要步骤。把每一出戏剧的行动压缩在二十四小时以内,限制在一个撑着圆柱的大厅里,为了证明这种清规戒律的不近情理所做出的大声疾呼和舌枪唇剑,在今天的读者看来,仿佛正如那些受攻击的荒诞无稽的东西一样索然寡味。但读者必须记着:在当时的法国,布瓦洛②的权威仍然是至高无上,岿然不动的。

从雨果本人的发展来看,他阐述自己的诗歌理论的一些章节,

---

① 莱辛(Gotthold Ephraim Lessing,1729—1781),德国戏剧家和批评家。施莱格尔(Wilhelm Schlegel,1767—1845),德国翻译家和批评家,德国前期浪漫派代表,参阅本书第2分册《德国的浪漫派》。

② 布瓦洛(Nicolas Boileau,1636—1711),法国诗人和批评家,他的《诗学》是法国古典主义美学的经典,对欧洲文学的发展起过颇大的影响。

读来是很有趣的;虽然他作为诗人出类拔萃,作为思想家却微不足道,以致他的辩论照例糟糕到令人得不出任何结论。

他所攻击的是悲剧中理想主义的、假古典主义的倾向。十分奇怪,他是用基督教的名义,而且是用巨大的历史概括方法来进行攻击的;他所依据的体系使我们想起他的同时代人库桑①,也和库桑的体系一样谬误百出。他划分了三个伟大的时代——原始时代,这时诗歌是抒情的;古代文明时代,这时诗歌是史诗的;基督教时代,这是戏剧的时代。他把基督教时代当成"现代"的同义语,由于宗教使人认为人是两种元素构成的:动物因素和精神因素,肉体和灵魂,所以基督教时代诗歌独具的特征,就是把迄今文学中互相排斥的两种元素——崇高和离奇——汇合在同一部作品里。悲剧应该从头到尾保持庄严,这个原则已经不再必须遵循了;悲剧可以大胆发展成为戏曲。

如果我们少注意一点雨果实际说的,而多注意一点他真正想要说的,我们就会发现这种情有可原的愚蠢论点的要点和本旨,是一种自然主义的抗议,反对以纯粹的美为艺术的正当题材或最高题材。他的观念是:我们要摒弃传统;我们不愿意感到有责任要从严肃的诗歌中排除使我们直接想到物质世界的一切事物。从他所举的例子中,我们可以看到这点。他可以让法官说:"判处死刑。现在我们大家请吃饭吧!"他可以让伊丽莎白赌咒,而同时又说拉丁文。他可以让克伦威尔说:"我把议会装在我的提包里,我把国王装我的口袋里。"坐在凯旋车上的恺撒却可能怕翻车。拿破仑慨叹着:"从崇高庄严到滑稽可笑,相差不过一步之遥",雨果把这句话称为总结了戏剧和人生两方面的极度痛苦的惨叫。

虽然雨果的语言未免夸大其词,他的意义却是清清楚楚的。他所主张的是丑的美学价值。他坚持,美只认为形式就是绝对的

---

① 库桑(Victor Cousin,1792—1867),法国哲学家,知名作品有《真、善、美》。

匀称,就是同我们的生存具有最简单的关系、最融洽无间的形式;而丑却是一种更其巨大而和谐的、我们无法充分辨识的整体中的一个枝节。他宣称丑具有千姿百态,而美却贫乏得很,只有一种姿态。我们不得不非常抱歉地说,美只有一种姿态的这种说法,是一个诗人所能做出的最荒谬的说法。这种说法被他的论敌歪曲成这样一句格言:"丑就是美"(正如《麦克白斯》中巫婆所唱的"Foul is fair"——丑就是美),而且也和浪漫主义者本身在七十年代对极端现实主义所提出的反对意见发生冲突。

那么,这种法国浪漫主义,归根到底,岂不就是罩着薄薄面纱的自然主义吗?维克多·雨果用青年一代人的名义所要求的不就是自然吗?不就是忠实地再现地方风味和历史色彩吗?乔治·桑不就是卢梭的女儿吗?不就是自然福音书的宣教师吗?至于司汤达和梅里美,他们不就是自然的半野蛮、半斯文的顶礼膜拜者吗?近来不是果真把巴尔扎克尊为自然主义派的奠基人吗?

回答是简单的。毫无疑问,雨果的口号是自然和真实。但同时,首先而最重要的是对比,是活灵活现的对比,是建立在肉体与灵魂相冲突的中世纪信仰之上的一种对比法,也就是一种二元论的浪漫主义。他说:"火蛇加强了水中仙女的魅力,地鬼增添了空气仙女的美丽。"他期望忠实于自然,但他相信要做到这一步,就要使自然的两极汇合起来,就要把相反的两面并列起来——美人和野兽、爱斯梅拉达和加西莫多,玛丽蓉·黛罗美的名妓身世和最纯洁的爱情,吕克莱斯·波基亚的残忍好杀和母性的温柔。①

维克多·雨果在少年时代,把自然看成是一个巨大的爱利尔和凯里班②的混合物,是超人的理想和非自然的兽性的产物,是由

---

① 爱斯梅拉达和加西莫多是雨果名著《巴黎圣母院》中的主要人物,前者是象征野性美的女性,后者是跟她作为对比的。玛丽蓉·黛罗美是雨果同名戏剧的女主人公。吕克莱斯·波基亚是雨果同名戏剧的女主人公。

② 爱利尔,莎士比亚《暴风雨》中温柔的精灵;凯里班:同书中残忍的怪物。

两种超自然的成分结合而成的结果。但是这种和日耳曼的浪漫主义正相符合的自然观,在雨果身上有时让位给宏伟壮丽的泛神论,这在《历代传说》诗集的一篇深刻而华丽的诗篇"森林之神"①中,可以找到典型的表现。

对自然的热爱和对非自然的偏好相结合,可以在新文学中追溯到很远。所有新文学作家们对于自然都绝口称颂。但是,他们认为是散文化或庸俗化而深恶痛绝、避之不遑的东西,时常正是最和他们接近的朴素的自然。只有浪漫主义的自然才是他们所珍视的。乔治·桑逃离了阴郁严酷的现实世界,遁身到美妙的梦境。戈蒂耶飘然远行,进入了艺术世界。乔治·桑在《莱莉亚》中,巴尔扎克在《高老头》中,都把理想的或万能的划桨奴隶塑造成社会的法官;巴尔扎克实际上是按照霍夫曼的风格,写出了离奇的传说。不仅在他们所刻画的人物身上,更多地在他们所使用的语言中,他们甚至更加倾向于避免朴素和单纯。不久,他们就发展了一种浮夸的辞令,大大超过了古典时期的浮夸辞令。这是堆砌着闪闪发光、炫人眼目的形容词的黄金时代。一篇叙事里嵌镶了晶莹剔透宝石一样的历历如绘、热情洋溢的词汇,展开了无穷无尽的远景。所以,迄今为止,可以说这些青年作家的风格和偏好都纯粹是浪漫主义的。然而也只是迄今为止而已。

在这一派的奠基人维克多·雨果身上,对于自然和非自然的双重爱好,只不过是个人特异性的结果。他的目光自然在探求对照,而且找到了对照;他的心灵生来就倾向于对比。在他青春初期所写的传奇剧《伊涅兹·德·卡斯特罗》中,以及后来在《玛丽·都铎》中,舞台的一边是王座而另一边是绞刑架,君主的面孔对着刽子手的面孔。雨果夫人告诉我们说,大约在雨果写《克伦威尔》序言的时期,他习惯于到蒙巴拿斯林荫大道去散步。"在那里,正

---

① 森林之神,希腊神话中生着羊角羊尾的半人半兽的森林神物。

对着墓地,走绳索的和变戏法的架起了帐篷。杂要表演和丧葬礼仪的对照,坚定了他写一出两极汇合的戏剧的想法;就在这个地方,他构思了《玛里翁·德罗昧》的第三幕。在这一幕里,德·南吉思侯爵想从断头台上拯救他兄弟的悲剧性的、徒劳的企图,同小丑的滑稽动作形成了对照。"他在《克伦威尔》序言中主张,必须在实际发生的地点去表现动作,这时他写道:"难道诗人敢让李齐欧①在玛丽·斯图亚特寝宫以外的任何地方被害吗?……或是敢把查理一世,或者路易十六斩杀在望得见白厅或杜伊勒理②的伤心地点以外的任何地方吗?——诗人仿佛是为了使断头台和皇宫形成对照而选定这些地点的。"尽管诗人这样主张,他却不能真正用颖悟的眼光来看待自然环境。他看不见自然环境在人类灵魂里发生有机影响的作用;他是把它们当做命途多舛的巨大象征来使用的,把它们当做一篇传奇剧的舞台背景来布置的。

  如果我们观察得深入一点,这里面会给我们揭示一些什么呢?法国浪漫主义者在某种程度上与众不同的特征,可以最简要地表达如下:法国浪漫主义,尽管和欧洲一般的浪漫主义有很多相同的要素,而在许多方面却是一种古典主义的现象,是法国的古典绚丽辞藻的产物。

  语言词汇在我们这个世界里经历了奇异的变迁。当"罗曼蒂克"(romantic)这个词被介绍到德国时,它的意义几乎就和"罗马式"(Romanesque)的意义一样;它意味着罗马式的华丽修辞和奇巧构思,意味着十四行诗和抒情短歌;浪漫主义者热烈地赞美着罗马天主教会和伟大的罗马式的诗人卡尔德隆③,他们发现了他的

---

① 李齐欧(David Rizzio,1533—1566),意大利音乐家,为苏格兰女王玛丽·斯图亚特所宠幸,被玛丽的丈夫丹恩雷刺死。

② 英王查理一世(1600—1649)和法王路易十六(1754—1793)均为臣民所杀。白厅为昔日英国王宫所在地,杜伊勒理为昔日法国王宫所在地。

③ 卡尔德隆(Pedro Calderon,1600—1681),西班牙著名戏剧家。

作品,翻译了他的作品,并且赞扬备至。一世纪以后,当浪漫主义传到法国时,同一个词却意味着恰恰相反的东西——它意味着同希腊—拉丁罗马式的倾向分庭抗礼的德—英倾向;它意味着条顿(日耳曼)风格了。简单的解释就是:凡属光怪陆离、异国情调的东西就产生浪漫的印象。属于同族的文明和文化的人民,像古代希腊人那样,他们的艺术和文学是古典主义的;但是当一个文明而有文化的民族发现了在它看来是光怪陆离而令人惊叹的另一种文明和文化时,它立刻就得到一种浪漫的印象,它所受到的影响仿佛是从彩色镜里所看到的旖旎风光。法国的浪漫主义者蔑视他们本国的优点,蔑视他们自己文学中的清晰明净和理性上的晶莹透彻。他们极口赞扬莎士比亚和歌德,因为这些诗人不像拉辛,在某种程度上也不像高乃依,把人类的生活分割成支离破碎的片断;他们也不表现那种形成戏剧化对比的、互相脱节的情感和热情;他们不在基本成分上作任何辞藻的堆砌重叠,而是按照人生错综复杂的本相将它搬上舞台。法国作家决心追随这种伟大的典范。

　　但结果怎样呢?按照他们的处理方式,在拉马丁、维尼、乔治·桑、圣伯夫的手里,现实生活重新融化,又重新分解了。在雨果和大仲马手里,人生的极端形成了均匀的对照,恰如在古典悲剧里一样。秩序井然,节制适度,贵族的典雅,明朗而严峻的朴素风格,形成了诺迪埃、司汤达和梅里美的特色,正如它们形成十八世纪古典作家的特色一样。一种混合着诗人心灵里变化多端的想象的轻快、洒脱、飘逸的幻想,在同一部作品中将近处和远方、今天和远古、真实存在和虚无缥缈结合在一起,合并了神和人、民间传说和深刻寓言,把它们塑造成为一个伟大的象征的整体——这种真正浪漫的禀赋,却不是他们所固有的。他们从未见过小精灵们翩翩起舞,也从未听过小精灵们的歌声里细弱而清越的袅袅音调飘遍了牧场草地。这些作家虽说论出身是凯尔特人,实际上却是拉丁人;他们像拉丁人一样地感觉和写作;但"拉丁"这个词就等于是古典的。如果我们按一般的理解来理解浪漫主义,也就是说,题材压倒了风格,内容不为形式的任何规律所束缚,像在让·保尔和蒂克①的作品,甚至像在莎士比亚和歌德的作品(《仲夏夜之梦》和《浮士德》的第二部)中所见到的一样,那么,一切法国浪漫主义作家都是古典主义作家了——像梅里美、乔治·桑、戈蒂耶,甚至连雨果本人也包括在内。雨果的浪漫主义戏剧,和高乃依的悲剧一样,是分析解剖的,结构严整的,清晰明了而又富于辞令的。

一提到高乃依的名字,我的思想就不自觉地、自然而然地由这个时期的共同特征转到这个民族的共同特征方面去了。在高乃依显而易见的对手雨果身上,高乃依又附体还魂了。

在法国人的性格中布满了许多脉络。有一条怀疑、诙谐和讽刺的脉络——如蒙田、拉封丹、莫里哀、马蒂兰·雷尼埃、皮尔·拜尔②等等;有一条真正的、受过优良教养的高卢人的脉络——拉伯雷、狄德罗、巴尔扎克;而在其余的人中,有一条英雄气概的脉络,热情奔放的脉络。最后这一条脉络在高乃依身上跳动得异常猛烈;而在雨果身上,血液又开始在这条脉络里运行起来。如果我们以雨果的庄严雄伟来和其他诗人比较,我们就会发现在全世界再也找不到一个人像老高乃依那么和他相像的了。这两位法国人的滔滔雄辩之才是富有西班牙人的风味的,而西班牙确曾给他们两人身上留下了深刻的印象。高乃依所接受的是西班牙的文学印象,而雨果在童年时代就亲身受到西班牙对他的影响。使高乃依载满盛誉的戏剧是《熙德》,在这出戏剧中,他模仿西班牙式的风格,以西班牙的精神处理西班牙的题材。使雨果一举成名的戏剧

---

① 蒂克(Ludwig Tieck,1773—1853),德国浪漫主义诗人,戏剧家、小说家,参阅本书第2分册《德国的浪漫派》。
② 马蒂兰·雷尼埃(Mathurin Régnier,1573—1613),法国讽刺诗人,诗以模拟贺拉斯、于维纳而驰名。皮尔·拜尔(Pierre Bayle,1640—1706),法国怀疑主义哲学家。

是《欧那尼》,它取材于西班牙,而且始终贯穿着卡尔德隆的荣誉准则的精神。然而这两出戏剧谆谆教诲和揭示的,是十足的英雄主义。它们都是培养英雄的学校。高乃依所表现的不是那种多样化的人性,而仅是英雄主义的人性;在雨果的作品中,这种同样的英雄主义人性,不过是匀称地点缀了粗犷热烈的人性罢了。

让我们瞧瞧《欧那尼》吧。环绕着这个剧本,未来的一派和过去的一派展开了一场激烈的斗争。第一次上演的情况,是人们时常津津乐道的。在排演期间,老一派的追随者常在门口倾听,挑出一些个别诗句作为戏谑谈笑的资料;而在剧本上演之前,就先行上演了一出歪曲模仿的剧本。剧作者曾和检查官进行了艰苦的斗争,他几乎不得不逐字逐行地为他的剧本奋斗,关于"C'était d'un imprudent, Seigneur roi de Castille, et d'un lâche"("喀斯蒂尔国王陛下,这是轻率,这是卑鄙。")为了这一行的问题,曾进行过长期的书简往还。男演员和女演员对这出戏同样没有好感;剧团中只有一个演员心怀诚意,专心研究过他所扮演的角色。雨果决心不去雇用捧场的人,而在上演的头三夜,安排了三百个座位由自己来支配。他的最忠实的追随者是一群年轻人,他们自己承认,他们曾花费几个夜晚在里佛里街的拱廊上写满了"维克多·雨果万岁!",没有旁的目的,只不过给可尊敬的市民们找找麻烦罢了;他们现在罗致了一群青年画家、建筑家、诗人、雕刻家、音乐家和印刷工人,雨果对他们叫出了"Hierro"①的口号,他们便准备形成一道铜墙铁壁来对付敌人。幕布一升起,一场暴风雨就爆发了;每当戏剧上演,剧场里就人声鼎沸,要费尽九牛二虎之力才能把戏剧演到收场。连续一百个晚上,《欧那尼》受到"嘘嘘"的倒彩,而连续一百个晚上,它同时也受到热忱的青年们暴风雨般的喝彩。为了捍卫他们的大师,他们一夜又一夜不厌其烦地聆听同样的台词,逐行

---

① 西班牙语,"铁"的意思。

逐行为之辩护,与他的敌人的仇恨、愤怒、嫉妒和优越的权力进行对抗。这件事实或许是无足轻重的,值得注意的是:法国是绝无仅有的一个国度,曾经目睹像这样没有任何有形团体存在的"团体精神",目睹像这样一种为了别人的事业和荣誉而奉献的忘我的忠诚。

敌人们定了包厢,却让它们空空如也,以便报纸刊登空场的消息;他们转过身去,背对着舞台;他们做出不胜厌恶的鬼脸,仿佛这个剧本简直叫他们无法忍受;他们假装聚精会神在读报纸;他们砰地关上包厢的门,一会儿轻蔑地哈哈大笑,然后又是尖声怪叫,嘘嘘不已,乱吹口哨。所以,一种坚决的保卫措施是必不可少的。

在《欧那尼》中没有一种情绪不是强调到登峰造极的地步。主人公是一个心地高尚的天才人物,这种天才和高尚心地属于一个二十岁青年人所能想象的类型。他的天才迫使他过着一种绿林豪杰的首领生涯,而且出于纯洁的高贵品格以及对谨小慎微的蔑视,他做出了最愚蠢的勾当——暴露了自己,让自己的死敌逃生,接二连三地使自己陷于危境。作为一个首领,他对其余伙伴行使了无限的权力,然而他又似乎只凭着自己的勇敢才能够这样做,因为他的一切行动简直幼稚得像个小孩子。尽管如此,剧本里却充满了生命力和真实感。

这个高尚无私的拦路大盗,他活着就是和社会为敌的,而且是一伙忠诚的热情好汉的首领,这就使我们想起了诗人本人——这位文艺界的叛逆,正是他使一伙在风貌和服饰上都和这群江洋大盗一样奇特的青年人坐满了剧场的正厅和楼座。雨果夫人把应她丈夫邀请在第一天晚上出席剧院的观众队伍描写成为"一群狂放不羁,不同凡俗的人物,蓄着小胡子和长头发,穿着各种式样的服装——就是不穿当代的服装——什么羊毛紧身上衣啦,西班牙斗篷啦,罗伯斯庇尔的背心啦,亨利第三的帽子啦——身穿上下各个时代、纵横各个国家的奇装异服,在光天化日之下出现在剧院门口"。他们对雨果的狂热的献身精神,就像欧那尼那伙绿林豪杰对他们首领的献身精神一样强烈。他们知道雨果收到了一封匿名信,信里威胁他"如果不撤销这出肮脏的戏剧",小心遭到暗杀;虽然实现这种威胁简直是不大可能的,他们中间有两个人每天晚上还都是陪着雨果往返剧场,尽管雨果同他们住在彼此相距很远的巴黎住宅区。

在雨果这个时期的信件当中,有画家夏尔莱①的一张稀奇古怪的字条,表现了这些青年人的感情:

> 我的四名护卫奉献出他们坚强的胳膊。我派他们拜倒在你的脚下,如果为时不算太迟,请求你在今晚分给他们四个座位。我为我的手下人担保,他们都是那种为了斗争即使砍头送命也在所不惜的好汉。我以这种高贵的精神鼓励他们,在我没有作过父亲般的祝福之前,我是不会放他们去的。他们跪下了。我伸出我的手说:上帝保佑你们,青年人!你们的事业是正义的,尽你们的义务吧!他们站起来了,我又说,喂,我的孩子们,好好照顾维克多·雨果吧。上帝是仁慈的,但他要做的事太多了,所以我们的朋友首先要依仗我们。去吧,不要使你们为之效劳的人受辱——生命和灵魂都属于你的。
>
> 夏尔莱

浪漫派的艺术在同疯狂的敌对阵营斗争中,受到这样献身的热诚分子的援助,轰垮了敌人的第一座堡垒,赢得了第一次重要的胜利。

这些青年人从舞台上听到的,表现了他们自己的反抗精神和对独立的渴望,表现了他们的勇气和忠诚,表现了他们的理想和爱情的憧憬,只不过是用更加高昂的调子唱了出来,他们的心也随之

---

① 夏尔莱(Nicolas Toussaint Charlet,1792—1845),法国画家,以绘画军事题材和儿童素描最为成功。

融化了。

这时是1830年2月,七月革命前五个月。最沉闷的实利主义使生活变得暗淡无光。法兰西就像凡尔赛花园里的林荫道一样秩序井然。法国被老人们统治着,他们只是宠爱那些在学校里把拉丁诗写得尽善尽美、此后以绝对的品行端方取得公务员资格的青年人。这些品行端方,衣着完美的青年人,缠着围巾,带着高领,正襟危坐。对照起来,那些坐在剧院正厅的青年们,这一个头发垂到腰部,身穿猩红色缎子紧身上衣;另一个戴着鲁本斯①式的帽子,连手套也不戴。这些青年人仇视有权有势、俗不可耐的资产阶级,正如欧那尼仇视查理五世的专横暴虐一样。他们因自己所处的地位感到光荣,尽管他们也像绿林豪杰一样,虽然贫穷,但是高傲——有的怀抱着共和主义的梦想,其中大多数人都是艺术的崇拜者。他们之中有许多是天才——巴尔扎克、贝利奥兹、戈蒂耶、耶拉尔·德·奈瓦尔②、佩特路·博雷尔、普莱奥③——他们屹立在那儿,打量着他们同代的敌手。他们觉得自己起码不像别人那样是追逐地位的人,逢迎权贵的人,是乞丐,是寄生虫;他们是几个月以后发动七月革命的人物,而且他们在不多几年内便给法国创造了第一流的文学和艺术。

我们知道他们是怎样评价欧那尼的。而在第二个大人物西班牙国王查理身上,他们又看到了什么呢?他最初是令人嫌恶的。这位冷酷而小心翼翼的君主对于堂娜苏尔的热烈爱情,我们是不能过分置信的;更何况他是运用了凶暴而卑劣的手段,才把她置于自己的淫威之下呢。但是诗人不久就把这位君主拔高到较高的水平,并使我们感到那充盈在他灵魂里的勃勃野心。

正是查理在查理曼大帝墓地的那篇令人震惊的独白在当天晚

---

① 鲁本斯(Sir Peter Paul Rubens,1577—1640),弗拉芒画家。
② 奈瓦尔(Gérard de Nerval,1808—1855),法国作家,曾译歌德的《浮士德》。
③ 普莱奥(August Preault,1809—1879),法国雕刻家。

上决定了这出戏的命运。而这篇物议纷纭、受尽嘲笑的独白,实际上却是出自一位青年大师的手笔。即使我们不了解历史,也很容易一眼就看出它是多么不忠实于历史,查理五世竟然会有这些想法是多么不可思议;但是其中反映1830年的政治思想和梦想的那种真实性,以及其中展现出的那种令人惊叹的政治洞察力,却使我们如醉如痴。这就是诗人们有时能使我们惊讶不已的历史的洞察力;席勒在二十一岁在《菲哀斯科》中也表现过这种洞察力。听一听堂·卡洛斯关于欧洲的描绘吧:一座大厦的尖顶上耸立着两个人,两个当选的首领,一切世袭的君主都要向他们低头致敬——这就是皇帝和教皇。几乎所有的国家都有世袭的统治者,而且迄今为止都处于机缘的权威之下;然而人民有时也可能选出自己的教皇或皇帝,机缘纠正了机缘,于是恢复了平衡。衣着金光灿烂的选候和身穿猩红大袍的红衣主教,都不过是上帝用以进行选择的工具罢了。

> 由于时代的要求,希望有一天会出现一种思想;
> 它成长,走动,奔跑,干涉一切现象,
> 它长大成人了,抓住了人心,开辟了道路;
> 许多国王把它踩在脚下,或给它戴上口衔,
> 但一天早上它进了国会,进了选举教皇的会场,
> 所有国王突然会看见这种奴隶的思想,
> 手握地球,头戴三重皇冕,
> 高踞在向它的双脚俯首帖耳的国王头上。

诗人描写这种景象时,心目中所想的当然不是查理五世,而是更其接近自己时代的皇帝,他刚刚在《旺多姆广场圆柱颂》中歌咏过那位皇帝,说他的马刺胜过查理曼大帝的凉鞋。切不要忘记:当时人们对于拿破仑的热诚,绝不意味着他们就是波拿巴分子;这只意味着他们属于进步党派。他们所尊崇的拿破仑,并不是法国的

暴君,而是使各国国王和世袭权威受到屈辱的巨人。这个皇帝和一般国王比较起来,就被视为人民的化身;因此当查理在独白中呼叫着下面的词句时,青年一代便被深深地感动了:"哦,国王,向下看呀!哦,人民呀!——海洋呀!捣毁王座的波涛呀!它是一面镜子,国王总难照见自己尊容漂亮!"

查理五世脑际匆促而连续地闪过的这些回忆和比较,是革命的,也是十分现代的。在查理曼大帝的墓地,他完全成熟了,成为现代人们梦寐以求的深得民心的皇帝了。要解决巨大问题和完成伟大业绩的殷切愿望净化了他那热情奔放的抱负。开初的时候,一部分青年观众是很厌恶这个人物的,他残忍的欲望同他心地高尚的对手欧那尼,以及他们两人都热爱着的骄傲的贵妇人比较起来,使他显得多么低劣啊!当他做了皇帝,终于宣布弃权而表示恩德的时候——这两个幸福的恋人在他的身旁突然间却显得渺小而无足轻重了。

他手扪着心,轻柔地自言自语地说:

充满着熊熊烈火的年轻的心,你熄灭吧!
你那永远自寻烦恼的精神振奋起来吧!
啊,从今以后,你的爱情,你的恋人,
是德意志,是法兰西,是西班牙!

他用眼睛望着帝国的旗帜,又说道:

皇帝就像那面鹰旗、他的侣伴。
只有一个盾形纹章占据他的胸膛。

像这样的豪言壮语,对于这出戏剧的真正观众、那些雄心勃勃的青年人,产生了多么强有力的效果啊!雄心勃勃的戏剧,雄心勃勃的悲剧,像要求独立的戏剧一样,深深地打动了他们的心。他们懂得,要达到宏伟的公众的目标,要完成伟大的业绩,只有依靠以心灵最炽烈的情绪、憧憬和欢乐所培育出来的大丈夫气概的决心,而且要把这些情绪、憧憬和欢乐都当做熊熊燃烧的祭品供奉在目标的祭坛上——因此,他们就理解了卡洛斯。

不过,穿插着恋人们的二重奏的第五幕,具有纯净抒情的优美风韵,是这出戏剧的瑰宝。这里的爱情是那些青年人深有体会的爱情,是他们渴望其再度呈现的爱情。在一对恋人永未跨进的新房门前的那段对白;把伟大而热烈的幸福(正如欧那尼所说,这种幸福需要有青铜式的心灵才能加以铭刻)和同归于尽的恐怖交融在一起的那种手法;那种情欲的感觉——在她身上是贞洁而和谐的,在他身上是纯净而热烈的,在他们两人身上是幸福的;堂娜苏尔的那种超尘脱俗的热诚;欧那尼希望在现时和现时的宁静之中忘却过去的那种憧憬——这一切都是当代青年迫切要求而且用雷鸣的掌声加以欢迎的那种浪漫主义。

作为一出戏剧,《欧那尼》是极不完美的;它是抒情的作品,是雄辩的作品,包含很多夸张的成分。但是它却有一个十分重要的优点,那就是,一个独立而卓越的人类灵魂在这里得到了无拘无束、淋漓尽致的表现。从这部作品中,可能窥探出作者的许多心理特征。作者本人,他的天才,他的局限性,他的性格,他的全部过去——他对于自由和权威的见解,他对于荣誉和高贵的见解,他对于爱情和死亡的见解,全都倾注在这部作品中了。

这部作品呈现给我们的,不仅仅是维克多·雨果和1519年西班牙的一个片断,而且也是当时的整个青年一代和1830年法兰西的一个场景。《欧那尼》是七月革命时期鼓舞了法国青年的精神的真髓;它是整个法国的形象,而从浪漫主义的眼光看来,它已扩大成为世界的形象了。

但是,当我们把注意力不仅是局限在一部单独的作品上,而是像目前这样进一步研究文学的整体,这时便有许多浮想联翩的情绪和思想的画面,一幅一幅人物肖像,一个一个世界的形象,从我们眼前纷纷经过。我们将要抓着它们不放,把它们互相加以比较,从而看出它们共同一致的特点,用这种方法来确定这个时代的基本特征究竟是什么。然后,我们让它们按历史的顺序从我们面前经过,再仔细观察它们彼此相异的地方,试图从此发现产生这种相异之点的规律。我们仿佛是要观察,那指示精神潮流方向的箭矢在怎样飞翔。

四　夏尔·诺迪埃

从1824年开始，雨果、大仲马、拉马丁、圣伯夫、缪塞和维尼，几乎每星期天晚上都要在一个朋友家里聚会。这个朋友在那一年定居在巴黎郊外军火库附近的一所简朴的房子里，人们管它叫"小杜伊勒"。他们的主人，论年纪是属于上一世代的人（他诞生于1780年），然而就精神状态而言，他已经预见到一种新生的文学，因此他立刻毫不踌躇地把这种文学置于他的保护之下。他的名字就是夏尔·诺迪埃。

诺迪埃的生涯一直是光怪陆离，历经沧桑的。他最初是汝拉的逃亡移民，后来到伊利里亚①充当一家报纸的编辑，现在他成了巴黎的一名图书馆员。② 他作为一个作家最不同凡响的特点，就是他永远比每一次文学运动先进了十年到二十年。他的小说《让·斯勃加尔》是伊利里亚的卡尔·莫尔③这一类型的故事。这本书是他1812年在伊利里亚构思动笔而在1818年出版的。虽然作为一个故事不大可能发生，读起来也索然寡味，这本书的卓越处在于，远在普鲁东和现代共产主义产生很久以前，作者就把共产主义信仰中最引人注目的真理和谬误，都由他主人公说出来了。让·斯勃加尔写道：

---

① 伊利里亚（Illyria），亚得里亚海东海岸地区的古称，约为现在阿尔巴尼亚及原南斯拉大西部。
② 诺迪埃的青年时代和初期文学活动，参阅本书第1分册《流亡文学》。（原注）
③ 卡尔·莫尔，席勒剧作《强盗》中的主人公。

穷人偷盗富人,如果我们追溯社会状况的根源,证明只不过是把一枚银币或一块面包,从一个盗贼手里公正地归还给被盗的原主。

如果你能指给我看敢于盗用法律名义的权力,我就要指给你看敢于盗用财产名义的盗窃。

自称为宪法并在外表上标榜着平等的名义,打上了平等的印章的法律又是什么东西呢?难道那是平均地权的法律吗?不,那是一个出售的契约,由一些渴望发家致富的阴谋分子和狐群狗党起草的——这个契约把一个民族奉献到富人的手里。

自由并不是那么一种稀世的珍宝;可以在强者手掌里找到自由,也可以在富人的钱袋里找到自由。你是我金钱的主人,而我则是你生命的主人。把钱交给我,你就可以保全你的生命。

我们看到:让·斯勃加尔不是一个普通的拦路匪徒,而是一个赋有哲理的绿林好汉。他身上最自然的东西,是他所戴的那副金耳环;但这一点写实主义的特征,险些儿给诺迪埃夫人砍削掉了。诺迪埃对于妻子的趣味和愿望,照例是唯命是从的。然而,当他偶然一次有意不遵命令,却推托说在其他任何事情上,他都可以奉命唯谨时,诺迪埃夫人知总是说:"别忘了,你还没有为我牺牲让·斯勃加尔的那副耳环哩!"据说,这件事情是这对夫妻在文艺见解上唯一的一次分歧。

拿破仑的回忆录出版后才告诉世人,他在圣赫勒纳岛曾经随身携带着《让·斯勃加尔》这本书,并且读得津津有味,而在此以前,人们竟然忘记了还有过这样一本书。这篇短短的小说属于诺迪埃过渡时期的作品,是在他发展了他特有的个性风格以前写成的。他形成他的特有个性,大约是在真正的浪漫派形成的时期。

那时候,他仿佛站在敞开着的文学大门门口,热烈欢迎着浪漫派的创立。他对于雨果的稚气的传奇故事《冰岛怪人》的评论,是文艺批评中一个小小的杰作,既富于同情,又尖锐犀利。这两个作家之间热烈的友谊就这样开始了。对于雨果的评价恰当得令人吃惊,以致今天读起来,人们简直不会相信,这篇评论的作者并未读过这位文学巨匠的全部晚期作品。能在《冰岛怪人》里预见到这些,那真得是才华出众,聪明过人。

诺迪埃此刻开始写作的一些小说,其风韵与魅力在法国文学中别具一格。它们由于像含羞草一样纤细的感情而与众不同。这些作品主要是描写少男少女心灵中初开的情窦;字里行间闪烁着人生清晨清新的露珠;它们使人联想到春天的森林。众所周知,要想找到既具有文学价值,又适宜于少女们阅读的法文读物,是颇为困难的;但像诺迪埃的《泰莱斯·奥贝尔》,或题名为《童年回忆录》的短篇小说集,却满足了两方面的要求。唯一要冒的危险恐怕就是使年轻的读者感染上充满幻想的柏拉图式的精神恋爱的观念;因为这些作品既是多愁善感的,又是贞洁高雅的;其中所描绘的爱情可以说是几乎不含有性的因素的友谊,然而却又完全吸引住了幼小的心灵。它所以产生魅力,就在于迄今为止,还没有任何经验使这些幼小的心灵产生猜疑,又没有任何虚假的或真实的骄傲去阻止这些心灵表露他们的感情。由于这些故事是以现实为基础,以作者少年时期的回忆为基础的,所以革命时期的恐怖气氛笼罩着全书,形成了它们阴森森的背景,所有故事的结局不是恋人的生离,就是情侣的死别。

感情上的天真烂漫,纤巧精致,正是诺迪埃性格的基本特征。终其一生,他都是一个超脱世俗的大孩子,像女孩子一样不仅畏避不纯洁的念头,而且还畏避成年人的观点。

在这种天真清新的感情基础上,他那奔放不羁、丰富充盈的想象,像一层楼房似的平地兴起。诺迪埃具有一种浮夸的想入非非的天赋，人们不禁相信他必定常常产生幻象和幻觉；他有着某种诗人气质所特有的危险性格，也就是简直不可能说真话的性格。任何人甚至连他自己都不敢断定，他所描绘的东西究竟是真实的呢，还是虚构的。诙谐滑稽往往穿插在真实与虚构之间。大家认为诺迪埃是一个最逗人开心的法国人，当他的朋友们对他说，他们对他所讲的一切连一个字也不相信的时候，他一点儿也不生气。

有一次，他和雨果由他们的夫人陪同，一起到法国南部旅行，途中到达了埃松纳小镇的一家旅店里，准备在那儿用早餐。就在这家旅店里，一个名叫勒虚尔克的人被逮捕过，并因谋杀罪行在1796年被判处死刑，可是事后事实证明他是清白无辜的。诺迪埃从前认识这个人（或者，不管怎样，他说他认识这个人），他那么热情地谈起这个人的冤案，以致两位夫人热泪盈眶，把这次早餐的欢乐兴致搅得索然了。诺迪埃注意到雨果夫人含泪欲滴的眼睛，连忙开始说，"夫人，你知道一个男子不见得总能确定他就是他孩子的爸爸，可是你可听说过一个女人也不知道她究竟是不是她孩子的妈妈吗？""你从哪里听到这样的事？"雨果夫人问。"在隔壁的弹子房里。"他回答。大家逼他说明，他就兴高采烈地谈开了：两年以前，一车子奶妈带着要到乡村去抚育的孩子，从巴黎来，刚好就住宿在这家旅店里。为了安安静静吃顿早餐，奶妈就把孩子们暂且放在弹子台上。可是当奶妈在餐厅里吃饭时，有几个车夫进来打弹子，把孩子们从弹子台上抱起来，随便放在凳子上。奶妈回来时，简直毫无办法了。她们每人怎样辨认自己奶的孩子呢？全部孩子们只不过才诞生几天，彼此没有任何差别。最后，只认准了性别，每个奶妈从一排孩子中间带走一个。所以现在在法国，约莫有二十来个母亲发现她们的孩子像亲爱的丈夫，或者像她们自己，其实她们和这些孩子没有任何关系。

"这叫什么故事？"诺迪埃夫人说，"难道孩子们的衣服上没有记号吗？"

"如果你开始追寻一件事情的或然性,你就永远找不到真理。"诺迪埃回答,一点也不气馁,十分满意他这番话产生的效果。

他自己对于或然性是从不寻根究底的。或然性的世界不是他的世界;他生活在传说的世界里,生活在奇幻的神话和鬼怪故事的世界里。如果真有一位小仙女站在一个凡人的摇篮旁边,这个凡人就是夏尔·诺迪埃了。而且他整个一生都在相信这位小仙女,他爱小仙女,正如小仙女爱他一样,而且在他全部写作中,小仙女都参与了她那一份角色。虽然他根据合法手续和世俗方式同诺迪埃夫人结了婚,这又有什么关系呢?这种结婚不比但丁和盖玛·多纳蒂的结婚有更多的精神上的意义。他真正的新娘和比亚特丽斯是一度曾作赛巴①女皇的仙女贝尔吉斯——贝尔吉斯是诺迪埃和耶拉尔·德·奈瓦尔时常歌吟赞颂的仙女。

他生活的世界是奥伯龙和蒂坦尼雅②翩翩起舞的世界,是《一千零一夜》的曲调和爱利尔的天国交响乐队的旋律此起彼伏的世界,是泼克在玫瑰花苞上铺床而所有花朵使夏夜发香的世界。在这样一个世界里,所有过着真实而清醒的生活的人们,看来都可以适应孩子的理解力和幻想家的要求,只是被古怪地放大了,或者被古怪地缩小了。

正像诺迪埃本人在什么地方所说,在这里我们看见四处流浪的奥德修③,但他却萎缩成了小拇指④,他的惊涛骇浪的航海历程只不过是泅渡了一个牛奶桶罢了。这里也有谋杀妻子的凶手奥赛

---

① 赛巴(Sheba),又名沙巴(Saba)。古代阿拉伯南部最富有的国家,包括现在的也门及南也门的哈德拉茅。
② 奥伯龙和蒂坦尼雅,前者是传说中妖精国国王,后者是皇后,出现在莎士比亚的喜剧《仲夏夜之梦》中。
③ 奥德修,荷马史诗《奥德修纪》中的主人公。在特洛伊陷落以后,流浪十年,返国向他的情敌复仇。
④ "小拇指"及下面提到的"蓝胡子"和"穿靴的猫",都是法国诗人贝洛的童话人物。

罗,不过他的胡子不是黑色的而是蓝色的——他成了臭名昭著的蓝胡子。这里还有对权贵善于阿谀奉承的机灵的仆人费加罗①,他却幻化成穿靴子的猫了——这是一个不大逗人开心的人物,虽然从心理角度来看也是很有趣的。

没有一个法国浪漫主义作家,比诺迪埃同德国和英国的浪漫主义作家的关系更为密切的了。没有读过诺迪埃作品的人,回想一下瓦尔特·司各特爵士的鬼怪故事和霍夫曼的大胆的狂想,就可以窥其梗概了。不过,当然,这些故事并不能使人体会出诺迪埃的艺术特色。他的艺术上的独到之处在于,他表现浪漫主义题材,并不是像我们习惯上称之为浪漫主义的那样,而是相反,严格典雅,古典纯朴,色彩方面惜墨如金,热情方面匮乏已极。我们在司各特作品中意识到的苏格兰的弥漫浓雾,或是在读霍夫曼作品时呼吸到的柏林酒场的腾腾烟气,在诺迪埃的作品里是一点也没有的。他周围的年轻的浪漫主义作家使他们的语言极尽声色之能事,并且以图像来代替概念;而作为文体家的诺迪埃,却把自己最狂放的浪漫幻想改写成如帕斯卡尔和博叙埃②那样清澈而质朴的语言。尽管他是新文学倾向的热情的战士,但在风格方面,他仍保持古老的方式,把十九世纪荒诞不经的想象,用十七世纪严格周密、明白如话的语言表达出来。他的狂想放肆到濒于疯狂的边缘,而在风格方面,他却庄重严肃,明白清楚。梅里美曾经俏皮地说过,诺迪埃的一篇幻想故事就像"一个古代希腊诗人所讲述的一个西西亚人③的梦。"

他的《伊涅斯·德·拉斯·西拉》是一篇鬼怪故事,它的美妙

---

① 费加罗,法国博马舍《费加罗的婚姻》中的主要人物。
② 帕斯卡尔(Blaise Pascal,1623—1662),法国著名科学家,哲学家,数学家和作家。博叙埃(Jacques-Bénigne Bossuet,1627—1704),法国教士,作家。
③ 西西亚:欧洲东南部和俄国亚洲部分之间地区的古称。公元前该地居民为游牧民族,被古希腊人视作野蛮人。

使它无比优越于一般的鬼怪故事。无法理解的幽灵所产生的恐怖感,混杂着神奇来客的文雅举止所引起的赞叹情绪——这两种感情并不互相抵消,而是结合在一起,形成一股独具风姿的魅力。这种结合正是诺迪埃作品产生效果的奥秘所在。可惜,他那平凡庸俗而且不大可能的收尾(他用最平常的方式使鬼魂化为乌有)破坏了这篇美丽动人的故事——深更半夜在古代城堡所看见的幽灵,原来并不是三百年前遭人杀害的年轻舞女的鬼魂,而是一个恰巧同名同姓的活生生的西班牙少女,一连串幻想联翩、不可信的境界使她浑身缟素在那里翩翩起舞。这样来处理神秘故事真有点拉丁式的理性主义味道,然而在我们看来,却仿佛感到啼笑皆非了。不管怎么说,像《伊涅斯·德·拉斯·西拉》这样的小说,最确切地显示了十八世纪以来创作上所取得的进步;十八世纪是那样敌视超自然事物(即使是虚构的),以致伏尔泰在《瑟米拉米》中,让米奴的滑稽可笑的鬼魂在光天化日之下,用扩音喇叭嚎叫亚历山大格式的诗句,于是他便自命为大胆的革新家了。

《面包屑的妖女》,在我看来似乎是诺迪埃最优美的幻想小说。毫无疑问,幻想是太多了;一个读者要跟踪追随四开本一百二十页的各种狂放不羁、错综曲折的幻想情节,纵然其中有很大部分饶有趣味,富有魅力,也不得不做出一番努力。格拉斯哥的疯人院里一个不幸的、不伤害人的疯子,述说了他一生的故事。这就是这篇小说的背景,但当这些事件娓娓叙来,令人感到惊心动魄的时候,我们几乎忘却了这个背景。人类生活中的各种弦音都被触动了,粗犷刺耳而又狂野杂乱。仿佛生活本身一幕幕从人的眼前浮动过去,看见的只是混乱的一面,只是一个梦魂颠倒的人,或者神志昏迷的高热病人,从完全容许的角度所看到的一面。

在诺曼底的格朗维尔的小市镇里,住着一个可尊敬的、心地纯朴的青年木匠,他的名字叫做米歇尔。在这同一个市镇里,住着一个矮小的老婆子,皱缩枯萎,丑陋不堪,由于她拾小学生的早餐残渣为生，人们就叫她"面包屑的妖女"。四五世纪以前，大概就看见过她在格朗维尔以同样的方式生活了；打从那时起，她每隔一段时间就显身一次。这个精灵由于受到青年木匠少量金钱的援助，她就用她所有的各种聪明建议来帮助这个木匠作为回报。她和他说话的神情，永远像是在无限深情地热爱着他。她乞求他答应和她结婚，这样就可以用这个方法把他的钱及时重新还给他。她把她的肖像画赠送给他，这张画丝毫不像她，而是画的仙女贝尔吉斯，也就是古代被所罗门热爱过的赛巴王后。这个青年爱上了这个华美绝世、妖艳夺目、令人心醉的美女像。无论他到什么地方，他总是见到她的名字。当他决心到外国去碰碰运气的时候，他漂洋过海的船只就叫做"赛巴王后号"。他漫游全世界，梦想着贝尔吉斯，正如我们所有的人都在尘世漫游，却梦想着海市蜃楼，梦想着理想之邦，梦想着我们坚定不移的观念——这些梦想在我们的邻人看来无异就是疯狂。

在他曾经留宿过的一家小旅店的屋子里发生了一桩谋杀案件，不幸的米歇尔被诬控为凶手，并被判处绞刑。他通过叫骂着的人群，被带到绞刑架去。按照古老的风俗习惯，在那儿宣布，如果有任何年轻的女子对他发生怜悯之心，并且把他当成自己的丈夫，那么，他的性命就可以保全了。大家瞧哟，一个快活而漂亮的姑娘，一个一直喜欢他的姑娘，——爽朗痴女走近了绞刑架，准备拯救他的生命。但他却请求让他考虑一下。他是喜欢爽朗痴女的——她又善良，又美丽！但他并不爱她。他只有一个钟爱的人儿——他那么热烈而秘密崇拜的意中人——仙女贝尔吉斯。他含情脉脉而又感激不尽地注视着痴女，仔细考虑了一番，然后——请求给他执行绞刑。这种绞索套在脖子上的考虑，这种经过考虑的结论，正如莎士比亚所说，"许多愉快的绞刑倒免除了不幸的姻缘"，被描写得愉快而幽默，而且具有纯朴的哲理，使我们不致忘记，我们每一个人在某些时候也会产生这种想法的。

他们就要行刑绞死米歇尔了,忽然听见了大声的喧嚣,面包屑妖女,身后跟着全街的孩子,气喘吁吁地赶来了,带来了犯人清白无罪的真凭实据。他出于感激之情和她结婚了,但他和他老态龙钟的妻子在新婚之夜刚把新房的门关严,他刚合拢眼睛的时候,走近他的寝床的却是披着新娘面纱的贝尔吉斯。

"我的天哪!贝尔吉斯,我结婚了,我已经和面包屑妖女结婚了。"

"我就是她呀!"

"不,不可能的;你不是几乎和我一样高么?"

"这是因为我把自己的腰身伸长了嘛!"

"可是贝尔吉斯,这垂在你肩膀上的美丽、卷曲、金黄色的头发呢?面包屑妖女可是一根也没有的呀!"

"是呀!我的头发只对我的丈夫才现出来。"

"可是,妖女的那两根大牙呢,贝尔吉斯?在你清新而芬芳的口唇里,可看不到那两根大牙呀!"

"是呀!那是只准上了年纪的人才有的多余的东西。"

"贝尔吉斯,和你拥抱,那种灵魂儿飞上九霄的极乐的感觉占满了我的身心,而妖女却没有给我这种感觉呀!"

"自然那是没有过的,"她吃吃地笑着回答。"但所有的猫在夜里都是灰的呢。"

从此以后,米歇尔过着一种双重的生活;他在白天同聪明的老妖女鬼混,而在夜晚却在美丽年轻的赛巴王后的耳边厮磨,直到最后,他找到了轻歌曼吟的曼陀罗华,从疯人院里逃脱出来,乘着曼陀罗华歌曲的翅膀,飞升到妖女和贝尔吉斯的天堂里去了。

无疑,这是疯狂,但这是一种令人惊心动魄的疯狂——充满热情的疯狂。这位拾面包屑的妖女究竟是谁呢?是智慧的化身吗?是克己和义务的化身吗?是象征突然显露天才锋芒的无尽的忍耐力吗?是象征转化为忠贞的报酬的幸福这样一种忠贞吗?在这一切品德之中,她或许都具备一点;正因为如此,她才能够幻化成青春、美丽和幸福。诺迪埃就是用类似这样的方式孕育出、或者梦想出他的故事。

他的想象力到了成熟期变得更加奔放,更加大胆了。他不再满足于创作那些未赋形体、杂乱无章的素材了,而用一种光怪陆离、滔滔不绝、冷讽热嘲的语言把他的素材呈现在我们面前。没有一个法国人像诺迪埃那样更接近于具备英国人和德国人所谓的幽默感了。有时候,他仿佛分明是想入非非,那时他不仅在他的故事里把日常生活的世界弄得七颠八倒,而且戏弄着他自己和故事的关系,嘲讽着同时代人,对于人生幻象赋予千种影射、万般哲理。他甚至利用印刷术来加强他的幻想的效果;或者说得更正确一些,为了证明他的个性对他的素材的绝对驾驭能力,他对于任何细节,哪怕是纯粹机械的表达方法,无不用他的情绪加以渲染。在他的著名故事《波希米亚国王和他的七座城堡》中,他用尽了印刷术的所有方法。铅字听从他的指挥,可以变得很长很长,从书页的顶端伸延到底部;他又一指挥,它们又立即缩小到微乎其微;他尖声一叫,它们便惊慌失措,站立起来;他忧郁沉闷了,它们便在字里行间垂头丧气;那些铅字已经和插画不可分离地打成一片;随着心境一时的变化,他交替地运用着拉丁文和哥特文;有时,铅字头朝下倒立着,我们就得把书倒过来阅读;有时铅字密切地结合着情节,以至一句走下楼梯的描写必须排印成下面的形式:

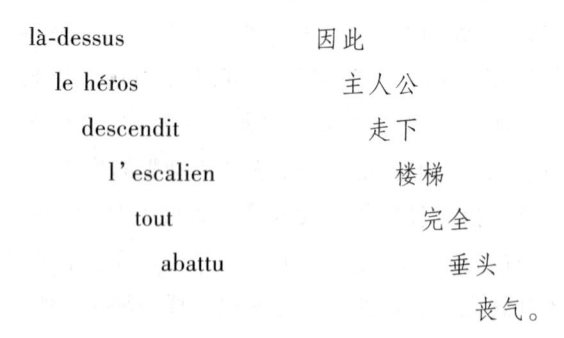

là-dessus	因此
le héros	主人公
descendit	走下
l'escalien	楼梯
tout	完全
abattu	垂头
	丧气。

在他女儿所写的诺迪埃小传中,探索一下他借以构思幻想小说的事实基础,是很有趣的。像在《伊涅斯·德·拉斯·西拉》中那样,以真实情节做基础的例子是罕见的。(在那部作品中,只有一座古城堡,是诺迪埃在1827年偕眷旅游西班牙时亲身游览过的)。有时,例如在《特利尔比》中,起点只是一个传说;意味深长的却是,这个传说竟是司各特和拜伦的法文译者皮肖讲给诺迪埃听的。《斯玛拉》的构思,是诺迪埃从他巴黎寓所的老看门人那儿得来的,这个看门人病得太厉害,除了坐在椅子上,几乎在任何地方都不能入睡,他向他讲述了他的梦魇和梦境。《面包屑妖女》的模特儿是他童年时代伺候过他父亲的一个老婆子的形象,她把他的父亲——一个六十岁的老头——当做一个轻浮的小伙子一样对待。这个年老的黛里斯硬说,在她进诺迪埃家以前,曾经服侍过蒂埃利市市长丹勃瓦斯先生。当她喋喋不休地谈到这件事时,她把最古怪的事件和最陈旧的风俗的回忆同自己的亲身经历混成一片了。诺迪埃这一家人由于好奇,设法查询了这位异乎寻常的市长。在该市的档案卷宗里只能找到一个同名同姓的人,而这个人在1557年就去世了。由此可见,这篇妖女的故事是怎样从这个离奇的插曲中发展出来的。哪怕只有一丝一毫事实的踪影——一片风景,一篇传说,一场梦境,一句谎言,或者仅仅一点儿鸡毛蒜皮——对于诺迪埃也是够用的了。

这位和蔼可亲、天资聪颖的人的家里,多年来都是那些在1830年初露锋芒的文人墨客聚会的场所,所有才华横溢的后起之秀都赶到这里来设法寻求鼓励,如有可能,还获准在星期日的下午,在济济一堂的卓越的文友面前朗读一首歌谣或一篇小品散文。这个人物在这一时期的文学里可以说是单枪匹马达到了浪漫派幻想的顶峰。作为德国浪漫主义主要特征的那种幻想的超自然性,只不过是法国浪漫主义的支柱之一;或者更正确地说,只不过是它的要素之一——在这一派最显赫的人物身上是无足轻重的附属的要素，而在其他人物身上则是重要的要素，但这种要素总是存在的。就维克多·雨果而论，在他的《安息日圆舞曲》中，这种要素立刻就展现出来了；在其巨著《历代传说》中，更是咄咄逼人地令人感到这种要素，尽管《历代传说》不过是幼稚的历史传说而已；甚至在讲究理性的梅里美的身上，我们也可以窥见这种要素的一斑。在《伊勒的维纳斯像》中，这种要素只是半掩半露，稍加点破，而在《查理十一世的幻象》和《炼狱的灵魂》中，就更加显著了。在拉马丁的《一个天使的堕落》中，这种要素发挥着一半像天仙一般纯洁、一半充满血腥的肉感的力量；这种要素还弥漫在奎奈①的泛神论一样暧昧模糊的《阿哈斯威路斯》中；在乔治·桑晚年给她的孙子们写的美丽的童话中，也出现了这种要素的影子；就连易受影响的戈蒂耶，在他的许多深受霍夫曼影响的短篇小说中，都充满了这种要素。而且，这种要素还作为斯韦登伯格式②的招魂术，出现在《赛拉菲屠斯·赛拉菲塔》③这样一部小说里，确实使巴尔扎克的伟大的《人间喜剧》更加完美了。但是，还没有任何作家像诺迪埃那样与众不同地拥有这种要素的纯朴的独创性和诗意的魅力。

---

① 奎奈（Edgar. Quinet, 1803—1875），法国诗人，历史学家和哲学家，著有《宗教的精髓》及散文诗《阿哈斯路斯》（Ahasvérus）。
② 斯韦登伯格（Emmanuel Swedenborg, 1688—1772），瑞典科学家，神秘主义思想家。
③ 《赛拉菲屠斯·赛拉菲塔》是巴尔扎克的《人间喜剧》中的一部神秘气氛很浓的小说。

五　回顾——外国的影响

　　新文学运动和新艺术运动有国外和国内两方面的源泉。而国外的源泉则更清楚而明显。

　　如前所述,过去一直远离法国的、较古老的外国文学,以及以其新奇风姿迷惑了人们心灵的新文学,同时都为青年一代所吸收和溶化了。他们吸收和溶化的热忱,和这种文学作品摒弃早期法国文学所墨守的成规的激烈程度,恰好形成正比。在青年浪漫派的眼前,仿佛存在着一个三棱镜,用某种千篇一律的方式折射出所有的光线,而通过三棱镜的光线,却在进程中改变了性质。

　　莎士比亚这个名字,早就变成浪漫主义者伟大的集合号召。奥·威·施莱格尔[①]很早就为莎士比亚准备了道路。在他的《论戏剧艺术与文学》的著名演讲中(这篇演讲用德文和法文出版问世),他是第一个赞颂和阐释莎士比亚的人。法国"浪漫主义的预言家"梅尔西埃,接着热切地接过这个号召;维勒曼和基佐紧步后尘;模仿他的作品和翻译他的作品(比起上一世纪的翻译,这次的翻译是更为忠实了),可以说为普及这位伟大的英国人的名字和艺术竭尽了全力。不过,在二十年代初期,这种进展还不足以阻止一个英国剧团在圣马丁门剧院试演莎士比亚戏剧时所受到的打击,那时人们把雨点般的苹果和鸡蛋扔上台去,并且高喊着:"说

[①] 奥·威·施莱格尔共译过十六部莎士比亚戏剧。这些德译莎剧被本书作者誉为"实在无懈可击,仿佛出自一位同莎士比亚并驾齐驱的新起的诗人之手"(见本书第二分册第55页)。

法国话吧！打倒莎士比亚！他是威灵顿的一个副官！"①可是，我们已经看到，仅仅在几年以后，介绍莎士比亚的后起之秀就遇到最衷心的欢迎了。在这期间，司汤达做出了坚决的努力，使莎士比亚受到应有的重视。《环球报》（最初每周刊行三次，然后每天一次）已经作为年轻一代的机关刊物问世了，其中最出色的撰稿作家用超群绝伦的技能指挥了这场崭新的浪漫主义的战役。

　　司汤达虽然爱发奇谈怪论，却是当代头脑最清醒、最富独创性的作家之一。他对莎士比亚表示了深厚的景仰，而又不显得对拉辛缺乏虔诚——他是把拉辛当做莎士比亚的对立面的。他指出，每次戏剧表演过程中应该出现的那种完全虚幻的瞬间，在演出莎士比亚戏剧时是比演出拉辛戏剧时出现得更为频繁。他又指出，一出悲剧所提供的特殊快感，取决于留在观众脑海里的这同样几秒钟的幻象和情绪如何。没有什么比一味赞赏一出悲剧美丽的韵文更其妨碍幻想的了。我们不得不回答的问题是：戏剧诗人的任务究竟是什么？究竟是用和谐的韵文给我们呈现一个编造得很美丽的故事情节呢，还是把各种情绪忠实逼真地表现出来？司汤达在对这个问题所作的答案中，比维克多·雨果和亚历山大·仲马后来所写的作为典范的浪漫主义悲剧走得更远一些；因为他毫无保留地摒弃韵文作为悲剧的工具。他说，如果承认悲剧的目的在于忠实逼真地表现各种情绪，那么它的第一个要求便是把思想和感情表现得清楚明确。而这种清楚明确却往往被韵文破坏了。他引用了麦克白看见班戈的鬼魂坐在他的座位上时所说的一句话："宴席已经坐满了。"他认为，音韵和旋律丝毫不能增加这一声呼喊的美感。后来达到司汤达的戏剧艺术理想的，显然是维泰②，而不是雨果。

---

① 参阅司汤达著《拉辛与莎士比亚》第215页。（原注）
② 维泰（Vitet，1802—1873），法国作家、政治家，著有三部曲《同盟》。

司汤达发出警告,反对一味模仿莎士比亚。这位大师值得我们仿效的,只是他能够宽容地观察他所生活的社会,并善于为同时代人提供那种恰巧合乎他们需要的悲剧而已。在1820年的当代,人们依然渴望某种悲剧性的戏剧,尽管一般公众震慑于拉辛的赫赫大名,不敢向诗人去要求这种悲剧。只有当一个作家研究了他的时代,而且也满足了时代的要求,他才是真正的浪漫主义的。因为"浪漫主义"是这样一种艺术,它向各个国家所提供的文学作品,都是按照各国的观念和习俗的现状创作的,从而给予它们最大可能限度的快感;相反,古典主义提供给各国的文学,却只给它们的祖先提供最大可能限度的快感。拉辛在他自己的时代中,就是一个浪漫主义者。莎士比亚之所以是浪漫主义者,首先由于他给1590年的英国人描绘了英国内战的血淋淋的斗争及其结局;其次,因为他为人类心灵的搏动和人类内心的热情勾画出一连串精彩杰出、惟妙惟肖、千变万化的图景。浪漫主义的教导,并不是要人们向英国或德国东施效颦,而是提倡各个国家应该有各自的文学,按照各自的性格特点去塑造人物,正如我们大家只穿着按照我们自己的身材裁缝而成的服装一样。

我们注意到,对于司汤达说来,浪漫主义几乎就是我们所谓的"现代艺术"。上文已经提到拉丁民族对于古典主义有着根深蒂固的倾向,足以代表这种倾向的是,司汤达反复声称,作家在有关题材的一切方面都应该是"浪漫主义的",因为这是"时代的要求",然而在表现题材的方式上,在词汇和风格方面,他却应该依旧是古典主义的。因为语言是约定俗成的传统,因而实际上是不会变动的。作家们应该试着像帕斯卡尔、伏尔泰和拉·布吕耶尔那样写作。①

虽然《环球报》赫赫有名的撰稿人在特征方面各有不同,他们

---

① 参阅《拉辛与莎士比亚》第115页,117页,218页注。(原注)

为"浪漫主义"所作的定义,却彼此非常一致,并且和司汤达也非常一致。当雨果仍然是保皇党、基督教徒和保守主义者的时候,《环球报》已经是充满革命精神的,富于哲理的,自由主义的了。在《环球报》上发表浪漫主义纲领的第一个人物就是蒂埃尔①。他宣称浪漫主义的口号是"自然"和"真实"。在每一次艺术革命和文学革命中,这两个口号几乎是必不可少的战斗口号。蒂埃尔反对造型艺术中的学院作风和匀称对比,在戏剧诗歌中要求"历史的"真实性——这种历史的真实性同后来所谓的"地方色彩"原是一回事。杜威尔吉尔·德·奥兰纳②在他的《论浪漫派》一文中,给古典主义下的定义是"常规",给浪漫主义下的定义是"自由"——也就是说,使各有千秋的才智之士(雨果和司汤达,曼佐尼和诺迪埃)都有发展他们显著的个性的自由。安佩尔③给古典主义下的定义是"模仿",给浪漫主义下的定义是"独创"。但是,一个匿名的作家(十之八九是西斯蒙蒂)试图做出一个更准确的定义;他说,铸造"浪漫主义"一词,并不是指迄今为止任何社会得到充分表现的文学作品,而是只指"忠实反映近代文明"的文学。按照他的信念,既然这种文明在其本质上是精神性的,给浪漫主义下的定义就应该是"文学上的精神性"。维泰,未来的《街头堡垒》的作者,这时候还是个二十岁的青年,试图用他那种年龄所特有的冲劲和胆量来解决问题。按照他的说法,浪漫主义不过是艺术问题中的独立性,文学中的个人自由。他说,"所谓浪漫主义就是文学和艺术中的新教";他这样说,显然只是想到了摆脱某种教皇权威。他又补充说,浪漫主义既不是一种文学上的教义,也不是一种

---

① 蒂埃尔(Adolphe Thiers,1797—1877),法国政治家和历史家,曾赞助 1830 年的革命。
② 奥兰纳(Duvergier de Hauranne,1798—1881),法国历史家和政治家。
③ 安佩尔(Jean Jacques Antoine Ampère,1800—1864),法国语言学家和文学史家。

党派的号召,而是必然的法则——变动的法则和进步的法则。"二十年以后,整个国家都会是浪漫的;我说整个国家,是因为耶稣会教派并不在国家范畴之内。"

读者自己可以看出,所有这些定义和维克多·雨果所得出的结论——"浪漫主义是文学上的自由主义"——这两者之间的差别是极其细微的。当《环球报》欢呼"雨果先生已经置身于运动的行列",以此来迎接《克伦威尔》序言的发表时,读者也就丝毫不会感到惊讶了。雨果给浪漫主义的主要贡献就是胜利。①

瓦尔特·司各特爵士次于莎士比亚,是在法国发挥了其来龙去脉最显而易见的(即使不是最深刻的)影响的英国作家。正如他跨越了其他每个国家的边界一样,他也闯进了法国。这位伟大的苏格兰人尚未在法国声誉卓著之前,早在德国、意大利和丹麦拥有赞赏者了,他们为爱国情绪和道德目标所鼓舞,继承了他的小说的格调。他的《威弗莱小说丛书》于1814年问世;1815年,德·拉·摩特·福凯就已经以德国"容克"子弟的风格模仿他的小说了;在1825至1826年,曼佐尼的《约婚夫妇》出版了;而在1826年,英格曼开始发表他的浪漫主义的历史小说,这些小说谆谆教诲着一种幼稚的爱国主义和保皇主义,而且字里行间仿佛游荡着瓦尔特·司各特的一个苍白的幽灵。《威弗莱小说丛书》几乎刚一出版,就被翻译成法文,而且立即取得了极大的成功。司各特变得轰动一时,到二十年代初期,剧院经理就敦请作家们把他的小说改编为剧本。过渡时期的诗人苏梅的剧本《爱米丽雅》,一部不很成功的剧本,就是根据司各特的小说改编的。维克多·雨果本人也使用他年轻的内弟保尔·福歇的名字,寄出了一部根据司各特的

---

① 参阅托·齐星(Th. Ziesing)著:《一八二四年至一八三○年的环球报》。(原注)

《坎尼尔沃斯》改编的剧本,虽然作为一个剧本,那也是一次失败。

不过,使年轻的浪漫派深受感动的,不是小说中为新教诸国所大加赞赏的某些特点,而是小说中历历如绘和反映中世纪风味的才能。在法国人的心目中,司各特之所以深受喜爱,是由于他的小说中大量穿插着石制弓弩,浅黄皮革上衣,别致的服装和浪漫情调的古老城堡。至于他在德国和北欧诸国赢得大量读者的、合乎常情的、清醒的人生观和新教道德,法国人是不屑一顾、或者是极不赞成的。司汤达第一个严厉地批评司各特。他预言,尽管司各特声誉鹊起,名重一时,但他的盛名是难以持久的;因为,根据司汤达的意见,司各特的才华更多地表现在描绘人们的衣着服饰和勾画人物身段面貌方面,而不是在呈现人物的感情生活和他们的激情。司汤达说,艺术既不能够、也不应当确切地模仿自然;艺术永远是一种美丽的无稽之谈。然而,司各特却是太荒诞无稽了;他笔下那些热情洋溢的人物,往往使我们感到他们会为自己害臊;他们缺乏决心,缺乏胆识,也缺乏朴实、自然。不久以后,他的批评家们就开始口出怨言了,巴尔扎克也反复这样说,司各特不善于描写妇女和妇女的热情,或者在一个过分强调文艺方面的谨小慎微的社会里,他无论怎样也不敢描写这些热情,以及这种热情所伴有的欢乐、痛苦和惩罚。① 以现代情节为题材的小说都没有什么影响;只有《艾凡赫》《昆丁·达沃德》《坎尼尔沃斯》《柏斯的美女》和一两部其他小说还算流行。

这位外国作家的特殊功绩,在法国人眼里看来,就是他用戏剧对白体的长篇小说代替了当时流行的长篇小说的两种形式,一种是叙事的形式,其中各章的标题就是内容梗概,作者扮演了小说的重要角色,另一种是书简的形式,在"亲爱的朋友"和"你的忠实的

---

① 参见司汤达著《拉辛与莎士比亚》第294页;巴尔扎克在《人间喜剧》序言中自己说的话,以及在《幻灭》中他的化身丹尼·达泰慈的论调。(原注)

朋友"这一头一尾之间,塞满了所有意想不到的情节和全部热情。最有才华的法国青年作家受司各特的影响是一目了然的。在道德标准上和英国人最接近的一位作家,阿尔弗雷德·德·维尼,写了一篇以黎塞留①时代事件为情节的小说《商马尔》,这是一篇引人入胜、但现在看来却很陈腐的作品。其中善与恶的对照压倒了其他一切的对照,而且显露出作者对于黎塞留作为政治家的超群之处非常缺乏赏识力。司各特描写人物个性的熟练技巧,这部作品几乎一点儿也没有;代替这种技巧的是一种抒情的因素,是尽量美化富于青春活力的、轻举妄动的侠义精神——古老的法国尚武精神。普罗斯佩·梅里美和维尼在同一时期受到这个伟大的苏格兰人的影响,他写了《查理第九时代逸事》,这部作品的精神就更不像司各特的精神了。梅里美在历史现象中挑选出坚强而猛烈的热情,简直是为热情而热情,但也具有法国浪漫主义的附带目的,即要大胆恣肆、毫无保留地去惹起那些体面的资产阶级的愤怒;一般说来,他刻画人物时既清晰又简洁;他冷冰冰地述说着他的故事,将既成的道德传统完全置之度外。

大家都知道,在稍后不久的一个时期,亚历山大·仲马以他富于特征的方式,采用司各特绚丽多姿的色彩和历史风格,创作了许多轻松愉快、读起来津津有味的小说,《三个火枪手》就是一个例子。然而,现代法国小说的奠基人巴尔扎克,也像维尼和梅里美一样,受到这位在小说史上划时代的外国大师强烈的诱惑——这件事一般人就不大知道了。他希望紧步司各特的后尘走下去,而又不致仅仅成为一个模仿者。他相信自己在浪漫主义曾使之重放异彩的描写艺术方面完全可以和司各特匹敌媲美,他有力量赋予对话更多的活力。在司各特的著作里,只有一种妇女典型;而法国的

---

① 黎塞留(Armand Jean du Plessis de Richelieu,1585—1642),法国政治家,曾为路易十三的首相。

历史小说作家,却能够把天主教昭昭在目的劣迹和光怪陆离的道德,同法国历史上最狂野时期加尔文教阴森的苛刻苦行形成对照。这样,就保证他不致流于单调乏味了。巴尔扎克老是在构思里程碑式的巨著,他的心灵对于包罗万象而又条理分明的作品,总有一种本能的偏爱。他终于构想出这样一个计划:要在一本或几本小说里描绘查理大帝以来的每一个历史时期,而这几本小说将整个地形成一条环环相扣的链子——这个想法也是弗雷塔克①在他的作品《祖先们》中,试图就德国历史方面采用并实行过的。巴尔扎克以自己的本名发表的第一篇小说《朱安党人》,他想用来构成这条链子的一个环节。这篇小说描写了革命时期旺岱县的战争,和《商马尔》及《查理第九时代逸事》在1827年同一年问世。出版更晚一些的两本书《关于喀赛林·德·梅狄西》和《巨匠柯奈留斯》,也是这部计划中的伟大巨著的几个片断。这后一本书是巴尔扎克和瓦尔特·司各特直接进行竞赛的一部小说;小说的主人公是路易十一,巴尔扎克认为司各特对这个人物的处理很不公平。虽然这些历史传奇在传奇领域里是优美动人的,对人物的研究也是栩栩如生、精密细致的,可是这些作品却证明,如果巴尔扎克的意图仅仅拘泥在将逝去的往事重新恢复生命,他在他那个世纪的文学中,也就仅仅处于完全次要的地位了;他将不过作为司各特的一个弟子知名于世而已。

这位著名的苏格兰人也使维克多·雨果燃烧起一股热望,要写出一部宏伟的历史小说。他决定以巴黎圣母院的大教堂(大教堂的粉刷一新曾经使他产生嫌恶之感)作为这部历史小说的中心;因为他对这座宏伟而古老的建筑物怀有一种爱慕之情,使我们联想到歌德之于斯特拉斯堡大教堂、欧伦施莱厄之于罗斯基尔德大教堂。按照雨果与出版商的合同,这部名著应于1829年4月完

---

① 弗雷塔克(Gustav Freytag,1816—1895),德国小说家和戏剧家。

稿;但是他未能践约;他先获得五个月的宽限,然后被允许延期到1830年12月1日,条件是这部小说如到期未完,每拖延一星期,就得付出一千法郎。到7月27日,准备研究工作已告就绪,他就在当天开始动笔了;第二天,七月革命爆发;雨果的住处处于枪林弹雨之中,在迁移住宅期间,这部小说的全部笔记和研究材料都散失无遗。在这种情况下,出版商又应允了三个月的宽限。雨果闭门谢客,并且锁上了黑色礼服,不再想外出了;他买了一瓶墨水,穿上他的工作服,既不访朋拜友也不接待客人,一直写到1831年1月14日,墨水瓶空空如也,这部小说也就大功告成了。在整个写作期间,他只让自己有过一次散心的活动,那便是去观看查理第十的阁员接受判决。为了不违反他的决定,他是穿着市民军的服装去的。

雨果在他青年时代的早期,曾经受过司各特的深刻影响。他二十一岁写了一篇关于《昆丁·达沃德》的评论,对司各特的历史感觉、道德诚挚和戏剧风格表示了最高的赞赏。然而,就在这篇早期的评论中,我们碰到了一句话,他在这里仿佛表明了他希图采取超过司各特的一步。他写道:"在瓦尔特·司各特的风景如画而又是散文体裁的小说之后,仍然可以创造出另一类型的小说。在我们看来,这一类型的小说更加令人赞叹,更加完美无缺。这种小说既是戏剧,又是史诗;既风景如画,又诗意盎然;既是现实主义的,又是理想主义的;既逼真,又壮丽;它把瓦尔特·司各特和荷马融为一体。"忠实于自己的雨果常常由于夸张破坏了他的效果,我们决不能让这段话妨碍我们承认这位青年作家的卓识远见,他看出了他本人总有一天在小说领域里能够达到的成就。他似乎已经有了某种预感,他将来要写的小说与其说是像司各特小说那样的现实生活的画面,还不如说是伟大的散文诗、生动别致的编年史。

《巴黎圣母院》意在描绘十五世纪巴黎的生活和习俗,它是一部富于宏伟而有益的想象的创作。因为雨果偏爱壮丽和庞大,这个题材对他倒是很适合的。他给这座大教堂赋予了灵魂,吹进了他的精神的气息,使它变成了一个活生生的存在。好像一个科学家从一根脊椎骨重新塑造出一个完整动物,雨果的头脑以大教堂为起点,构想出年湮代远、久已消逝的巴黎的全貌。那些远古年代的信仰和迷信、习俗和艺术、法律和人类的情绪和热情,以一种壮阔而遒劲的笔触给我们描绘得栩栩如生——虽然并不十分精密,却具有一种令人信服的魔力。《巴黎圣母院》中的各色人物,是一位天才的人物素描,是用史诗的风格、比真人更大的规模勾画出来的。司各特笔下诚实纯朴的芸芸众生,被一个陶醉于缤纷色彩的艺术家所创造的生物所代替了;司各特的温柔精神让位于夸张的热情,这种热情不屈不挠地指向盲目而严酷的必然性,也就是写在教堂墙壁上的那个希腊字"阿南凯"(ávávκη),那个字把我们大家——吉卜赛人和牧师、美人和野兽、太阳神和加西莫多——一世纪又一世纪地蹂躏在它的铁蹄之下。

比司各特的影响更加强有力的是拜伦的影响。使雨果所唤醒并聚集在一起的青年作家为之入迷的,是拜伦诗歌中那种奔放热情的因素,以及这种因素同他的狂放生活的联系——是"查尔德·哈罗德",尤其是"莱拉",是这个留有命运指痕的人物,他忍受着神秘的忧郁,带着他的自尊和痛楚,从一个国土走向另一个国土——是被那些围绕诗人生涯的神话和传说所极度夸张了的拜伦形态的典型。司汤达虽然非常赞美拜伦,他却认为"这个创作极度沉闷的传统悲剧的作家"当然不是浪漫主义者的领袖;然而具有司汤达这种看法的批评家是寥寥无几的。拜伦逝世以后,一大群法国小诗人们立刻抓住了两个主题——希腊和拜伦爵士,他们年复一年地不断讴歌这些主题,情绪是那么高昂,而对死者性格的了解又是那么可怜,以致圣伯夫不得不在《环球报》提出抗议,反对滥用"拜伦"啦、"自由"啦、"哀歌"啦等等名词。1842年,雨果和拉马丁都表示了他们对于拜伦的感情,雨果写了一篇报纸评论,拉马丁则写了一首诗。把拜伦看做一个诗人,这个时期的两位作家最强调的是他的怀疑精神、阴郁的人生观;这两位作家对于他的成年期的作品,似乎都没有留下深刻的印象;《唐璜》中明朗而锋利的政治讽刺和宗教讽刺,在1824年,他们两人也像其他的人们一样忽略或误解了。但是,雨果的主要努力是指出拜伦的诗歌与十八世纪诗歌的差别("拜伦的笑和伏尔泰的笑的差别就在于,伏尔泰没有受过痛苦"),而对于多愁善感的半正教信仰的拉马丁来说,这位英国诗人仍然是一个堕入凡尘的天使。拉马丁在他的《查尔德·哈罗德第五章》中,力图高唱拜伦式的调子,这篇作品表明他相信自己是在什么地方和这位英国贵族想像,就是说,是在他的浪漫主义的英雄气质上和他相像。他戴着拜伦的假面具,表露了我们在他的《沉思集》中很难偶然一见的怀疑精神和叛逆情绪,但是这些情绪不久由他用自己的名义来倾吐了。或许正是拜伦把拉马丁和雨果两人引诱到东方去;雨果满足于幻想的漫游,而拉马丁却作了一些奢华的准备,登上了一次堂皇的旅程。如果说拜伦最后的作品并没有在这两位作家身上留下深刻的政治印象,那么他最后的行动和他的逝世却做到了这一点。

此外,拜伦的影响在我们这个时代的大多数青年诗人的作品里也可以清清楚楚找到它的痕迹;但是,这一代作家们的独创精神是那么显著,那么有力,以致他的多愁善感的绝望情绪(这种情绪非常富有感染力,在许多文学作品中引起大量的模仿和做作)却在这些作家身上只是一闪而过了。他们之中只有一个人,感到这种拜伦式的调子,像一个亲属的魂灵发来的信息在他的耳边鸣响,而且十分奇怪的是,他是他们中间最温文尔雅、最富于贵族气质的,是最地道的巴黎人——阿尔弗雷德·德·缪塞。

这里谈到的文艺界知名之士,大多数诞生在外省。维克多·雨果和诺迪埃诞生在贝桑松,乔治·桑在贝里,戈蒂耶在塔布,拉马奈在布列塔尼,圣伯夫在布洛涅——他们每个人都蕴藏着本乡本土的特征,不让拜伦的影响渗透进来,虽然乔治·桑和戈蒂耶两人都以奇妙的不同方式为拜伦所感动。梅里美诞生在巴黎,他的热情冷却得太快,不可能感受到拜伦诗人气质的影响;反倒是拜伦的否定精神影响了他,不过这种影响是通过司汤达间接传过来的。但是,拜伦对谁也没有留下同样直接而深刻的印象,除了那个身材细长、脸色苍白的巴黎子弟,他显得与众不同是由于他的各种弱点和各种高雅的风韵,这些正是一个古代的名门望族最后的代表人物的遗风。作为一个地道英国人的拜伦,在他文学生涯的最初阶段,曾经具有精神性的心灵和郁郁寡欢的气质;他青年时期的诗篇里,感官所起的作用是微乎其微的;到了成熟的年龄,访问了意大利,而且在拉丁各国居住过之后,他的诗作才像歌德在威尼斯的诗作一样,变得富于感性而又直率大胆了。相反,缪塞在他的青春初期便有了我们在拜伦晚年作品中才可以找到的大胆而肉感的写实主义,可是后来逐渐变得越来越带有精神性了。在他风华正茂的时候,他是一个比拜伦更敏锐的观察者,他的爱情诗歌更纤巧细致,这些诗有一种拉斐尔式的美——这是拜伦的诗歌所达不到、也没有试图去达到的。他是更脆弱、更温柔、更迷人的法国拜伦,正如海涅是更渺小、更放荡、更机智的德国拜伦,而帕卢丹-米勒①是更讽刺、更信仰正教、更保皇的丹麦拜伦一样。缪塞像个孩子一样呻吟痛苦,像个女人一样如怨如诉;他是雕刻家奥古斯特·普莱奥一度所称呼的:"拜伦小姐。"

  雪莱的名字很晚才进入法国,这一代人实际上不知道他。至于所谓湖畔诗人②,圣伯夫因为青年时期学会了英语,并比同时代的任何人更具有批评才能,他是浪漫主义诗人中唯一能够欣赏这个热爱自然的写实主义诗派的真实价值的人,他吸收了这个诗派

---

① 帕卢丹-米勒(1809—1876),丹麦诗人。
② 湖畔诗人:指华兹华斯、柯尔律治和骚塞,因居住湖畔而获此名。

的某些精神,并努力用少量的译作使这个诗派受到法国读者的欢迎。布列塔尼的诗人布里泽使我们联想到湖畔诗人,虽然他对他们一无所知。

德国的影响就不如英国的影响那么强大了,而且在法国的情况下,她所接受的印象更容易得到随意的处理。世人眼里的德国被古老的条顿民族的橡树笼罩着;妖精和仙女拖着鬼影般的白色长袍,越过露珠晶莹的草地,出没在德国的泉水和河流之中;在它的群山之中有地鬼居住着,而山巅的上空有魔女在纵情畅饮。德意志是瓦尔普吉斯夜①的梦幻的国土。只有歌德的一部作品《少年维特的烦恼》真正风靡一时,这部作品高度压缩的热情迷醉了所有读者。对于法国读者,维特似乎是一个勒奈②,虽然他比勒奈要早出世很多年,而他们先认识了勒奈,这种情况就剥夺了这位德国主人公使人耳目一新的效果,从而使他和查尔德·哈罗德典型不相上下了。《浮士德》也遭受到同样的命运。在整个欧洲留下那么深刻印象的高大形象,对于法国人却是完全陌生的,他们从来不曾真正理解过他。法国诗歌从没有描述过怀疑精神的斗争和受难。这位德国博士简单纯朴到从一只狮子狗身上看出了魔鬼,多愁善感到胸怀虔诚情绪跨过格莱卿的门栏,但又肆无忌惮到遗弃他曾诱奸过的姑娘,并在不名誉的决斗中杀死她的哥哥——这简直太不是法国作风,太令法国人难以理解了。关于古典派作家加诸《浮士德》的批评的性质,我们从浪漫主义者的辩解中可以窥其梗概。杜威尔吉尔·德·奥兰纳写道:"由于这部作品是以和魔

---

① 瓦尔普吉斯夜(Walpurgis Nacht),5月1日的前夜。第八世纪英国有一个女修道士瓦尔普加(St. Walpurga)到德国去传教,她死后,传说她的骸骨流出治病的香油,为了纪念她定了这个节日。同时根据德国的迷信,5月1日的前夜是恶魔在哈尔茨山的最高峰卜祭祀的一夜。歌德的《浮士德》第一部第21场有关于这一夜情景的描写。

② 勒奈,法国浪漫派先驱夏多布里昂同名小说的主人公。

鬼订契约为题材的,使得多少人对这部杰作的一切优美之处都麻木不仁了。他们不能理解,竟有人让这种不大可能的事毫无争议就畅行无阻;而他们自己呢,从幼年时代便瞧见阿伽门农①为了得到行船的顺风而杀害亲生女儿,却丝毫也不表示反对。"法国读者对于远古的迷信习以为常,而对于中世纪的迷信却格格不入。尤有甚者,还有许多人连歌德的作品读都不读,就痛斥为野蛮的文学。迟至1825年,法兰西学院秘书、浪漫主义者的心胸狭窄的攻击者奥叶尔,还这样抨击"那些自然美的爱好者,他们一厢情愿地要把阿波罗雕像换成圣·克利斯多夫的不成样子的形象,并且带着极大的快感拿《费德尔》和《伊芙琴尼亚》来换歌德的《浮士德》和《铁手骑士葛兹》",他以一种滑稽粗俗的态度宣读后两部作品的题名,仿佛它们是野蛮人的名字一样,使得学院院士们不禁莞尔。然而,正如前述,浪漫主义者对于《浮士德》的赞扬是毫无收获的。尽管耶拉尔·德·奈瓦尔翻译了《浮士德》的第一部,使上了年纪的歌德感到完全满意;尽管德拉克鲁瓦画了浮士德和梅菲斯特在天空骑马飞奔,使许多老诗人和艺术鉴赏家为之赞叹,但是这个时期的法国文学只在很少的地方(如在奎奈②的作品中),显示了这部伟大戏剧影响的一丝痕迹。

  人们可能会这样想象,席勒由于他同卢梭的联系,以及他那华丽的戏剧辞藻,总会比歌德更强有力地打动法国人的心弦吧;实际上,他对于年轻的下一代人也几乎没有什么吸引力。他的全部戏剧的改编本确曾搬上过法国舞台,但这刚好是在浪漫派本身形成以前,过渡时期的半浪漫主义诗人们把他的戏剧乱加砍削,改成传统的悲剧以迎合当时的嗜好,这不但不能教导观众去欣赏这些戏剧,反而毁坏了它们。苏梅依据《奥尔良的少女》和《堂·卡洛斯》

---

① 阿伽门农:希腊传说中远征特洛伊城的国王,为了平息海风,他杀死亲生女儿伊芙琴尼亚,以祭祀女神阿耳忒弥斯。

② 见第46页注①。

创作了《贞德》和《法国的伊丽莎白》;《菲哀斯柯》和《华伦斯坦》分别由安塞劳和李阿狄埃尔改编,但都被弄得面目全非。无论是古典主义者或是浪漫主义者,都不能从这些改编作品中得到任何满足;于是严肃的司汤达(他读了原作,或试图一读原作)批判说,席勒过于尊重古老的法国趣味了,以致不能向他的同胞提供他们的风俗习惯所要求的悲剧。对于席勒的真正伟大之处,他丝毫不能欣赏;显而易见,他的德语程度太低,不足以欣赏和理解《华伦斯坦》;此外,他像许多年轻人一样,一心想顶撞古典主义者,几至冲昏了头脑,竟然把威尔纳的《路德》吹捧为最接近莎士比亚的现代戏剧,并且说威尔纳是比席勒更伟大得多的诗人。

除了歌德,唯一给人深刻印象的当代德国作家就是霍夫曼。事实上,对法国人说来,他是一个出类拔萃的德国人。蒂克过于朦胧,诺瓦利斯又太神秘,以致在法国找不到他们——比如说吧——在丹麦所找到的读者。然而,霍夫曼把法国人视为崭新的诗歌要素——即狂放不羁、反复无常的幻想,和打动他们心弦的轮廓方面的锋锐明确结合起来了,这使他们想起了他们的同胞卡洛①。霍夫曼那种敢把变幻莫测的奇想带到极端境界的艺术胆识,受到了他们的欢迎。他用强烈的色彩和惊人的效果处理题材,他的作品虽然放荡粗犷,却和勃鲁盖尔或特尼埃画的《圣安东尼的诱惑》一样,充满了明确细致的细节。和诺瓦利斯形成对照,他打动法国人的是他的柏林的理性主义——这是同法国的理性主义一脉相通的;可以说他在疯狂之中也富有条理。因此,出现了这样的情况,在所有德国作家中间,只有他一人在法国拥有追随者,或者几乎可以说是门徒。前面已经说过,在诺迪埃的作品中可以强烈地感到他的影响;在较后一个时期,在耶拉尔·德·奈瓦尔的作品中,这

---

① 雅克·卡洛(Jacques Callot,1592—1635),法国名画家,名作有《圣安东的诱惑》等。

种影响甚至更为清楚可见；而在戈蒂耶的短篇小说中也是了若指掌的。戈蒂耶虽然非常富于独创性，虽然他对德语几乎一字不识，他却仍然在一生的各个不同阶段，受到德国的影响。他的富于青春活力的《小说和故事》使我们想到霍夫曼，而他的《珐琅与雕玉》更使我们想到亨利希·海涅。对于歌德的《西东诗集》，他曾经致以热烈的赞颂。歌德之所以吸引他，乃是这位伟大诗人晚年在艺术上立于不败之地。

六　回顾——国内的源泉

然而,法国文学的复兴,主要并非归因于外国的影响。这批新起的作家是在自己祖国的土壤上成长壮大的。

像法国浪漫派这样一个伟大的文学流派所完成的工作,可以比拟为建立一座城堡,不过建立文学这座城堡的土地,往往只是用不结实和有漏洞的堤防来阻挡忘川之水的。① 地基下面的水立刻就被发现了;水在缓慢而稳定地上升;最后,下层的建筑物看不见了,只有巍峨的纪念碑依旧高耸屹立,超出忘川之水的水平,永远为人所瞻仰。

赋予这些巍峨的文学纪念碑以辉煌位置的,一部分是在于成为它们的支柱的深奥的思想,一部分是在于完美的艺术表现同观念的确切一致。然而,如果作者不是一个真正富于创见的思想家,具有决定性的重要意义的,便是他的心灵应当有意识地或无意识地受到他那时代最进步思想的渗透;因为只有精神才能够"保持活力"和防止毁灭。

法国的浪漫主义表现了三个主要倾向。

1. 努力忠实地再现过去历史的某一片断,或现代生活的某一侧面——"真"的倾向。

2. 努力探索形式的完美,把它领悟为表现方面的仪态万千和

---

① 按希腊神话,忘川(Lethean Stream)为地狱的河流,亡魂一喝它的水,就会把过去的一切都忘掉。

历历如画,或者音律方面的严格及和谐,或者一种由于简洁单纯而不朽的散文风格——"美"的倾向。

3. 热衷于伟大的宗教革新观念,或社会革新观念,即艺术中的伦理目的——"善"的观念。

这三种主要倾向规定了这个生气蓬勃、才华横溢的学派的性质,正如三种线度规定了面积一样。其中每一种倾向都产生了价值伟大而持久的作品。

作为法国影响的产物的后两种倾向,首先引起了我们的注意。

虽然在浪漫派中可以找到像梅里美和戈蒂耶这样的作家,他们直至最后都自然地或人为地对于时代的社会目的和政治目的漠不关心;但还有更多的作家强烈地热衷于借以建成他们祖国的未来或全体人类的未来的种种努力。诗歌即文学呈现了两种主要的发展。它或则属于以心理观察为基础的描写的性质——在这种形式中,它接近于科学;它或则具有一种预报的特性,一种受到鼓舞的感召——在这种形式中,它接近于宗教。1830年代的许多作家表明,他们是按后一种方式来理解文学的。力图贬低这些人的批评家,把他们的创作成果称之为带有目的的作品,或者称之为问题文学,是对他们很不公平的。因为这些批评家所指斥的不是别的,正是时代精神——这个时代的观念;而这些观念正是一切真实文学生命的血液。为了艺术的利益,我们有权要求的一切就是,流动着这种生命血液的血管只能在皮肤下面呈现蓝色,而不应像在一个病人或愤怒的人身上那样变成黑色而肿胀起来。

三十年代期间,革新的思潮从四面八方涌进了法国浪漫主义。如果我们探本求源,就不可能停止于圣西门。克劳德·亨利·德·圣西门伯爵(1760年诞生)是私人撰写路易十四宫廷记事本末的、赫赫有名的圣西门大公的唯一后裔。对戏剧《浮士德》不那么感兴趣的法国,她却把圣西门变成了一个十九世纪的浮士德——一个纯真的浮士德,他是一个永不知足的天才,他势不可遏地追求着宇宙间万事万物的理论知识和实际知识。比起歌德著名诗篇的主人公浮士德来,圣西门没有那么敏锐,没有那么精明,然而他的精神境界却更广阔,他的目标更宏伟,他的全部奋斗具有更高尚的性质。浮士德的终点就是圣西门的起点。他计划通过巴拿马海峡开辟一条运河,并使西班牙运河化,这使我们联想到浮士德晚年的业绩。圣西门一生前后当过士兵、社会名流、工程师、公司创办人、哲学家、科学家、政治经济学家,以及一种宗教的奠基人——他是一个几乎赋有各种才能的人。他在青年时期挥霍大量金钱,相信自己会继承法国贵族和西班牙大公的爵位和一笔五十万法郎的资产。然而,他父亲和圣西门大公吵翻了,于是他什么也没有继承到。他沦为赤贫;为了一年赚一千法郎,他充当抄写员,每天工作九小时;1812年,他穷到依靠水和面包度日。绝望之余,他心头萌生了自杀的念头,枪弹射入他的一只眼睛,可是他活转过来了。这种自杀的念头也使我们联想到浮士德。

他的弟子们纷纷跑来帮助他,支持他,接受他的谆谆教诲,创办了一个又一个的刊物宣传他的思想。

七月革命五年之前,圣西门逝世了。这期间,他的思想只为一个小范围的人们所知悉和继承。可是,到了路易·菲力普王朝期间,这些思想迅速传播开来,并在传播过程中经历了各式各样的变化。一个圣西门主义者的宗派形成了,这个宗派有一个主持教士,有各种阶级和各种职业的显赫人物参与其中,如金融家伊萨克·佩雷尔,音乐作曲家费利西恩·大卫等人。最后,圣西门主义的思想渗透到整个法国社会;这些思想通过米歇尔·谢瓦利埃①变成政治经济学的要素;这些思想鼓舞了当代声誉卓著的历史学家奥古斯丁·蒂埃里;这些思想为这一世纪法国最伟大的哲学家奥古斯特·孔德奠定了基础;这些思想稍加修改,在皮埃尔·勒茹和拉

---

① 谢瓦利埃(Michel Chevalier,1806—1879),法国经济学家,主张自由贸易。

马奈身上赢得了哲学上和宗教上有影响的鼓吹者;同时,这些思想也进入了诗歌。这一切都没有什么令人大惊小怪的,因为尽管圣西门夸张放肆,他无疑赋有伟大诗人的预言本能。

他是走在时代前面的;因为他的哲学是欧洲巨大的对于十八世纪的反动的一个信号。他把十八世纪看做是纯批判、纯分解的时期,而把十九世纪则命名为有组织的、直接生产的时期。他完全不赞同那些梦想仅仅改变政府形式就能产生人类幸福的人,同样也不赞同像教会团体那样为了重新恢复往昔就对之歌功颂德的人。他不是往昔的朋友,他是未来的前驱;这种反动的目的和努力,在他看来只是在它们起源于某种真理的认识时,才是合理而正确的。这种认识就是说人类是不能单用理智来开化的,宗教和文明是不可分离的——不过圣西门所渴望得到的宗教,是一种剥掉了一切现存宗教的传统和外貌的宗教。像他那样并不赋有怀疑精神、而赋有改革者的热情的人,似乎认为从束缚中解放出来的那种自由,如果不为一种真正的完美的自由所补充和完成,就是说,如果不为一种更伟大、更广阔的能动性所补充和完成,就几乎没有什么价值。前几世纪——批判的世纪——的业绩是把教士和武士的中世纪权力摧毁了;而现在建立科学统治和工业统治的时代到来了。在这种社会新秩序里,科学注定要代替信仰,工业注定要代替战争。

要做的第一件事,就是"组织"科学与工业。

在圣西门的《一位日内瓦居民的书简》中,凡是对他的科学组织计划感兴趣的人,可以读一读他在伊萨克·牛顿爵士墓地发起的募捐计划,这个计划的目的在于使最伟大的艺术家和科学家安心从事他们的职业,不仅免除一切经济忧虑,而且还要使他们的工作肯定得到优厚的报酬。要是《查铁敦》的作者阿尔弗雷德·德·维尼的确曾经读过这个计划的话,他读时一定会是热情赞许的。但是,如果他知道这些天才只要按照一个明确的、细致周密的计划,就可以反过来对人类的精神利益实行监督管理,这时或许他与其说是赞许,倒不如说是惊讶了。

圣西门的《寓言》是一篇为他所建议的工业组织提供很多情况的文献。这篇寓言是用简洁的风格写成的,而且闪现着作者在其他场合未曾流露过的机智,可能是他的著作中还能继续为后世读者所阅读的唯一的一篇,因此,我以压缩的形式把它复述如下。

圣西门说,设想法国从她的科学家、画家、诗人、机械工程师、内科医生、外科医生等行列中,每一类丧失五十个最优秀的人——就是说三千个最优秀的科学家、艺术家、机械工程师——其结果会怎样呢?

既然这些人是国家的真正生产力,是法兰西民族的花朵,起码需要整个另一世代的人来弥补这次损失。因为在人类中,一生的工作都必然有用的人毕竟属于例外,而天公降生这些例外人物是非常吝啬的。

让我们来设想另一种情况吧。让我们设想法国保全了它所有的具有天赋的科学家、艺术家、工业能手、机械天才,而不幸却丧失了皇兄殿下,贝里、奥尔良和波旁诸位公爵殿下,安古莱姆公爵夫人,波旁公爵夫人,年轻的贡代公爵夫人。同时,它又丧失了全部皇室的达官贵人,全部国家内阁大臣,侍从长官,狩猎长官,诸位元帅,红衣主教,大主教,主教,本堂神甫和助理神甫,全部县长和副县长,全部法官,此外还有上万名养尊处优的最大的财主。

这次不幸无疑会引起全国哀悼,因为法国人民是心地善良的人民,不会看见自己大量同胞突然长逝而无动于衷。不过,这些被人看做是国家栋梁的不下三万人的丧亡,只是在纯粹感情的基础上发人哀思;因为国家作为一个国家来看,是不会因此受到严重危害的。这些空缺的位置是很容易填补的。法国人中有无数的人都可以像那位威风凛凛的亲王一样高踞皇兄殿下的宝座;有无数的人都可以填补有皇家血统的王子的空缺。宫廷的接待室里挤满了准备充当而又适于充当皇室官员职位的候补官员。军队里拥有无数如我们当今元帅一样优秀的将军;有多少行商比我们政府内阁大臣更聪明伶俐,有多少教士像我们的红衣主教、副主教、本堂神甫和助理神甫一样信心诚笃而又精明能干!至于那一万名财主,他们的后裔几乎可以不需任何训练就可以成为同样十分可爱的主人。

上面这种玩笑话(顺便提一下,圣西门不得不为这种玩笑向各种权威人士负责)中所蕴藏的思想,当然是说,只有市民中的生产阶级才是实际上有用的人才。革命以前,贵族和资产阶级存在着矛盾;现在,一部分资产阶级被提到贵族同等的地位,并且分享贵族的特权,区别就存在于非生产阶级和生产阶级之间了。未来属于工业、劳动,以及和平与实用的事业。然而,当代法国的政治经济学者却走到极端的地步,竟然允许给予个人最大可能的自由去发展他的能力,所以圣西门便要求政府加以干涉。按照他的意见,组织劳动和生产是政府的职权;只有政府才能确保,在将来,人只能利用自然,而不能利用他的同胞。政府一面应该充分承认人与人之间的自然的差别,一面却要竭尽全力废除人为的差别——因此,应该废除一切世袭的特权,而且应该取消或修改继承法。

因之,在圣西门的作品中,第一,我们找到了现代社会主义的基本思想——不信任自由竞争的结果,要求生产劳动受到它应得的报酬和荣誉——这种思想引出了他的名言:社会每一个成员应该占有和他能力相称的地位,领取他的劳动所应得的报酬(按能取酬!)。第二,作为这种要求的结果,我们发现在一个法国作家的作品中,第一次出现关于作为社会成员男女完全平等的学说的谆谆教诲。最后,关于宗教问题,我们看到抛弃一切教条,目的不在干毁灭宗教,而在于从正教的坟墓里拯救出一条训诫:彼此相爱!这就是圣西门在他最后一部重要作品《新基督教》中所阐发的基督教,这种基督教只有一个教义,可以表达如下:宗教的任务在于帮助社会完成那个伟大目标——尽可能最迅速地改善最贫穷的、人数最多的阶级的生活状况。

在圣西门的个性里有些东西是和浪漫主义者中心地更为单纯的人们相投合的。他有用信心鼓舞别人的无限自信；哲学家自我反省的倾向在他的性情中是没有地位的；他是坚持教义的，他是一个预言家。再则，他充满了经验一切、感觉一切的浪漫愿望。他在哲学中规定为进步必不可少的行为准绳，和青年浪漫派诗人称之为诗歌创作所必需的东西，实质上没有区别。这种行为准绳就是：一，在风华正茂的年龄，过着尽可能活跃而又独立的生活；二，使自己彻底熟悉各式各样的理论和各式各样的实践；三，研究社会的各个阶级，并且使自我渗透到千变万化的社会地位中去；四，总结自己的观察，从中得出结论。

在圣西门的哲学中，有一个突出的特点，照例是同浪漫主义作家格格不入的，那就是他从事工业的热诚，他把工业仅仅看成是有用的，这便使那些作家大多数感到厌恶。然而，这种哲学绝不缺乏诗意。它的革命的、幻想的、乌托邦的因素，以及它强调天然的不平等、天才崇拜和宗教倾向，都肯定会打动一个浪漫主义者的心灵。他的哲学对妇女福利的关怀，对社会最不幸阶级的深情厚谊，无一不富有诗意。

直到1830年以后，圣西门主义才开始形成一种社会力量。圣西门本人像大多数宗教创始人一样，既是一个预言家，又是一个典范人物；他使他的弟子门生成为真正的使徒；他们清醒而诚挚地把他视为现代的救世主，他们作为他的使徒出发走遍全世界。在路易·菲力普王朝期间，通过这些人和他们理论上有联系的人，社会上一般都认识了圣西门的教义，但有些先知先觉的知识分子在这以前早已拜读了这位大师本人的著作。在维克多·雨果1830年日记里（《文学哲学杂谈》第1卷），有一条摘要，表明他就是早已结识了圣西门的一个人。

圣西门逝世一年之后,他的机关刊物《生产者》不得不停刊;但是正是这种情况使得他的弟子们和他们的追随者的个别交往更加亲密了。昂凡丹是这种新信仰的圣保罗,此人仪表堂堂,是第一流的宣扬教义的天才,在统治和领导方面具有布里格姆·扬①的才干,变成这一宗派的真正领袖,使得无数聪明伶俐的青年男子和富有教养而精神高贵的妇女都皈依门下。大量金钱自愿捐献出来支援圣西门主义的"大家庭";单只1831年,捐献金额就高达三十三万法郎。一种新的周刊《组织者》创刊了,从1830年起,保尔·勒茹编辑了《环球报》。然而,他们所宣传的理论越来越脱离圣西门原来的体系。在他的组织计划中,一个重要的角色原来分派给资本家;他所建议的三个会堂之一原来由资本家所独占。但是现在资本遭到了攻击。圣西门曾经态度明朗地摒弃各种类型的共产主义;现在,在这个"大家庭"里,货物共有成了定则,国家共产主义被认为是众望所归的了。从圣西门学说中演绎出来的某一项结论,引起这个体系的崩溃和宗派的瓦解。这位大师曾经教导说,既然古代的基督教认为灵与肉是互相敌对的,那么新基督教的任务就是使灵与肉协调起来。古代基督教把肉的自我抑制和苦行当做人的目的,新基督教应该把健康安宁和普遍幸福当成人的目的。我们可以把他的思想用另外的话表达如下:在罗马帝国统治下,纵情满足各种欲望成为当时的风尚,克制禁欲的基督教曾经对它是一剂猛烈的苦口良药;然而这一剂药终于表现出和疾病一样十分危险。现在疾病已经治愈了,可是用什么来帮助我们摆脱这种药物,而又避免旧病复发呢?只有靠新基督教的力量。

昂凡丹从这种比较合理的思想演绎出了一些学说,这些学说实际运用起来,就会造成在詹·凡·莱登的再洗礼教徒中所流行

---

① 布里格姆·扬(Brigham Young, 1801—1877),美国摩门教会领袖,初期倡导一夫多妻制,曾率领其教徒西迁至犹他州,建立盐湖城。

的情况。圣西门的原始学说之一,就是如今在新时代里,以男子为代表的个体被以男—女为代表的个体所代替了。男女双方在解决不圆满的婚姻方面都有平等的权利和充分的自由。真正的人道精神是在双方、而不是在单方得以实现的。昂凡丹从这种学说得出结论说,有两种婚姻,一种是一夫一妻的婚姻,另一种是在时间的过程中变成一夫多妻的婚姻——也就是说,持久的婚姻和短暂的婚姻;实际上,同时一夫多妻或一妻多夫只是教士和女教士的特权。圣西门主义者辩论说,这种制度的建立除了把目前不合法存在的关系予以确认并使之合法化而外,再不会有别的结果;虽然在一般讨论上或者在法庭上,人们对于这种论点提不出什么反对意见,可是这种实际结论充分表明,这些满腔热诚的青年人完全没有能力判断,在现存的社会状况中,什么是可能实现的,什么是不可能实现的。这证明他们是一些相信只需大笔一挥就可以改造社会的人。下述情况可以说明他们是情有可原的:当时除了昂凡丹和巴扎尔之外,1830年的所有圣西门主义者(也像所有拉马奈的弟子一样)都是二十岁左右的人。他们传播信仰的热忱被冷讽热嘲弄得冷若冰霜了。1832年夏天,这个"家庭"的首脑人物被判处徒刑,昂凡丹被判监禁一年,米歇尔·谢瓦利埃和迪韦里埃被判一小笔罚款。组成这个小宗派的满腔热忱的青年人从此就飘零四方了;但几乎所有的人都在以后的生活中,或在科学领域,或在工业领域,或在艺术领域显露了头角。他们对圣西门理论的夸张其词,也像同一时期傅立叶的乌托邦计划一样,对文学没有起什么影响。文学只受到圣西门的原来的思想的影响。

当时的空气里弥漫着这些思想;人们的心灵受到了它们的感染。这些思想首先掌握了某些柔和的、易受感染的人,而这些受感染的人又影响了坚强的人;这些思想通过一个男子争取了一个女子,或者通过一个女子争取了一个男子,或者通过一个教士争取了一个诗人,或者通过一个诗人争取了一个青年学生。按照这种思想方式,又唤起了另一些思想:自从前一世纪末就蕴藏着的社会主义的民主思想,像路易·布朗①的思想;哲学的—历史的人道主义思想,像皮埃尔·勒茹②成熟时期的思想,这些思想使人想起谢林,而且是与财阀政治不相容的;还有一些像拉马奈的思想,使人想起在中世纪农民起义期间,背负着十字架走在起义军前列的教士们用以鼓舞无产阶级随时准备冒生命危险的那些思想和感情。

如果说浪漫派革新的愿望和努力(我们称之为"善的倾向")可以从圣西门的学说中找到源泉,那么它的"美的倾向"就可以让人看出是受了一个伟大的法国人的影响。

在这个时期,在法国文学中,特别是在抒情诗歌中,可以看出一种不同凡响的艺术进步,而最能促成这种进步的,莫过于发现和恢复了一个迄今不为人知的法国天才的本色。正如在现代的初期,久经埋藏地下的第一批古代雕刻品的出土给予意大利人道主义一个推动,如今1819年安德烈·谢尼埃的作品的发现和出版,也给予了法国诗歌中真正的革命一个推动。作者逝世二十六年以后,仿佛人们眼睛的翳障一下子滑落了,这些充满热情的爱奥尼亚音步诗呈现在光天化日之下;帝国的全部文艺偶像、德里尔和所有说教的叙事诗人纷纷倒地、裂成碎片。从古代的海拉斯——地道的、真正的希腊吹来一阵春天清新的和风,吹遍了法国,肥沃了法国的土壤。亚历山大诗行法,在十八世纪是那么松散而软弱,在十七世纪是那么拘泥而对称,这时却呈现出神秘的和谐,呈现出一股纤细柔韧的力,一种放纵恣肆的感性魅力,(现在停顿不再非放在第六韵脚不可,分句也不再随着诗行作结束)呈现出一种至今未曾梦想过的圆活变通。思想和情绪是现代的,然而指挥表现这些

---

① 路易·布朗(Jean Joseph Charles Louis Blanc,1811—1882),法国革命时期的政治家和历史家,著有《法国革命史》12卷。
② 皮埃尔·勒茹(Pierre Leroux,1797—1871),法国乌托邦社会主义作家,圣西门主义者。

思想和情绪的艺术精神却是古代的。在这种结合中隐藏着促成一整套文艺发展的动力,这种文艺发展和隆萨尔由于继承同样的立场在十六世纪所推动的文艺发展是属于同一类型的。在这种新文学中,古代精神和现代精神汇合在一起,而它们的汇合点和它们在路易十四时期的汇合点却相距很远。安德烈·谢尼埃这个名字的晶莹明澈的光辉,使过去所有熠熠发光的名字黯然失色了。一个前额闪着天才的光辉、头上绕着殉道者的光圈的诗人,从坟墓中升起来,率领着年轻的一代走进了新文学的希望之乡。

安德烈·玛丽·谢尼埃于1762年诞生在君士坦丁堡的加拉塔区,是一个美丽、聪明、学识渊博的希腊妇女的儿子。这位妇女的闺名是桑蒂·罗马卡①。他父亲是法国驻土耳其的总领事,一位知名的学者。安德烈还是小孩子的时候,便被带到法国,住在朗多克阳光明媚的地方。他在那里度过了几年,忘记了故乡的语言。可是当他在巴黎学校里重新学习希腊语时,他恢复得很快,到十六岁就完全掌握它了。他热切地专心攻读希腊文学,他熟悉希腊文学正如他熟悉法国文学一样。他二十岁参加了军队,当上了少尉头衔的贵族见习军官,随着联队到斯特拉斯堡驻防。他把所有空闲时间都消磨在语言学习上。然而,完全缺乏文化娱乐的驻军生活使他非常腻味;六个月以后,他重返巴黎。由于他这时患了一种疾病,只有规则而安静的生活才可以治疗,他便放弃了军职。但是,清心寡欲和无所作为跟一个青年人的趣味格格不入,而在他这方面,青春火热的感情还和天才所具有的跃跃欲试的艺术和科学爱好结合起来了。他和几个朋友结伴同行,在瑞士和意大利旅行了两年,在罗马住了一段相当长的时期。在那不勒斯,他病倒了,就不能到达希腊——这次旅程的终点,他渴望一见的国家。1785年初,他重返巴黎,在父母的寓所和当时最优秀的社交界往

---

① 蒂埃尔是这位贵妇的姊妹的孙子。(原注)

来。他结识了诗人勒布龙、画家大卫、化学家拉瓦西埃,以及许多因革命而出名的外交家和公职人员。此外,他还有自己私交的小圈子,其中大部分是才华出众的青年贵族。他把自己的时间分得非常平均,一半学习,一半享乐;他还和当时轻浮的纨绔子弟经常往来,这伙人中有体面的绅士(蒙特摩朗西公爵,扎尔托利斯基王子等),有名门望族的贵妇人(德·梅利公爵夫人,德·夏雷公主等),有艺术家和作家(博马舍,梅尔西埃等),还有年轻貌美的名妓(玫瑰·格莉塞尔,谢尼埃诗篇中的阿美丽)——这是一个各色人等凑合起来的团体,拉蒂夫·德·拉·布雷东曾经为我们描绘过他们的举止行为,而他们中大多数都牺牲在断头台上。在他生活的这一阶段,谢尼埃结识了一个人,这个人完全和他共有对自由的热爱和对一切恐怖政治的憎恨,所以立刻和他成了朋友。这个人就是意大利诗人阿尔菲利①,他刚刚由奥尔巴尼公爵夫人陪同抵达巴黎。几乎就在同时,他还结识了他在许多诗篇中高度赞扬过又严厉谴责过的、被称作卡米的那个女人——蓬诺意夫人,她是他青春时期的恋人,他长期热烈地爱慕过她。在她乡下的家里,每当她弹起竖琴,引吭高歌倾诉恋爱的痛苦和欢乐的流行浪漫曲调时,年轻的安德烈常常跪倒在这位贵妇人的脚下。

1787年,他被任命为驻伦敦大使馆的随员,他在使馆感到异常孤单,寄人篱下。革命爆发的消息使他大为震动,他又满怀希望地回到巴黎。在这以前,他已经意识到他的写诗的天赋;如今他开始计划从事诗歌创作了。他的诗在内容性质上是变化多端的,在风格上却严格地保持着古香古色。法国文学曾经两度返回到古代去。第一次是在隆萨尔时期,那时人们用意大利文艺复兴的金镂银线,把古代装扮得灿烂辉煌;第二次是在路易十四时期,那时人

---

① 阿尔菲利(Count Vittorio Alfieri, 1749—1803),意大利诗人,当时以其古典悲剧、讽刺及政治论文而驰名。

们把古代笼罩在雍容华贵和繁文缛礼之中。安德烈·谢尼埃的血管里流着希腊人的血液,他阅读和写作他母亲的语言希腊语,像阅读和写作法语一样流畅。在法国人中,或许只有他一个人不是通过拉丁文的眼镜,也不是通过十七世纪假发的发粉去观看古代希腊的。安德烈·谢尼埃像年轻的阿波罗一样,宁静而纯朴,把对古代的成见告一结束,因而也把诗歌性质的成见告一结束。他认识到,希腊的诗人是用人民的语言谈话和写作的,他们在形式上的完美是自我约束的产物,远非对武断的传统的指示与禁令唯命是从。他代表了对十八世纪诗风的一次反动,就像托尔瓦森代表了对十八世纪雕塑的反动一样。他像托尔瓦森一样常常模仿古代,利用古代;在热忱、激发美感的激情和悲壮方面,他却跨越了这位丹麦诗人。

在1789年以前,安德烈·谢尼埃是哀歌体、牧歌体、恋歌体的诗人。当法国大革命爆发并以雷鸣电闪弥漫宇宙之后,他作为一个诗人和堂堂男子,都有了惊人的发展。他曾经在伏尔泰用以熏陶贵族知识分子的哲学精神中受过教育;他曾经分有一些杰出的法国人支持北美诸邦争取自由事业的感情;现在他用最纯真的热忱欢呼他曾长期渴望目睹的自由的新时代。他关于自由的观念是思想领域和宗教领域里的绝对自由。他认为"十八世纪被神学的愚昧玷污得血迹斑斑,对于任何宗派教门都缺乏尊敬",因为他确信它们是全体一致地"结党同谋破坏人类的幸福与和平"的,受着这种熏陶,他渴望"打碎专制主义和教士愚民政策的桎梏"。他太缺乏经验了,太热情了,以致他相信无需跨过严格的法规限制,就可以达到这种结果。

在革命的第一个年头,他把大部分时间仍旧奉献给诗歌写作。他对年轻貌美的古意·达尔西夫人怀着一种转瞬即逝的热情,他在一篇著名的诗篇里对她进行过赞颂。但是,政治却很快把其他一切活动和热情都驱赶到幕后去了。1792年,安德烈预感到恐怖统治就要来临,在一篇新闻政论中对雅各宾党人进行了猛烈的攻击。他的弟弟玛丽-约瑟·谢尼埃是著名的革命诗人,雅各宾俱乐部的活跃分子,当他感到不得不为他的雅各宾同志们辩护的时候,安德烈骄傲而鲁莽地接受了发出的挑战。两位兄弟共同的友人终于使这场痛心的论战告一结束,然而双方的紧张关系却持续了一段时间。在这次论战以前,这一对兄弟一直是彼此热爱的。但是安德烈的情况也同古代罗马人的情况一样,血缘的纽带势必让位于政治观念。在革命初期,他曾经允许他的弟弟把他的悲剧《布鲁塔斯与凯修斯》奉献给他,并在接纳这次奉献时,曾经以当时流行的天真态度,宣称他确信伟大的布鲁塔斯当时表现自己,正像他在这出戏中所表演的一样。他把这出戏剧中的英雄们称为"高贵的谋杀者,伟大的诛戮暴君的人,我们这个时代咬文嚼字之徒是无法理解他们的"——简而言之,他表明在必要时他是赞成诛戮独夫民贼的。但是,对路易十六的审判却又激起了他无限的愤怒;他恳求允准他帮助国王进行辩护;他连篇累牍地写了大量文章为国王呼吁。当国会通过了对国王判处死刑时,国王请求国会允准他向国人申诉的那封辞藻华美、态度庄严的信,正是安德烈撰写的。正如贝克·德·福奎埃尔①所说,欧洲三位最优秀的诗人,安德烈·谢尼埃、席勒、阿尔菲利,过去都同样地反对过古老的专制君主政府,并且怀着喜悦的心情欢呼过革命的来临,而在1792年竟然一致渴望替国王路易十六辩护,——这真是发人深思的。

玛丽-约瑟·谢尼埃和他的哥哥比起来,天资较低,精神状态也不那么严肃;他随波逐流,有一种迎合时代需要的才能,并为这种才能赋予他的声望而沾沾自喜。安德烈有勇气,这种勇气有时表现得愤世嫉俗,睥睨一切;他的骨骼可以说是殉道者的骨骼。显

---

① 贝克·德·福奎埃尔(Becq de Fouquières,1821—1887),法国文学家,以研究谢尼埃而知名。

而易见的危险只能使他更勇敢地抨击那些他认为有辱法国的人。在雅各宾党人为夏多渥联队被特赦的士兵（他们曾因一般卑劣的罪行而完全合理地被判处在船上服苦役）开庆祝会时,他用自己的本名发表了一首极尽挖苦讽刺之能事的短歌。马拉被暗杀以后,为这位"人民之友"设立了四万四千个祭坛,安德烈感到如骨鲠在喉不吐不快,他是唯一为夏洛特·柯尔岱①歌唱赞歌的法国诗人——这在当时比以后看来更显得是一件鲁莽的行为。

他呼唤着：

> 啊,光荣的姑娘②,希腊赞叹你的勇敢,
> 遍及帕洛斯全岛会建立你的塑像,
> 在哈摩鸠斯身旁③,在他的朋友身旁；
> 姗姗来迟的女神奈梅西斯④将在你的坟墓之上,
> 陶然忘形,放声歌唱,
> 她鞭打那恶棍,他正酣睡在他宝座之上。

> 但法兰西用利斧砍掉了你的头颅。
> 在他们沆瀣一气的一伙人中,
> 正在为杀人的元凶准备一场祭奠。
> 当一个匪徒替狰狞的大盗报仇,
> 相信死亡的威胁会使你脸色苍白,
> 啊,多么高傲的蔑视啊,你唇边挂着微笑。

国王死后,安德烈不可能再留居巴黎。他的弟弟在凡尔赛的

---

① 夏洛特·柯尔岱(Charlotte Corday, 1768—1793),法国妇女,因反对恐怖统治刺杀马拉,被判死刑。
② 指刺杀马拉的柯尔岱。
③ 哈摩鸠斯(Harmodius),雅典人,于公元前514年和他的朋友阿里斯多吉中同谋刺杀雅典暴君希帕裘斯,失败遇难,雅典人立碑纪念这两位爱国英雄。
④ 奈梅西斯:希腊神话中掌管正义和复仇的女神。

幽静地区为他弄到一间小屋子做他避难的地方。他在这儿安静而与世隔绝地住了一个时期,并创作他的长诗《海尔梅斯①》。这篇诗虽然他晚年在思想里酝酿了十年左右,他至今只写出了一些片断。他还给住在比邻的一位贵妇人芬妮(罗让·勒库尔特夫人)写了他最后的几首情诗,这些情诗具有一种在他的作品中很少见的情绪——一种纯洁的精神恋爱的忧郁气氛而显得不同凡响。一位分外妩媚的女性性格的高贵和魅力,浸透在这些凄婉、贞洁的诗篇中。

然而凡尔赛的安宁生活不过是暴风雨前的平静。公安委员会发布命令逮捕一位贵妇人,安德烈努力营救,结果却使自己陷身囹圄之中。他在圣拉扎尔监狱中为了消磨时间,修改他的手稿,并写了一些最雄伟最优美的诗篇,其中有两篇献给傅勒利公爵夫人(母家姓夸尼)的名作(《年轻的女囚徒》和误题名为《德·夸尼小姐》的几行诗句),以及以《像最后的一线光明》起首的美丽的片断。在革命法庭上,他被指控为人民之敌,并以"书写反对自由,为暴君辩护的文章"被判处死刑。判决前夕,他写下了这样的诗句:

> 像最后一线光明,像最后一阵和风,
> 　映红了吉日良辰的黄昏,
> 我在断头台下,依然试弹我的竖琴。
> 　或许不久就要轮到我身首离分。
> 　或许在放风环行的时辰以前,
> 　　在圈定的六十步行径中间,
> 　响亮的兢兢业业的脚步,
> 　　尚未走上到熠熠发光的瓷面,

---

① 海尔梅斯(Hermès),希腊神话中宙斯之子,为众神传信,并掌管商业、道路等的神,或译"赫耳墨斯"。

坟墓中的睡眠将要把我的眼帘紧闭。
　我正在开始写作的这首诗篇，
在尚未完成一半之前，
　或许在这令人毛骨悚然的墙内，
那死亡的使者，那黑色幽灵的召唤者，
　前后簇拥着下流可耻的士兵，
将要沿着阴暗的长廊把我的名字呼唤。

1794年热月①7日的傍晚，安德烈·谢尼埃走上了断头台。这个傍晚正是罗伯斯庇尔垮台的前夜，如果早一天发生这件事，安德烈就可以得救了。奔赴刑场时，他对跟他一同上断头台的画家卢协②垂头丧气地说："唉！对于后代的人，我却什么也没有做哟！"流传着这样一种说法：他在断头台上敲打着他的额头，叫嚷着说："我的脑袋里还蕴藏着许多东西哩！"

虽然安德烈·谢尼埃的散文作品曾经引起了极大的注意，甚至在国外，维兰德③向他致敬，波兰国王颁发他一枚奖章；可是在他的一生中，他并未获得作为一个诗人的声誉。他生前只发表过两首诗篇：在网球场宣誓④的时机写的《献给大卫之歌》和给夏多渥联队写的讽刺短歌。1794年7月的那一天，他在断头台上身首异处之后，他的名字就被人忘却了，有关他的记忆也就烟消云散了。

在1819年一个明朗的日子，巴黎一家出版公司要给玛丽-约瑟·谢尼埃的戏剧著作（现在完全过时了）发行一个新版本，有人提议用"谢尼埃的一个并不知名的兄弟"的几首诗篇，作为最后一

---

① 热月(Thermidor)，法国革命历11月，公历7月19日到8月17日。
② 卢协(Jean-Antoine Roucher, 1745—1794)，法国诗人兼画家。
③ 维兰德(Christoph Martin Wieland, 1733—1831)，德国诗人，其史诗《奥伯龙》在德国文学中产生了有力的影响。
④ 网球场宣誓(Serment du Jeu de Paume)，1789年6月21日，国民会议第三等级议员集合在网球场宣誓，不见宪法的制定便不散会。

卷的补白。出版公司便请当代一个大名鼎鼎的作家昂利·德·拉杜斯审阅这些诗篇。这些诗篇的美打动了这位作家的心,他就着手把安德烈其余的原稿拿来深入探究了。他使这一包旧稿用黄皮小书的形式,一本接一本地得见天日;他又细致周详而颇有见地地精心挑选,于是这些诗集的出版使法国的诗歌理论产生了一次革命。安德烈·谢尼埃的大名不久就在举国上下、远近驰名了。巴黎的青年和外省的青年都满怀热情地领受这些崭新的诗的启示。(参阅巴尔扎克的《两位诗人》中关于这种热情的描写,并参阅《幻灭》的序言)。

这位逝世已久的诗人,不仅使上一世代所写的全部抒情诗歌仿佛都已陈腐过时,味同嚼蜡,而且使约在同时刊行的拉马丁的第一卷《沉思集》也黯然失色了。因为谢尼埃诗歌里的场面不是云彩,也不是云彩上空的境界,而是大地;他的诗歌,纯净但不虔诚,含情脉脉但不多愁善感;他的诗歌跟无限没有缘分,跟抽象没有牵连,既不神秘奇诡,也没有宗教气息。

安德烈·谢尼埃早期作品中的异教徒青年相信阿波罗和阿耳忒弥斯,但尤其相信阿佛洛狄忒①,他被写成天使派的创建人②的对立面;享乐主义者(按伊壁鸠鲁主义者这词的古老的意义)成了唯灵主义者的对立面。谢尼埃歌颂过的最初一些女性,并不像拉马丁所赞美的富于才智的肺病患者埃尔维拉,而是热血沸腾的、真正爱着情人的女性,或者是路易十六时代年轻貌美的名妓。不过,他所描写的美感享受并未堕落成为沉湎色情,更谈不上那个时期的淫荡放肆。纵情豪饮的酒宴,在他笔下被娓娓述来(例如,第28首哀歌),产生了希腊时代一种高贵浮雕的效果。他是用一种纯

---

① 阿耳忒弥斯,希腊神话中宙斯之女,阿波罗的孪生妹妹,月亮和狩猎女神。阿佛洛狄忒,希腊神话中爱与美的女神。阿波罗,宙斯之子,主管光明、青春、诗歌、医药,又称太阳神。

② 指拉马丁。

洁朴实的风格来刻画长发飘飘的年轻女郎的,这种风格把她描写成一个婆娑起舞的希腊酒神的侍女,而且表现手法的严谨明净把一场醉酒景象变成了用帕洛斯岛大理石雕刻成的一场酒神的天宴。这种生活全部铭刻着纯净的美和浑然一体的朴素。雨果在他的抒情诗里穿插进来"丑"的因素,拉马丁在后一时期内也俯首听命于这种因素的诱惑,而在安德烈的作品里,这种因素就像虔诚情绪和神秘主义一样是没有一丝痕迹的。

然而,在安德烈·谢尼埃成熟时期的作品和片断中隐约出现的那个人,在性格上也和激起1819年的热情的那些抒情流露形成了一种意味深长的对照。他在令人难忘的诗篇中颂扬的那些女性,都是革命的女英雄和牺牲者。在他那使人记起古代希腊抑扬格律诗人的抑扬格律诗中,有一种大丈夫的慷慨悲歌;而他的长诗《海尔梅斯》的许多片断则揭示出一种人生哲学,这种哲学的古风盎然的诚挚真实和科学上的严肃庄重,和拉马丁浪漫的感情主义形成最大限度的强烈对照。在安德烈看来,繁星并不是天空的花朵,只不过是盘旋在太空气流中的无数的世界而已。他写出它们的重量,它们的形体,它们的距离,它们的引力法则,他觉得这些都影响着他自己的心灵。造物主并不通过它们把它的声音传达到人类,祈祷也不从人类飞升到它们中间;深思熟虑的结果,人们深刻地感受到自然的统一性及其对规律的服从性。

安德烈·谢尼埃的诗歌在许多方面都预示了十九世纪的诗歌(十九世纪诗歌显然是抒情性的,法国在十八世纪就没有产生过其他的真正抒情诗人),他那个时代的两位主要人物卢梭和伏尔泰都对他的诗歌产生过影响。他诗歌中的田园诗的成分应该归功于卢梭;牧歌的风光景物可能大部分有赖于特奥克利托斯①,但谢

---

① 特奥克利托斯(Theocritus,纪元前3至前2世纪),希腊诗人,著有《牧歌集》,为牧歌诗人之滥觞。

尼埃之所以能够从这个源泉汲取养料，只是因为卢梭开辟了返回自然状态的道路。归功于伏尔泰的是对万事万物刨根问底的那么一股热情，这种热情引导安德烈研究牛顿，借用牛顿的学说，并在一篇论述自然的教训诗篇中和卢克莱修①相抗衡。

不过，安德烈·谢尼埃所以能够对他的后一代的诗歌产生这样一种摆脱枷锁、起死回生的效果，特别是由于他的纯粹艺术价值，不，在一定程度上是由于他的纯粹技巧价值。他的诗歌中的亚历山大格式已不再是拉辛的那一种了；他随心所欲地对它进行删削或增补，使它成为更加柔和、更加自由、更加变幻多端的韵律；在他那狂热的赞美诗中，应用了更加令人惊叹的停顿，便产生了一种尚未为人们所知的抒发胸臆的热情和活力。这种韵律的革新，大部分确实早已被拉马丁尝试过，然而拉马丁的尝试仿佛是不自觉的，而且缺乏青年人在谢尼埃诗歌中所赏识的严密性和准确性。凡是能够欣赏造型艺术和雄劲风格的人，都对他推崇备至，视为楷模。人们不由自主地把当代作家分为两大流派：一派渊源于斯塔尔夫人，她是一个能言善辩、创作丰富、即席赋诗的女诗人，她不费什么气力就能把一团旋风似的语言和思想形成浑然一体，洋洋洒洒地倾泻出来；另一派当时正在形成过程中，他们奉安德烈·谢尼埃为典范，把最严格的艺术真诚作为指导原则。

安德烈·谢尼埃诗歌中，除韵律的改进以外，同时在色彩方面也呈现巨大的进步。在此以前，诗人们宁愿采用理想的、伤感的、深奥晦涩的表达方式，而不爱采用写实的、白描的语言。他们写什么"天庭在震赫斯怒（在愤怒中）"而安德烈却写"一片黑云弥漫的天空"；他们写什么"纤纤的手指"，而安德烈却写"细长而洁白的手指"。在某些描写文字中，这种写实主义的精确性并不排斥另一种新奇手法，种词汇和词句上的明暗对照法，那些词汇和词句

---

① 卢克莱修（Lucretius，公元前99—前55），罗马哲学家和诗人。

由于它们那种神秘诡谲的、莫测高深的特质,突然展开了豁然开朗的意想不到的远景。

我们不只是从艺术的观点、而且是从人类的观点考察这种美丽的诗歌的时候,它们缺少的只不过是对于个人哀愁的表现而已。尽管有其火热的激情和法兰西风味,它究竟是太严整、太典雅了。丑恶是有计划地排除在诗歌之外的;而且这位诗人,按照地道的希腊方式,把他自己的忧郁、私人的痛苦和灾难都列入了丑恶和龌龊的东西之中。只是从一些散文札记和少量书简中,我们才了解到,比如说吧,他在伦敦寄人篱下的处境使他受到多么沉重的痛苦。他并没有在他的诗篇里把这种痛苦表达出来。在他的早年时期,他偶尔用转弯抹角的方式暗示出贫穷加在他身上的那种令人狼狈不堪的拘谨约束。例如,像《自由》这样一首诗①是特奥克利托斯风格的一首牧歌,它描写一个牧童折断了他的牧笛,躲避了年轻女郎的歌舞,拒绝一切慰藉,因为他是一个奴隶。

作为安德烈·谢尼埃作品的一个优秀标本,可以举《病少年》为例。这首诗,像他的大多数诗一样,几乎没有什么题材,但却产生一种不可磨灭的印象。在结构上,令人想到拉辛的《费德尔》第一幕第三景,那似乎是它的最远古的典范。母亲祈祷着:

> 阿波罗啊,救苦救难的神,明察秋毫的神,
> 生命的神,孤独草木的神,
> 手斩巨蟒的神,少年英俊的神,高唱凯歌的神,
> 怜悯我的儿子吧,怜悯我的独生儿子吧!
> 怜悯他那老泪纵横的母亲吧,
> 她只有为他才生活,她会因孤苦伶仃而死亡,

---

① 圣伯夫在比较安德烈·谢尼埃和马屠兰·雷尼埃时(如在他的论16世纪法国诗歌一书中),把《自由》这首诗列入谢尼埃旅居伦敦以后所写的作品,这显然是错误的。贝克·德·福奎埃尔业已证实,安德烈在1790年以前是不可能旅居伦敦的。(原注)

她不能活在世上,眼看着她儿子的夭亡;
少年英俊的神,救救我儿子的青春。平息啊
平息他胸怀里燃烧着的高热,
它正在吞噬他那纯朴天真生命的花朵。
阿波罗呀,要是他能逃离坟墓,
又回到梅那勒去照看畜群,
我这双手啊,这双老手,将把我的白玉酒杯,
悬挂在你的脚下,装潢你的雕像。
每当夏季初临人间,在你的祭坛前,
宰一头白牛犊,用它的血向你供献。

喂,我的孩子,你为何永远这样冷酷无情?
你那可怕的沉默难道一定要坚持到最后?
孩子,难道你愿意死?你愿意让你的母亲,
你白发苍苍的母亲孤零零地度她的晚年?
你难道一定要我来封闭你的眼帘?
让我来把你的遗骨埋在你父亲的身边?
倒是你该报答我抚养你的劬劳,
我的坟墓在等待你的眼泪和拜别啊!
说呀,说呀,我的孩子,什么忧伤把你摧残?
你越把烦恼隐瞒,越发令人心酸。
难道你将不再睁开你那双沉重的眼睛?

——永别了,我的母亲;我要死了,你再没有儿子了。
是的,你再没有儿子了,我亲爱的母亲。
我也失去你了。灼热肿毒的创伤咬噬着我,
我呼吸极为艰难,而且我相信,
每一次呼吸就是我最后一次呼吸。

我不会再说话了。永别了;床褥令我疼痛;
盖在我身上的毯子使我更加虚弱,
一切都使我沉重,使我疲乏。帮助我吧,我正在断气,
帮我翻一次身吧。啊!痛苦啊!我已不能呼吸!

她给他服了一剂泰赛利女人用魔法调制的药剂,可是没有效果。但他又说了:

——哦,爱丽曼特山坡呀!哦,幽谷!哦,丛林!
啊,清爽沙沙的风呀,你搅动了丛林的叶子,
你使水波颤栗,在她们稚嫩的胸怀里,
拂动了她们麻纱衣裳的折痕!
哦,轻盈美妙的一群,步态灵活,舞姿翩跹,
你可知道,你可知道,我的母亲?在爱丽曼特的边
　　缘……
那儿,没有贪婪的狼,没有蛇,没有毒草,
啊,神圣的面容!哦,佳节!哦,歌声!
交错的舞步,朵朵鲜花,清澈的涟漪,
整个自然界再也没有这样美妙的境界了。
上帝呀!这些臂膀和腰肢,这些华发,这些赤足,
那么洁白,那么娇嫩……我再也不会见到你了。

当那位母亲知道,是由于一种无望的爱情,她的儿子正在死去时,她说道:

我的儿呀,可要对我讲呀,在爱丽曼特边缘,
你看见了哪一个处女,哪一个俊俏的舞娘,
难道你不是富有而又漂亮吗?至少在你的痛苦
尚未使你脸庞上青春的花朵枯萎以前?
说吧!是不是那个爱格莱,那个龙王的女儿?
是不是那个拖着长长的金色发辫的少女伊仑?

要不然就是那个高傲的美人,
我每天三番五次都听见人家谈起她的芳名,
我知道四面八方的美人都嫉妒她的美丽。
听人家说,在庙宇里,在筵席上,
母亲和妻子见了她,谁不痛苦,谁不恐慌?
是不是那美丽的达芙蕾?……天哪!妈妈!你住嘴
　吧!
你住嘴吧!天哪!你说什么?她既高傲,又有铁石心
　肠,
像那些仙女一样,她多美呀,又多令人可怕!
千万人爱过她,可千万人白白爱了一场。
啊,恐怕我也将要遭到傲慢的拒绝,落个同样下场。
不能!可得守口如瓶,绝不让她知晓……
可是,哦,死亡!哦,痛苦!哦,亲爱的母亲!
我瞧得见我在何等的折磨里越发憔悴了。
我亲爱的母亲,啊,快来救救我吧!
我快死了,快去找她吧:你的容貌,你的年纪
在她眼里会呈现出她自己的母亲神圣的形象。
去吧!带上这只篮子和我们最鲜美的水果,
带上象牙雕像爱神,这是我们村子的光荣,
带上那只使哥林多城垂涎三尺的白玉酒杯,
带着我的羔羊,带着我的心,带着我的生命,
全部投在她的足边;告诉她我是谁;
告诉她,我将死去,你将不再有你的儿子。
倒在她老父的脚下,呻吟、哀求、催促;
恳求上天和海洋,恳求上帝、庙宇、祭坛、女神;
去吧,如果你回来时,没有打动她的心,
永别了,我的母亲;永别了,你不会再有儿子了!

——我将永远有一个儿子。美好的希望
　　向我这样讲……她俯下身子,在温柔的沉默里,
　　用慈母的吻,交织着纵横的老泪,
　　吻遍了这个被痛苦折磨得暗淡无光的前额。
　　然后她慌忙出走,心烦意乱,浑身颤抖,
　　由于恐惧和年老,她的步伐摇摇晃晃。
　　她到达了;立刻她赶快回头,
　　老远就气喘吁吁:"我亲爱的儿,你会活下去了,
　　你会活下去了!"她走到他的床边坐下,
　　一个老头跟在她的身后,微笑挂在嘴边,
　　还有那年轻的女郎,低垂着头,满脸绯红,
　　她也来了,眼光扫向他的床头。
　　这位神经错乱的少年浑身发抖,用被子蒙上了头。
　　她说:"朋友,三天你都没有参加节会,
　　你怎么啦?为什么你不想活?
　　你在受苦。人家说,我能治好你的病。
　　活下去吧,我俩一起组成一个家庭;
　　我父亲有了一个儿子,你母亲得了一个女儿!"

　　在解决这种境遇时,人们再也想象不出更朴素,更不费气力的办法了。

　　新浪漫派就是在这种基础上建立起来的。这种基础就是:语言高贵简朴,描绘正确无误,全部发展过程中具有希腊旋律,线条美丽宛如浮雕,色彩纯净,形式谨严。

七　维尼的诗与雨果的《东方集》

显示出谢尼埃的影响的第一位作家,是这一派在艺术上最具胆识的人,也是这一派最初的领导人之一——阿尔弗雷德·德·维尼。作为一个抒情诗人,他有时错误百出,有时却是一个无可訾议的大师。简明朴实,明白易懂,纯洁明净,庄重尊严——他最优秀的诗篇里,有一种特色使所有的批评家试图用下列的形象来描述它,如象牙的光辉啦,银鼠的洁白啦,天鹅的翱翔啦,等等。他的诗有艺术的严肃,素净的润色,简明扼要,过分讲究——这些也正是谢尼埃的特色。维尼显然很害怕人家把这些特色归功于谢尼埃的影响。虽然他的诗集没有一部是在 1819 年以前出版的,在后来的版本中,他却费尽心机把一些似乎带有这种影响最明显的痕迹的诗篇,添上一个较早的日期,甚至提前到 1815 年。然而即使不考虑谢尼埃在更早以前已经公开发表了一些单独的诗篇(在夏多布里昂的《基督教的精髓》中,以及作为米尔瓦诗集的附录),也几乎难以避免这种结论:尽管阿尔弗雷德·德·维尼照例是以绝对正直著称于世,但他却把他的诗篇的写作日期写成更早的日期,目的在于赋予自己一种不应得的完全出自独创的外表假象。因为他在我们所谈的第一卷诗集以前发表的一些单独的诗篇,是比收在这本诗集里而写着更早日期的那些诗篇要拙劣得多——甚至拙劣到连他自己也把它们从他的全集版本中删削掉了。安德烈·谢尼埃对维尼的影响是不容置疑的。虽然维尼从妨碍谢尼埃任意翱翔的古老的希腊风格中解放出来了,他却吸收了这位被人重新发现

阿尔弗雷德·德·维尼

的大师的许多特征。《森林仙女》这首诗,他加了一个副标题《特奥克利托斯式的牧歌》,实际上就是模仿安德烈·谢尼埃样式的牧歌。作为抒情诗人,维尼与谢尼埃最显著不同的特色,就是他对纯粹才智的崇拜,和他那高傲、淡泊的孤独情感。在《摩西》《参孙的愤怒》和《狼之死》等等诗篇里,他画出了他自己理想的画像。摩西悲哀的呼嚎,就是他自己的现身说法:

> 上帝啊,我生活过来了,坚强而孤单,
> 让我像沉睡的大地那样永远睡眠吧!

参孙对岱丽拉的背信弃义爆发了愤怒的呼嚎,我仿佛听见了他那坚强不屈而深受创伤的自尊心在倾吐怨诉(他的岱丽拉就是那个伟大的女演员玛丽·多瓦尔)。他已经饶恕了她三次,然而当她知道自己的行为被人发觉了,又被人宽恕了,她感到的不是惊奇,反而是羞愧:

> 因为男子汉的慈爱是强大的,他的温柔
> 一面宽恕了脆弱和说谎的女人,一面又压碎了她。

在描写狼一声不响就死去的那篇诗的一些话里,我感到他的淡泊人生的一面,同时也读到他为自己没有在创作上丰收在作辩解:

> 看见人们在大地上的业绩和他们遗留的东西,
> 只有沉默才伟大,其余一切渺小无比。

姑且承认他的这种态度刚强得有点矫揉造作,然而迫使他采取这种态度的,正是他的孤高傲世,他的精神高贵,以及他要把他精神上的纯洁和严肃永远保存在他的诗歌里的愿望。

把谢尼埃的抒情风格作了进一步发展的诗人,是一个在智力上跟谢尼埃和维尼两人属于不同类型的人——一个陶醉在自信里的人。维克多·雨果当时二十三岁,"灿烂的曙光照耀着他的春天"。在他的一首诗里(《黄昏之歌》中的"致 J. 小姐"),他自己描述了对胜利的信心,并带着这种信心作为一个抒情诗人初露锋芒了:

于是我对繁星说:
哦,我的星呀,你空自躲藏,
我知道你照在高空,多么明亮。
于是我向河水说:
你是荣誉哟!我来到了
我的每一天是一股波浪。

我对树林说:阴暗的森林呀,
我跟你一样发出无数的声响。
对鹰说:注视我的脸庞!
我对空空如也的酒杯说:
我正满怀热烈的理想,
它们可以使灵魂陶醉疯狂。

于是从二十盏圣杯深底,
玫瑰、爱情、露水、芳香,
飘散在我的睡眠之乡;
我有花卉装满我的花坛,
而且,像一群疾速飞奔的蜜蜂,
我的思想正在飞向太阳!

大地对我说:诗人呀!
天空反复对我说:预言家呀!
前进!发言!指导!赐福!
向幽谷,也向山峰,

向鹰巢,也向鸟穴,
把满瓮崇高歌曲向那里倾注。

维克多·雨果采用了安德烈·谢尼埃所创造的韵文——那种纯净的美的清澈透明的工具;他在这上面吹一口气,它就发出彩虹的五彩缤纷的闪光。真是够奇怪的了,这种灵感又是来自希腊,但这一次是来自现代的希腊。在希腊解放战争给他的印象下,雨果从事写作他的《东方集》。但使用的语言是多么不同啊!语言涂了油彩,语言闪闪发光,像诗中美丽的犹太女郎一样"被一道阳光装饰得金碧辉煌";语言仿佛随着土耳其音乐的暗中伴奏而纵情歌唱。

最初是欧伦施莱厄的东方。这是孩子们爱听的东方,是童话里面的东方,是《一千零一夜》的东方,是半波斯半哥本哈根的东方。那是神灯和指环里精灵们的梦境,那是车载斗量的珠玉宝石的梦境;浩瀚无垠的想象光彩全部环绕着诗中几个不朽的典型。

其次是拜伦的东方。东方对他来说,是奔放而忧郁的热情的一个宏伟的装饰背景。

居于第三位的是歌德的东方,是《东西方诗集》的东方,是年迈老人避难的地方。他采取了东方哲学中的宁静致远、沉思默想的成分,并把德国的歌曲编织进去了。伟大的语言艺术家吕克尔特[①]接着步其后尘。

然而雨果的东方和所有这些都大异其趣;那是闪闪发光绚丽多姿的、向外的、野蛮的东方,是光辉和色彩的园地。苏丹和伊斯兰教法典说明官,伊斯兰教僧侣和伊斯兰教王储,大将,海盗,希腊志士——在他耳里是美妙的乐声,在他眼前是悦目的画卷。时间和他不相干——无论是远古、中世纪、或者今天;种族和他不相干——无论是希伯来人、摩尔人、或者土耳其人;地点和他不相

---

① 吕克尔特(Friedrich Rückert,1788—1866),德国诗人。

干——无论是索多玛和蛾摩拉、格拉纳达、或者纳瓦里诺①;宗教信仰也和他不相干。在序言中,他告诉我们:"谁也没有权利向诗人发问,他是信仰上帝,还是信仰众神,信仰冥王普路托,还是信仰恶魔撒旦,或者什么都不信仰。"他的本分是描画。他被一种天才魔住了,使他心境不能平静,直到像他所感觉到的,东方跃然呈现在他面前的纸上。

仔细研究一下《东方集》,我们就会知道,这些作品是怎样形成的。它们写作的顺序,不是书中所排列的顺序。按照写作顺序的第一首诗,是写于1824年的第二十三首《被占领的城市》;接着而来的诗写于1826年和1827年,是以解放战争中的一些事件为题材的;可是要到1828年,诗人的灵感才彻底光芒四射了。视野豁然开朗了;环绕着土耳其战争渐趋明朗的一切因素,用远近观念的联想方法,环绕着那个核心而聚集起来了。

《被占领的城市》是希腊殉道精神在诗人心中激起强烈情绪的产物。我们要是剖析这首小诗,它的观点和法国绘画浪漫派的观点的一致性,会给我们留下很深的印象。1824年,欧仁·戴拉克洛瓦展览了他的名画《希奥岛的屠杀》。这幅名画把恐怖事件做了大胆而精湛的刻画,闪烁着熊熊发光的色彩和炽热的感情,哪怕一点点劝善惩恶的成分也是没有的。这次展览不久之后,雨果就写了这首小诗。这首诗的意图是透露一个卑微的奴隶所带来的信息。他双手交叉在胸口,伫立着,说道:

> 王呀,火焰谨奉王命熊熊燃起,吞没一切,
> 它咆哮如雷,窒息了你人民的呼喊;
> 像熹微的曙光映红了各个屋顶,

---

① 索多玛和蛾摩拉,西方宗教传说中因罪孽深重为神毁灭的城市。格拉纳达:西班牙名城,15世纪以前为信奉伊斯兰教的摩尔人所占。纳瓦里诺:希腊地名,希腊独立战争期间,英、俄、法联合海军在此打败土耳其、埃及海军。

在它快乐中展翅翱翔,在废墟上婆娑起舞。

那有千只胳膊的凶手像巨人矗立,
那被火焰拥抱的宫殿正在化为坟场;
父老、妻女、夫妇,全在它的利刃下倒落;
群鸦环绕着这个城市号啼不停。

少女的心怦怦跳动,做母亲的浑身发抖!
王啊,她们在哭泣她们那凋谢的青春;
暴戾的战马把她们还未断气的尸体,
给了打击和强吻的蹂躏,拖到帐篷的外边!
所有的小小孩童被践踏在铺路石板下面,
还有活气;铁蹄浸润在他们的血泊里……
王啊!你用金环在你光荣的脚上拴上一双芒鞋,
你的人民在亲吻你芒鞋上的尘埃。

　　这首小诗是雨果在他的这类诗歌中初试琴弦,它铮铮作响,锐利而清越。但这首诗却不是一首十分美好的诗,因为它并不十分真实。奴隶讲话就不是这种口吻;在诗的叙述中,我们深深感到诗人自己义愤填膺。接着写的一些诗篇,《土耳其后宫的人物》《热情》和《纳瓦里诺》进一步证明了现代希腊的影响,我们原来认为《东方集》也受到过这种影响。但这时候,诗人在艺术上又大踏步前进了;他转变到土耳其的立场上,使自己进入他们的心境而写作了。

　　《总督的苦恼》是一篇半开玩笑的最初的试作。伊斯兰教僧侣和射手,土耳其宫女和奴隶,一个接着一个,各自从自己的观点,试图揣测出:是什么理由使得总督,双眼充盈着泪水,坐在帐幕里沉思默想。但他们想出的理由,都不是真正的理由。既不是她的宠姬对他不忠贞,也不是一个头人把农民的贡物呈献得太少了。

不,使他伤心哀悼的是他心爱的老虎"奴比安"的死亡。

然而,这仍然不过是一篇试作。诗人还没有完全摆脱自己,超越自己;我们感觉到他的一个弱点,这个弱点扰乱了、毁坏了他心灵的画卷。但现在《土耳其进行曲》出现了,我们就置身在东方了。

虽然这首杰出的诗篇的叠句是一种非常粗野不文的叠句,而它的一般情调却并不粗鲁;它是严肃的,充满了并非不能动人心弦的虔诚,还充满了荣誉的观念,这些观念并不因为和我们的观念不同,便不那么真挚了。

> 我的短剑在我的腰边滴着黑血,
> 我的斧子悬挂在我的马鞍。

> 我爱慕连恶魔也胆寒的真正的战士,
> 他那宽阔的头巾使面容显得更加严肃;
> 他毕恭毕敬亲吻他父亲的胡须,
> 他对父亲的古剑奉献子女的爱情。
> 他穿上一件千疮百孔的战袍,
> 在多次战斗中留在战袍上的窟窿,
> 　　多过于御虎皮上繁星似的斑点。

> 我的短剑在我的腰边滴着黑血,
> 我的斧子悬挂在我的马鞍。

> 那些爱同妇女絮絮谈心的人;
> 那些在狂饮盛宴上说不出
> 　一匹骏马是什么品种的人,
> 在自身之外探索力量、朋友和支持的人,
> 没精打采躺在柔软的躺椅上,

>害怕阳光,埋头读书,而且小心翼翼地
>>把塞浦路斯岛的旨酒留给基督教徒。

>*我的短剑在我的身边滴着黑血,*
>*我的斧子悬挂在我的马鞍。*

>这种人,是懦夫,而不是战士,
>在火热的战斗里,绝不会看见他,
>驰骋着鞍辔齐全的烈马,
>手持宝剑,直立在宽大的马镫上。
>他只配脚后跟夹着一匹母骡子,
>低声嘟嘟囔囔说着几句空话,
>>像一个念着祈祷的牧师!

>*我的短剑在我的腰边滴着黑血,*
>*我的斧子悬挂在我的马鞍。*

这里没有希腊风味,也没有欧洲人对于土耳其野蛮风的冷讽热嘲。诗人已经成为土耳其的理智和情绪境界以内的戏剧家;在这种地方色彩里面,存在着任何北方诗人在处理这类题材时望尘莫及的一种纯真的野性。这是真正的男子气概的野蛮情调。

这些弦音不是多愁善感的低吟,而是粗犷坚强的高调;在所有的诗篇里,即使在刺耳的男子气概的曲调中交织着妇女和爱情的旋律,那种高音主调也是占优势的。诗中有一些残忍无情、毫无心肝的女人,像那当土耳其皇后的犹太女人,她竟要砍掉和她争宠的人的脑袋。还有一些高贵文雅、爱好音乐的所谓"夏娃的后裔"的妇女,像那个女囚徒,她憧憬着她的故乡,而又热爱着斯米尔纳①

---

① 斯米尔纳(Smyrna),土耳其的古城伊兹米尔(Izmir)。

仙女宫殿的胜境,不论在严冬或酷暑,不论在白天或一轮满月闪耀在海上的夜晚,她呼吸着东方的柔和气息而欢欣鼓舞。在《阿拉伯女主人的告别》中,他描绘了一位楚楚动人的女郎。这首诗中所表达的爱情,是一种没有得到回报的,受了压抑而坚贞不渝的感情,因而凄楚动人。这种爱情渗合着姊妹的爱护,幼稚的迷信,温顺的崇拜,在一个高贵而骄傲的性格中,用造型艺术的优美手法表现得淋漓尽致。

从诗人放弃了希腊的阵营转向敌人的阵营的时刻起,他的想象就纵情驰骋,充分发挥了。从描写土耳其的残酷无情的画面,他的想象转到对土耳其迷信的刻画。《神灵》在韵律方面是一篇惊人的杰作。在这篇诗中,放纵的狩猎逼近了一户人家,在吓得不省人事的住户的头上雷声隆隆地吼叫,然后逐渐消逝到远方去了——表现这些情节的是由二音节的诗行逐渐高扬到十音节,然后又逐渐降回到二音节上来。诗人的想象从土耳其后宫生活,展翅飞翔到沙漠地带游牧民的天幕中去了;从今天的沙漠又飞翔到了昔日的沙漠,那时勃那巴底用他巨鹰的翅膀把它完全覆盖了。

辽阔漫延的沙、烟波浩渺的水、浩浩荡荡大军的部署和运动,无数城镇的大兴土木,时而围困这些城镇,时而猛攻这些城镇——所有这些都映现在诗人的眼睛里。而在某一时刻,一些观念联翩而至,令人想起在《圣经》历史中所谈到的大毁灭场面的画卷。在这些画卷里,雨果找到了他的最璀璨华丽的原料。而且,这也是和他自己的品格最为接近、最有血缘关系的原料。在描写怪力乱神方面,他的想象总是发挥得淋漓尽致。原始的飞马柏伽索斯,按照字面的意义来说,是一个庞然怪物;从比喻的意义来说,那可正是雨果心目中的飞马。

他写了《天火》——这部诗集中的第一首诗,按照写作年代次序,却是最后一首。我们看见一片令人望而生畏的乌云飘过天空。它从哪里飘来?它又飘向何方?谁也不知道。飞临到海洋的上空了,它问上帝:是不是要用它的火焰把海水吸干?不!上帝回答。于是它乘御着上帝赐予的天风,匆匆忙忙,奔驰向前。它飞越了地中海美丽海湾的上空,飞越了埃及的五谷丰登的美丽田野的上空,然而上帝仍然没有发出停下的信号。它飞临沙漠的上空,飞临古代巴比伦废墟的上空。它问:是在这儿吗?可是它还必须继续向前。夜间,它到达了壮丽豪华的姊妹城市——索多玛和蛾摩拉——城市的居民在放荡不羁、纵情酒色的盛宴之后已经进入了睡乡。现在,上帝发出信号了。乌云张开了大口,从它火光熊熊的咽喉里吐出了火焰和硫黄的洪流,倾注在这两个惨遭浩劫的城市上,直烧得玛瑙、花岗石、偶像和大理石巨像都像蜡一样融化了,而且那令人眼花缭乱的熊熊烈火把居住在房屋里和街道上的芸芸众生和万事万物都团团包围了,毁灭干净了。次日拂晓,就可以看见古代巴比伦的废墟,从山脊上方抬起头来,观看和欣赏这幕恶作剧的收场。有关这一切,它都是知道的。它在它风华正茂的当年也曾经历过这种洗涤一切污泥浊水的爱情。

已经指出,这不是用低调写出来的诗歌。有些批评家确曾指责它的冷酷;如果说天下有一种指责是毫无道理的,那就是这种指责了。我们觉得诗人仿佛确曾亲眼目睹了这一切,并且用一支像松树一样的如椽之笔描画出来了——这棵松树就是海涅曾经很想从挪威悬崖绝壁上折下来,浸在埃特纳火山的火焰里,在苍茫的天宇中写下他爱人名字的那棵松树。《东方集》中的这些诗篇变成了浪漫派抒情诗歌的典范。在这些诗篇中,诗人敢于捕捉痛苦、丑恶、恐怖(如希腊人所说的 $τό\ σεινόν$),并且凝聚在他的诗句里,确信他有力量用诗歌渗透它的全体,使这一切阴影变得晶莹透明,而且把一切黑暗都沉浸在诗歌的光明海洋里。他一度为大地描写过的一切,都可以应用到他自己的抒情诗上。他描写了不愿意为人们生产口粮的贫瘠、多石、荟蔷的土地;这儿是火焰止吐的沙漠,那儿是北极的冰山;整座整座城市里,仁慈和希望都扭着双手表示爱莫能助地扬长而去。他把死亡涂画成没长眼睛的怪物,总是首先把最优秀的人们捉向地狱。他所谈的海洋,是夜间使船只沉没的海洋;他所谈的大陆,是喊声震天的战争挥舞着火炬、各个种族之间疯狂地互相倾轧的大陆。最后,他结束说:所有这一切构成了苍茫宇宙中的一颗星。

八　雨果与缪塞

维克多·雨果刚一写完《东方集》，就动手创作性质完全不同的一组诗篇。《秋叶集》为法国抒情诗歌开拓了一片新的领域，在这个领域里，个人因素很明显地呈现出来，正如它在《东方集》中是那么缺乏一样。

雨果在二十岁那年，仰仗路易十八赐赏给他的一笔微不足道的津贴结婚了。他可爱的新娘阿岱尔·傅谢的嫁妆是二千法郎。这对青年夫妇在捉襟见肘的困境里生活了若干年；然而《欧那尼》那一仗打赢以后，雨果的作品给他带来成千上万的收入，继而高涨到几十万，最后竟达几百万。不过，当年贫苦的家庭仍不失为幸福的家庭。雨果二十五岁那年，他作为一个文学革命者出现在大众面前时，他已经是一个在家庭里当父亲的人了。

在《秋叶集》里，诗人呈现给读者的是他自己家庭的图画和思想。这些诗篇缅怀着他的童年和他死去的亲人，这些诗篇也回忆着他母亲的温柔，他父亲的军人风姿和神采，以及他童稚时代站在父亲身旁一度亲眼见过的拿破仑。他向亲密的朋友们倾吐了他的心情，向他们表白了人生的艰苦战斗在他心中所引起的悲伤和疑虑。其中有一些爱情诗，也是举世无双的。他发现了他最初的几封情书，他读着它们，内心不禁充满悲凉，充满对于早已消逝的青春朝气的憧憬。他把他的家庭向我们诗化了。这是人生的一个侧面，几乎世界上所有伟大的诗人都没有触及过这个侧面。莎士比亚没有家庭，而且他们夫妻之间的关系简直不值得付诸笔墨。席勒和歌德给他们的妻子只写了很少几篇诗,至于有关他们家庭生活的诗,简直就没有写过。而拜伦在这方面认为适合于透露给世界的材料是有伤风化的。欧伦施莱厄的个人境遇和文学地位在很多方面都和雨果相同,他是在他的克利斯蒂安娜青春消逝以后才和她结婚的。他写到他的妻子时,他的情调主要是出于丈夫的天职,而不是出于崇敬女性的骑士精神;她是他的摩吉安娜,而不是他的吉尔娜尔①。在描写他孩子们的诗篇中,有那么一点点为人父者的虚荣;他在诗中写到他们,风度颇像王公贵人在大庭广众之中提到子孙一样;我们感到,他把他们视为特殊人物,他们的幸福康乐对于每一个人都是至关紧要的。雨果却避开了如此种种的陷阱。

这倒不是因为在雨果歌唱他的家庭的那些年月里,阿岱尔·傅谢一直是他生活中的中心女性人物。《秋叶集》是他的最后一部诗集,他是可以在这里忠实地写出他在家庭中找到的幸福的。1833年,在排演他的《吕克莱斯·波吉亚》期间,他同那个虽然没有才华、但却年轻貌美的女演员尤丽埃特·德鲁埃(她的真名是尤丽安诺·高文)关系密切,他挑选她扮演奈格罗尼公主这个微不足道的角色。这位贵妇人的同时代人都满腔热情地描写她的美丽,据说她把希腊雕刻的纯净轮廓同我们认为莎士比亚女主人公所具有的诗情表现熔冶为一炉。在雨果的这出悲剧中,她只有两句台词,仅仅是从舞台上姗姗走过而已。然而,泰奥菲尔·戈蒂耶描写了她的迷人的服饰以后,就这样描写她的演出:"她真像一条翘起尾巴直立起来的蜥蜴,体态是那么富于曲线美,那么柔和,简直像蛇一样。然而,尽管她千娇百媚,她是多么巧妙地把一些恶毒的东西注入了她那两句台词啊!她用多么捉弄人的、使人不安

---

① 摩吉安娜是阿拉伯著名故事《阿里巴巴和四十个强盗》中的人物。吉尔娜尔是拜伦所著《海盗》中土耳其总督的女奴,跟主人公一起逃出后宫。

的敏捷,躲开了那位风流潇洒的威尼斯贵族的殷勤啊!"

尤丽埃特·德鲁埃的形象是古香古色的,有一头蓬松丰盈的美发。雕刻家普拉狄埃,在巴黎贡果尔广场的里尔城,为她树立了一座雕像,使她的美容垂之永久。

雨果和她结识时,是三十一岁,她是二十七岁;他们之间的往来一直持续到她逝世为止,也就是说,持续了将近五十年之久。1833年以后,她陪他作了几次旅行;在他流亡期间和流亡以后,"尤丽埃特·德鲁埃夫人"一直住在他的家里。

雨果的妻子不久就和圣伯夫发生了暧昧关系,而圣伯夫在写作上有失检点,使这件事不必要地公开了。雨果夫人似乎一生中都在忍受着雨果性格上的反复无常;雨果的书简却透露,当他收到圣伯夫的通知,说他对雨果夫人怀有热情时,他反倒显示了既不失尊严、又非常微妙的感情。

起码在雨果的诗中,他一直是以最温柔的关系保持着家庭的和睦的。

《黄昏之歌》出版于1835年,因此是在他和尤丽埃特·德鲁埃发生亲密关系很久以后的。正是在这部诗集中,在题名《达特·丽丽雅》的一首诗里,他把他妻子描写成这样一个人,他向她说:"始终如一!"她便回答:"无所不在!"

就在这同一首诗里,我们看到了那幅优美迷人的图画:一个年轻的母亲,身后跟着四个孩子,最小的一个走起路来还是摇摇晃晃的:

> 哦!在苍天底下,如果你遇见了
> 一个女人,面貌纯洁,步履庄重,眼光温柔,
> 身后跟着四个孩子,最小一个还摇摇晃晃,
> 她好好地照顾他们全体;如果从她身旁
> 走过一个盲人,年老体弱,赤贫如洗,
> 她就把少量财物放在最小孩子手里去施舍,

如果大家指着一个名字恶毒谩骂,
你可以看见一个女人不声不响地谛听,
她在怀疑,并向你说:咱们且慢品评。
我们中间有谁不会受到指摘和挑剔?
人们总急于使最美好的东西黯然无光,
赞美是没有脚的,而辱骂却长着翅膀。

远离了灯火、人声、喧哗和光彩,
如果迷失在深渊的偏僻的曲折地方,
用阴影覆盖着的目光向下凝视,
四个年轻的脸庞靠在幽暗的墙边,
童稚的光和母性的光交织在一起了,
在这儿,不再是严厉端庄,而是温柔慈祥。

啊!不管你是谁,替她祝福吧。这是她呀!
是我肉眼可以看见的我那不朽灵魂的姐妹!
我的骄傲,我的希望,我的归宿,我的寄托!
在我老年所希望的青春时代的顶峰!

贯穿着所有这些诗篇,我们听见一种喊喊喳喳、哼哼唧唧的声音,像小孩子们做游戏和他们小鸟一样啾啾鸣啭的声音。孩子冲进了房间,最阴郁的额头,不,就连内疚的苦脸,都明亮起来了;孩子问长问短,把最严肃的话题也打断了,大人们的谈话只好一笑收场;孩子展开了年轻的灵魂接受每一个印象,用他的小嘴亲吻着陌生人和朋友们。

"让孩子们留下吧!别把他们从诗人书房里赶跑。当诗人坐在桌旁写作和梦想的时候,让孩子们笑吧,唱吧,让他们孩子气的吵吵闹闹同精灵的合唱声混杂在一起吧。他们的呼吸是个会驱散他那如清泉涌出的愉快的梦想的。你们以为,当这些聪明伶俐的小脑袋,在我的热血与火焰的幻象中间,打从我眼前经过时,我害怕我的诗文会像小鸟受了嬉戏游玩的孩子们的惊吓那样飞得无影无踪吗?不,的确不是这样!他们破坏不了任何形象的。当他们在身边时,欢乐的'东方'的五彩缤纷的、精雕细刻的花卉更潇洒地扩大了,歌谣变得更加生气勃勃了,短诗的生了翅膀的诗句有了更热烈的向往,飞向九霄了。"

1843年发生了一次悲惨事件,使诗人在成熟的年龄又返回到青年时代和幸福家庭的小圈子里。1843年2月,他的大女儿①结了婚;9月间,她偶然从塞纳河的游艇上落水淹死了。她的丈夫夏尔·瓦克凯利跟着她跳下水去,当他和一切别人拯救她的努力成为泡影时,他自己也淹死了。在《静观集》中那首第一行是"哦,在最初片刻我简直像发了疯"的一组诗篇,是应该和《秋叶集》一起阅读的。

在这组诗里,我们看到复制精美的充满诚挚情感的朴实场面:

> 她在童年,已经养成了这种习惯,
> 每天早晨走进我的房间停留半晌;
> 我期待她,像期待一线光亮;
> 她走进房间说:"我的小爸爸,早安!"
> 她拿起我的笔,打开书本,坐在床上,
> 微微含笑,乱翻我的纸张,
> 然后突然间像一只过路的小鸟轻轻飞去,
> 这时我的头脑已不那么疲劳,重新开始了
> 被她打断了的工作,而在写作的时光,
> 在我的原稿上,我常常发现
> 她信手涂鸦,留下了一些胡乱的勾画。
> 在她用手弄皱了的很多白稿纸上,

---

① 名叫莱奥波蒂娜。

不知什么缘故,写出了我最美妙悦耳的诗句。

她爱上帝、花朵、星星和绿色的草原,
在未长成为妇女以前,她是一位天仙。
她的目光反映出她的灵魂是多么晶莹明亮。
她时时刻刻都在和我把一切商量,
啊！有多少爽朗而迷人的冬天夜晚,
我们讨论语言、历史、语法,消磨时光。
四个孩子环绕膝下、母亲偎在身旁,
几个朋友环坐在墙角围炉闲谈！
这样的生活,我把它叫做简朴而圆满。

下面这首诗就几乎更为美丽动人了:

啊！回忆！春天！黎明！
哀伤和大地回春的温柔光辉,
——当她还在幼小的时候,
她妹妹还是一个小小姑娘。

你可知道,在那山冈之上,
——连接蒙里农和圣娄的山冈,
有一个倾斜的山丘,
穿插在阴森的树林和碧蓝的天空？

啊！那儿就是我们生活过的地方,
我的心啊,已浸沉于那迷人的往昔
每天清晨,我伫立在窗下,
谛听她宁静地游玩。

她在露珠丛中跑来跑去,
怕惊动我,不声不响;
我呢,也不打开窗扉,
生怕惹得她逃跑。

弟弟们笑了……纯洁的黎明!
一切在清新的树荫下歌唱;
我的家同自然在一起,
孩子们同小鸟在一起。

我轻咳一声,她鼓起勇气;
迈着细碎的脚步走上前来,
满脸是严肃的神情,对我说:
"我已把孩子们留在下面了。"

我们游玩了一个整天,
啊!迷人的游玩!亲密的交谈!
傍晚,由于她的年纪最大,
她对我说:"爸爸,来呀!"

"我们把你的椅子搬来,
请给我们讲个故事,讲啊!"
从所有极度欢乐的目光,
我看见迸发出喜悦的光芒。

那时,多的是谋杀的事迹,
我编织出意味深长的故事,
从天花板上的阴影里,

> 我杜撰了故事中的人物。
>
> 讲到才智洋溢的矮人,
> 终于战胜了十分愚蠢可怖的巨人,
> 四张甜蜜的脸庞,始终笑嘻嘻的,
> 他们这种年龄,正该有这样的笑容。
>
> 我成了阿里奥斯托与荷马;
> 一下子就写出了一篇史诗,
> 我在讲述时,他们的母亲
> 凝视他们的笑容,自己却沉思默想。
>
> 他们的祖父,正在阴影里读书,
> 偶尔抬起双眼望着他们,
> 而我呢,从幽暗的窗口,
> 瞥见了一抹天空。

在那篇著名的《替大家祈祷》的孩子的晚祷中,不仅是替父亲和母亲祈祷,而且也是替穷苦的人,替孤独无依的人,替道德败坏的人祈祷——家庭的观念扩大成为人类全体大家庭的观念了。人道在《秋叶集》中得到了表现,正如非人道在《东方集》中得到了表现一样。

当诗人雨果独坐梦想时,他首先想到的是他爱着的那些人;他看见了他的朋友们,一个接着一个;继而又看见他的旧相识,有些交往亲密,有些只是泛泛之交;最后他看见了素不相识的芸芸众生——整个人类,活着的和死亡的;他凝视着时间和空间的双重海洋,他凝视着无边无际和深不见底,凝视着永远沉没在深不见底中的无边无际,一直到这一切幻象顿然消失。雨果的伟大前驱安德烈·谢尼埃所轻视的浩瀚无垠的情景,十八世纪儿童身上并不存在的那种宗教情绪,从反动时期的迷信中净化出来,又重新出现在雨果身上了。

从靠近海岸的高峰上,诗人谛听着两种声音,一种来自海洋,一种来自陆地。每一片波浪有它的低声潺潺,每一个人也有他清晰的谈吐,他的叹息,他的痛苦的呼喊。波浪的声音和人类的声音形成了两种巨大的、哀婉动人的合唱——自然的歌曲和人类的呼喊。

这些诗篇里的无限,已不再是我们在《东方集》中时常瞥见的那个庞然怪物了;这种无限是海洋,在海洋中想到沉船都是很自然的,用莱欧帕地①的话来说,甚至是很"甜蜜"的。

在《黄昏之歌》中,雨果离开了私人生活的领域。组成这卷诗集的主要是政治诗歌。这些诗把出版前几年发生的事件,用一种日记体裁组织起来了。雨果是支持君主立宪政体的;路易·菲力普甚至使他成了法国的贵族。1845年,由于众所周知的和比阿尔夫人的恋爱事件,有人建议把他从贵族院驱逐出去,这时他接受了国王的援助。在这个时期最好把他看成是一个具有反对派倾向的保皇党。

他的诗篇歌颂了七月革命和这次革命的牺牲者,并对下议院不准把拿破仑的尸体运回法国,表示义愤,但这个计划,皇室并不反对,后来也由德·约安维尔亲王执行了。多慈为了金钱的缘故,把贝里公爵夫人送交给路易·菲力普政府。矛头指向多慈的那首诗《写给一个出卖女人的男人》,不仅是间接地打击了蒂埃尔,而且也打击了国王本人。

不过,这种反抗不是以政治的同情为基础,而是以社会的同情为基础。无产阶级就其本身利益关系对七月革命结果的毫无意义表示失望,群众中间正在酝酿着对于富翁阔佬的怒目而视的仇恨,

---

① 莱欧帕地(Count Giacomo Leopardi,1798—1837),意大利抒情诗人。

这些都充分表现在《在市政府的跳舞会上》等诗篇里。这些诗篇对于市民的女性勾勒出一幅幅精彩的图画,她们打扮得花枝招展,美丽动人,半裸着身子,像那些驱车出席舞会的贵妇人一样,"头发里插着花,鞋上溅着泥,心里怀着仇恨",站在那儿,观望着马车的到达。他朦胧焦虑,心神不定,一再告诫欧洲高戴王冕的君主及早和人民为友——所有这些都表示诗人的手已经触到他的时代的脉搏了。

路易·菲力普政府禁止雨果的戏剧的上演,其严酷程度不下于过去正统派政府的禁令,没有什么比这个情况更能证明他的作品和时代精神之间的密切关系了。的确,《欧那尼》在上一朝代曾经上演过,查理第十对那些要求他禁演该剧的人们,很巧妙地回答说,就剧院而论,他的地位是跟普通观众一样的。但是,尽管他个人是偏袒雨果的,他却禁演了《玛里翁·德罗昧》的上演,因为有人向他进了谗言说,这出戏剧所表现的路易十三对黎希留的态度,可以解释成为讽刺国王本人俯首听命于教会。这项禁令很早就已撤销了,而现在,路易·菲力普政府却非法禁止了《国王寻乐》的上演。在因此而引起的诉讼期间,雨果说了下面这番刻薄挖苦的话:

"拿破仑也是一位暴君,但他的态度却迥然不同。他绝不采取预防措施,而目前的预防措施却把我们的自由一件接着一件骗诈光了。他只要把手一伸,立刻把一切都捕攫去。狮子的作风,从来是不像狐狸的。诸位先生,那时候无论做什么事情,派头都很大。拿破仑说:'在某日某时,我要幸临某某都城',果然,他就在那一天驾临了,而且也正是在他指定的时辰。《箴言报》的一则通告就废黜了一个王朝。各国国王必须拥拥挤挤坐在接待室里等候接见。如果他想要一根圆柱,奥地利国王就得为这根圆柱准备青铜。处理法兰西剧院的事务,确实有些专横跋扈,然而这些处理规章是从莫斯科以后的日期开始的。那个时代的派头是伟大的,如今这个时代的派头却很渺小。"

这一番话相当广泛地表达了雨果在三十年代初期的诗歌—政治态度。

他周围的年轻朋友都正在踏上一举成名的道路。几乎所有经常涉足他的门庭的朋友,都及时以诗人闻名于世。雨果偶尔请求圣伯夫朗诵诗歌,在几经催促之后,圣伯夫才恳求小莱欧波尔丁和小夏洛特在他朗诵时大声吵闹,然后他才向济济一堂的友伴们重读他的一两首迷人而造作的诗篇。一个十七岁的青年阿尔弗雷德·德·缪塞,被雨果的内弟保尔·傅谢带到这个家庭里来了。有一天早晨,德·缪塞走上了圣伯夫的阁楼,唤醒了他,面带腼腆的微笑说:"我也写诗了。"

他写出的诗获得了世界知名的声誉。

如果在法国的普通民众中间,问一个普通人——比如说,一个手艺人吧,或者在法国作家中间,无论是问一个浪漫派,还是一个高蹈派:谁是现代最伟大的法国诗人?回答无疑是:维克多·雨果。但是如果拿这个问题去问上层中产阶级的一分子——一个公职人员,一个学者,一个社交界人士;或在作家中间去问一个自然主义派的作家,或者去问那些贵妇人吧,回答十之八九是:阿尔弗雷德·德·缪塞。这种意见的分歧是怎样来的呢?这又说明了什么呢?

阿尔弗雷德·德·缪塞于1830年,他十九岁时,在文学上初露头角的诗篇是:《西班牙和意大利的故事》,这一组韵文故事有许多情景几乎是不允许描写的。在一些较长的章篇中,如《堂·帕埃兹》《波尔夏》等等,全是写的背信弃义的故事;我们看到,妻子欺骗了丈夫,情妇戏弄了情人;有一位伯爵夫人,对她的情人的情况茫然无知,只知道他曾经谋杀了她原来的丈夫;还有兽性大发的寻欢作乐,为了得到这种欢乐,人们不惜彼此斧砍刀劈;还有青春时期的肉欲,它既不知悔恨,也不知羞耻;还有老年时期的腐化堕落，一面服用春药，一面在淫荡的享乐之中谛听死亡前的吼哮；——而且在这一切之中飘散出歌曲，热情的炽热的火花，粗野横蛮，骄傲自大。莎士比亚最早期的作品都不比这些诗篇更加淫乱，而且这种淫乱不是朴质幼稚的，而是精致加工的。其中还经常以无信仰相标榜，可是又古怪地穿插着对于软弱的不自觉的忏悔，以及对于宗教安慰的忽冷忽热的憧憬。

某些人对这本书极为反感，而更多的人却对它热烈赞扬。许多文学团体的青年人对这本书入了迷。这是一种崭新形式的浪漫主义，远不像维克多·雨果的浪漫主义那么空谈理想。对于音韵和风格的古典主义清规戒律，这里有着更为直接的反抗；然而这种反抗却是嬉笑怒骂、机智诙谐的，不像雨果的反抗那样剑拔弩张。这些攻击因为具有雨果书中所完全缺乏的某种因素而显得生气勃勃，这在实质上是一种民族的因素，即法国人自己所谓的"才气"。这种嬉笑怒骂、冷讽热嘲的浪漫主义出现在雨果的夸大其词、一本正经的浪漫主义之后，令人耳目为之一新。这里的场景仍然发生在西班牙和意大利，仍然是以中世纪为背景，仍然有击剑比武和小夜曲，可是加上了这种欢乐、这种妙语惊人的讽嘲、这种几乎不能自信的怀疑，便使人产生了双倍的快感。比如说吧，那篇臭名远扬、下流猥亵得不堪入耳的月亮谣曲，它的韵律使古典主义者为之激怒，它对题材（浪漫主义者的主要的宠儿）极不尊重的态度又使浪漫主义者大为恼火。这是一篇用自己风格开玩笑的歌谣；它的作者似乎是用手爬行，用脚指头向他的读者们飞吻。

雨果的英雄的风姿和巨人的步伐是令人望而生畏的；雨果的富丽堂皇的辞藻引人景仰和赞叹；然而缪塞的不可思议的活泼艳丽的优雅，这种不怕丢丑的诙谐的天才，既有一种令人解脱的效果，又有一种令人着迷的效果。这里有着一种不可抗拒的魔力，而女性照例是首先欣赏这种魔力的，她们对丁缪塞的作品就正是这样。缪塞描写妇女，永远描写妇女，不像雨果那样写过早的成熟，写骑士的温柔,写浪漫的风流——不,他用的是一种热情,一种仇恨,一种刻毒,一种愤怒,表明他既蔑视她们,又崇拜她们,她们可以使他在痛苦中辗转反侧,凄声哀叫;而他以高声的责骂和愤怒的轻蔑进行报复。

这里没有成熟,没有健康,没有道德美;只有一种充满青春活力的、炽热沸腾的、令人难以置信的生命的强度。要描绘这种生命的强度,充其量仿佛给一个盲人描绘猩红的色彩,盲人听见关于猩红的描绘只会说:"那么,它是像大喇叭的声音吧。"就在这种诗歌里,毫无疑问地有一种暗示猩红的色彩和喇叭的响亮吹奏的性质。艺术的美是不朽的,这是真的;然而有一种更加确实不朽的东西,那就是人生。缪塞早期的这些诗篇现在仍然是有生命力的。接踵而来的是他那些成熟的、美丽的作品。所有人都张开眼睛看见了他的功绩。在《读书之后》这篇诗中,他亲自描写了他的艺术:

> 一个人,他不懂:当平静了的微风,
> 从森林深处发出温柔苦恼的长叹,
> 独自信步走出,嘴里哼着歌曲,
> 比头上插着迷迭香的奥菲丽雅更癫狂,
> 比爱慕着仙女的小仆人更惆怅,
> 把他的破烂帽子,当做小鼓敲响;
>
> 一个人,他没有始终痴情的灵魂,
> 为了大家的福利,为了唯一的幸福,
> 他没有慢慢地把他那梦幻的前额,
> 依偎在年轻清新、头发芳香的头上,
> 因而从这个迷人的头上感到
> 生命和美涌上他的心田。
>
> 一个人,他不懂:在燃烧着的夜晚,

金星都被爱情的火花燃烧得苍白的时候，
赤着双脚无缘无故猛然站立起来，
行走着，祈祷着，眼泪双流地哭泣着，
面向无垠，紧握着他那颤抖的双手，
为那莫名的灾难，心里充溢着怜悯。

这个人，他可以自得其乐，涂抹乱画，
他可以绞尽脑汁，随意吟咏，
织补对比诗句的金线衣裳；
如此混过一生，直至走进拉雪兹公墓
脚后跟随着尘世间一大群傻瓜，
你可以称他是伟人，可千万不能称他为诗人。

我们觉得，诗中提到那些用对比诗句的金镂玉衣装扮起来的人们，对于维克多·雨果及其一派可以说打中了要害，而且几乎无意识地表露了真正抒情诗人对于有才能的辞藻专家的优越感。那种对于诗歌的排山倒海的热情和诗意的自我意识，使我们想起了歌德的《流浪人的暴风雨之歌》。

当缪塞成长壮大，达到懂事的年龄时，他继续展现出一些使得雨果相形见绌的特点。他因本质上充满人性而赢得广大读者的心。他坦白承认他的弱点和错误；而维克多·雨果却觉得不犯错误才是他义不容辞的责任。缪塞不是一个令人惊叹的韵文巨匠，他不能像雨果那样，把语言这块金属千锤百炼成流行的式样，在一个黄金底座上镶嵌着字字玑珠。他信笔写来，有时押一点韵，甚至比海涅的形式更马虎拖沓；但他从来不是舞文弄墨的能手，他永远是一个人。不论是在他的欢乐里，还是在他的忧伤里，似乎都存在着不朽的真理。把他的一首诗扔在其他诗人的一堆诗篇中，他的诗的作用就会像硝酸一样，这一堆别人的诗篇都好像不过是几个字、一张纸似的燃烧成灰烬，蒸发得精光；只有他的诗永留人间，熠

缪塞

雨果

熠发光,像发自人类胸臆的呼喊,鸣响着刺人肺腑的真理。

那么,青年浪漫派的领袖不是他而是雨果,这究竟是怎么一回事呢?

要解答这个问题可以把上面引用的一首诗中最后一行的位置颠倒过来说:"你可以称他是诗人,可千万不能称他为伟人。"

雨果在漫长的一生中,立场虽然瞬息万变,而在他的政治发展和宗教发展中,却显而易见地有一条连绵不断稳步前进的路线,而且几乎更为重要的是,他是以历久不衰的尊严之感立身处世的。维克多·雨果勤奋努力,而阿尔弗雷德·德·缪塞则懒散消沉。雨果善于精打细算,他充分发挥了他伟大的天资,没有浪费他的才华,而且小心翼翼地保全着他体质上和精神上的力量。缪塞却是极端地满不在乎,毫不注意自己的健康,甚至在青年时代就沉湎于麻醉品的嗜好。雨果有魄力使自己的人格成为一个中心,把其他作家团结在自己周围,紧偎在自己周围,这是一个首脑和领袖的魄力。缪塞是一个社交场合里的人物,是一个良好的伴侣,但是作为艺术家的缪塞是完全不能和别人合流的。雨果对自己有无限的信心,因而也就使得别人相信他。

缪塞一开始就有一种装模作样的优越感,在宗教方面表现出极端怀疑,在政治方面表现出极端冷漠。然而在这种怀疑和冷漠下面,我们不久就瞥见了一种不是男子气概的软弱,久而久之,这种软弱就昭昭在人耳目了。

读一读在《一个世纪儿的忏悔》中他那掩盖在假面具之下的自我揭露吧。他述说他如何诞生在一个不吉利的时辰。一切都已死亡。拿破仑的时代已成过去,仿佛除了帝国的光荣,再没有其他的光荣,而且据说光荣的时代已经趋于末日了。信仰也已死亡了。连供人虔诚合掌朝拜的十字架那样两小块黑木头也不复存在了;因此仿佛那些不皈依天主教象征主义的人们既没有心灵,也没有灵魂,据说灵魂已经死亡了。有些人领悟到光荣的时代已成过去,便在讲坛上大声疾呼,自由是甚至比光荣更为美好的东西,听到这样的语言,青年人的心脏就仿佛随着一种遥远而可怕的忆念而心潮澎湃起来。"但是在回家的路上,这些青年人碰到一伙人抬着三个筐子到克拉马尔去,他们从三个筐子里看到三具年轻人的尸体,这些年轻人曾经大声疾呼,赞颂自由。"仿佛牺牲者的死亡所能引起的精神状态只能是冷酷无情的绝望,据说他们翘着嘴唇,形成了一个奇怪的微笑,从此就不顾一切地投身到最疯狂的荒唐生活中去了。

这就是缪塞所描画的一系列最聪明的男性人物(卓越的罗伦扎西欧就是其中之一)的基础,也就是他们的基本观念。在他青年时代,这种观念产生了他最著名的典型人物罗拉。

在缪塞的作品中,没有一部比得上《罗拉》更引人注目地表现了他哲学中那种反复无常、动摇不定的女性特质。

序言的开始就是那著名的憧憬往昔的哀悼,憧憬那清新而美丽的古希腊,憧憬那具有纯洁渴望和炽热信仰的古代基督教世界,憧憬那往昔的时日,那时科隆和斯特拉斯堡的大教堂,巴黎圣母院和圣彼得大教堂都披着石制的斗篷虔诚地跪倒,而各民族的巨大风琴则轰鸣出几个世纪的赞美上帝的祈祷。

接着就是那更为著名的一段:

> 哦,基督呀!我不是那种人,举起颤抖的脚步,
> 随着你那沉默的庙宇里的祈祷指引向前;
> 我不是那种人,走到你受难的地方,
> 内心怦怦跳动,亲吻你那流着鲜血的双足;
> 当你的忠实信徒,环绕着黑暗的拱廊,
> 在赞美的歌声里,弯下身子低声祈祷,
> 仿佛一丛芦苇受到一阵北风的吹扫,
> 我在你神圣的门廊下伫立歇息。
> 哦,基督呀!我不相信你那神圣的语言!

在这古老的世界里,我是来得太晚了呀。
从一个没有希望的世纪里产生了没有畏惧的世纪。

各各他①的铁钉几乎难得钉着你;
在你神圣的坟墓下,泥土也在逃避;
哦,基督呀! 你的光荣毁灭了;你神圣的遗体
变成灰尘降落在我们紫檀木的十字架上,
这种没有信仰的世纪的毫无信心的孩子,
你说吧,可允许他去亲吻你的骨灰,
哦,基督呀! 可允许他在这冰冷的大地上眼泪纵横,
你的死亡供他生长,他死时却不用你帮忙!

  接着就是这个故事——雅克·罗拉是巴黎这座放荡城市中最放荡的青年。他对每件事和每个人都嗤之以鼻。"再没有一个亚当的子孙对人民和国王怀着比这更高的轻蔑了。"他的财产很微薄,他对骄奢淫逸的生活的眷恋却很深。他对于形成别人一半生活习惯的东西都深恶痛绝。于是,他把父亲遗留给他的一份薄产分成三份,装成三口袋金钱,每一袋可以维持一年。他同一些乱七八糟的女人搞在一起,以各种稀里糊涂的方法,把这笔金钱挥霍得一干二净,并且毫不隐瞒他将在第三年年底开枪自杀的企图。

  然而二十二岁的缪塞却称罗拉是伟大的、无畏的、光荣的、高傲的。他对自由的热爱使他在诗人眼中显得更为崇高,而他所谓的自由就是摆脱一切活动、一切职业、一切义务。

  这里描写了罗拉在娼家的自杀,描写了盛宴的准备过程,描写了被自己的母亲带来的十六岁的少女,然后诗人对于社会的堕落行为(如母亲居然卖掉亲生女儿,贫穷使她沦落到从事老鸨生涯,以及处境幸运的妇女们的廉价的贞操和伪善的美德等等),开始

---

① 各各他,耶路撒冷城外的一座小山,基督被钉死在这里。

发出了感人肺腑的悲叹。

然后就是这首诗中最著名的一段——向着伏尔泰的呼号：

> 伏尔泰呀，你可睡得香甜？你那狞恶的微笑，
> 是否仍然浮动在你那骨瘦如柴的骷髅架上？
> 据说你那世纪年纪太轻，连你的著作也读不懂，
> 我们这世纪应当使你高兴，你的追随人已经诞生，
> 你用你的双手，日日夜夜挖它墙脚的
> 巨大建筑，却哗啦啦向我们头上倾落。
> 死神应该是很不耐烦地在等待着你——
> 你追随它的过程竟花了八十年的时光。

> 老阿茹埃①，你可看见？那个生命洋溢的人，
> 用他热烈的吻把那么娇美的胸脯吻遍，
> 到了明天却将到窄小的坟墓里长眠。
> 你会向他投射少许羡慕的目光吗？
> 安静吧，他读了你的书。可什么也没有给他带来，
> 既没有安慰，也没有希望的光辉。

伏尔泰同这个下流的纨绔子弟的死亡有什么相干呢？这个怠惰的酒色之徒的自杀，难道要这个勤奋的伟人来负责吗？想入非非的傻瓜和缺乏意志的妇女的世界，难道是伏尔泰梦寐以求的世界吗？伏尔泰，他就是理性的化身，他的那双手如果是黑色的，那只是被炮火的硝烟熏黑了的，他的一生是一场追求光明的坚决的战斗。难道这一切苦难都是他的过错吗？如果是这样，那又是为了什么呢？

因为他没有教条的信仰。

---

① 阿茹埃（Arouet），伏尔泰的真姓。

没有教条的信仰,正是罗拉所以像动物一样活着、像小孩一样夭亡的借口。试看几年以后,诗人用以开始其文学生涯的大胆的挑战,堕落到何等地步啊。挑战变成了意志薄弱的怀疑,无神论变成了毫无希望的绝望。

雨果的态度同缪塞的态度相比,则是多么健康、多么坚定、多么沉着!雨果不管怎样,能够在法国文学中继续保持中心地位,难道现在还不容易理解吗?

九　缪塞与乔治·桑

三十年代还没有过去一半,雨果及其文友发动的文学革命已经高奏凯歌了。虽然这次胜利不过是精神上的胜利,这个断言却可以说是确定无疑的。法国极少数最有文化教养的男子和最明达的妇女认识到,这场战斗已经胜负分明,古典主义的悲剧已经死亡,亚里士多德的规则是错误的,过渡时期人物的全盛时代已经过去,卡西米尔·德拉维涅①的血管已经枯竭,唯一追求文艺而又了解自己心灵的人是 1830 年的一代人。在绘画、雕刻和音乐方面也开始了和文学运动完全相同的一种运动,这个事实比其他任何事物都明白无误地表明,这个变化是多么根深蒂固,又是多么不可抗拒。

然而,已如上述,领悟这个事实的只有极少数人。帝国时期死板生硬的公式化的文学以风俗习惯、对新鲜事物的恐惧、愚蠢和嫉妒为共同盟军;整个官僚阶级、新闻界(只有一份日报即《论坛报》是唯一的例外)和政府都是支持这种文学的。所有政府的职位和津贴都毫无例外地赏赐给旧派文人,这件事实对于新兴的一代人是一个强有力的诱惑。再则,在第一次伟大的智力搏斗之后,新兴阵营里感到相当大的疲劳和气馁。战士们年纪太轻;他们曾经幻想一次猛攻猛打就足以使偏见无力防御;及至他们发现在这场进

---

① 卡西米尔·德拉维涅(Casimir Delavigne,1793—1843),法国诗人兼剧作家,与贝朗瑞齐名。

攻之后,自己仍然只是在堡垒的脚下,而且大为减员,就产生了一种失望的情绪。他们对战斗丧失了耐心和锐气。对于一场会蒙受损失、伤亡和伤疤的顽强战斗,他们是做了充分准备的,但这得有一个条件,即这次战斗会引向比较迅速的胜利,引向一次万众喝彩、喇叭齐鸣的昭昭在人耳目的凯旋。但是目前这场仿佛没完没了的斗争,不断倾注在他们身上的嘲笑,敌人在文学和艺术领域里肆无忌惮地把持着一切有影响的位置,公众对于新文学持续不断的冷漠,对于腐朽不堪的老派的热情——这一切都在青年队伍的心灵上激起重重忧虑。他们之中有一些人扪心自问,是不是他们青春的热情太过火了,说不定公众陛下是正确的,或者归根到底,起码有一部分是正确的吧;于是他们开始为自己的才能表示歉意,并试图以让步和变节来博取公众的宽恕。有些人为了争取加入这一个、那一个、或另外一个显赫的社会集团而背弃了朋友。另一些人眼巴巴地盯着法兰西学院,开始整肃自己的行为举止,以便当自己还比较年轻的时候,不致失掉成为学院院士的机会。

还有一种更高贵的情操,即作家个人要求独立的情操,也助长了这个团体的分裂。最初把这个团体结合在一起的纽带,在性质上是太拘束了。这一派的领导人不满足于指出一个总方向,宣布一个主导的艺术原则,更发展了一种正统的学说法规。但这些艺术教条的首创人并不是目光远大、毫无偏见的思想家,而是虽然赋有天资却同样具有片面性的诗人。虽然拉丁民族的人民和其他人民比较起来,毫无疑问是擅长社交的,这一类文学团体在法国却仍然是不可能的。科学人士或许会同意一项共同的行动路线,而艺术的要求之一却是个人的完全而绝对的独立性。富于创造力的艺术家,只有当他完全我行我素的时候,而不是当他为了结帮拉派的缘故而放弃他那宝贵个性的任何一部分的时候,他才能创作出他能奉献给世界的最优秀的作品。当然,绝对的个人主义在艺术中是不可能的;有意或无意地,自愿或非自愿地,会形成一些集团。

必须允许个人自由地表现自己,这一点虽然是肯定无疑的,但同样肯定无疑的是,只有在艺术的连续性中,只有得到艺术传统的支援和鼓舞,或者得到具有血缘关系的精神(伟大的先行者或同时代人)的支援和鼓舞时,他才能达到艺术的最高峰。孤立无援、过度紧张的天才是会凋萎而衰亡的。然而,凡是一个流派有一个独一无二的公认的领袖,这个领袖必须具有给人自由的本领。除了缺乏性格和风格,他必须容忍一切。像雨果这种性质的人是不能给人自由的。他的追随者中间一些更加狂热的人却以比雨果本人更加窄狭得多的方式来阐发这一派的学说。不消几年的工夫,这一派最出类拔萃的青年成员的特征,以一种比在萌芽状态中所能预见的更显著的方式发展起来,而这些著名人物的离经叛道对于旧古典主义的派别是大有好处的。

另一种情况也助长了这种分裂的发展。七月革命把文艺阵营中的一些青年旗手和战士转移到政治方面去了。1830年,《环球报》不再是一个文艺机关刊物,而被转移到圣西门主义者手中,这是一件意味深长的事。它的创始人和最重要的撰稿人,如基佐、蒂埃尔、维勒曼和维泰等人,成了议会议员、公职人员、或政府部长。既然在我们的时代里,政治上的角逐比从事文学活动更能迅速地获得盛名美誉,就连诗人们也动了心要登上政治舞台了。像雨果和拉马丁这些人,在路易·菲力普王朝期间,就积极地从事政治活动。那些继续把注意力局限在文学方面的作家们,发现他们已和那些熔文学与政治于一炉的作家们日益疏远起来;对于这些人因此而获得的更为煊赫的盛名,或是眼见文学被视为必要时方可向之求助的一种可供选择的手段时(而文学却是他们唯一的天地),他们就不禁大为恼火了。

当浪漫派勇敢而热忱的先驱圣伯夫从作为雨果一套班子的支柱之一的地位上飘然引退时,这对浪漫派是一个沉重的打击。圣伯夫的性格特征是谦卑忍让和独立精神两者巧妙的结合,他在诗歌中对雨果采取的那种遵命唯谨的态度,似乎老早就使他感到苦闷了,可是他仍然委曲求全地在这一派的领袖面前捧着香炉,顶礼膜拜。雨果养成了一种习惯——期望着、要求着向他供献大量香火,这使他极为反感;可是他太软弱了,不敢撤销他的供奉。不过,把圣伯夫关在这个魔圈里的,毫无疑问,不是对雨果的景仰,而是对雨果的年轻妻子的爱慕。他和雨果在1836年私交的破裂,是他对于《东方集》的诗人完全改变他的文艺态度的信号。圣伯夫的气质,使他把流派、体系、联盟和结党仅仅看做暂时栖身的逆旅,他从没有完全打开过他的行装;他老爱诋毁或嘲弄他刚刚离开的那个地方;因此,他现在对雨果的作品就开始写严厉的、大部分是贬抑性的批评了。

缪塞在更早一个时期就公布了他的背叛而自鸣得意。像这样一个才智出色而精干的知识分子,对于这一学派的褊狭和缺陷是不能盲目服从的;对于它的追随者中间某些急性人爱走极端的幼稚病更不能熟视无睹。当他第一次在雨果家里,面对一群青年浪漫主义者朗诵他的诗歌时,只有两段受到了喝彩。一段是《堂·帕埃兹》中的句子:

"弟兄们,"一个睡在草垛中
又黄又蓝的龙骑兵从远方呼喊。

这个"又黄又蓝"使他们大为激赏;这正是他们所谓风格中的色彩。另一段是在《起床》中对猎人的描写:

他们绿色的袖口上,
那些黑色的鹰爪。

对于年轻的观众,这种基本的色彩似乎比诗篇中一切情绪、热情和机智更富有价值。因为正是这样的描写,才使他们和旧派人物迥然不同,而对旧派人物重要的,只是他们的读者应该了解究竟发生了什么,不是事物究竟像什么。对于缪塞,可见的世界是存在的,这对于那些青年人是最为重要的;然而,这对于缪塞本人却不是最重要的,他的长处在于完全不同的方面,他感觉不到有同雨果和戈蒂耶较量一番的愿望。

再则,缪塞首先是个年轻的贵族,是个在闲暇借文学以自娱的社交界时髦人物。对于那些戴卡拉布里亚①帽子的长发诗人们,他无意与他们为伍。

他最早同公众的关系,多少有些模糊不清的性质。那时,他想惊吓他们,刺激他们。而现在,公众却用最亲切的方式迎接他,只要他肯对他们采取另一种态度,他们便准备原谅他的一切,甚至包括他的《月亮之歌》。而缪塞急于证明他是独立的,对党派是漠不关心的,对教条是反对的,事实上(如他精神上和马屠兰·雷尼埃和马利佛②的亲密关系所表明),他已倾向于古典主义了,于是他在一定程度上向暗中的压力让步了。他曾经用怪诞的目空一切的风姿迷惑过读书界,而现在,他又用这种风姿来叙述自己以及已故同志们的赫赫武功。在《法国贵族拉斐尔的秘密思想》一诗中,他宣告他对战斗感到厌倦;他说他曾经腹背受敌,两面作战;战斗的百孔千疮给了他一副令人肃然起敬的容貌;而现在,他二十一岁了,却像一个精疲力竭的老兵坐在他的破鼓上面。拉辛和莎士比亚在他的桌子上碰了面,并挨着布瓦洛入睡了——布瓦洛原谅了他们两个。在另一首诗里,他写道:

> 今天已经不再有艺术——没有人会相信。
> 我们文学有千条原因,万种理由,
> 谈到淹死鬼,谈到死人,谈到破铜烂铁。
> 文学本身就是我们使它暂时还魂的死人。

---

① 卡拉布里亚:罗马时期的地名,在今意大利东南的顶端。
② 马利佛(Pierre Carlet de Chamblain de Marivaux,1688—1763),法国剧作家和小说家。

> 她替我们描绘少女时,她才了解自己的事业。

> 她自己就是这么一位少女,但是遍体鳞伤,
> 只是她既涂了胭脂,又抹了面油。

对于极端浪漫主义文艺作品的离奇古怪的道德败坏所作的这种攻击,是那么少年气盛,肆无忌惮,横扫一切,看来它是在攻击整个的当代文学。这首诗是在《玛里翁·德罗昧》出版的同一年写成,这件事可能并非纯粹出于偶然——雨果的这出戏剧尽管有一些缺点,在观念上却是纯洁而高尚的;但也不可否认,它以一个高等妓女作为它的女主人公。缪塞同时很坦率地表露出,他对于青年的理想变得越来越冷漠了。以雨果为领袖的青年派的诗人们几乎都和战斗方酣的希腊站在一边,而缪塞却赞不绝口地写他的马尔多施①,"比起对于高贵的希腊民族(它的鲜血染红了帕洛斯岛洁白的大理石),他对于土耳其政府和马赫慕皇帝有着更深刻的关注。"

这种冷漠和目空一切的厌世态度,原因何在呢?

他的血太热了;他的太炽烈的心又过早地陷入失望。在他青春的初期,缪塞对于人类的信心就已动摇得不可挽救;不信任产生了刻毒和轻蔑。从某一桩单独事件去探索他那阴暗人生观的根源是徒劳无益的。但是,他在青春初期曾经被一个情妇遗弃,被一个朋友出卖,他本人相信这件事可以说明那个根源,而且他也经常提到这件事。像他那样可敬而诚实的年轻人发觉自己受到这样的欺骗,无疑对他是一个沉重的打击;然而,同样可以肯定地说,在伤痕犹新的时候,他通过诗意的扩大镜加以检验后,就利用它作为文艺资本了。有了爱情的伤痕,而又能自我安慰,这在当时是时髦的风尚。然而,缪塞所受的痛苦,要比今天阅读他那青春放荡的感情流

---

① 马尔多施,缪塞的同名诗篇的主人公。

露的许多人所能想象的更大一些，为了隐藏他的敏感，为了逃避玩世不恭的冷讽热嘲，他有时装出极端的冷酷和顽强。这种装模作样的玩世不恭，和其他的装腔作势同样令人产生不愉快的印象。泰纳写了一篇论缪塞的著名论文，文中对缪塞赞扬备至，既是动人的，同样也是盲目的，文章的高峰就是这样的感叹："起码，这个人从没有说谎！"除非我们把矫揉造作的目空一切和冷酷无情也当做是真诚的，我们就很难苟同这种论断。

然而，在这个宠坏了的傲慢的青年人的一生中，一个转折点就在眼前了。

1833年8月15日，《罗拉》在当时的一个新杂志《两世界评论》上发表了。事隔几天，该杂志的编辑、瑞士人比罗慈在著名的"外省三兄弟"皇宫酒家设宴招待撰稿人员。赴宴的客人不计其数，内中却有一位贵妇人。主人把缪塞介绍给乔治·桑夫人，并请他陪同乔治·桑一同入座共餐。

他们真是一对俊俏人儿。他身材修长，容貌风雅，皮肤白皙，有一双乌黑的眼睛，侧影像马一样轮廓分明。而她呢，穿一身黑色衣裳，头上是蓬蓬松松的卷曲的黑发，橄榄色的皮肤润泽而美丽，脸颊上微微透出一点红晕，那双眼睛格外乌黑，胳膊和双手的形态十分完美。有人觉得，她那额头后面装着整个大千世界，然而这位贵妇人既年轻又娇媚，沉默得仿佛跟她的才智不相称。她服饰简朴，虽然有点怪模怪样——在紧身背心外面罩着一件绣金的土耳其短上衣，腰间悬挂着一把短剑。

1870年在巴黎，我听见当时躬逢盛宴的几个健在的客人之一说，这一次把缪塞和乔治·桑撮合在一起，是比罗慈的一个狡猾的策略，一次道地的投机。比罗慈事先对他的一个朋友说过："他必定得陪她入座。所有的女人都会对他钟情；所有的男子也会认为有义务对她钟情；他们准会彼此钟情——那么，我就会得到多么美妙的手稿啊！"他一面这么想着，一面搓着他的双手。

他们是宴席上并排坐着的两个极不相似的人。或许他们之间唯一相似的一点,就是他们两个都是作家。

乔治·桑的气质是丰盈的、母性的气质。她的心灵是健康的,甚至在它的革命的爆发中也是健康的,她得天独厚而又稳重平衡。她的身体也是健康的;她经受得起最累人的生活,她能够工作大半夜,早晨睡一大觉就够了,而且她要睡就睡,睡醒之后便又神清气爽。曾经鼓动过十九世纪的每一份伟大的热情,每一个革命的观念,都被这位妇人兼收并蓄在她的心灵里了,然而她却保持着她的明朗清新,保持着她心灵的平静,保持着她的自我克制。她可以一口气六小时从容而细心地从事写作。她具有一种聚精会神的天赋,使她能在一大群朋友谈笑风生之际,拿起笔来把她的梦想抒写在纸上,仿佛她是在绝对孤寂里悠然独坐一样。抒写完了以后,她就参与他们的谈笑,面带微笑,略显沉默,倾听一切,领悟一切,像海绵吸水一样吸取了所谈的一切。

至于缪塞呢,他的气质在更大的程度上是艺术家的气质。他的工作是一阵狂热,他的睡眠辗转反侧,他的冲动和热情则如脱缰之马。当他头脑中孕育着一种思想的时候,他不像乔治·桑那样如人面狮身女怪般静坐沉思;他感到泰山压顶一样,浑身战栗起来,用他自己的话来说,"比迷恋仙女的童仆更其如痴如醉。"当他坐在书桌前抒写自己的胸臆的时候,他经常感到绝望,几乎想把笔扔掉。工作进展得慢极了;各种思绪一齐涌入脑海,要求立刻表达出来;结果使得心脏猛烈跳动起来。如果出现了最微不足道的诱惑——比如邀请他同三朋两友和漂亮女人品茗谈心,或建议来一次郊游——他就逃避他的工作,像人们逃避敌人一样。

乔治·桑却在一针一线地"编织"她的小说;缪塞却在短促的、燃烧的、幸福的狂喜中抒写他的作品,但到第二天他对自己所写的一切,便由狂喜一变而为厌恶了。他认为他的作品很糟,可是又没有能力重写,因为他恨他的笔正如船上的奴隶恨他的桨一样。

尽管他有风华正茂的高傲，他却仿佛在永恒的痛苦中翻滚着，呻吟着，原因是在他细长柔弱的躯体里面蛰居着一个艺术家的巨人，这个巨人感觉得更深刻、更强烈，生活得更严格、更不容变通，是那个与之一体化的人所不能忍受的；这个巨人孕育出更伟大的思想，而作为他的器官的头脑要把这些思想带到世界上来便不得不经历最凄厉的生产的阵痛。诗人之所以投身到各种放荡淫逸的生活中去，主要是由于要压服他的天才为他招来的痛苦。

缪塞是一个二十二岁的青年，是贵族父母宠坏了的儿子，生活在家庭环境里，受到哥哥爱护备至的保护，除了几次爱情纠葛外没有任何实际生活经历。然而他却有一个四十岁的男子的生活阅历，疑神疑鬼，饱经辛酸，愤世嫉俗；凡是他阅历不足的地方，他就用故意做作的漠不关心和尖酸刻薄来加以弥补。

至于乔治·桑呢，却是一个二十八岁的妇人，血管里流着波希米亚人和皇族的血液（她是萨克森州选帝侯毛利斯的重孙女），有过最为沉重的生活阅历，而今没有家庭，没有财产，没有家，也没有男性亲属的援助。她和她的小孩子们也分开了，找一些意气相投的风尘知己相处，过着一种文艺流浪儿的生活。她取了一个男人的名字，打扮成男人的模样，在男子中间完全像男子一样生活。虽然如此，在她的灵魂深处，她却天真无邪，漠不动心而又热情洋溢，心肠温柔，而且热切地接受一切新鲜事物，仿佛她从没有什么值得一谈的经验，从没有感到过幻灭。

缪塞虽然在艺术方面那么富于创见，在生活方面那么杂乱无章，而在许多方面却是心胸窄狭的。我们男子往往容易变得这样，特别是我们中间像缪塞一样诞生在良好的环境里，从小学会尊重习俗、惧怕嘲笑的人们。

乔治·桑在文艺技巧方面没有一点革命性，就她表现主题的手法而言，她走的是前人的老路，然而在心灵态度方面，她却是一个旷世奇才。她身上没有丝毫心胸窄狭的痕迹。她也没有偏见。

妇女由于命运注定要直接接触到社会癌症的溃伤,并且毫不退缩地面对着社会的裁判,她们往往比男子更显得心胸开阔,因为她们为了心胸开阔付出了更高的代价。乔治·桑亲自检验事物,仔细衡量轻重,在大多数场合下对它们的估价和判断都是恰如其分的。

在文化教养方面,缪塞超过乔治·桑。他能把永不衰败的男性的批判本领和艺术家的天才结合起来;他的批判本领像大马士革钢刃一样锋利而灵活,碰到每一句空话就把它劈断,碰到每一个思想或语言的泡沫就把它刺破和戳穿。

乔治·桑经常屈服于女性的倾向,总是让心灵最先发言,而且说得最响。任何高贵的热情,任何美丽的乌托邦的理论都会使她着迷;她有女性的为人服务的本能愿望。年轻时,她永远守候那具有雄伟而英勇的心灵的男子们高举的大旗,希望能在这面旗下战斗。像著名的音乐演奏家那样讨好时髦社会,不是她的雄心壮志;她的愿望是作为一个联队的女儿去击战鼓。然而,她缺乏修养有素的推理能力,使她追随和崇拜一些朦朦胧胧的梦想家,把他们当做未来的男性人物;其中最主要的一个就是虽然诚挚却很愚蠢的哲学家和社会主义者皮埃尔·勒茹——多少年来,她对他像女儿对父亲一样敬仰。缪塞的贵族才智往往把这些写不出二十页通顺散文的预言家的主张弃如敝屣;乔治·桑却甘受他们那种夸大其词、甜言蜜语的措辞癖好的影响。

那么,总结来说,作为艺术家,乔治·桑比不上缪塞,虽然作为一个人,她伟大得多,也坚强得多。她没有男性的艺术直觉,而男人依靠这种直觉,可以不说明任何理由就说:"必须要这样。"当他们一起观赏一幅图画时,他并不自命为内行,就能一眼看出这幅画的长处和这个艺术家的独特品质,并且寥寥数语就把它们说清楚了。她则以某种特殊的、迟缓的、转弯抹角的方式来理解这幅画,而要她表达对于这幅画的感情,往往要么是暧昧不明的,要么是似是而非的。缪塞的智力敏锐而神经质,乔治·桑的智力散漫但处处富有同情心。当他们共同聆听一场歌剧时,感动他的是动人心弦的个人热情的迸发——是个人的因素。相反,感动她的是合唱——那种共同人类的情绪的表露。仿佛只有各种心灵的大汇合才能使她的心灵振动起来。

乔治·桑的作品不够简洁洗练。缪塞笔下的每一句话像两面铭刻着花纹、边上还雕凿着花边的一枚金币,而乔治·桑的句子却冗长啰嗦,累赘不堪。当一本《安迪婀娜》落到缪塞手中时,他无意识做的第一件事就是对最初几页的二三十个画蛇添足的形容词大加斧削。乔治·桑后来看到了这本书,据说她不但不表示谢意,反而耿耿于怀。

在他们会面六个月以前,乔治·桑想到要同缪塞结识,心里感到有些惴惴不安。她首先请求圣伯夫带缪塞来见她,可是后来在1833年3月的一封信尾附笔写道:"经过进一步考虑,我已决定不希望你把缪塞带到这里来,他的纨绔子弟作风太浓了;我们彼此是会话不投机的。我之所以想见见他,与其说是真正的兴趣,不如说是好奇。然而满足每桩好奇的感情是不慎重的。"从这些话里可以看到一丝忧虑和不祥的预感。

就缪塞方面来说,他和一切作家一样,对于女作家都是心怀畏惧的。把"蓝色袜子"①的诨名加在这些女作家头上的,毫无疑问,是一个同行的男性。然而不可否认,一颗卓越的女性心灵对于一颗男性心灵却有着很大的吸引力。随着智力上心心相印而产生的欢喜欲狂的感情,在这种场合,被一种相互间突然涌现的猛烈的热情增强了一百倍。

从历史观点来看这两个杰出人物之间的微妙关系,我们深深感到这种关系带有强烈的时代精神的烙印,带有令人想起文艺复

---

① 1750年左右,伦敦成立了一个由男女混合构成的文艺团体,一律穿蓝色长筒袜子。此后,就用这个名词称呼女学者或女作家,尤指那些以卖弄学问或行动不像女性而自炫的女子。

兴时代狂欢情绪的那种艺术陶醉的烙印——当浪漫主义在法国风靡一时之际,文艺复兴时代的狂欢情绪正占领着人们的心灵。一个天生的艺术家,他的首要任务永远是在他的艺术领域里同传统的因袭成见决裂,在每个时代里都跃跃欲试地要向社会成见挑战;然而1830年这一代人,比起法国前几世纪任何一代"古人",或是比起以后的任何一代"来者",他们对于因袭成见的叛逆行动是更像初生之犊那样天真纯朴的。在所有的艺术家身上,都存在着某种流浪汉或儿童的气质;这个时期的艺术家却让流浪汉和儿童的气质在他们身上发挥得淋漓尽致。赋有特征的一件事就是,这两位天之骄子在彼此情投意合以后,在他们最初炽烈得喘不过气来的幸福狂喜消逝以后,他们产生了一个奇怪的念头,就是各自乔装打扮,和他们的朋友们寻开心。当保尔·德·缪塞①第一次应邀同这一对年轻伴侣度过一个傍晚时,他发现阿尔弗雷德身着十八世纪侯爵的官服,乔治·桑却穿上了带有裙环和裙撑的裙子。当乔治·桑和缪塞结识以后第一次宴请宾客时,缪塞却穿着一身诺曼底青年侍女的服装,站在桌旁侍候,使客人们都不认识他了。为了给当晚的贵客、著名的哲学教授雷米尼埃先生找一个适当的陪坐,她请来了杂耍剧场的著名滑稽演员杜比罗作陪;在场的客人除了在舞台上都还没有见过他的尊容,她便把他当做一个身负秘密使命同奥地利政府磋商政务的英国下议院显赫的议员介绍给她的客人。为了使他和雷米尼埃有炫耀学识造诣的机会,话题就转到政治方面去了。但是尽管提到罗伯特·皮尔爵士,斯坦利勋爵以及诸如此类的人物,都是枉费心机;这位外国的外交官要么固执地缄口不言,要么用单音节字支吾一两声。最后,有人运用了这样的辞令:"欧洲的势力均衡"。于是这个英国佬就说开了,他说:"在

---

① 保尔·德·缪塞(Paul de Musset, 1804—1880),阿尔弗雷德·德·缪塞的哥哥。

英国政治和大陆政治这种严重局面下,你们想知道我关于欧洲势力均衡的见解吗?——瞧这个!"于是这位外交官把碟子往上一扔,碟子就在空中旋转起来,然后他巧妙地用刀尖接着它,并让碟子在刀尖上旋转得非常均衡。其他客人惊愕不已,是可想而知的。像这样一桩小小的文坛逸事,难道没有向我们说明缪塞与乔治·桑之间的关系既富于青春活力而又幼稚离奇吗?这像是文艺复兴时期的一道反光;我们立刻就知道我们是在三十年代的浪漫的法国了。

这种关系有它的庸俗的、不光彩的一面,人们已经谈得够多了,用不着我来多讲。大家都知道,缪塞和乔治·桑一起到意大利去旅行,他用嫉妒来折磨她,而她又用监视他的行动和习惯来折磨他,这是他完全不能习惯的;他们在一起的生活并不幸福;他在威尼斯生了重病(我们听说是一种震颤性谵妄);在他生病期间,她却和一个给他治病的、名叫巴盖罗的意大利医生发生了爱情,结果缪塞离开了她,怀着极端抑郁的心情回国去了。

但是在这种关系中还有另外更吸引人的一面,就是心理的或美学的一面。文学史讲述了很多男女优秀人物之间的亲密关系,但在缪塞和乔治·桑的关系中却有一些不同寻常的新东西。一个是最上流的男性天才,他的艺术生涯虽已走完一个历程,却仍然翩翩年少;而另一个呢,她本身就是伟大而完整的女性天才,如果要赞扬她,可以完全放心地说,在她以前从没有一个女性表现了如此富饶的创造才能。这两个天才在一场热恋的升华过程中你影响了我,我也影响了你。

心理学依然处于落后状态中,以致一个男子的想象力和一个女子的想象力的区别简直难以判断;更谈不上清楚地确定这两种想象力彼此之间是如何互相作用的。现在是在现代文明中破天荒第一次,男性的文学创造心灵和女性的文学创造心灵发生了接触——每一个心灵都发展到了最高尚、最优美的境地。从来没有这么大规模的试验(不久以后,罗伯特·勃朗宁和伊丽莎白·勃朗宁又以近似的方式在英国重复了一次这种试验)。这些人是艺术天国里的亚当和夏娃。他们相遇了,共享了知识之树的果实。接着而来的是诅咒——也就是争吵;于是他走他的路,她也走她的路。但他们已不再是从前的老样子。他们现在产生的作品比起他们相遇以前产生的作品却迥然不同了。

缪塞离开了乔治·桑。他情感上受到创伤,不禁万念俱灰,濒于绝望,对于女性怀抱着一种新的深沉的怨恨,他确信:背叛!你的名字就是女人!

乔治·桑离开了缪塞。她的灵魂为各种矛盾情绪所撕裂,先还多少有点儿安慰,后则因忧伤而心烦意乱,但不久就感到度过一次危机的宽慰心境,这种危机对于她那从容不迫而丰饶多产的性格是一种痛苦。她产生了一种女人胜过男人的新的感觉,并且比从前更坚定地确信:脆弱!你的名字就是男人!

缪塞离开了乔治·桑,对于一切热情、乌托邦和慈善事业的规划有了更强烈的反感,比以前更加确信:对于艺术家来说,艺术就是一切。不过,不管怎样,和一个伟大的女才子接触,不是没有收获的。正是这种痛苦使他诚实。他抛弃了他那矫揉造作的唯我独尊;我们再也看不到他表露出装模作样的铁石心肠和冷酷无情了。在他现在所写的作品中——在罗伦扎西欧的拥护共和主义的热情中,在安德莱阿·代尔·萨尔托的整个性格中,甚至可能在他反对蒂埃尔的出版法的慷慨激昂的抗议中,都可以明显地看出乔治·桑的心胸坦率,慈悲为怀,以及对于理想的热心追求对他产生的影响。

乔治·桑离开了缪塞,比以前更确信男性生来就是心胸窄狭、自私自利的,比以前更容易屈服于一般思想的魅力。在《贺拉斯》中,她为圣西门土义服务而献出了她的才华;她为社会主义的利益写了《周游法国的旅伴》;1848年,她为临时政府撰写了一些通告。

然而,她只是在接触到缪塞的男子气概的优美天才后,才终于塑造出她那纯净而优美的风格。她学会了喜爱形式,为了美而追求美。小仲马说到她的一个句子,认为"它是莱欧纳多·达·芬奇画出来的,是莫扎特唱出来的"。他还应该再补充一句:她的手受过缪塞的指点,她的耳朵经过缪塞的训练。

分道扬镳以后,两个艺术家都完全成熟了。从此,缪塞成了心胸燃烧的诗人,乔治·桑成了具有雄辩的预言口才的女先知。

乔治·桑把她的生涩粗糙、长篇大论、缺乏风趣等缺点以及她的男子服饰统统投入到隔断他们的鸿沟中去了;从此,她完全成为一个女性,完全合乎自然了。

缪塞则把他的唐璜式的服装、他的虚张声势、他对《罗拉》的赞美和他那童稚的傲慢,也统统投进到同样的鸿沟中去了!从此,他成为一个男子汉,一股摆脱了束缚的智慧的力量。

十　阿尔弗雷德·德·缪塞

阿尔弗雷德·德·缪塞活到四十七岁。但是除了三个优秀的小剧本和几首诗而外,他的全部作品都是在三十岁以前写成的。

他一系列不同凡响而又令人赞叹的作品,都是在他和乔治·桑决裂以后的六年期间问世的。虽然乔治·桑欺骗了他,他对欺骗和背弃耿耿于怀的倾向却越来越淡薄了;同时,他也失去了装模作样的厌世态度。从他的作品中,甚至从他选择题材上,我们可以探查到作者个人努力要扔掉恶行的假面具,并要从恶行对他的诱惑中摆脱出来。

意大利归来以后,缪塞的第一部重要作品就是戏剧《罗朗萨丘》,他在佛罗伦萨的时候就孕育了这出戏剧的构想。罗伦佐·德·梅狄齐是亚历山大·德·梅狄齐的堂弟——亚历山大是野兽一样凶残而纵欲的佛罗伦萨大公。罗伦佐大生一副纯朴、敏感而又精力充沛的性格。他少怀大志,奉布鲁图为典范,决心要在世界上打倒暴君统治。为了达到这个目的,他扮演成一个全无心肝的浪子,当了亚历山大的随从、爪牙、出谋划策者和助纣为虐的人。就像哈姆莱特假装疯癫一样,罗伦佐也戴上一个软弱、怯懦的肉欲主义的假面具,以便减少别人的疑心,从而获得受骗者。但是,他隐瞒真实天性的伪装却像涅索斯①的外衣那样粘住了他;他逐渐

---

① 涅索斯,希腊神话中一种半人半马的怪物,他想夺取赫拉克勒斯的妻子德娴涅娜,为赫拉克勒斯射死。后来赫拉克勒斯又爱上了伊俄娜,德娴涅娜心怀嫉妒,把浸了涅索斯血的外衣送给赫拉克勒斯,他穿在身上便不能脱身,受了血毒而死。

变成了他原来不过想装扮的各色人等。他违反自己的心愿，呼吸着、吸收着他亲身协助玷污宫廷和首都气氛的腐败空气；他反顾自己的生活时，恨透了他自己。然而，他却被人误解了；因为他虽然劣迹昭著，又假装怯懦得令人厌恶，他却在设法实现一个在时机成熟时刺杀亚历山大、重建共和国的计划。

愤世嫉俗、蔑视一切使他憔悴了。他蔑视大公，把他看做色情狂和警犬；他蔑视人民，因为他们竟让这样一个人物统治他们，因为他们允许他——罗朗萨丘——不遭袭击，不受惩罚地在佛罗伦萨大街上走来走去；他蔑视共和党人，因为他们没有精力掌握政治形势，也无法理解政治形势。他的梦想就是用暗杀大公这种单枪匹马的、伟大而果断的行为来洗刷自己一生中的污泥浊水；而且诗人让他这样把自己洗刷清白了。罗伦佐把他那假装的性格抛在一边，像一个复仇的天使那样进行裁判和惩罚。在接着发生的事件中，缪塞政治上的悲观主义就流露出来了。罗朗萨丘落到一个动心于悬赏缉拿他的头颅的暗杀者手里。佛罗伦萨的共和党领袖们也太冷淡，太不切实际，市民群众又太堕落，都没有从大公的死亡中得到好处；他们无所作为，让另一个暴君出其不意地镇压了他们。作者对共和党人虽图隐藏而难免流露的轻视，无疑是由于1830年所受的印象而引起的。缪塞亲眼目睹大可希望建立一个共和国的一场革命竟以君主政体而告终。不过，在他的戏剧中，他对共和党人作了超过他们所应得的更其不利的描写。在暗杀前夕，罗朗萨丘无疑通知过他们，他将在什么时刻刺杀大公，但我们也很难因为他们未做准备就责怪他们。从大街上向他们住宅里高声呼叫这个骇人听闻的消息的人，不就是和大公形影不离的同伴、他的罪恶的同谋、他宫廷里的弄臣吗？他们耸耸肩膀，不闻不问，又有什么奇怪呢？缪塞之所以对他们不公平，我们感到是出于一种和他的文学题材不相干的个人感情。不过，对于缪塞最重要的是，把罗伦佐的性格表现为在可憎的假面具下有其高贵性。在罗伦佐的灵魂里,有一种使他仰不愧于天、俯不怍于人的理想因素;他满怀希望;他深信伟大行为的赎罪力量。在他临死时把他洗刷清白的,并不是像罗拉的纯洁的接吻那样的偶然行为,而是一次他成人以来就梦寐以求的壮举。

在《蜡烛台》中,仍然是一伙堕落的人群;但其中的主要人物、年轻的职员福屠尼欧却在一片黑暗的背景上突现出来,由于他对雅克林强烈的、无限的献身精神,成了一个光明的形象。雅克林和她的爱人都虐待他,他们把他当做他们卑鄙阴谋的一幅帷幕,一个挡箭牌。他识破了他们,但是仍和往昔一样继续对她一往情深,并且为了隐瞒他所热爱的这个女人的可耻的私情,准备承担必不可免的死亡。这个年轻的职员有一个英雄的决心和勇气,他那纯洁的献身精神是那么伟大,以致感动了雅克林,征服了雅克林,终于把她从克拉瓦洛施手里争取过来了。他是一个理想的年轻恋人。

《玛丽安的反复无常》中的奥克塔夫是一个轻薄儇佻、在许多方面都腐化堕落的青年,他既不愿意也不能够认真地爱任何女人。他扬言,要他花比打开一瓶希腊葡萄酒的封口更多的时间去征服一个女人,他都不屑为之。但是在一种关系上,在友情的关系上,他却像一个小孩子一样心地单纯而诚实可靠。他热爱他的朋友——年轻的凯利欧,爱得那么炽热,甚至甘心为他死亡,或为他的死亡复仇;爱得那么忠诚,甚至连凯利欧崇拜而可得的贵妇人向他垂青,他都轻蔑地加以拒绝。他是一个理想的朋友。凯利欧却是一个显著的对照。缪塞在这篇戏曲中把自己的人格分为两半,在凯利欧这个人物身上表现了他气质的另外一半。凯利欧是一个年轻的恋人,他的爱情是一种渴望的恋慕,一种炽热中含有忧郁的热情,要是老得不到满足,就会送他的命。莎士比亚式的浪漫故事的光圈罩在他的头上,他的语言是音乐,他的希望是诗歌。他用下面的话来描写自己:"我得不到休息,得不到把人生当成一个镜面的那种温柔的宁静,那镜面刹那间映出了一切物象,而一切又从镜面上一闪而过。一件债务在我就是一种悔恨。爱情对于你们是一种消遣,却完全搅乱了我的生活。"

在这些男性人物身上,我们感到作为一个作家,缪塞是如何正在成熟起来。他的愿望是不再仅仅描写青年人激动的本能,或是伴随着欺诈、背弃和暴虐的热情的纵横驰骋。他长期带着偏爱详细描写天真而深厚的感情,只是由于外在环境才使这种感情成为罪恶;他详细描写实际上是纯真的爱情,只是因为这种爱情违犯了社会法律才仿佛成为罪恶;他详细描写友谊,这种友谊即令采取了能说会道、诱人淫邪的堕落形式,实质上是英勇的献身精神——总而言之,他详细描写纯洁的友谊和爱情,描写在人类生活中我们惯常称为理想的那些力量。

变得越来越纯洁的倒不仅是缪塞的男性人物;他笔下的女性也经历了同样的转变过程。在他早期作品中,她们或者是岱丽娜,或者是夏娃。然而他要表现精神美和道德纯洁的日益高涨的倾向,使他把她们越来越理想化了。值得注意的是,1835年他和乔治·桑最后决裂以后,他所创造的第一个女性人物,也就是《一个世纪儿的忏悔》中的皮埃松夫人,在很大程度上就是乔治·桑这位贵妇人高度理想化了的画像。他的散文小说,其中至少有三篇——《埃梅林》《弗烈特立克和贝尔纳莱特》和《提香的儿子》——可列入本世纪所产生的最佳爱情小说之林,证明了作者日渐强烈地要求把爱情、因而也把他的女性人物崇高化和光荣化。例如,他摄取了某个他所认识的小女工或是别的什么人、某个温柔、轻浮、放荡而快乐的年轻人儿的外貌,并给这个人物赋予了她早已失去的处女魅力,从而塑造出一个咪咪·潘松①。或者他给我们描画出贝尔纳莱特那样一个年轻姑娘,纵有百次失足,千般错

---

① 咪咪·潘松,缪塞同名小说的女主人公。她是一个女工,受生活压迫,不得不在工作之外,另求生路,所以称为"小女工"。

误,却是那么一往深情、天真无邪,表露自己的感情是那么美,那么细致,临死时刻还那么单纯感人,读了她最后的遗书而不流泪的人实在很少。对于他这个爱情诗人,爱情是一股睥睨一切的力量,他甚至把艺术从属于爱情。充当一个爱人的和被爱的人,在他看来归根到底是比充当一个艺术家重大得多的事情,因此他把理想的艺术最后解释成只奉献给一个人——那个唯一被爱者的艺术。在《提香的儿子》中,主人公是一个资质聪颖的青年艺术家,他在放荡的生涯中陷入了一位高贵妇人的情网。为了表示他的感激,他决心画一幅画——他情妇的画像。在这幅画上,他使出了九牛二虎之力,而且就凭这一幅画,他想扬名于后世。为了纪念这幅画,他写了一首十四行诗,赞颂他爱人的美和纯洁的灵魂,并且说明为什么他决心不再用他的画笔去描画别人,又说尽管这幅画有千娇百媚,但比起画中美人的亲吻来,却又一文不值了。

但在缪塞的所有作品中,《埃梅林》肯定是最优美迷人的。这是作者在和乔治·桑吵翻了以后,第一次名符其实的恋爱的产物;这次恋爱虽然短暂却很幸福,在主要特征上和这篇作品相似。一位青年和一位已婚的年轻贵妇人陷入热爱之中,作者以准确的明察秋毫的眼力选择了最精美细致的色彩来描绘她的魅人的丰姿。在近代文学中,除了屠格涅夫对女性人物最细腻的描写外,再没有什么可以和这种艺术相媲美的了;然而屠格涅夫笔下的女性更具有精神性,略欠真实感,是用情人的不那么吹毛求疵的眼光来观看的,表现出来也缺乏艺术上的粗豪风格。这位青年久久爱慕着这位贵妇人,却没有任何希望激发她对他的兴趣,到后来才终于赢得了她的爱情,她向他奉献了自己。接着,他们突然永远分别了,因为她太忠诚,不能欺骗自己的丈夫;而她的情人又未免感情太纤细,不可能在这种情况下留在她的近旁。

这篇小说里有一首诗,是年轻的情人恳求他的情妇阅读的;在我看来,这是缪塞第二阶段爱情诗歌中最优美动人的一首。它说

出了理想的情感的语言。这就是人所共知的"假若我对你说,我多么爱你。"有一节诗是这样的:

> 我爱着,但我懂得冷淡地回答;
> 我爱着,什么也不说;我爱着,只我心里知觉;
> 我珍惜我的秘密,我也珍惜我的痛苦;
> 我曾宣誓,我爱着,不怀抱任何希望,
> 但并不是没有幸福——
> 只要能见到你,我就感到满足。

这些动人的小说仿佛是写在花瓣上面那么纤巧。缪塞在发表这些小说的同时,还写了几出短剧,剧中表现的爱情像一股可怕的力量,人们不敢轻侮;像一团烈火,人们不敢玩弄,像天空的闪电,它能够杀人。在另外一两篇戏剧里,上流社会的贵族人物的敏捷才智在热情炽烈的、情绪高超的风格的结构中闪闪发光。①《反复无常的人》是这些小剧本中最精美的一篇,其中有最活泼的对话。在拉雪兹神甫公墓缪塞的墓碑上,刻上了他的著作的名称,这出戏剧也排在里面,不是没有道理的。在这出戏剧中,性爱上的反复无常,刹那间的如痴如醉,终于屈从于婚姻的纪律了。剧中的男子是个轻佻儇薄、很不可靠的人;通力合作的那些妇女却心地正直,其中一个还有教养高贵和聪明伶俐的魅力。那就是巴黎女人德·雷利夫人。谁也不曾用缪塞那样的天才描绘过当时的巴黎女人。他和她站在同样的水平上。她是真正的娇美的贵妇人,也是真正的普通女性。这个人物的优美动人之处,贯穿在极端精致讲究的时

---

① 他同乔治·桑在意大利的旅行,始于 1833 年 12 月,终于 1834 年 4 月。1834 年,他写了《不能玩弄爱情》和《罗朗萨丘》;1835 年,他写了《巴尔贝林》(他的最不足轻重的戏剧)、《蜡烛台》、《一个世纪儿的忏悔》以及《五月之夜》;1836 年,写了《埃梅林》和《不必发誓》;1837 年,《反复无常的人》《两个情妇》和《弗烈特立克和贝尔纳莱特》;1838 年,《提香的儿子》。《门儿要么打开要么关上》写于 1845 年;《贝蒂娜》写于 1851 年;《喀尔摩金》写于 1852 年。(原注)

毫生活中,我们看到了地道、纯真、清新的自然风度,尽管她有闪闪发光、金碧辉煌的才华,尽管她有早熟的经验以及由此而生的无端的烦恼,她仍不失其自然风度;甚至在弄虚作假的时候也很自然,甚至在德·雷利夫人表演得女性十足、女演员气派十足的这出小小喜剧中,也是很自然的。歌德在一封书信中惊叹道:"这部作品多么真实呀!除了自然没有什么奇妙的,除了自然没有什么伟大的,除了自然没有什么美丽的!……等等……等等。"在缪塞这篇作品的放荡恣肆、目空一切的上流社会艺术中,保存了自然。《反复无常的人》的思想基础是一种道德观念。可是,尽管许多作家构想和表现爱情时,往往把它当做坚实而牢固的东西,仿佛是一块花岗石,可以拿到手,放在这儿或者放在那儿,缪塞即使在最讲道德的时候,也永远只把爱情看做生命中最微妙有力、因而也是最虚无缥缈的东西。爱情在气势磅礴的时候可以杀人,但也可以像气体一样化为乌有。

  在最后几部戏剧里,缪塞歌颂了他所信靠的女性的忠贞和纯洁,虽然他命运不好,并没有找到这种忠贞和纯洁。《巴尔贝林》取材于一个古老的传说,他在这里描写了莎士比亚的伊摩琴①型的理想的忠实妻子。但这部戏剧索然寡味。他所写的最后两部作品的女主人公是妙不可言的美的创作。在《贝蒂娜》这部小小的杰作中,他显然不费吹灰之力就完成了一个性格刻画者最感困难的一项任务。贝蒂娜上场了,还没说到三四次话,我们就感到面对一个坚强的、勇敢的、心肠温柔而精神高贵的妇女;而我们的感觉还不止此,我们确实感到她是一个天资聪颖的妇女,是一个艺术家,惯于争强比胜,惯于恃才傲物,惯于不拘小节。这是她婚期的早晨。她唱着歌,走上了舞台,公证人正在那儿等候着,她径直向他走去,不称"您",而称"你",使公证人大吃一惊:"哦,你在这儿,

---

① 伊摩琴,莎士比亚《辛白林》中的女性人物。

公证人,哦,亲爱的公证人,我亲爱的朋友!你带着你的证书吗?"他那官府的尊严简直不在她眼里,所以她毫不踌躇地让他看见她的愉快,因为这天是她结婚的日子。任何场合都洋溢着她的天性的和悦气氛。她不像社交界的贵妇那样煊赫,而是性格坦率,宽宏大量,信心十足,像一个真正的艺术家。在她那个神情冷漠、吹毛求疵的新郎所代表的道德败坏的背景烘托下,她的健康的人性使我们更加感到愉快。

美丽动人的短剧《喀尔摩金》取材于薄伽丘的一篇故事,它企图表现一种坚贞、热烈、虔敬的爱情,当外界环境把它同爱慕对象隔离之后,是如何可以用高尚的温存和深情来治疗的。一个中产阶级的年轻姑娘喀尔摩金,怀抱着一种毫无希望、令人憔悴的热情,爱慕着阿拉贡的国王佩德罗;这种感情使她不可能答应和她那忠实而悲哀的崇拜者佩利罗结婚。她决心默默地忍受痛苦而死去。但她幼年的游伴——歌手米奴丘非常同情她,就把她的爱情告诉了国王和皇后。皇后不但没有生气,反而乔装打扮到她那儿去,用姊妹一样亲切、皇后一样庄重的言辞逐渐减轻她的痛苦。皇后对她说,这么深厚而伟大的爱情,太美丽动人了,是不能从心里斩断的;并说皇后本人希望派她当她的一名宫女,她就可以每天看到国王了——因为从灵魂追求至高无上事物的渴望中产生的爱情,把人也变高尚了:

喀尔摩金,是我来使你懂得:毫不羞愧地去爱,才可以爱得毫无痛苦;只有羞耻或悔恨,才必然会带来悲哀,因为悲哀是为了罪恶而设的,但你的思念却决不是罪恶。

国王来了,借口来看望她的父亲,当着皇后的面对她说:

国王·温柔的姑娘,啊,是你吗?我听说,生了病,病得危险的,就是你吗?你的脸色可不像那样哩!……我相信,你发抖了吧。你不信任我吧?

喀尔摩金:不,陛下。

国王:好吧,那么,把手递给我吧。漂亮的姑娘,这话怎么讲呢?你很年轻,你生来就是使别人的心情高兴的,而你却这么使自己忧伤?我们请求你,为了对我们的爱,请你鼓起勇气来,你就不会那么忧伤了。

喀尔摩金:陛下,我的力量太小了,受不了那么巨大的痛苦,这就是我忧伤的原因。自从得到陛下的怜惜,我只希望上帝救救我吧。

国王:美丽的喀尔摩金,我以国王和朋友的身份和你谈谈吧。你对我们的伟大爱情,使你在我们身边,给你带来了莫大荣幸。为了报答你,我们要亲手替你选择一个配偶,是你日夜祈祷乐于接受的。然后,我们愿意永远把自己叫做你的骑士,在刀鞘上刻着你的题词和家徽,为了这个诺言,不向你要求别的东西,只要求一个亲吻。

皇后:(对喀尔摩金)让他亲亲吧,我的孩子,我不会嫉妒的。

喀尔摩金:陛下,皇后替我答复了。

这是在什么世界上发生的呢?我们在什么世界会呼吸到这样纯净的空气呢?什么地方会盛行这样的公道?什么地方爱情是这样谦让,这样热忱,同时又这样高尚?什么地方找得到这样的豪侠,这样的忠贞,这样摆脱嫉妒的潇洒,这样的慈悲为怀呢?什么地方会有这样一位国王?什么地方又会有这样一位皇后呢?

答案无疑是:只有在理想的国土上,再没有别的地方。这位放纵恣肆、玩世不恭的缪塞,终于以作家的身份,登上了理想国的海岸。作为一个人,缪塞在其他的海岸却饱受沉船之苦。他成了滥用麻醉品的牺牲者。他那不受约束、不善节制的性格就是他的祸根。他在作品中越来越追求精神和道德;但他在机械的、肉欲的、纸醉金迷的生活里却越陷越深。他早就不能控制自己了;他能借助艺术超脱沉沦于一时;可是最后,连艺术的翅膀也软弱无力了。

对于君主立宪政体,他曾满怀希望。他曾希望从它得到、或者在它的庇护之下建立一个爱好艺术的朝廷,实行一种自由主义的政策,使民族光荣重放光芒,使文学园地百花怒放。他的失望是可想而知的。一个朝廷如果对文学艺术具有敏锐的鉴赏力,就会对缪塞施加治病救人的影响,就会招引他到它的圈子里来,迫使他保持自尊,并使他的赏心乐事、连同他的过度行为更加高雅起来,这也不是不可能的。然而,路易·菲力普那位彬彬有礼、受过良好教育、爱好和平的国王,对于文学并没有真正的爱好,也谈不上什么文艺鉴赏力。连雨果他都接触得很少,他更没有办法接触缪塞了。1836年,菲斯基①企图暗杀国王未成,缪塞写了一首十四行诗。这首诗没有印出来,但缪塞的同学、国王的儿子奥尔良大公看见了,认为非常出色,就读给国王陛下听。国王从不知道这首诗的作者是谁;但他一听到作者竟敢以单数第二人称的"你"来称呼他,就大发雷霆,不愿再听下去了。奥尔良大公为了补救这次的怠慢,就给缪塞弄到一张宫廷舞会的请帖。诗人见到路易·菲力普时,他所受到的接待使他大吃一惊。国王愉悦而诧异地微笑着,走到他面前说:"你是刚从约安威尔来的吧;我很高兴见到你。"缪塞深懂人情世故,没有流露一点惊讶的神色。他深深地鞠了一个躬,然后就苦思冥想国王的话究竟是什么意思。最后,他想起来了,他有一位远房亲戚,是约安威尔皇家产业的森林保管人。国王从来不会把作家的名字来劳累自己的记忆的,可是对于管理皇家地产的全部官员的名字,他却了若指掌。连续十一年之久,每年冬天,国王以同样的愉快见到他假想的森林保管人的面孔,并对他优渥有加,点头微笑,使满朝文武嫉妒得脸都发白了。这份皇家恩典被认为

---

① 菲斯基(Joseph Marie Fieschi,1790—1836),法国军官,因被撤职,怀恨在心,谋杀国王未成,被杀。

是赐赏给文学的;然而这一点更可以肯定:路易·菲力普从没有知道,在他统治时期,法国有过一位伟大的诗人,他和国王的森林保管人是同姓的。

对于路易·菲力普那样暗淡无光的统治,缪塞只能是深恶痛绝的。他对贝凯尔的《莱茵河之歌》的那篇高傲而狂妄的答复①,说明他在另外的政治局面下,很有可能发展成为抒情诗人。根据当时情况而论,他感到自己只能做一个歌唱青春和爱情的诗人;而当青春已逝,他便不能使他的才能恢复活力了。他的美德和他的恶行一样,都成了他的致命伤。他高傲矜持,超群出众,没有丝毫壮志使他节省自己的才智资源,没有一点儿名利欲望迫使他辛勤劳动,也没有一点儿自我主义使他十分重视自己的作品。他急急忙忙地度过了一生,到了四十岁,就像七十岁那样精疲力竭了,既没有达到宁静的境界,也没有取得智慧的造诣。他那过早的肉体的衰颓,招致了智力的枯竭。他缺乏那种较高的本能,迫使作家完全为他的艺术而生存;他也没有丝毫社会的或政治的本能,使他丰富多产的心灵屈从于对别人的义务的约束。他不能克制自我,哪怕最微小的诱惑他也抗拒不了。他的生活和他的艺术一样,完全漫无目的;什么动机都不能使他有前进一步的愿望,什么事情都不能使他不惜任何代价侃侃发言;他的性格太无拘无束了,太不能反省了,以致无法像歌德所理解的那样,把自我发展当做目的,而使其他一切成为多余。阿尔弗雷德·德·缪塞在1857年辞去人世时,他的创作能力已经熄灭好多年了。

---

① 尼可劳斯·贝凯尔(Nicolaus Becker, 1809—1845),德国诗人,以《莱茵河之歌》(1840)闻名,首句为"你们不应占有自由德国的莱茵河",从而引起缪塞著名的回答,"我们占有了你们德国的莱茵河"。

十一 乔治·桑

在《魔沼》的序言中，乔治·桑写道："我相信，艺术的使命就是感情和爱情的使命；我们当代的小说应该取代远古幼稚时代的比喻和寓言。艺术家的目的应该是唤醒人们对他所表现的对象的热爱；要是他把它稍加美化，就我而言，我是不会责怪他的。艺术并不检验已知的现实，而是追求理想的真理。"这位成熟的女性在这里所宣扬的她的美学信条，就是她整个一生的亲身感受。她从没有从别的角度去看待作家的天职，只把它看成是追求人类力所能及的最高成就的一种渴望；或者，更正确地说，她认为作家的天职应该是提高心灵，使之超脱社会现状的缺陷，以便为它安排一个辽阔的视野，从而赋予它一股力量，当心灵再度降落地面时，能按照自己的方式，和那些成为缺陷渊薮的偏见、传统、心情的粗鄙和心肠的冷酷进行战斗。

在《周游国的旅伴》的序言中，她说："从什么时候起，小说就不得不把存在着的一切、把当代芸芸众生和万事万物的冷酷现实记录下来呢？我知道，或许应该是这样吧；于是巴尔扎克（我对这位大师的才华一向是景仰的）就写了他的《人间喜剧》。不过，虽说友谊的纽带把我和这位卓越的人物连在一起，我却是从完全不同的角度看待人生现象的。我记得曾向他说过：'你在写人间喜剧，这个题目不过分。你完全可以把它称为人间戏剧，人间悲剧。'他说，'不错，而你呢，你却在写人间史诗哩！'我回答说，'在这种场合，这个书名未免太堂皇了。我想写的是人间牧歌，人间歌谣,人间传奇。坦白地说吧,你有愿望,也有能力,把你亲眼目睹的人物描绘出来。这是好的;而我呢,在另一方面,却感到不得不把人物描绘成我希望于他的那样,描绘成我相信他应该如何的那样。'既然我们不是在互相竞赛,我们就各自承认对方是对的吧。"

有人指责说,乔治·桑把下层阶级作了理想化的描绘,是在存心讨好他们,上述这一段话就是她的抗议的一部分。这也说明为什么她给自己天性中的理想主义做出这样直截了当而固执己见的论断。简直毫无疑问,她终其一生都是一个理想主义者;然而,鼓舞她写作的,并不真是想把人类描绘成"应该如何"的愿望,而是想表明,如果社会不挫伤他们精神上的成长,不使他们腐化堕落,不摧毁他们的幸福,他们可能会成为怎样的人;因此,她刻画那些"社会"代表人物,是毫不留情的。乔治·桑创作的本意是想按照实际情况勾画出一幅人生图画,勾画出一幅她所经历和观察的现实图画;而她勾画出来的却是一个热情女性对于现实的观察。她所目击的那一段只是明朗的天空照耀下的一小块地面而已。她的慧眼是诗人的慧眼。

她所处的那个时期是创作上富饶多产的时期。维克多·雨果、巴尔扎克、大仲马都手不停挥地写作,作品堆积如山。大仲马定期地制造着作品,他同时发表四五部小说,而且有很多人来同他合作,一年之间就可以创作出一大架子书。乔治·桑的创作能力也几乎是同样了不起的。她的作品多达一百一十卷,而且排印得密密麻麻。在这里,我不想评论她的全部作品。要紧的只是指出她最重要作品的主要风貌,指出渗透在这些作品中的一些观点,指出即使作品细节已被遗忘而仍然留下来的一些成果。

在乔治·桑的第一批小说后面,隐含着她的真实生活故事,是人所熟知的。她诞生在1804年;父亲在她幼年时就去世了;母亲愚昧无知,但为人热情,祖母却聪明而出众。她在贝里的诺昂镇祖传的庄园上成长起来,一个地道的乡下孩子,在户外活蹦乱跳,热爱自然和自由,和农民的孩子平起平坐地厮混在一起。她的趣味就是人民的趣味,但并不因此就缺少浪漫气质。正如夏多布里昂在少年时期就为自己逐渐造出一个朝思暮想的、十全十美的女性形象,乔治·桑的少女时期的想象同样也创造了一位英雄,她在花园的一个角落里给他建立了一座苔石的神龛,把她那丰富的想象力所能设想的一切奇迹都归功于他。十三岁那年,她被送到巴黎的一座修道院的学校。起初她非常留恋那自由自在的乡村生活,后来有一度热烈地信仰宗教;但是,甚至在她返回诺昂以前,这种对宗教的热情就消失了,她转而对舞台生涯和政治文学发生浓厚的兴趣。在乡村环境里,这位成年的姑娘第一次读到卢梭的作品,而且入了迷,正如我们自己的天性向我们显示出来时,我们也都入了迷一样。此后,直到她生命的末日,她都是卢梭的忠实信徒。卢梭对于自然的理解和崇拜,对于上帝的信仰,对于平等的信念和热爱,对于所谓文明社会的藐视——这一切都和她的天性产生了共鸣,而且仿佛预先占有了沉睡在她灵魂里的各种情感。莎士比亚、拜伦、夏多布里昂也使她欣喜若狂。他们使她在周围的环境里感到孤寂,而且感染给她那种初期朦胧的忧郁,在年轻、热情而诚挚的心灵里,这种忧郁往往先于真正失望的忧郁。这个姑娘,聪慧绝伦,想象力丰富,没有能力独立生活,从不满足于同一个男子结成伴侣,不管他性格多么高贵,禀赋多么优厚。她在1822年和一位杜德望先生结了婚,这位先生是个普普通通的乡村绅士,并不比他同一类型的大多数人更好一些,或更坏一些。他没有修养,但很热情,完全不能理解他的妻子。可是,很显然,即令他是个好得多的丈夫,这次婚姻的最后结局也会是一样的。只有最初三年,过得安宁而恩爱。到了1825年,乔治·桑就逐渐看不起她的丈夫,由于她天生渴求同情的了解,就和另外一些男子结下了友谊,借以解脱她的家庭生活中令她感到侮辱而残忍的堕落状态。乔治·桑在知识上永不自我满足,使她不得不寻求一位导师和向导,而杜德望先生简直是太卑微渺小了,以致不能从此事中获取教益,却还丈夫气派十足,竟对妻子的智力上的独立性大发雷霆,甚至把他妻子和其他男子最纯洁的相互同情,都看成是对他夫权的侵犯。夫妻之间不断发生摩擦和争吵,终于使一切感情的共同基础破坏无遗。就连这次婚姻的果实——两个孩子,都不能把父母维系在一起。1831年,乔治·桑到了巴黎独自生活。

接踵而来的离婚诉讼的一些有关文件,以及乔治·桑自己的书简,使我们对她的婚姻生活的实情有一个适当的了解。在《法庭公报》(1836年7月30日、8月1日和19日,1837年6月28日和7月12日)上,我阅读了双方提出的辩解。这位伟大的女性不得不从她丈夫律师口中听到的,都是令人发指、侮辱人格的控告。乔治·桑那一头美丽的乌发披散在黑丝绒的短大衣上,要么就是身穿当时流行的白色服装,双肩披着绣花的披肩,坐在那里倾听着,丝毫无动于衷。她丈夫控告她在结婚三年以内,对另外一个男子萌动了罪恶的热情,并且屈从于这种热情。"杜德望先生不久就发现,他被他所崇拜(!)的女人欺骗了,然而他却宽大为怀,宽恕了她。"律师谈了杜德望夫人写给她丈夫的一封长信,在这封信里,她坦白承认了种种过错,并为这些过错而责备自己。她把他们之间的误解归咎于他们的性格不相投,这绝不是说杜德望先生缺乏大量和厚道。杜德望先生的律师却极不合逻辑地辩论说,这封信无异是女方对自己不忠实行为的忏悔。他继而表明,从1825到1828年这对夫妻是怎样过着自愿分居的生活的;杜德望夫人即令在1831年离开丈夫,过着"一位艺术家的生活"以后,又是怎样和他进行过亲切的通信,并每年接受三百法郎(!)。(他可没有提到,她曾给她丈夫带来了五十万法郎的嫁妆)。1835年年初,这对夫妻曾经私下达成协议,每人带一个孩子,平分家产,相互允许对方充分自由行动;可是协议还没有生效,乔治·桑就翻悔了,起诉申请法律上的离婚。(在涉及他们儿子的一场争论过程中,杜德望先生曾想动手打她,甚至当着证人的面,拔出手枪,要向她开火。)律师请求法庭注意,尽管她的控诉夸大其词,她的申诉没有被受理。现在轮到杜德望先生来申诉了。他矢口否认指控他的一切罪行,反而提出另外一些性质极为严重的罪行来指控他的妻子;他认为任何一个写过像她所写的那种有伤风化的书籍的女人是不适于教育孩子的,他指控她对于"无耻之极的淫荡行为"的秘密无不了若指掌。正是由于这些指控——杜德望先生的律师断定为有确凿事实根据的指控,乔治·桑又一次起诉申请离婚。在下面一阵爆发的言词中,他的口才登峰造极了:"夫人,这正是你的意见,一个女人,如果她愿意,她是有权把财产挥霍一半,使她丈夫一生陷于不幸,当她感到要更自由自在地纵情享受最无拘束的放荡淫邪时,方便而简单的办法就是在法庭上提出纯属捏造的令人厌恶的行为对他加以控告。"

这位高傲的妇女,众目睽睽之下被人观察的对象,坐在那儿聆听对她指名道姓的辱骂,对她名誉的污蔑,肯定是很难听得下去的。她的法律顾问和朋友,米歇·德·布尔歇,在听了这番话后,立即称颂她是一个天才,从她的书信中读了几段异常精彩的文字,并把她丈夫对她所施加的辱骂言词和粗暴行为列举一遍,给人留下了深刻的印象,但这也不能给她多少安慰了。她的小说在报纸上被骂作对于伤风败俗行为的无数次无耻辩护,她早已司空见惯了;而听见她的私生活以这种方式受人诽谤,对她还是一次新经验。不过,使她的婚姻生活告一结束的这些公开诉讼,仿佛可以使我们对她这方面的生活作一番回顾,而且解释了《安迪婀娜》《华朗蒂纳》《莱莉亚》和《雅克》中第一次表现出来的愤慨心情。

这些作品,在今天的读者看来,已经没有多大的文学兴味了;作品中的人物模模糊糊,大都理想化了,情节是不大可能发生的,如在《安迪婀娜》中;或者是不真实的,如在《莱莉亚》和《雅克》中;她的风格和谐而又铿锵,并不能使作者免于华而不实的责难;

在一些书简和独白中,她常常是个诗意的说教者而已。然而,在乔治·桑青春时期的这些作品中却有一团火,直到今天还能发出光和热;它们奏出了一种将继续响彻若干世代的曲调。这些作品发出的既是如怨如诉的悲泣,又是战斗的呐喊;凡是在这些作品所渗透的地方,便萌动了各式各样感情和思想的幼芽,那个时代抑制了这些幼芽的成长,可是在将来,它们将要舒展开来,扩大开来,其气魄之豪放我们今天只能有一个模糊的概念。

《安迪娴娜》是一颗年轻而丰满的心灵第一次爆发出辛酸和悲哀。富于青春活力的女主人公是高雅的智慧和高尚的心灵的化身;她的丈夫德尔马上校,可以说就是一个脾气颇为温和的杜德望先生;安迪娴娜的一往情深、热情洋溢的心受了伤,终于从丈夫身上转到情人身上去了。这部作品的独到之处就在于刻画这位情人的性格。因为和他相比,就连那个丈夫都有无限可取之处。莱孟是在正统派君主政体复辟时期的一个普普通通的法国青年。他正是这一时期的社会所造就出来的人物;情绪容易激动而又斤斤计较,害着相思病而又自私自利,公众舆论和社会评判影响他到如此地步,以致他由心肠冷酷发展到毫无心肝,由不可靠发展到分文不值;尽管他有着卓越的品质和才能的闪闪发光的外表,他那彻头彻尾的平凡庸俗却是明白可辨的。乔治·桑在这第一部作品里,同时向我们介绍了几种性格鲜明的男性人物。有性情粗暴的男子,由于社会交给他权力,他便变得残酷无情;有性情软弱的男子,他天生优柔寡断,加上学会对社会的意旨唯命是从,使他变得很不可靠和胆小怕事。她一开始就淋漓尽致地暴露男子的自私自利,实在不失女性的本色。可是,在她这第一部作品里,她也同时把她理想的男子——那个后备的情人——呈现给我们了,他就是外表上冷漠无情、实际上感情热烈的拉尔夫;这个人和乔治·桑本人一样沉默寡言,肤浅的旁观者会认为他跟她一样生硬而冷淡,实际上他却是富于自我牺牲精神的高贵而忠实的爱情的化身。这种人物,就是她采用各种改头换面的形式,写了若干年的人物。在《莱莉亚》中,我们在高贵而受尽折磨考验的特仑莫身上找到了他,这位苦役犯以禁欲主义者的冷静态度对社会进行裁判。在《雅克》中,他是那个具有超人的宽宏大量的主人公,他为了不致妨碍他年轻的妻子与另一男子的暧昧关系而不惜自杀。在《莱昂诺·莱昂尼》中,他就是默默寡言而有大丈夫气概的堂·阿莱欧,他甚至直到最后都准备和不幸的尤丽叶特结婚,而一种几乎近于魔法的迷人的力量却使这位姑娘和那个坏得令人不相信的流氓莱昂诺(一个男性的曼侬·列斯戈类型的人物)结了不解之缘。在《心腹秘密》中,他是那谦虚的德国人麦克斯,他出众的品质是天真的仁慈心肠和诗意的热情,他悄悄地同大家所崇拜的公主结婚了。在《她和他》中,他是英国人帕尔默,是天资聪颖而又放荡不羁的巴黎人劳让的陪衬人物。在《最后的恋爱》中,他名叫希尔威斯特,是一个比较软弱的雅克。所有这些形象都有一个在理想人物身上并非罕见的缺点;他们都是无血无肉的。然而,莱孟型的男子,代表着世俗、自私、虚荣、和社会弱点的一些男子,倒是作者更为成功的创造。莱孟本人就比《安迪娴娜》中其他人物真实得多;在他这方面,地方色彩更强烈,更明确了。作者(在第十章中)把这个人物的非男子气概归咎于时代的"妥协和柔顺的倾向",她管这个时代叫做"精神上含而不露"的时代。她指出这位温和政治的代言人莱孟这样推想,他由于缺乏政治热情,也就没有政治上的自私自利,因而就比任何党派站在更高的水平上——而事实呢,现存的社会状况对他是太有利了,他就根本不希望它有所改变。他"对上帝不会忘恩负义,也不会为别人的不幸而谴责上帝"。乔治·桑小说中这个人物的大批后继者,全部都证明作者对于人性有深刻透彻、细致入微的观察力。这些人物包括《莱莉亚》中的诗人斯泰尼欧,《雅克》中的情人奥克塔夫,这一些轻描淡写的柔弱性格、纯属热情玩物的人物,一直到精心刻画的个性分明的形象,如《康素萝》中放荡不羁的意大利青年歌唱家安卓莱托,《卢克莱修·芙洛丽安尼》中的过分优雅的、病态神经质而又自我中心的王子加洛尔公爵(肖邦),《她和他》中过于反复无常的青年画家劳让(缪塞)。

最后,安迪娴娜透过社会的全部表面现象,甚至在男子们谆谆教导的宗教中,发现了男性的无情无义的利己主义。他们造成的上帝,是他们自己形象的男子。她写信给她的伪善的情人说:"我不跟你供奉一个上帝,可是我更尽心也更纯洁地供奉我自己的上帝。你的上帝是男子的上帝,是一个男子,是一个国王,是你们种族的创始人和保护人。我的上帝是宇宙的上帝,是创世主,是救世主,是一切生命的希望。你的上帝使万物皆备于你一人,我的上帝使他创造的一切生物都互相帮助。"在这一段话里,有两点是值得注意的:一点是对于妇女屈从于男子的社会秩序的天真的抗议,一点是对于上帝的天真的、朝气蓬勃的、忠实的信仰的乐观主义。乔治·桑的这神态度并没有维持很久。仅在几年之后,她便用一种绝望的悲观主义的怒号来结束她的《莱莉亚》。女主人公临死前不久说道:"天哪!绝望笼罩着一切。上帝创造的世界的每一个毛孔里都散发出悲苦的呻吟。波浪翻滚着,呜咽着拍打海岸,风在森林里悲鸣怒号。森林的树木全在暴风的鞭打之下低垂了头,刚一抬起头来又低垂下去了,忍受着可怕的折磨。那儿有一个悲惨的、罪该万死的生物,非常可怕,巨大无比——我们居住的世界容纳不下他。这个看不见的生物寓身在万事万物里面,他的声音发出了万古不灭的呜咽,充塞在茫茫太空之中。他被囚禁在宇宙之中,他翻滚,他反抗,他挣扎,他在天和地的边界上撞他的头,撞他的肩膀。可是,他撞不出去。一切压住他,一切诅咒他,一切折磨他,一切仇视他。这个生物是什么呢?他打哪儿来的呢?……有人管他叫普罗美修斯,又有人管他叫撒旦;我管他叫欲望。我,这个绝望的巫女,这个已逝年代的精灵……我,这张破碎的古琴,这个喑哑无声的乐器,——居住在今天大地上的人们是不能理解它的声音的,可是永恒的谐音却在它的胸怀里潜伏着,发出轻轻的细语。我,这个死亡的女祭司,感到自己一度曾是阿波罗神殿上的巫女,当时我曾哭泣,我曾发言,而现在却记不起那个医治百病的言词了!……真理,真理呀!为了寻找你,我降落到深渊里,即使是最勇敢的人看见这个深渊也会吓得头昏眼花的。可是,真理呀!你却没有露出你的真身;我找你,找了一万年了,可是仍然找不到你!一万年以来,我的呼喊得到的唯一回答,我的痛苦得到的唯一安慰,便是整个倒霉的世界都听得见的,软弱无力的欲望的绝望哽咽的声音!一万年以来,我对着苍茫的无穷呼喊着:真理,真理呀!一万年以来,苍茫的无穷对我回答着:欲望,欲望呀!悲惨的巫女呀!嘶哑无声的阿波罗神殿的巫女呀!朝着你的洞穴的岩石撞你的头吧,把你那因愤怒而沸腾起来的血液和海浪的泡沫交流到一起吧!"

  在这样一阵感情的爆发中,那些青春岁月里充满激情的忧郁达到了高潮。虽说我在这里把原文加以压缩了(原文有六倍那么长),这却是乔治·桑充分发展了的、充满青春活力的自我觉醒的一段美丽动人、富于诗意的表现。在她写作《安迪娜》的时候,无论是她自己的优越感还是她的悲观主义,都没有达到这个阶段。作为现存社会状况的牺牲者的一个同情的女代言人,她创作了这篇毫不矫揉造作的故事。在这篇故事里,她并没有有意识地攻击任何社会制度——甚至也没有攻击婚姻制度,然而她却立刻被扣上了反对婚姻的罪名。在1842年版本的序言中,她声称她在对现存社会制度的尊敬还未丧尽的情况下,写出《安迪娜》初版的序言以后很久,继续企图解决这个难以解决的问题,寻求一种方法确保被社会压迫的个人的幸福和尊严,而这种个人的幸福和尊严应该是同社会存在和谐一致的——她说这些话时,显然是在说真话。在他给尼沙尔[①]的

---

① 尼沙尔(Jean Marie Napoleon Désiré Nisard,1806—1888),法国文学史家和文艺批评家。

信里(《旅人书简》的最后一封),她仍然坚持她所攻击的仅仅是做丈夫的,而不是作为社会制度的婚姻,她说这些话时,也完全是说的真话。她是以心理学家和小说作家的身份,而不是以社会改革者的身份,最初在公众面前露面的。在《安迪娜娜》中,如同在《华朗蒂纳》里一样,这部作品的独特的内容,是热诚,是诗的冲动,是诚挚的热情,是青春的暴风骤雨般的抗议;心理分析的历史篇幅很多,个人历史的分量很少。尽管如此,作者所描写的一些感情的性质(这些感情没有丝毫邪恶堕落的痕迹,然而仍然是和社会法令相抵触的),尤其是散布在通篇小说中的一些见解,其中有些东西确实打击了社会的基础。所以,那些维持现状派对于这些作品及其作者发起的笨拙的猛烈的攻讦,其中所表达的倒也并非完全是愚昧无知。人们已经有了一种预感,这样的感情和思想迟早会重新改造管理社会的法律的。这些感情和思想已经开始这样作了,它们的影响也将一天一天地增长。

正是这些作品的理想主义和热情使得这些作品在本质上是革命的。因为,对于这位女作家,只有内在的世界是存在的,她放任它自由发展,决未想到它的发展可能会破坏外部世界。而且,她所描写的主要是一些强烈的情感,或者说唯一的情感,变化无穷的情感——爱情,她却指出了这种情感的规律是如何永远和社会规律发生冲突的。虽然她毫不怀疑,在我们当代里,婚姻是必要的,也是不可缺少的,但是她却动摇了婚姻的永久持续性的信仰的根基。当然,最初她仅仅只在攻击一些做丈夫的,然而仔细检查一番她对一个理想的丈夫的要求,就可以看出这一种要求在现存的状况下是不可能得到满足的。在稍后一个时期,克尔恺郭尔①以极为相同的方式,对于个别的基督教徒作了过分的理想的要求,从而动摇了基督教的根基。

---

① 克尔恺郭尔(Sören Aaby Kierkegaard,1813—1855),丹麦哲学家,视基督教的哲学原则为个人灵魂的宗教,描述个人争取自由的斗争,但在这种自由面前又感到恐怖、焦虑和孤寂。他被认为是存在主义哲学的先驱,著有《论恐惧观念》。

四十年以后的法国自然主义派时常受到指责,被认为不道德,而这种指责多少是没有根据的;作为报复,这一派就把指责的矛头转而指向乔治·桑的这些充满热情的早期作品了。当爱米尔·左拉对于理想主义的小说时常提出抗议的时候,他从来没有忽略指出:这类小说里超越约束个人界限的持续不断的渴望,不断表现对于更大的知识自由和感情自由的追求,其中正潜伏着对于家庭和社会的危机。他说他从未曾用美丽的或诱惑人的手法来描写不合法的爱情,而永远是用污泥去涂抹它,并且以此夸耀于人。他本来可以补充一句说,属于巴尔扎克一派的左拉和他的后继作家,从没有感到比一般时尚有更高尚的道德的需要,也从没有提出过一种和目前不同的社会状态的远景。他们拘泥于表现他们亲眼得见的外部现实,断然拒绝从他们的观察里做出任何结论,这样便在自己身上强加了一种致命的局限性。因之,他们一方面有胆量描写迄今为止文学小心谨慎、避而不谈的各种社会关系和社会世态,但另一方面作为思想家和伦理学家,却又有他们的弱点,不,简直是他们微不足道的地方。他们常常被迫从他们的道德品行和被人普遍接受的道德法典的明确的和谐中去寻求支援;别人称为恶行的,他们就称之为恶行,夸大这种恶行的可怕,并以此自夸。他们不是乔治·桑那样有罪孽的人。然而,现在可以这样说了,正是在他们的所谓"德行"里面,隐藏着他们文艺上的弱点;而在乔治·桑的一些作品的"不道德"里,却可见出这些作品及其理想得多、纯洁得多的描写的强处。在现实主义一派显然极端放肆大胆的作品里,在真正放肆大胆这一点上,找不到一句话可以和乔治·桑在《贺拉斯》中让一个主要人物讲出来的话相媲美,这句话把她关于爱情问题的道德观念表达得简明洗练,令人惊叹:"我相信,那种用美好的感情和思想使我们升华并赋予我们力量的爱情,才能算是一种高尚的热情;而使我们自私自利,胆小怯弱,使我们流于盲目本能的下流行为的爱情,应该算是一种邪恶的热情。因之,每一种热情究竟是合法的还是犯罪的,要看它产生的是这一种结果,还是那一种结果。官吏社会并不是人类的最高法庭,它有时会把恶行合法化,并对善良的热情施加惩罚,这是无关紧要的事。"①

在《莱莉亚》和《雅克》中(1833 和 1834 年),这位女作家的拜伦式的"厌世感"和滔滔雄辩的倾向达到了顶点。在《莱莉亚》中,她描绘了她理想中伟大的、并不沉湎声色而又感情深厚的女性,而且用这位女主人公的妹妹普尔雪丽,一个奢侈豪华的妓女,作为她的对立面。乔治·桑采用了自己的性格,把它划分成两面,按照她自己灵魂里的米娜瓦②形象塑造了莱莉亚,按照维纳斯③形象塑造了普尔雪丽。结果是很自然地塑造了两个象征性的人物,而不是两个有血有肉的活人。在《雅克》中,她从新的角度接触了婚姻的问题。在《安迪婀娜》中,她勾勒了一个粗暴的丈夫;在《华朗蒂纳》中,她刻画了一个文雅而冷淡的丈夫。而在《雅克》中,她把她心目中最高贵的品质都赋予了一个丈夫,而他的幸福却偏偏撞在他自己的高贵性格这块礁石上,他那不足道的年轻妻子不能理解这种性格,也不能继续爱慕这种性格。这位女作家让她自己的意见从这位蒙冤受屈的丈夫口中说出来,力图使自己的意见增加一些分量。他本人谅解了他的妻子:"没有人能够控制爱情;没有人会因为他爱或不再爱而有罪。促使女性堕落的是说谎;构成奸情的不是她答应她情人的时刻,而是她后来睡在她丈夫怀抱里的夜晚。"雅克觉得为他的情敌让路是义不容辞的:"勃莱尔处在我的地位,会泰然自若地殴打他的老婆,说不定还会在同一天夜里,毫不脸红地拥抱那个女人,他的拳头和他的接吻同样贬低了她的身

---

① 参阅本书第 2 分册《德国的浪漫派》中"雅克"的一段话(中译本第 90 页——译注)。爱米尔·左拉后来又采取了另一种调子。(原注)
② 米娜瓦,又译密涅瓦,罗马的智慧和艺术的女神,代表严肃和勇武,也被认为是战争的女神。这位女神著名的塑像在古代是七大胜迹之一。
③ 维纳斯,罗马的美的女神和爱的女神。

份。有一些男子按照东方的方式,行若无事地杀死了不忠实的妻子,因为他们把妻子看做是自己的合法财产。另一些人向自己的情敌挑战,把他杀死或者把他排挤出去,然后向他们宣称热爱着的女人要求亲吻和爱抚,她要么加以拒绝,要么就绝望地让他亲吻和爱抚。这些都是夫妻之爱中十分平常的过程。在我看来,猪猡之间的动情也没有比这样的爱情更下流,更粗野了。"这些真理现在已被受过最高级教养的人视为基本原则,而在1830年却是骇人听闻的异端邪说。这些真理是这些充满青春活力的作品中的盐分,使它不致腐坏,尽管它的情节是陈旧的,那乏味的书简体裁是散漫冗长的。从最后的悲剧性结局中最可看出浪漫主义的漫无节制。雅克再也想不出比自杀更好的方式来解放费尔南德了,而自杀的方式要使她看来仿佛是一次偶然事故。这就立刻把我们带到非现实的境界中去了。但一般说来,这部小说具有比实际更为明显的非现实性倾向。现代批评很容易指出它没有表明地点,也没有表明真正的职业等等;乔治·桑早期作品的人物都是没有职业的,除了恋爱以外,也是没有目的的。这些作品的真实性是精神上的真实性,是情感上的真实性。然而,即令这一点,在今天也是议论纷纭,莫衷一是的。这部小说所描写的情绪——社会状态造成的那种狂野的绝望,那种热烈的性爱的柔情,那种男女之间纯洁而炽热的友谊——今天的风气都会视为不自然,不真实的。① 但我们必

---

① 爱米尔·左拉在述及《雅克》中的人物时(《文艺参考资料》第222页)写道:"我描绘不出这样的人物对我产生的印象;他们使我迷糊,他们使我惊讶,像是那些打赌要用两只手走路的人一样使我迷糊和惊讶。他们的辛酸和没完没了的抱怨,是我完全不能理解的。他们抱怨些什么呢?他们要求些什么呢?他们从错误的一面看待人生,因此他们感到不幸原是十分自然的。幸而人生不像他们所塑造的那样,而是一个更其逗人喜爱的少女。如果一个人脾气很好,能够忍受那些不愉快的时刻,他是可以永远和她情投意合的。"左拉为乔治·桑所画的漫画,正是画的他自己的尊容,毋宁说是画他自己的漫画,因为他当然不是像这样的一位心胸窄狭的追求实际的人物。(原注)

须记住,乔治·桑所写的人物不能看做普通的男男女女。她所描写的是些得天独厚的聪颖人物。的确,在她的这些早期作品中,她并没有做别的什么事,只是描写了和阐述了她自己的感情生活。她把她自己的性格安插在各种各样的表面环境里,然后以一种惊人的自我观察的能力和精确无误的技巧,得出自然的心理学的结论。观察她怎样持久地渴望找到一个和她正相匹敌的男性心灵,从而使她自己成为男女两性的双重化身,是一件有趣的事。尽管她热情地赞美爱情,尽管她让爱情强烈地影响伟大的女性和伟大的男性的生活,然而这种人,雅克也罢,莱莉亚也罢,都受到一种更加坚强、更加理想的情感的鼓舞,这种感情就是对于一个使他们互相理解的崇高异性的友谊。同这种深厚的互相理解比较而言,莱莉亚对于斯泰尼欧的爱,雅克对于费尔南德的爱,仿佛只是这两颗伟大的灵魂的弱点。莱莉亚有特仑莫作为她知心的朋友和平等的伴侣,而雅克有西尔维雅作为他知心的朋友和平等的伴侣。雅克会爱西尔维雅的,如果她不是他的异母妹妹,或者说如果他并没有被迫疑心她是的话;可是在他们的相互友谊中,却有一种美,像这样的一种美,单纯的性爱关系是很难达到的。我记得很清楚,当我第一次(或许在1867年吧)阅读这部小说时,雅克和西尔维雅之间的友谊给我留下了多么强烈的印象啊!我看得很明白,在相当程度上,雅克是一个不真实的人物,西尔维雅也是这样;因为她只不过是雅克的互通心曲的知己;然而他们之间理想的交流却是真实的,这使我大大感动了。在一个天才寻求其匹敌人物和伴侣时的凄切的嘤嘤鸣叫声中,是可以找到西尔维雅的根源的;无疑,她不过表现了一颗伟大而孤独的心灵迫切的渴望和要求而已,然而这岂不就是诗么?虽然在别的方面,这部小说或许是不完美的,而雅克和西尔维雅之间的友谊却赋予这部小说一种真正的诗的气氛。我们感到,在阅读它时,仿佛在热情的底层世界的上方,我们瞥见了一个比较高级的境界,那儿有更为纯洁的人,但仍然十分世俗的人,在互相爱慕,互相理解。

诸如此类的人物说明乔治·桑具有友谊的强烈的本能,这种本能和当时朝气蓬勃的浪漫主义的精神是十分合拍的。她的《旅人书简》,接着她的第一批小说问世,是她在威尼斯和缪塞分手以后开始写作的;这部作品使我们对她的友谊有了一个透彻的了解。在这些书信作品中,她最直接地吐露了她个人的私情,虽然有关实际情况仍然有所保留,使不明真相的人读来有些模糊不清。在这些书简中,我们紧跟着她,从她同那位漂亮而愚蠢的意大利医生巴盖罗(为了他,她放弃了缪塞)一起生活的时期,一直到她热恋她离婚案件的法律顾问埃威拉尔(米歇·德·布尔歇)的时期——那篇美丽的小说《西蒙》的构思就是这位律师所启发的。在这两位极端人物之间,还有她和弗兰索瓦·罗林那和尤尔·奈诺等人之间美好而真诚的友谊,他们都是坦率而聪明的人,她经常感到需要同他们交流思想和互通书信,她和他们共同切磋学问,从他们获得不少教益,并且按照浪漫主义友谊的精神用亲切的"你"字称呼他们。还有当时一代英俊天才的男男女女,如弗朗茨·李斯特,阿古尔伯爵夫人,梅耶比尔,以及许多别的人,都和她建立了真正的艺术上的同志情谊。

在她的其他任何作品里,她从没有像在这部作品里这样能言善辩;在她后期的任何作品里,她的辞藻也从没有像这样倾泻出一片悠长而抒情的文采斑斑的波浪。她小说中的对话是很出色的,要研究她的个人风格,没有比在这些对话中更好的地方了。音韵铿锵是这种风格最突出的特点。它以悠长而充实的旋律向前旋转,它的一起一落错落有致,在欢欣中妙曲悦耳,甚至在绝望中也音韵和谐。乔治·桑的天性就是四平八稳的,反映她所写的句子也是平稳对称的——从没有一声尖叫,一句惊呼,一个刺耳的音响,始终是张开阔翼席卷而过的飞翔——从没有跳跌、撞击、或跌落。这种风格,旋律不足,而铿锵和谐则绰绰有余;色彩缺乏,而有线条穿插却能曲传其美。她从不依靠离奇而大胆的拼凑辞藻来产生效果,很少或绝不依靠异想天开的比喻来产生效果。在她的图画里,很少有强烈的或令人眼花缭乱的色彩,在她的语言里,也同样很少有刺耳的噪音。在热情奔放这方面,在不加抗拒地屈从于蔑视清规戒律的情感这方面,她是浪漫主义的;然而在文句的排列整齐、形式的内在的美,和色彩的端庄这些方面,她却是严格的古典主义的。①

她从威尼斯发出的书信,尤其是那些她返回法国以后所写的书信,告诉了会心的读者,由于失去了缪塞的友谊,乔治·桑感到多么屈辱,又多么悲伤地惦念它啊,大约二十年以后她在《她和他》这部作品中公之于众的那一整段插曲又是怎样一段虚构的情节啊!有过一些时候,她完全被渴望、耻辱和悔恨所压倒,这几乎是无可怀疑的。1835年1月她写给罗林那的一封信里,有一段文字,意味深长,而且据我所知,至今尚未被世人注意;这一段文字本身美丽动人,也是作者的自况:

"听我讲个故事,并且哭一场吧!从前有个出色的艺术家,名叫瓦特莱特,他比当时任何别人都雕刻得更好。他热爱玛格丽特·勒·孔特,他教会她雕刻得和他自己一样好。她离开了她的丈夫,她的家,她所享有的一切,而同瓦特莱特一块生活去了。社会谴责他们,但因为他们既穷困又谦虚,社会也就把他们遗忘了。四十年后,一个游手好闲的流浪汉,在巴黎附近一所叫做'可爱的磨坊'的小屋子里,发现一个会雕刻的老头儿,和他称之为'磨坊女主人'的会雕刻的老太婆,同坐在一张桌子旁边。这个游手好闲的人,发现了这段奇闻以后就告诉给别人了,于是时髦社会的人都成群结队来观看这个不可思议的现象——一段持续四十年之久的爱情;一桩四十年来以同样的辛勤和忠诚孜孜从事的事业;两个

---

① 爱米尔·左拉是坚决反对浪漫主义和乔治·桑的,甚至连他写到乔治·桑时也说:"浪漫主义的精神使她的创作生机活泼,然而她的风格依然是古典主义的"(《文艺参考资料》第217页)。(原注)

令人啧啧称羡的成双成对的天才！这桩新闻轰动一时。好在这两口子在几天之后就因年老而去世了,不然的话,那些探头探脑的群众恐怕会把一切都给破坏了。他们雕刻的最后一件作品是《可爱的磨坊》的素描,玛格丽特的屋子……它就悬挂在我的屋子里,悬挂在一个人的肖像的上方,这儿没有一个人曾经见过这个人。整整一年工夫,留给我这幅肖像的人,每天夜里和我同坐在一张小桌旁边工作。……黎明时刻,我们各自检查对方的作品,批评对方的作品。我们在同一张小桌上吃晚餐,谈论着艺术,谈论着思想和感情,谈论着未来。而未来却背弃了它给我们的诺言。为我祈祷吧! 哦,玛格丽特·勒·孔特!"

乔治·桑承认她作为一个女作家有所成就,仿佛多少应该归功于阿尔弗雷德·德·缪塞,而这样写出来大概只有这一次吧。①我已经指出过缪塞对她的影响的性质。这种影响纯属批评性的;它使她的审美力敏锐了。缪塞的艺术方法却没有力量对她施加影响。乔治·桑在风格上完全不接受任何直接的影响。吉拉尔丹夫人对她说了一句妙趣横生的俏皮话:"每逢特别谈到女作家的作品时,我们可以同意布封②的话:'风格即男人',"③这句话虽能逗人发笑,却是不正确的。因为,尽管几乎毫无例外,乔治·桑每部最主要的小说都有不同的男子的影响的痕迹,但这种影响却从未伸延到风格上。她一再使自己成为另一个人的思想的喉舌,但她从不模仿另一个人的风格。她的才华太具有独立性了,她不能模

---

① 1893年6月3日《费加罗报》(文艺副刊)一篇文章的作者认为这段文字所指的是尤尔·桑道;然而,是他弄错了(参阅1869年5月份的《大同杂志》第44页)。(原注)
② 布封(George Louis Le Clerc Buffon,1708—1788),法国自然科学的历史家,也是文学理论家。
③ 这句话原文是 Le style,c'est l'homme,应译为"风格即人格"或"风格是人",因为 homme 一字是男女都可以包括的。这里,吉拉尔丹夫人故意曲解布封的原意来嘲弄乔治·桑,所以直译为"风格即男人"以传达原意。

仿别人;再说,她身上艺术家的成分也太少了。她是那么沉默寡言,一旦真要开口谈话时,却又那么简明扼要,但等她动起笔来,却是个即席赋诗的女才子。她在纸上洋洋洒洒,下笔万言,从不预先打腹稿,从不想到旁人的范例,也没有自觉的艺术目的;她从不按别人指定的题旨写作,或者就别人提出的风格方面的建议而引申发挥,修修补补——总而言之,在任何艺术中纯粹技巧的过程所依据的条件,她全不屈从。在这方面,她和缪塞形成了显著的对照。首先,鼓舞着缪塞的是一种对艺术中的清规戒律的反抗精神,而这是乔治・桑所永远不能领会的。在缪塞初期的诗篇里,他故意破坏脚韵,以便确定激怒那些古典主义作家。(在《安达卢西的女人》的第一次草稿中,"侯爵夫人"叫做 Amaémoni,在法文中正和bruni〔擦亮〕押韵,但在最后定稿时,他却把她叫做 Amaégui,那就几乎不押韵了。)当他的创作力逐渐衰退的时候,他从卡孟泰尔①格言集《心不在焉的人》中,毫不难为情地抄用了七页来制作他那内容贫乏的小喜剧《不能夸口考虑到一切》。在他创作的鼎盛时期,他是一个善于剽窃的艺术大师。例如,我可以从利涅公爵②的作品中,找出前一章中引用过的他那篇美丽的诗篇《读书之后》在艺术风格上的蓝本。③ 在乔治・桑的作品中,是发现不到同样的

---

① 卡孟泰尔(Louis Carrogis Carmontelle,1717—1806),法国画家和剧作家。
② 利涅公爵(Charles Joseph Prince de Ligne,1735—1814),比利时将军,也是著作家。
③ 利涅公爵描写士兵的品质,正如缪塞描写真正诗人的品质一样。他说:"如果你不梦寐以求参加军队,如果你不如饥似渴地阅读兵书和军用地图,如果你不去亲吻老兵的脚印,如果你朗诵他们的战斗业绩而不流泪,如果你没有要去目睹为快的愿望,以没有目击而感到耻辱,即使不是你的过错,你也得赶快脱掉那件被你糟蹋得荣誉扫地的军服吧。如果连一次单独的战斗演习都没有使你入迷,如果你没有感到有亲临任何阵地的意志,如果你心不在焉,如果有雨防碍你部队的运转而你不担心焦虑;那就把你的位置让给我们盼望的年轻人吧。"等等。缪塞把这种散文风格用韵文重新表达出来的方式,比创造一种新的风格甚至更清楚地表现了他的艺术天才。爱米尔・孟泰古的一个提示,使我找到了这段文字。(原注)

情况的。她不可能把别人粗糙的宝石磨得金光灿烂,用来装潢她自己的诗神;她把自己的诗神穿上一身简朴洁白的衣裳,头发上插上一朵野花,送到我们眼前。

乔治·桑的风格别具一格的美,在任何地方都不如上述给罗林那的书简更能使人入迷了。这位革命的天才女性在年轻时获得的对于自然的深刻领会,和她那永不宁静的、不休不止的憧憬,令人惊奇地交融成一片了;通过对于自然的憧憬和对于幸福的憧憬,有一颗热爱着的心在低声悲泣,悲泣这颗心所引起的失望,悲泣这颗心所遭受的失望。在这封书简和随后写给埃威拉尔的书简里,我们看到乔治·桑的政治上的共和信念是怎样从她充满青春活力的恋爱文学的空中楼阁的废墟上涌现出来。起初,她的信仰是薄弱的,她太沉醉在自己的天地里了。无疑,这位可怜的女诗人"在君主政体的伞盖下是不会感到舒服的",尽管如此,紫罗兰和茉莉花的花瓣的形状,比社会制度或政府体制,在她的思想里占有更大的位置。然而还是可以看见,热情的火花逐渐在她的胸怀里闪闪发光了。她嫉妒她的男朋友们所抱的信念,以及由这种信念产生的精力,而她呢,"只不过是一个诗人而已,只不过是一个弱女子而已!"他们呢,一旦爆发革命,就会怀着为同胞争取自由的坚定希望,勇往直前,进行战斗;她呢,什么也不能做,只能让自己被人杀死,但却怀着仅仅一次能有益于人的希望,哪怕只是用她的尸体垒起她尸体那样高的一道街垒。但她做出了这样的结论:"你们谁能为我现在的生命和将来的生命找到用途?只要我是用来为一种思想服务,而不是为一种热情服务,我同意受你们法律的约束。可是,天哪!我要提醒你们,适于我去做的就是勇敢而忠实地执行一项命令。我只能行动,我不能策划,因为我什么也不知道,什么也没有把握。当我闭上眼睛,堵着耳朵,使我既看不见,也听不到任何使我怀疑的事情时,我只能服从。我能够和朋友们一道前进,像一条家犬,看见它的主人乘船出航,它便跳进水里,在船后泅渡,直到精疲力竭而死亡。我的朋友们,海洋多么辽阔呀,而我又多么脆弱!我什么也干不了,只适于充当一名小卒——而我还不到五尺高哩!

"但这又有什么关系呢?纵然我生得矮小,而我是属于你们的。我是属于你们的,因为我爱你们,我尊重你们。真理并不停留在人间;上帝的王国是不属于这个世界的。然而,就像人能从上帝那儿偷取普照世界的光芒一样,你们,你们这些普罗米修斯的儿子们,你们这些热爱赤裸的真理、热爱刚强的正义的人们,偷取了真理。那么,前进吧!不论你们的旗帜什么颜色,只要你们的队伍是朝着共和主义的未来前进!前进吧,以耶稣的名义,他在大地上只留下了一个真正的使徒(拉马奈)!前进吧,以华盛顿和富兰克林的名义,他们没能完成足够的任务,而把他们的任务留给我们去完成!前进吧,以圣西门的名义,他的儿子们(愿上帝与他们同在)正在企图解决伟大而艰巨的社会问题!前进吧,只要做的是有益的事,而有信念的人证明他们正在这么做!我只是队伍中一个可怜的女儿——你们带着我吧!"

文学很少有这样纯真、这样感人肺腑的女性的热情的呼喊;德国文学在贝蒂娜的《歌德和一个孩子的通信》[①](同年出版)中,呈现过与此性质类似的内容,这是一种同样洋溢奔放的热情的产物。然而在贝蒂娜那儿,我们领受不到同样的诚挚的印象,它所表现的感情本身要窄一些——它是纯粹唯美主义的,它是对一个伟大天才的崇拜。贝蒂娜是个聪慧的女性;她的风格是光辉灿烂的,有磨光的处处显得尖锐的切面。而乔治·桑呢,即使在她的热情的女性的弱点中,也自有其伟大。

我们目击其萌发滋生的这些感情,再过几年就展现在她的作

[①] 贝蒂娜·封·阿尼姆(Bettina von Arnim,1785—1859),是德国后期浪漫派克莱门斯·勃伦塔诺的妹妹,阿希姆·封·阿尼姆的妻子,根据与歌德母亲和歌德本人的交往写过一本同名虚构的小说。

品中了。我们即将接触她的这些晚期作品。我们必须首先考察一下她文学生涯第二个时期的一些更为宁静、纯属诗意的小说。

从艺术观点来观察这些作品，题名《侯爵夫人》的一篇小故事，根据我的评价，无疑是最优秀的。的确，只考虑艺术而不顾其他，这可能是她最完整的作品。我猜想，她必定是由于怀念那心肠仁慈而神态尊严的祖母，受到了鼓舞才写成这篇作品的。这篇作品的迷人之处在于把十八世纪的精神和习俗同十九世纪胆怯的而在精神上更加热烈的恋爱热情结合起来了。这是一个在旧制度下出身名门望族的贵妇人的朴质的故事，她像当时普通人结婚一样地结了婚，也像当时普通人接纳情人一样地结纳了一个情人，但这个情人使她腻味得要死，因为他不是她的内心的选择，不过是整个上流社会合伙协力强加于她的。她年轻貌美，缺乏经验，天真到不懂得什么是爱情，她爱上了一个贫穷的、饿得半死而又纵情声色的演员。他在舞台上的那副神气，在她看来仿佛就是男子气概和诗歌的化身。她在舞台下面看见了他，而他并未感觉到她在眼前，这时他迥然不同的面貌使她大为惊讶。他逐渐察觉到她对他感兴趣，现在就只为她一人而表演，就只梦想她一人了。在一天深夜里，散戏以后，他们进行了第一次也是最后一次的幽会。侯爵夫人在早晨作过拔罐的治疗，疲倦极了。那位演员还来不及脱掉他演戏的服装，浑身上下依然是舞台的理想情调，而且爱情使他鼓舞，使他美化，使他高贵，而且使他驾凌于他平常的生活状态之上。她羞羞答答，而他呢，恭敬虔诚。她陷入了情网，被一种诗意的幻觉弄得心神恍惚；他热爱她正如她热爱他一样，他爱她爱得充满憧憬，满怀热情，而又富于骑士精神。在一阵暴风骤雨般的热情的谈话以后，他们就分手了，没有任何抚爱，只是当他跪在她脚边时在他的前额上留下了一道吻痕。

讲故事的老侯爵大人讲完了以后，沉默了一会儿，然后说："好吧，你们现在该相信十八世纪的美德了吧！"听她故事的人回答说:"夫人,我丝毫不想怀疑这件事;不过,要是我不那么被你的故事所感动,我会让我自己这样说,你在那天拔了火罐,真考虑得周到哩!"侯爵夫人说:"你们这些讨厌的男人!内心感情的故事,你们简直是理解不了的。"

乔治·桑没有写过比这更优美的作品了。收尾的这种巧妙的讥讽是十分合乎十八世纪的精神的;这种特色也使同样迷人、同样富于暗示的小故事《特威丽诺》显得与众不同,不过这在她的作品里并不是常常可以见到的。这种风格,简明洗练,照例是可以传之后世的作品所不可缺少的特色。《侯爵夫人》是有正当权利在每一部法国杰作选集中占一席地位的。

此后乔治·桑着手写作的作品,是一整套连续的丛书,其中表达了她对于尚未受腐蚀的妇女天性的见解。她所刻画的女性,都贞洁、矜持、精力充沛、易于感受爱的热情,可是止于这种热情,或者即使屈从于这种热情,仍然不失其纯洁。她特别喜欢赋予女性一种对于男性的道德优越感。然而,她的男主人公,虽然属于统治阶级,沾染欺凌妇女和压迫下等阶级的传统恶习,在本质上也是善良的。卢梭关于人的天性善良而社会腐化堕落的信念,就是这些作品的基础。像《西蒙》中的菲亚玛,《莫普拉》中的埃德美,同名小说中的康素萝(这个人物在相当程度上就是维雅铎夫人的雏形)——这些女性都是乔治·桑笔下典型少女的精美样品。这种少女的职责就是鼓舞、医疗或者驯服男性。她不知道什么叫动摇,她性格的精髓就是坚定。她是一个女宣教士,宣扬爱国主义,宣扬自由,宣扬艺术或文明。在上述小说中,《康素萝》是最长的、也是最负盛名的一部;它开头的部分都显得是大家手笔,但和巴尔扎克的许多长篇小说一样(更不必说大仲马的长篇巨著了),后来逐渐退化,陷入了浪漫的空想奇谈。当时的艺术理论所指引的方向就是夸大其词和漫无节制。容易流入不拘形式的邪路的,原不止维克多·雨果一人而已。

和这些以高尚的少女为女主人公的作品并列的,我们也找到了一两部以成熟妇女为中心形象的作品。在这些作品里,乔治·桑把她自己的性格作了更直接的表现。属于这类作品的有《心腹秘书》——一本比较薄弱的小说;还有《卢克莱修·芙洛丽安尼》——出自她的手笔的最精彩的作品之一。至于后一部作品,说实话,它不是人人都能消受的食粮。大多数读者认为,它是一部令人望而生畏、惹人反感的文艺上的奇谈怪论;因为它的目的是在证明一个未婚妇女(一个意大利女演员兼剧作家)的谨慎,不,是要证明她的贞操,但她的四个孩子却是由三个父亲生的。但是,在这本书里,这位女作家却圆满完成了她给自己安排的困难任务,——那就是,使我们认识到女性的天性,这种天性是那么丰富,那么健康,必须永远地热爱;它又那么高尚,决不可能堕落;它又那么像是一个艺术家的天性,不能甘心满足于单一的情感,而有魄力从一再的沮丧失望中恢复活力。

乔治·桑的成功之处,在于她简直把她天性的钥匙提供给她的读者了。许多听说这位女作家生活作风不规矩的人们,听说她同尤尔·桑道、缪塞、米歇·德·布尔歇、肖邦、曼骚以及另外五六个人之间的暧昧关系的人们,必然会自疑自问,像她那些虽然热情洋溢但却那么纯洁、那么高贵的著作,何以会是这样一种乱七八糟的(按照既成的观念,简直是堕落淫乱的)生活的产物呢?许多人觉得,艺术家天性中固有的好奇心,并不能充分说明她的行为。(她给这种好奇心下定义时说过,每逢话题涉及人吃人的时候,她的第一个念头就是:"我真不知道人肉究竟是什么滋味呢!")在《卢克莱修·芙洛丽安尼》中,她向我们详尽地研究了她三十岁时的性格。我将从这本书的不同部分摘录几段,设法使这种性格容易为人所理解。

"卢克莱修·芙洛丽安尼就大性而论,——谁会相信呢?——竟像一个小孩子的灵魂那样贞洁纯净。一个女人爱过那么多次,爱过那么多人,人们听见这样谈论她,必然会觉得奇怪……大概她的肌体的肉感部分特别发达,虽然她对那些不讨她欢心的男子仿佛冷若冰霜。……在她罕有的心情平静时,她的头脑也会安静下来;假如能阻止她永远看不到异性,她本来可能成为一个极好的尼姑的,宁静沉着而又精神饱满。这无异于说,当她幽然独处时,什么也比不上她的思想更纯洁;可是当她热爱着的时候,从感官方面来讲,她认为她的情人以外的一切都是孤独寂寥的,虚无缥缈的,毫不存在的。"卢克莱修谈到爱情时说:"我知道,人们把爱情说成是一种性感的冲动;然而对于有才华的女性来说,这是不真实的。对她们说来,爱情走着一条很有规律的途径;爱情首先占领着头脑,敲叩着想象的大门。没有打开这道大门的金钥匙,爱情是走不进去的。一旦爱情在那儿取得了控制权,它就下降到更低的境界;它逐渐巧妙地渗透到我们所有的官能里去;然后,我们热爱着那个男子,他像上帝,像兄弟,像丈夫,像一个女性所能爱的一切而统治着我们。"女作家又说明了,卢克莱修的灵魂如何能够继续不断地重新为一种恋情的幻象所占有,特别是她怎样对于卡洛尔亲王(肖邦)会发生她最后一次炽烈的热爱。"对于这些丰富而坚强的天性,最后一次爱情永远像是第一次爱情;而且这也是必然的,要是感情可以用热诚来测量的话,卢克莱修从未曾爱得这样深沉。她对于其他的男子所感到的热诚,都是短暂的。他们不可能维持这股热诚,或者重新振奋这股热诚。爱情比起幻灭来,寿命是要长一些的;接着而来的阶段就是,宽宏大量,牵肠挂肚,同情怜悯,虔诚热爱,简单地说,就是母性的感情的阶段。这么糊里糊涂孕育出来的热情竟会持续得这么长久,真是一桩怪事;虽然只从表面进行判断的社会看见她那么迅速而干净地斩断情丝,感到万分惊讶,而且散布了流言蜚语。在所有这些恋爱关系里,她很少有一星期感到幸福而又盲目的。尽管她发现一个她所爱的对象傻头傻脑,很不相称,但在一年,有时在两年以内,仍然绝对忠实于他——这难道不是一种崇高的英雄主义的行为么,难道不比把整个一生牺牲给一个她认为值得爱的人更加伟大么?"

我们可以理解,为什么软弱的男子对于卢克莱修富有吸引力了。她卓然独立的性格和她母性的本能结合起来,使她倾慕那些软弱的人。爱人庇护的想法,是她忍受不了的;而且有时候,当她感到需要依赖那些比她自己更坚强的人时,他们的冷漠态度常常使她感到憎恶。因此,她渐渐相信,只有在像她自己那样受过那么多痛苦的心灵中,才能找到爱情与活力的融洽结合。

最后,我们来看一看她和她的孩子们的关系是怎样影响了她的爱情生活的——卢克莱修像乔治·桑一样,是最温柔,最慈祥的母亲。"她曾经希望做她的情人们的母亲,而同时不失为她的孩子们的母亲,这两种情感相冲突的结果,总是把那比较不顽强的热情给消灭了。孩子们胜利了,而情人们呢,用形象化的说法,他们是从文明的育婴堂里领出来的,迟早总得回到那儿去。"

卢克莱修谈到社会对她的性格和生活的裁决,以及她对这种裁决的态度,那些话是可以直接适用于乔治·桑的。"我从来不想弄得声名狼藉。我或许会招引了不少流言蜚语,但从来不是有意的,或心甘情愿的。我从来没有在同一时期内热爱过两个男子。在某一时期里,也就是说,当我的热情还持续不衰的时候,即使在思想上,我也从没有属于一个以上的情人。我不再爱一个人时,我并没有欺骗他。我和他干干净净地断绝关系。不错,我在热情奔放时曾经发誓要永远爱他,而且是以绝对忠实的信念起誓的。每逢我热爱时,爱得那么热烈,爱得那么全心全意,我自己都相信这是我生命中最初一次爱情,也是最后一次爱情。你们不可能把我称做可尊敬的妇女。可是我自己肯定,我是一个可尊敬的妇女。我甚至自认为是一个贞淑有德的妇女,虽然按照你们的观念和公众舆论,这是亵渎神明的事。我使我的一生屈从社会的裁决,不加反抗,也不争论一般法律是否公正,但我不承认它对于我是公正的。"

《卢克莱修·芙洛丽安尼》和短短一组朴素美丽的农民小说（这是继这部作品一段短时间以后，领着我们一直走到1848年的作品），其间的对照乍一看来，仿佛非常显著。实际上，《卢克莱修·芙洛丽安尼》同《魔沼》《流浪儿法兰索亚》和《小法岱特》之间的差距，并不像表面上看来那么大。把乔治·桑吸引到贝里的农民、吸引到她故乡的田野牧歌去的，正是同一种卢梭式的对于自然的热诚，这种热诚给了她动力，也给了她压力，使她向社会法律提出了抗议。她的秘书兼密友米勒-斯特吕宾（一个德国人），据说曾经使她注意到奥尔巴赫早期的乡村小说，因而怂恿她创作了一些作品，这些作品由于单纯朴素，宁静纯洁，同样也由于感情丰富，为她争取了极其广泛的读者。奥尔巴赫是农民历史家，信奉虔敬自然的使徒斯宾诺莎的，而乔治·桑呢，是信奉崇拜自然的卢梭的。她笔下的法国农民，按照与巴尔扎克《农民》中那些农民相同的意义来说，完全可以肯定是"不真实"的；她不仅带着一种像巴尔扎克对农民的厌恶感一样强烈的同情来表现农民，而且把他们描写成和蔼可亲，心肠柔和，感情敏感而细腻；他们不像真正的法国农民，正如特奥克利托斯①的牧羊人不像真正的希腊牧羊人一样。尽管如此，这些小说却有一个长处——这要完全归功于它们的题材，这也是乔治·桑的其他小说所缺乏的——这些小说具有一种天真纯朴的魅力，这一向是难能可贵的，在法国文学中更是倍觉难能可贵。体现在乔治·桑身上的农村姑娘和乡下孩子的一切；在她身上类似欣欣向荣的草木，类似轻轻吹拂的微风，不知起自何处，也不知吹向何方的一切；在她的容貌和举止上了了可辨，而在她的作品中由于多愁善感和舞文弄墨时常丧失殆尽的，浑然无知和默默无言的一切——所有这一切都在这里以孩子般的单纯

---

① 见本书第81页注①。

表露出来了。

　　写于1841年的《魔沼》是所有这些乡村小说中的宝石。在这部作品中,法国小说的理想主义达到了最高水平。在这部作品中,乔治·桑贡献给世界的,是她向巴尔扎克宣称她所乐意写作的——十八世纪的牧歌。

十二 巴尔扎克

跟乔治·桑和她的作品比肩并立的,有这么一位人物,他的艺术特征,乔治·桑本人说恰好和她自己的艺术双峰对峙。她对她那个时代的社会状态深恶痛绝,极力回避,不但无意对它们进行考察和描述,更有意对它们嬉笑怒骂,避之唯恐不及;在这一点上,她是一个地道的浪漫主义者。而他呢,如果说他对他周围环境并不感到怡然自得,至少也是觉得十分舒适;而且几乎从他的事业一开端,便把他自己的时代和刚刚逝去的前一时代的社会,视为他的艺术财产,视为他取之不尽的宝库。乔治·桑是个善于刻画性格的巨匠,但她几乎更在本质上是个伟大的风景画家;她表现人正如风景画家表现草木;她所表现的是在阳光中探索着和沐浴着的一部分人类。巴尔扎克的观点正好相反:他所理解和喜欢描绘的人生这伙草木的一部分,则是它的根部。维克多·雨果在《历代传说》中谈到森林之神的话,可以应用到巴尔扎克身上:

　　他从根部来描绘一棵树,
　　描绘草木互相残杀的生死斗争。

1799年的一个春天,奥诺雷·德·巴尔扎克诞生在以"法兰西花园"著称的土地肥沃、物产丰富的都兰——拉伯雷的故乡。他是一个想象丰富、精力充沛、热血沸腾的人,既有丰盛的心灵,又有充盈的头脑。他笨拙而温柔,粗犷而敏感,既是有预感的梦想家,又是细致的观察者。这位人物性格复杂得出奇,他把真诚而多少有些深思熟虑的感情同惊人犀利的眼光结合起来,把科学研究工作者的严肃认真同讲故事人的轻松幽默结合起来,把发明家对于他的观念锲而不舍而又全神贯注的精神,同艺术家把他所观察、所感觉、所发现、所发明的一切赤裸裸地、泰然自若地呈现在大家眼前的冲动结合起来。他之所以被创造出来,仿佛就是为了预言和泄露社会和人类的奥秘。

巴尔扎克是个中等身材的人,体格魁梧,双肩开阔,晚年有点肥胖。他的颈脖健壮、厚实,白皙有如女性,是他值得骄傲的地方。头发又黑又粗,粗得像马的鬃毛;那双眼睛像一对黑宝石那样闪闪发光——那是驯狮者的眼睛,这种眼睛能透过房屋的墙壁看见里面发生的一切,能透过人的肌体,洞察人的肺腑,像阅读一本打开的书。他的整个仪表显示出一个劳苦不息的西西弗斯①的形象。

他在青年时代就来到了巴黎,贫穷而孤独,他是被不可抗拒的作家的天职、被赢得盛名的希望,吸引到巴黎的。他的父亲,像大多数做父亲的一样,极不愿意他那谁也不会认为是天才的儿子竟放弃法律的职业而从事文学,因此就对他放任不管,听其自然。就这样,他坐在他的阁楼里,无人照顾,冷得直哆嗦,方格花呢衣裹着他的双腿,他身旁桌子上一边放着咖啡壶,另一边放着墨水瓶;他不时地对着这个大城市无数屋顶的上空凝神远眺,命运已经注定他将成为这座大城市精神上的征服者和描绘者。眼前的景象既不辽阔,也不美丽——长满绿苔的片片铺瓦(或者沐浴在阳光里,或者被雨水冲洗着),屋顶的水槽、烟囱及烟囱里的袅袅轻烟。他的屋子既不舒适,也不幽雅;冷风嗖嗖地从门缝和窗缝里吹进来。正在计划写作一部将被称为《克伦威尔》的伟大悲剧的青年诗人,每天早晨的任务是:拖地板,刷衣服,极度节约地购买不可或缺的必

---

① 西西弗斯,希腊神话中坠入地狱的暴君,被罚推石上山,但石在近山顶时又滚下来,于是重新再推,如此劳苦不息。

巴尔扎克

需品。他的消遣就是到邻近的拉雪兹神父墓地散散步,在那里巴黎全城可以尽收眼底。站在这个居高临下的位置上,青年巴尔扎克(像他的主人公拉斯蒂涅一样)亲眼估量着这座伟大的都会,而且挑衅地向它打赌,他要强迫它承认和尊重他那默默无闻的名字。

这篇悲剧不久就放弃了。巴尔扎克的天才太现代化了,太强有力了,忍受不了法国悲剧的清规戒律和抽象人物。此外,这位年轻的隐士,只从家庭里得到有条件的度假权利,因此要使自己尽可能迅速地独立生活。

他就匆匆忙忙着手写作小说了。可是他还没有必需的生活经验,能使他的作品具有经久的价值;但他有一种生动活泼、取之不尽的创造想象力;他阅读了许多书,足以使他采用一种相当说得过去的风格,当时大多数轻松文学的风格,来从事小说写作。1822年,他用各种不同的假名,出版了不下五部这样的小说;其后三年间,又写了许多另外的作品,尽管他的自尊心很强,他也不得不认为这些作品只是为了混饭吃而粗制滥造的东西。1822年,他写信给他妹妹说:"我没有把《比拉格》寄给你,因为那完全是糟粕……在《让·路易》中,有一些性格的刻画,而情节却糟糕透了。这些作品的唯一功劳,亲爱的,就是使我收益一千法郎;然而我收到的这个数目全是支票,要过很久才能兑现——天晓得会不会兑现呢?"凡是啃过巴尔扎克一两部早期作品的人,是会觉得他的判决不是太苛刻的。这些作品有某种生动活泼的特点,——就是法国人所谓的 verve(兴致)——这也就是关于这些作品所能提出的全部优点了。作者本人所说的这些作品的唯一功劳,也是值得怀疑的;这不仅因为巴尔扎克在他后期的作品中(参看《一个外省大人物在巴黎》)给那些用期票付款的出版者作了极不恭敬的描写,而且也因为在 1825 年,他突然绝望,暂时放弃了写作生涯,希望做一个书商和印刷业者去谋生了。

他的头脑经常在构思着五花八门的计划,曾经设想出版一卷本的古典作家作品集。这样的选集迄今尚从未出版过,他深信这会是一种有利可图的商业投机。他的想法是不错的,可是正如巴尔扎克以后所有的投机一样,这种事业的利益却被别人收获了;设计人总是因此大受亏损。比如说,在 1837 年,他在热那亚时,忽然灵机一动,想到古代罗马人或许尚未把撒丁的银矿挖掘干净。他把自己的想法告诉了热那亚的一个熟人,并且决心追寻到底。第二年,他花了宝贵的时间,长途跋涉到那个岛上去察看矿苗。矿产的实际情况和他的预期恰好是一样的;可是当他向都灵当局申请开矿许可时,他才发觉他那位热那亚朋友已经捷足先登,早已获得了开采矿产的专有权,而且已经就要变成一个富翁了。毫无疑问,巴尔扎克忙乱的头脑里纷然杂呈的许多实际投机事业,只不过是些想入非非的空想;然而这里面却流露了他的天才。歌德的天性和自然吻合一致,他诗人的眼睛偶然落在一棵棕榈树上,就发现了植物变态(植物的每一部分中的同一原始形态)的奥秘,他漫不经心检查一个裂开的羊头盖骨,就奠定了哲学解剖学的基础。与此相同,巴尔扎克的天性,不论从小规模说还是从大规模说,却很是发明家和发现家的天性,他宛如传说中具有神眼的人物,似乎本能地知道财富所埋藏的地方,又仿佛携带着一根自动指向黄金的神杖——这黄金就是他作品中的无名无姓、又无性别的主人公。他想获得金银财宝,当然是没有成功的;他是一位魔术师,而不是一个事业家。

他的第一个想法是巧妙的,同样也是大胆的。他要一身而数任,兼作排工、印工、书商和作家。他对他的宏伟计划满怀热诚,为他的古典作品选集亲笔撰写序言。可是当他说服了他的父母把大部分资金投入这个事业之后,当他创办了排字房和印刷所,并印行了精美而有插图的一卷本的莫里哀和拉封丹的文集之后,法国书商俩联合一致抵制这位未来的同行,断然拒绝发行他的版本,袖手旁观等待他在商业上破产,然后采用他的计划,自己从中获利。过了三年之后,巴尔扎克被迫把他的书籍当废纸出售,盘卖他的印刷机器,蒙受了极大的亏损。《夏娃和大卫》中那位可怜的有发明才干的印刷者所遭受的种种不幸,他都是一一经历过了的。他不仅一贫如洗,而且债台高筑,仅仅为了偿还债务,重获独立,恢复他母亲的财产,就够他工作后半辈子了。他要偿还债务,除了一支笔外别无其他武器;这笔债务又不是静止不动的敌人,它越来越多,并从新的方面向他袭来;有一段很长的时期,他唯一的办法就是借新债来还旧债。正是在借债还债这些事务的过程中,他熟悉了巴黎放债人的各色各样的典型,他用"戈勃赛克"和类似的人物给这些放债人勾画了惟妙惟肖的肖像。"我的债务呀!我的债主呀!"这类的话,经常在他的思想里盘旋,也经常出现在他写给亲密朋友的书信里,这个债务累累、负担沉重的人的热烈的心在这些信里尽情发泄出来了。在一篇小说里,他写道:"悔恨并不像债务那样狠毒,因为它不能立即把我们捉到牢里去。"实际上,他在负债人监狱里饱尝过短期的铁窗风味;为了避免重进监狱,他时常东躲西藏,转移住所,或是让信件投递到错误的地址去。这位地地道道的诗人,他和债务生活在一起,就像和取之不尽的感情源泉生活在一起一样。他一想到债务,就会惊醒过来,只要一睁开眼睛,他就似乎看到他开出的期票出现在每个墙角落里,像蚂蚱一样在满屋子里活蹦乱跳,这时他的想象便仿佛接受了每日都有的刺激,开始辛勤劳动起来。

他使出大力神的精力孜孜从事工作,真可以说在毫不停息的工作中渡过了他的青春时代和成年岁月,直到五十岁那年,过度工作把他累垮了——像西班牙斗牛场上受了致命一刀的一头公牛那样突然倒下去了。创作对于他很少乐趣可言,完完全全成为一种苦役,理由是这样的——他那伟大而活跃的想象力,虽然不停地迫使他动笔写作,却没有任何先天固有的或早年学来的风格技巧作它的后盾。在熟练掌握形式方面,巴尔扎克不是他的许多同代人的对手。他从不曾写过一篇令人喜悦的诗篇(在他小说中见到的那些诗篇都是别人——如吉拉尔丹夫人、泰奥菲尔·戈蒂耶、夏尔·德·贝尔纳、拉赛丽等人的作品)。他的路易·朗倍尔①在印喀族的史诗开端所写的、受人嘲笑的蹩脚诗句：

哦，印喀呀！不幸而多灾多难的国王哟！

其作者不是别人，正是作者本人巴尔扎克。

他用假名写了一本又一本的小说，而又一本本弃之不顾，然后才形成一种风格；他熟练掌握法国散文的斗争，是一场生死斗争。步雨果后尘的青年浪漫主义者，长期不肯承认他是一个真正的艺术家，是他最感痛心的事件之一。体贴而同情的戈蒂耶，一向是乐于赞赏人的，是立刻赏识他、向他表示欢迎的唯一作家。但是，当巴尔扎克看见年轻的戈蒂耶，无需准备或不怎样费力，也用不着修修改改，就在印刷所的书桌上，大笔一挥就写出一篇在风格和内容两方面都无懈可击的文章时，他感到无限惊讶。要他相信戈蒂耶对他的小品文并无成竹在胸，那是很久以后的事了。他终于领会到，有所谓天生的风格才华这么一种东西，而这种才华是他所没有的。他是怎样在艰苦奋斗，以求获得这种才华哟！当他真正领悟了戈蒂耶塑造才能的品质时，他是怎样热烈地赞美他哟！迟至1839年，我们才碰到一个奇妙的证据：巴尔扎克在他的小说《比雅特丽丝》中描写主要女性人物，几乎是逐字逐句地抄用了戈蒂耶两年以前谈论女演员燕尼·柯仑和乔治小姐的文章的描写辞藻。比较这两段文字时，我们感到巴尔扎克是多么热心学习戈蒂耶卓越风格的写实本能；当我们看到他自己增加的词汇多么凡俗无力时，我们就能理解他的这种热心了。

在戈蒂耶擅长的领域里，巴尔扎克要想和他试比高低，是注定要失败的，因为他观察和感觉事物，完全是另一种不同的方式。作为文体家的戈蒂耶是第一流的艺术家，而作为作家的戈蒂耶，尽管

---

① 路易·朗倍尔，巴尔扎克的同名小说的主人公。

他具有诗人的品质,却是冰冷的,有时是枯燥乏味的。他的才华可以说是在文学中为自己博得一席地位的塑型艺术家的才华。另一方面,巴尔扎克虽是个很拙劣的文体家,却是一个最上流的作家。他不能用生动的寥寥数语把他的人物呈现在我们眼前,因为他不是在一种个别的塑形情景里观察他们的。当他用想象把他们呼之而出,呈现在他心灵的眼睛前面时,他不是逐渐地、而是一刹那间看见他们,看见他们在不同的人生阶段,穿着不同的服装。他纵览了他们的整个生涯,观察了他们特有的万般动作和千姿百态,听见了他们各自独具的话音,这些话音使谈话人生动具体地站在我们面前。和文体家的情况不同,向我们展现人物的并不是一幅单独的图画,一种单独的——或许是微妙的、但多少有些枯燥乏味的——联想的产物;不,巴尔扎克的人物是由成千上万的联想组合而成的,它们不自觉地浑成一片,形成一个整体,像自然本身一样错综复杂,丰富多彩;这是一个真实的人的整体,是数不清的物质因素和精神因素的奇妙结合的整体。巴尔扎克借助人物自我表现的方式,甚至单纯借助他们服装上、家庭陈设上以及类似方面的某些特征,把他的人物活灵活现地呈现在我们面前——要想为他的这种无与伦比的才力举出数量充分的例子来,是可以写出整整一本书的。① 他的困难在

---

① 只是为了正确说明我的意思,我举一个简单的例子吧。名妓约赛法问精疲力竭的老色鬼、拿破仑的一位将军、雨洛男爵说,是否他真的完全为了满足他情妇的怪癖,曾经造成他兄弟和叔父的死亡,给他的家庭带来了灾难和耻辱,并且欺骗了政府。

"男爵悲哀地垂下了头。'好,我爱这样!'约赛法满怀激情地站起来叫嚷道。'这才是烈火熊熊! 这才是像沙达那帕鲁斯那样奢侈! 这多了不起呀! 这多么十全十美呀! 这真是个坏蛋,不过还有点良心。我呢,比起那些冷酷的银行家,我更喜欢你这个迷上了娘儿们的败家子。那些银行家简直没有灵魂,人人都说他们品德好,可是他们用铁路耍花招,弄得千家万户倾家荡产……我的老头儿,你可不这样;你是个痴情汉子,人家叫你卖国,你都甘肯的! 你瞧,我什么都甘心替你做。你是我的爸爸,你真叫我入迷啦! 这是神圣的。你想要什么? 你要十万法郎吗? 就是把身子累垮了,我也替你挣去。"

这一番话不是把说话的女人和对方的男人写得活灵活现吗? (原注)

于如何把他的记忆和灵感推给他的丰富素材进行适当处理。有时候,他会把许多观念压缩成寥寥数语,其间的联想只有他自己心里明白(例如,他谈到一个纯洁天真、不顶撞人的贵妇人时说:"她的耳朵是奴隶和母亲的耳朵");而在另一些时候,每逢杜撰一个虚构的人物,他就把他富于创造力的头脑提示给他的观察和幻想,一个接一个地全都写下来,自己在描写的、议论的滔滔不绝的辞藻里搞得晕头转向,却不能传达给读者一个清晰的印象——理由是,在这位作家的头脑里,诗的幻觉器官和诗的修辞器官之间的电流出了毛病,有时甚至完全切断了。得用十倍的努力去弥补这种令人感到痛心的缺陷。

当我们记起,在那个讲究合作的时期,巴尔扎克从没有过一个合作者,甚至连一个抄写员也没有时,我们就可以理解,在二十年的过程中,从他的笔下产生了数达一百部以上的长篇小说、短篇故事和戏剧,是需要多么坚韧的耐性和多么巨大的努力了。

当雨果像文艺复兴时代画家从事绘画那样,被一群年轻的赞美者和弟子门生环绕着进行写作时,巴尔扎克却独自坐在他的书房里。他使自己睡得很少。他在七八点钟上床睡觉,半夜起床、穿上白色的多米我教团①的僧服,腰部系着一条金链,一直写作到天亮;感到需要运动一下时,便亲自跑到印刷所,递交原稿和校对清样。他的校对是不平常的。他要求每一页经过八次或十次的排印。一部分是因为他没有把握找到最后的正确的表达方式,还因为他习惯于首先完成他的故事的大致轮廓,然后逐渐填充各种细节。他收到的稿酬有一半,有时是一大半,都跑到印刷商的口袋里去了;但哪怕最迫切的需要也不会引诱他,在他认为他的作品已经尽善尽美之前,允许他的作品发表。排工简直拿他没有办法,可是

---

① 多米我教团,由圣多米尼克(1170—1221)创立于 1215 年,教士着黑色长袍,后改著白色法衣及无袖外衣,外罩黑袍,又名黑袍教团。

他的校样工作也是他自己最头痛的工作。初校校样在各个段落之间留下很宽的空白,四边的空白也很宽大——这两方面的空白逐渐逐渐填充得装不下了。他校对过后,那张涂抹勾画了点号、破折号、短横号和星号的校样,简直就像一幅焰火图。然后,这位身材魁梧、服饰不整、戴着一顶压扁了的呢帽子的人,两眼闪闪发光,沿着熙熙攘攘的街道匆忙赶回家去。沿途各处都有某个知道他或猜想他将要成为天才的人恭恭敬敬地给他让路。接着,又是几小时从事工作。饭前,他消遣的方式是走访一位贵妇人,或者闯进古玩店里寻求一件珍贵的摆设或是一帧古画。不到夜晚降临,这位不知疲倦的工作者是不会想到休息的。

戈蒂耶写道:"有时,他一大早就跑到我房间里来,嘴里哼哼唧唧,精神疲乏不堪,新鲜空气使他眼花缭乱,像从锻铁场逃出来的一尊火神,一屁股甩倒在沙发上。通宵的工作使他饿坏了,他把沙丁鱼和黄油捣成一种烂糊糊(这种糊糊使他想起他常吃的家乡风味),他把它涂在面包上吃。这是他爱吃的食物。刚一吃完,倒头便睡,却在闭上眼睛以前请求我过一小时就叫醒他。我没有把他的请求放在意下,却关照屋子里不要发出任何响声,以免打扰这次理所应得的睡眠。最后,他睡醒了,看见苍茫暮色在空中舒展着灰暗的阴影,他就跳起身来,对我破口大骂、骂我是叛徒、盗匪、凶手。我害得他损失了一万法郎,因为要是他早些醒来的话,他会构思一部小说,那部小说本该赚到那么多钱的,哪怕暂且不谈还可能会出第二版第三版哩;我给他造成了最可怕的灾难,引起了最不堪设想的麻烦;我使他错过了同金融巨头、出版商人、公爵夫人的约会;他将没法偿还到期债务;这次要命的睡眠简直破费了他几百万……看到他脸颊上恢复了清新的都兰省人的颜色,我才感到安慰了。"

以夏尔·德·罗旺茹尔的传记为指南,我们来看看巴尔扎克一个星期又一个星期的劳动情况吧;我们从他自己的书简中得知,他虽说也常参加巴黎的娱乐狂欢,但他从不迷恋,也不为那些心怀妒忌的批评家的文艺炮弹所吓倒,而是稳步前进,一块石头一块石头地垒筑自己一生劳作的金字塔,决心把它造得尽可能宽广而又高大,这时我们对于巴尔扎克其人及其勇气,就不禁肃然起敬了。这位性情温厚、身体健壮、老爱吵吵嚷嚷的巴尔扎克,不是一位泰坦①;真的,在那一代大闹天空的泰坦族男女巨人中间,他似乎还是个尘缘深厚的凡人。但他属于独眼巨人的种族;他是一个以巨人的力量从事工作的伟大的建筑师;这个粗野的垒砖架木的独眼巨人,把他的建筑高筑到当代两个伟大抒情天才——雨果和乔治·桑插翅飞翔的高度。

他从没有怀疑过自己的能力。一种和他的才华相称的自信心,有时表露为天真的傲慢,但从未表露为渺小的虚荣的自信心,使他勇敢地度过了早年的考验和斗争。如同每一个艺术家的生活一样,在他的生活中也有沮丧的时候,我们从他的书简中可以理解,这时他总是以忠实而秘密的爱情来安慰自己,振奋自己。有一位妇女,他从未向朋友们提过她的名字,只是满怀敬意地把她比作"一个天使""一个道德的太阳",对他说来,她"超过一个母亲,超过一个朋友,超过一个人所能崇拜的另一个人。"在他青年时代饱尝困苦时,她总是用自我牺牲的忠诚,用只言片语,用一举一动,支持了他。我们知道他是在1822年和她认识的,而有十二年之久(她在1837年去世),她时时设法"偷偷地逃脱责任,逃脱家庭,逃脱社会,逃脱巴黎生活的一切阻碍和束缚",来和他一起消磨两个小时。②赞美人总是热情似火的巴尔扎克,谈恋爱的时候,自然使

---

① 泰坦,希腊神话中曾统治世界的巨人族的成员,曾与奥林帕斯诸神大战,闹得满天风雨。这里指文艺界的巨匠。
② 这位贵妇人的名字是德·贝尔尼夫人。他写给路易斯的信(第1封和第22封),他在1836年1月写给母亲的信,以及1836年10月写给韩斯卡夫人的信,放在一起来看,就清楚地说明了这一点。(原注)

用了最强烈的辞藻。真正值得注意的是这个人表现出来的纤细的感情,是他的爱情借以实现的赞美和感激——而这个人为了他那玩世不恭的耽于声色总是受人诋毁的。

十三　巴尔扎克

巴尔扎克最早的文学典范,已如前述,是瓦尔特·司各特爵士,但从来没有任何人会因巴尔扎克而想起这位作家,而当巴尔扎克的天才臻于成熟时,他和这位作家也几乎毫无共同之处。《人间喜剧》作者的精神过于现代化了,不可能长远忠实于历史小说。他对于过去任何世纪,毫无依恋之情,他积累了浩如烟海的观察的财富,不由自主地选择了能够充分利用这份财富的主题。他朦胧地意识到,一个历史小说作家除非满足于把在他眼前作为模型的人物简单地硬给穿上古代的服装,他必然要发表他那现代的、个人的、心理学上的观感,并且还仿佛会迫使他们退回到一个比较原始的时代去——这是一桩困难的工作,这样的尝试很难产生更好的结果,不过是把作者的同时代人的风姿和习俗,或者至少是把他们的观念,略加伪装进行复制而已。从陈旧史籍里去孜孜不倦地搜集材料,原不是巴尔扎克的本色;他研究他自己时代活生生的男男女女。

《婚姻生理学》是他第一部引人注意的作品。它把社会的婚姻制度作了一次半开玩笑半科学、完全粗野的分析,以补布利拉-萨瓦兰①的无害于人的《味觉生理学》之不足。远古以来,法国文学就把婚姻制度当做嘲谑的靶子,当做应受冷嘲热骂的礼遇的对象,当做不惜精力详加调查的一个问题。巴尔扎克从悲喜剧的社

---

①　布利拉-萨瓦兰（Anthelmes Brillat-Savarin,1753—1826）,法国烹调专家。

会必然性的角度来观察它,为它辩护,并且以苦口婆心的规劝帮助它同破坏性的因素——男女双方的反复无常和情欲横流——进行斗争。婚姻对巴尔扎克具有特殊的吸引力,他把婚姻视为两种利己主义的战场;他以一头雄野猪的凶悍姿态,在婚姻的既富有吸引力又惹人憎恶的浩瀚无限的领域里乱闯乱跑,伸出他的鼻子去嗅一切东西。在法国,婚姻永远是一种相当表面的、公开的问题;巴尔扎克对它的神秘性不那么尊敬,就用不着我们大惊小怪了。他以莫里哀的坦率描写婚姻的神秘性,可是写得不那么健康——更悲观也更粗俗。这本书充满了聪明而猥亵的奇想和令人发噱的插科打诨,而且由于轻佻淫秽的事件同教授式的或听忏悔的神甫式的风格(年轻的讲师就是利用这种风格宣讲婚姻科学的)形成对照,往往极端逗人发笑。纵然如此,这部作品仍然是一个从早年就被剥夺了美丽幻想的作家的不成熟的作品,对于大部分女性读者必然是一部令人作呕的书,虽然据说这本书的大部分内容是作者从两位并不年轻的女性——哈美兰夫人和苏菲·盖伊夫人——那儿听来的。《婚姻生理学》丝毫没有表露出巴尔扎克思想的高尚和感情的细腻——什么也没有,只有他那冷酷无情、鞭辟入里的分析的天赋。

　　看来仿佛他的创作血管在这部书里畅通无阻,使他在一段很长时期里摆脱了坏血病。从此以后,他的人生观达到更高一层的境界,或者毋宁说,它一分为二形成了两种人生观,一种严肃的人生观,一种玩世的人生观。严肃的人生哲学和耽于声色、玩世不恭的人生哲学,在《婚姻生理学》中溶成令人作呕的浑然一体;而现在却分开了,以悲剧和讽刺喜剧的形式展现出来。1831年,他写了他的第一部哲学小说《驴皮记》,为他的作家声誉奠定了基础;同时,他又开始写作一组《开心故事集》,第一篇是《美丽的安佩丽雅》,这个故事集是用最挥洒自如的文艺复兴时代的风格写成的,在题材方面令人想到玛格丽特女王①和布郎托姆②,在语言方面令人想到拉伯雷。这些故事要是用我们自己时代的语言讲述出来,可能既令人生厌又沉闷不堪;然而堂皇、质朴、老式的散文风格,甚至比最严格的韵文形式更能给题材赋予高贵的性质,并且把这些对肉体的礼赞转化成真正的艺术品了。这些故事是由一个尘缘未断、心灵手巧的乐天派和尚讲述出来的,所以别具滑稽风味。(这种和尚在每一个国家的民间传说里比比皆是。)

这个故事集里有一篇精彩的开场白,作者讲述他在青年时期丧失了遗产,陷于最悲惨的贫困,于是向苍天呼吁,正如寓言里丢失了斧子的樵夫,希望众神怜悯他,给他另一把斧子。而信使神墨丘利③投给他的却是一个角制墨水壶,上面镌刻着三个字母:AVE。他站在那儿,把这件天赐的礼物放在手里翻来覆去,反复观赏,直到看见了颠倒过来的几个字母 EVA(夏娃)。夏娃是什么呢?难道不是全部妇女合为一体吗?苍天的声音向他呼叫着:"想着女性吧!她会医治你的悲哀,填满我的口袋。她是你的命运,她是你的财产。Ave④,我恭喜你!夏娃,女人呀!"解释一下,这句话的意思就是,他现在所应做的就是用如癫如狂,风流快活的恋爱故事来博得不抱偏见的读者粲然一笑。这一点,他是做到了的。他的风格在他的其他任何作品里都没有像这部作品这样光彩照人,生气勃勃;鲁本斯的色彩也没有这样大胆,这样富丽,他所画的农牧之神和醉眼陶然的酒神巴克斯的女祭司几乎都敌不过这种无比的放肆荒唐。然而,要想找到连续十行适于引用或高声朗诵

---

① 玛格丽特女王(Marguerite d'Angouléme,1492—1549),那瓦尔的女王,著有小说集《八日谈》。
② 布郎托姆(Pierre de Bourdaille Brantôme,1540—1614),法国历史家和小说家。
③ 墨丘利,罗马神话中为众神传信并掌管商业、道路的神。相当于希腊神话中的海尔梅斯。
④ Ave,拉丁文,有"敬礼"、"祝福"的意思。

的句子，却是很困难的。

《驴皮记》是巴尔扎克和他的时代现实进行角力的第一部文艺作品；它是一部生气勃勃、花样繁多的作品、幼芽和嫩枝都绚丽多姿；这部作品用优美简朴的象征，预报了作者要在全部作品中提供给世界的几乎包罗万象的现代社会的画卷。现代生活的外貌，诸如剧场和时髦妇女的闺阁；用腰缠万贯的新闻记者和半上流社会的交际花的纵饮狂欢衬托得十分显著的年轻有才的作者的饥饿而绝望的贫穷；两个主要女性人物（一个利欲熏心，一个情丝万缕）的对照——所有这一切全用一种奇异的幻想的光辉显示给我们了。这本书是由一些彼此相连的华丽壮观的场面组成的，其中所有的与其说是造型才能，倒不如说是反思和象征艺术。书中年轻的主人公对茫无前途的贫穷感到绝望，正要自杀，却从一个老古董商人手里接收到一张野驴的皮，这张驴皮真是钢刺不穿，火烧不进，却可以满足它的持有者的每一种愿望，不过愿望满足一次，它就缩小一分或两分；驴皮最后缩得毫无踪影时，持有驴皮人的生命同时也就完结了。一种惊人想象的说服力，使人对这个深刻寓言的超自然部分深信不疑。巴尔扎克对其中幻想因素赋予一种形式，让它和现代现实因素融成一片。阿拉丁的神灯，只要一摩擦，就立刻直接产生奇迹；即使是在欧伦施莱厄的《阿拉丁》里，那盏神灯也取消了因果法则。驴皮却不是这样；它不直接做任何事，它只保证事物发生幸运的结局，同时却逐渐缩小。它仿佛是组成我们生命的那种纤维所造成的。据说，人生逐渐归于消亡，是由于耗尽生命源泉的两种本能行动造成的。"两个词汇表达了造成两种死亡原因的一切形式：欲望和权力。欲望燃烧我们，权力毁灭我们。"这就是说，我们终将死亡，因为我们每天在戕贼自己。

这张驴皮，也像我们自己一样，终于被"欲望和权力"消灭了。巴尔扎克用真正深刻的笔触，把他那个时代青年一代人的主要冲动——贪婪地把人生的酒杯一饮而尽——表达得淋漓尽致，在这强有力的表现中,饱食终日显得多么空虚,而潜伏在欲望的满足中的死亡又是多么肯定!《驴皮记》富于青春气息,内容丰富,令人浮想联翩,而且带着朦胧的忧郁,它同一个天才在获得个人阅历以前的所有作品一样,不但名震法国,而且蜚声国外。歌德在逝世的那一年,曾经读过这本书。里默尔①(他以为这本书是维克多·雨果写的)传达了歌德 1831 年 10 月 11 日说过的话:"我一直对《驴皮记》读了又读。这是一部用最新的风格写出的绝妙作品,它杰出之处在于,它在不可能的事物和痛苦的事物之间来回穿梭得生动活泼而又机智灵巧,还在于它利用怪异事件产生一连串非凡思想和事件的合情合理的态度。关于这一点,仔细说来,值得赞许的话是大有可说的。"在同年 11 月 17 日的一封信里,他又谈到了这一部作品:"这本书是非常高级的智慧人士的产物,它指出了法国民族中根深蒂固、不可救药的腐败,假若既不能读又不能写的外省人不尽可能地使它重新恢复健康,这种腐败就会逐渐扩展开去。"(《歌德年鉴》,1880 年,第 287—289 页)。

这部小说含有不少的自传成分。巴尔扎克从亲身的经历,熟悉一个贫穷青年的种种感情,他从阁楼上踱下来,穿着唯一一双白色丝袜和舞鞋,穿过泥泞的街道时择路而行,生怕被过路车辆溅满一身泥水,因而见不成他的爱人。但使我们更感兴趣的,是包含在书中的内心经验的总结,大旨是这样的:社会憎恶不幸和痛苦,像躲避传染病一样对它们避之不惶,毫不犹豫地在不幸和犯罪之间进行选择。虽说不幸决非那么崇高,社会却总设法使它变得渺小,用机智的俏皮话使它滑稽可笑;对于打倒在地的斗士,社会是没有同情心来饶恕的。简而言之,在巴尔扎克看来,——即令还在他的青年时代——社会总好像缺乏每一种比较高超的宗教情愫或道德

---

① 弗里德里希·威廉·里默尔(1774—1845),歌德之子奥古斯特的老师,曾与爱克曼一起编纂过歌德的遗著。

情愫;社会对于老人、病人和穷人都退避三舍;而对于幸运、强力,尤其是财富却倍加尊崇。它决不容忍不幸,因为它不能设法用不幸来铸造金钱。

在巴尔扎克的时代以前,小说几乎专用一个题材——爱情;然而巴尔扎克同时代人的上帝是金钱;因此在他的小说里,运转社会的枢纽是金钱,或毋宁说是缺乏金钱,渴望金钱。这种观念是大胆而新奇的。在一篇虚构的小说、一部传奇中,把主要人物的收入和支出精打细算,详细罗列,总之,把金钱当做头等大事加以处理,这完全是一个新发展;许多人把这种发展看做庸俗无聊,不,看做粗俗不堪。因为说出人人心中所想而又彼此心照不宣、躲躲闪闪、支吾其词的事情,永远会被认为是粗俗的,而把它公布在一种艺术里,在一种往往被认为是美丽的谎言的艺术里,尤其会被认为是粗俗了。

十四　巴尔扎克

然而,巴尔扎克还年轻;在他的诗人的灵魂上,虽然冬天降临得太早,却是有过它的春天的。他也曾迫切感到要用爱情和女性作为整套小说的中心兴趣;而且他独出心裁地处理了这个古老的题材,使它显得十分新鲜。他最成功地使这种题材具有千姿百态的那些小说,在他的作品中构成了截然不同的一类。

巴尔扎克在女性身上所崇拜的,不是美,起码不是造型美。他和许多同代人不同的一点是,透过艺术的媒介来观察美时,美并不使他感受最深。法国的以及德国和斯堪的那维亚的大部分浪漫主义文学,是艺术的文学。例如,像戈蒂耶这样一位热爱艺术的作家(他立刻就成了整个浪漫派的领袖),他对艺术的热爱确实妨碍了他正确评价现实。他曾亲口说过,他第一次走进里奥的画室去作女性人体写生时,尽管模特儿的美是无可怀疑的,而且她的轮廓具有古典的优美雅致,他却多么感到失望。他自己承认:"我永远爱雕像胜于爱美女,爱大理石胜于爱肉体。"言近意远,耐人寻味!在卢佛尔博物馆里,在那最神圣的境界里,米罗岛的维纳斯孤独而庄严地闪闪发光,请想象一下戈蒂耶和巴尔扎克并列置身其间的情况吧!这位造形诗人听见希腊艺术对人类体形完美的最可爱的赞歌,从大理石发出了回响。他全神凝视着维纳斯,忘记了周围的一切。巴尔扎克可不是这样!他的注意力立刻就从这位女神像身上转开了,转到在女神像前亭亭玉立的一位巴黎贵妇人身上,她全副时妆打扮,披着一件长披肩,从颈部到脚跟没有一丝折痕,戴着一顶卖弄风情的帽子和一双紧紧合手的手套。他用眼一扫,入时装束的一切小玩意儿都尽览无遗,这些秘密在他都不成为秘密了。①

于是,我们从这里看出了巴尔扎克作品中的第一个特征。在他和当代女性之间并没有被艺术传统所隔离。他不研究雕像,不崇拜女神,不尊崇理想的美。他所看见的女性,他所理解的女性正是她当时的样子,连同她的长袍、披肩、手套和帽子,她的任性、美德、诱惑和缺点,她的神经和热情,以及她的矫情、病态和无聊的一切痕迹。他所爱的正是她的这种样子。他不满足于在街道上,在闺房里,甚至在卧室中研究她;他不满足于解剖她的灵魂;他探索到心理现象的生理原因,探索到女性的疾病和痛苦。他不仅仅是指出了这些脆弱的受苦受难的女性默默忍受的一切。

第二个特征是,巴尔扎克所表现的爱情的对象,不是年轻的少女,甚至也不是年轻的已婚少妇;他主要的女性典型,如他一篇小说的名称所示,乃是"三十岁的女人"。他发现并且宣扬一条朴素的真理:在法国北部那样的气候里,十八岁的女性无论在生理上或精神上,都不是韶华最美的时候。他所描写的女性,青春萌动时期已经一去不返,但她感觉更深刻,思想更成熟,已经备尝失望之苦,但仍然能有炽烈纯净的感情。她身上已经刻上了人生的印迹——这儿一道伤痕,那儿一条皱纹——然而她仍然富有女性的一切魅力。她忧郁成性;她尝过幸福,也吃过苦头;她受人误解,孤苦伶仃;她时常被人欺骗,但仍然有所期待,能够鼓舞起一些由怜悯而滋生的坚强而炽烈的热情。可是,真够奇怪的,她不是从一个和她年龄相当的男子的观点,而是从阅世不深、比她年轻的男子的观点,来接受观察和刻画的。青春的情绪,炽烈的愿望,天真的热诚,青春热情不自觉的理想化,用一种光彩夺目的光圈围绕着这个已

---

① 参阅戈蒂耶著《当代人物素描》第108页。(原注)

经不再十分年轻的形象,使这种女性神采奕奕,活力焕发变得神圣起来,她的真正动人之处是她的精致文雅,端庄严肃,以及由纯净热情而产生的优美风姿。按照乔治·桑的种种描写手法而论,这种描写手法决不是理想主义的;因为,妇女们在谈论或描写女性时惯常忽略的事情,甚至乔治·桑在描写她期望唤起同情和赞美的女性时也默然不提的事情,巴尔扎克却毫无顾忌,一泻无余。对于乔治·桑,妇女最主要的是一个灵魂,对于巴尔扎克,她是一种自然现象,因此无论在生理上或精神上都不是没有缺点的。他的理想化要么纯粹在于外部(把某些真相、某些恋爱情景加以神化的能力),要么就在于,让热情在某一段有限的时间内取消其余的一切、以前的一切,用它的光辉使这一切显得崇高。母爱,妻爱,少女羞答答的温情,全被巴尔扎克在这个时期内描绘到了,其笔触之精彩,有如他笔下名妓的那种无拘无束的风流激情。①

  他给我们写出了四个不同历史时期的法国妇女。

  第一,革命年代的法国妇女。他的小杰作《征兵》是他为数不多的非常匀称的短篇小说之一,以恐怖统治为背景,表现了母亲对儿子的爱。他用寥寥数笔就勾画出了穷乡僻壤的小镇和德·岱夫人的古怪房屋。对于被判死刑的儿子可能的命运忧心忡忡;盼望他乔装成将要驻扎在她家里的一个士兵回到家来;与时俱增、直到深夜的可怕的焦虑不安;家庭主妇没有看见、就立刻被领到为他准备得舒舒服服的卧室去的、一个年轻士兵显然神秘的来临;她听见楼上的脚步声,但为了不泄露他的到来而不得不在客厅里继续谈话,一个做母亲的痛苦的坐立不安和几乎不可抑制的欢欣;她匆忙跑进他的屋里,却可怕地发现,来客不是她的儿子,而是一个真正的征募新兵——所有这一切都压缩在几页里面,描写得笔力遒劲,

---

① 参阅《口信》《弹药盒》《弃妇》《大个子布莱泰施》《菲尔米安尼夫人》《夏娃的一个女儿》和《三十岁的女人》,最后一部作品是一部短篇小说集,初写时各篇是彼此不相关联的。(原注)

而且忠实于自然。

其次,巴尔扎克以荣华显赫的武功为背景,在女性仰慕成功战士的极度喜悦和热情里,刻画了拿破仑时期的妇女。他的画卷使这个时期的生活风貌具有一种动荡不安、匆匆及时寻乐的色彩,这时一个年轻的女人可能在"浩荡大军的第一次和第五次公报之间就成为未婚妻、妻子、母亲和遗孀",而成为遗孀、享受荣誉、英名不朽等即将到来的前景,使得妇女更加不顾一切,使得军官更加热衷于勾引妇女。在推勒里宫花园的阅兵式和瓦格兰战役期间晚会的描写里,就表现了这一个时代和这一种与众不同的女性典型(参看《三十岁的女人》和《家庭的和平》)。

然而,等到巴尔扎克把小说的情节布置在合法王朝复辟时期,他才找到他真正的领域,才产生了他观察得最精确、刻画得最巧妙的女性典型和他的最精辟的心理分析。以他毫不畏避的眼光和坚实有力的手笔,他本来非常适于描写"市民国王"朝代的萎靡不振和背信弃义,而他却诗人气派十足,不胜惋惜地从财阀政治的平庸时期,回顾到合法王朝时期的华丽幽雅和更自由、更活泼的情调上去。那时仍然是一个贵族政治时期;而巴尔扎克本没有任何正当权利享有贵族尊称,却自视为贵族,对贵族政治毕恭毕敬,尊崇唯谨;在他的眼里,出身名门望族、养尊处优的美丽女性是人类的花朵。他是属于崇拜拿破仑的一代的人;他的小说每隔十页就出现一次拿破仑的名字。像维克多·雨果一样,他梦想在自己的文学领域内,与拿破仑遍及世界的统治权相抗衡;在他的书房里立着一尊拿破仑的小雕像,他在剑鞘上写着:"吾皇用剑征服者,我将用笔征服之。"不过,纵然承认这一切,以他的梦想、他的软弱、他的虚荣、他的风雅而论,他仍然是属于合法王朝的;何况他是在这个政体下度过他的青春时代,这个政体使他感到更加温暖。在金碧辉煌的豪华马车和法国古老礼仪的年代里,在恪守教规和轻佻儇薄的掩护下,各种自由思想和高尚道德可能在社会高级阶层里繁荣昌盛,一当金钱登上宝座,它们就荡然无存了。巴黎的社会生活已经失去了使它远近驰名的高尚魅力。那么,巴尔扎克用宽恕的手笔和恭维的色彩来描绘圣日耳曼郊区的那些孽海美人,就不足为奇了。当代最显赫的妇女之一是娇媚的岱尔芬·德·吉拉尔丹,她的沙龙是人文荟萃的时髦胜境,她是巴尔扎克的真正朋友,也是雨果和戈蒂耶的真正朋友。但就作品而论,巴尔扎克无疑从两位公爵夫人那里学习了更多的知识;在他看来,她们体现了法兰西帝国的伟大和旧制度的愉悦典雅,几乎从他文学生涯一开始,他就同她们过从甚密了。她们中一位是尤诺夫人(阿勃郎泰公爵夫人),她的文学事业受过巴尔扎克的帮助;另一位是喀斯特丽公爵夫人,由于对他的作品发生兴趣而匿名写信给他,开始同他相识,而在他这方面或许怀有一派单相思的痴情,在她那方面却有强烈的嫉妒,因此使他和这个女人长期结了不解之缘。她以郎日埃公爵夫人的名义出现在他的《十三人党的故事》中。

在三十年代初期,巴尔扎克当然还没有开始描写君主立宪政体下的社会,当时的妇女和她们的热情。后来他才开始写这些的。而一旦写起来,我们就看到,他照例是更加阴郁、更加严厉地正视这些新材料。春天的感觉已经消逝。在许多作品里,女性和爱情仍然形成兴趣的中心。然而爱慕变成了热情,热情转化为堕落。我们很少谈到毫不自私的感情和天真纯朴的同情;多的是自私自利的斤斤计较,女性如此,男性如此,而以女性为尤甚。即使在爱情里也是如此,如果所描写的仅仅是爱情的代替物就更是如此了。在许多这类小说里,出名的妓女把高尚的贵妇挤到背景里去了,有时名妓写得比贵妇更光明正大一些。展现在读者眼前的是自私自利和伤风败俗的深渊。

十五　巴尔扎克

在巴尔扎克1833和1834年出版的作品中,有两部特别值得注意——精雕细刻的第一流故事《欧也妮·葛朗台》,和雄伟有力、命运攸关的《高老头》。巴尔扎克可以拿前一部作品和莫里哀(《悭吝人》)先后辉映;至于后一部作品,他和莎士比亚(《李尔王》)这样一位作家比起来也毫无逊色。

《欧也妮·葛朗台》并没有体现巴尔扎克的全部才华,虽然他长期以本书作者这个荣衔著称。这本书使人发生兴趣,是因为把外省生活及其美德和恶行作了细致而精确的描写;可以把它推荐作为家庭读物,因为女主人公是一位贞洁贤淑、心灵高尚的年轻姑娘;然而它的主要特征却在于,巴尔扎克的天才能够绝妙地把吝啬和贪婪(这些品质迄今为止只揭露了滑稽可笑的一面)写成惊心动魄的罪恶。他指出,一般风习视为可笑的弱点的积蓄金钱的本能,如何逐渐扼杀了每一种人类感情,并抬起它那美杜莎①的头,在悭吝人的四周作威作福;而在同时,他却把悭吝人本人塑造成为一个比较合乎人情的形象。对巴尔扎克说来,悭吝人不是那种一成不变的可笑的巾侩,而是一个迷恋权力的偏执狂人,一个僵化了的热心人,一个诗人,他一见到他的黄金,由于欲望得到满足,还由于进一步的颠倒梦想而欣喜若狂。悭吝人也不过是个普通人,他比其他人更透彻地领悟到金钱代表着人类的一切权力和享乐这个

---

① 美杜莎,希腊神话中的蛇发女怪,被其目光触及者即化为石头。

真理而已。在表现这种人物方面,巴尔扎克显示了他的特殊天赋:用小小的手段,用别人所忽略或所蔑视的一切,产生强大有力的效果。从象征的观点来看,《欧也妮·葛朗台》的视野是并不窄狭的;然而同巴尔扎克素常具有特征的视野比较起来,它就很窄狭了。

在《高老头》中,视野扩大了。这里所探讨的,宛如一幅全景画卷舒展在我们眼前的,不是外省穷乡僻壤的一角,而是巴黎这座伟大的都市。像《驴皮记》中那些概括化和象征化的东西,这儿一点也没有;社会的每个阶级,每个阶级中的每个人物,都各自有其独具的风貌。我曾经谈到过《李尔王》;然而这两个冷心肠女儿和她们的父亲的故事,尽管充满深刻的意蕴和感情,只在外表的意义上是这本小说的主题。真正的主题是:那个比较起来尚未腐化的外省青年踏入巴黎社会,逐渐发现了这个社会的真正性质;他一发现就感到恐怖;不肯去做别人所做的事;他受到了诱惑,逐渐而又迅速地接受了他周围人们所过的生活给他的教育。巴尔扎克所写的其他作品,或者实际上其他任何现代小说家所写的任何作品,没有一篇比这一篇研究拉斯蒂涅性格发展的小说更深刻的了。他以惊人的技巧表明,除了在人们的言谈是出于虚伪或极度天真的场合,这个青年如何从四面八方碰到了同样的社会见解,受到了同样的规劝。他的亲戚和女保护人——迷人而高贵的鲍赛昂夫人,对他说:"你越没有心肝,越高升得快。只能把男男女女当做驿马,把它们骑得筋疲力尽,到了站上丢下。……倘使你有什么真情,必须藏起来,永远别给人家猜到,要不就完啦。……倘若你能使女人觉得你有才气,有能耐,男人就会相信,只消你自己不露马脚。……那时你会明白,社会不过是傻子跟骗子的集团。你别做傻子,也别做骗子。"逃亡的苦役犯伏特冷对他说:"在这个人堆里,不像炮弹一样轰进去,就得像瘟疫一般钻进去。清白老实一无用处。在天才的威力之下,大家会屈服;先是恨他,毁谤他,因此他一口独吞,不肯分肥;可是他要坚持的话,大家便屈服了;总而言之,没法把你埋在土里的时候,就向你磕头。……你试着瞧吧,在巴黎走两三步路要不碰到这一类的鬼玩意才怪。……所以正人君子是大众的公敌。你知道什么叫正人君子吗?在巴黎,正人君子是不声不响,不愿分赃的人。"

拉斯蒂涅是那个时期典型的法国青年。他有才华,但并未达到非凡的程度,而且除了由于年轻缺乏经验而产生的理想之外,也谈不上什么理想。他亲眼所见、亲身经历的一切,都给他留下了很深的印象,他于是良心逐渐泯灭,欲望日益增长,开始渴望追求财富的恩赐。当伏特冷第一次向他提出这个陈旧的假设的问题:如果只要想做就能做到的话,他会不会杀死一个不知名的中国官吏而获得他所希望的百万财产呢?——那时他是多么愤慨地摒弃这个念头啊?可是在多么短的时间以后,这位"官吏"就躺倒在地做垂死的挣扎了。起初,拉斯蒂涅像一切人在青年时代一样自言自语地说,决心不惜任何代价成为伟人和富豪,无异于决心对那些说谎、欺骗、卑躬屈节、阿谀奉承的人也同样说谎、欺骗、卑躬屈节、阿谀奉承。他立刻摆脱了这些念头,决心根本不去想它,只随着自己的内心的本能行事。有一个时期,他虽然还太年轻,不会精打细算,却又大到常常产生一些模糊的观念和朦胧的幻觉,这些观念和幻觉要用化学方法加以凝结的话,是不会留下非常纯净的沉淀的。他和时髦的贵妇人、高利奥的女儿——岱尔芬·德·纽沁根的暧昧关系,完成了他的教育。他一面对时髦生活大大小小的卑鄙行径了若指掌,如数家珍,一面又受着伏特冷的冷讽热嘲、玩世不恭的影响。"再加上几分政治家的策略,你就能看到社会的本相了。只要玩几套清高的小戏法,一个高明的人能够满足他所有的欲望,台下的傻瓜连声喝彩……今天你要瞧不起我也由你,以后你一定会喜欢我。你可以在我身上看到那些无底的深渊,广大无边的感情,傻子们管这叫做罪恶;可是你永远不会觉得我没有种,或者无情无意。"

拉斯蒂涅的眼睛张开了;他看见他的周围都是虚情假义,看见道德和法律只是一些烟幕,在这些烟幕后面,无耻的罪恶勾当肆无忌惮地畅行无阻。每一个地方,无论什么地方,都是虚假的体面,虚假的友谊,虚假的爱情,虚假的仁慈,虚假的神圣,虚假的婚姻!巴尔扎克用精彩的技艺抓住了那个年轻人一生中的那一刹那,并使之永垂不朽了——在那一刹那,如我已经说过的,他的心膨胀起来,变得异常沉重,他环顾左右,感到仿佛一道轻蔑的泉水在他的胸怀里汹涌起伏。"他在穿衣时的反省是最悲伤,也是最令人气馁的了。在他看来,社会像一片烂泥的海洋,人只要踏进一只脚,便立刻沉没到脖子了。他自言自语地说:'在社会里,人光犯一些卑鄙的罪行。伏特冷却更伟大一些'。"到最后,他把这座地狱全面衡量了一番,就舒舒服服地在这里面安身立命了,而且准备爬到社会的高峰,升到高官厚禄的位置,我们在以后的小说里再遇见他时,就看见他占据要津了。

在这部计划庞大的作品发展过程中,巴尔扎克全部富有特征的品质几乎都对他起了有利的作用。他那生气勃勃的明快笔锋,他那源源不绝的锐利的形容词,自然有助于描写那一伙坐在伏盖公寓餐桌边的杂七杂八、寒酸褴褛、打打闹闹、聪明得下流的人们的谈话。在这部作品里,几乎没有什么高尚的人物,因而作者也就没有机会沉湎在索然寡味的哀婉情绪里;然而读者却有数不清的机会欣然看到巴尔扎克以准确无误的眼力和精密性解剖一个罪犯、一个卖弄风情的女人、一个百万富翁、一个妒忌的老处女的灵魂。作为这部小说的书名的、那个被人忽视、被人否认的年迈的父亲,决不能说是一个写得完全成功的人物。高老头是一个牺牲者,而巴尔扎克对于牺牲者总是大发伤感之情的。他以极端的低级趣味,管这个老头儿叫做"父爱的基督",而且给这种父爱赋予了一种歇斯底里到近于色情的性格,几乎使我们作呕了。① 虽然如此,整个情节都是以这个被遗弃的老头儿为中心,他自己的女儿蹂躏着他的心,这个事实赋予这部作品一种令人满意的统一性和完整性。岱尔芬为什么不去看她命在垂危的父亲呢？因为她希望在社会的阶梯上更爬高一步,这时不得不利用渴望已久的请帖去参加鲍赛昂夫人舞会;——"整个巴黎"都挤挤攘攘地抢着参加舞会,仅仅由于残酷的好奇心去侦视一番女主人脸上痛苦的痕迹,这种痛苦是她的情人与别人订婚所造成的,这个消息到当天早晨才传到她的耳朵里——在这一段描写中,整个于维纳②式的社会讽刺被凝练、被压缩成仿佛一首讽喻短诗了。

我们看见,岱尔芬乘坐自己的马车去赴舞会,拉斯蒂涅陪在她的身边。这位青年心里十分明白,为了在舞会上出头露面,她会驾车碾过她父亲的尸体的,但他既不能放弃她,又没有勇气责备她,惹得她不高兴,便情不自禁地说了几句关于这位老人的惨状的话。眼泪涌到她眼里来了。"倘若我哭起来,样子会很难看的。"她想;于是,眼泪马上就干了。她说:"明天早晨我就去看父亲,好好照顾他,永远不离开他的枕边。"她说的是真心话。她还不是一个坏透了的女人,但她是社会矛盾的一幅活生生的图画。就出身说,她是属于下层阶级的;而就婚姻说,却属于上层阶级了。她很有钱,可是她婚姻的屈辱境况使她失去了控制财富的权力;她贪图享乐,心灵空虚,野心勃勃。巴尔扎克的创造力比不上莎士比亚对朴素纯洁的珂岱丽亚的创造;他的意境不是高尚人物的意境;然而他所创造的里根和冈涅丽,却比这位伟大的英国人所创造的人物更合乎人情,更忠实于人生。

---

① "天哪！哭啦,她哭了吗？"——"头靠在我背心上。"欧也妮说。——"啊,把这件背心给我吧。"高老头说。（原注）
② 于维纳(Decimus, Junius Juvenal, 60—130),罗马的讽刺作家兼诗人。

十六 巴尔扎克

1836年的一天,巴尔扎克出现在他妹妹的房间里,情绪狂放极了。用他的粗手杖(玛瑙杖柄上用土耳其文刻着一位苏丹的格言:"一切障碍,遇我即亡")模仿着鼓手长的姿势,用舌头伴奏着军乐调子,停顿时向她大喊道:"祝贺我吧,小妹妹,我就要成为一个天才了。"他产生了一个念头,要把他的全部小说,已经发表了的和尚未动笔写的,合并成一部伟大的作品——《人间喜剧》。

这个计划规模庞大,完全独出心裁;在任何已知文学中,尚未出现过这种类型。这是一种善于体系化的天才的产物;在他文学生涯的开端,这种天才曾经鼓舞过他,想写一组包罗几个世纪的历史小说。然而,《人间喜剧》却是一个有趣得多、丰富得多的念头。因为,如果这部作品写成功了,它将具有仿佛处理历史史实同样的幻想力量;何况,它不只是人生的小小片断被象征地和艺术地扩大成为整体的一个映象;而是按照科学的意义来讲,可以正当地要求成为一个整体。在《神曲》中,但丁仿佛集中了中世纪的一切哲学和人生经验;他的雄心勃勃的竞赛者巴尔扎克,决心要用两三千个人物,每个人物又代表另外几百个人物,为法国社会所有不同的阶级,因而间接地为他的时代,给世界提供一幅全面的心理解剖图。

不可否认,这种成就是独一无二的。

巴尔扎克自己的国度,像一个真正的国度一样,有它的各部大臣,它的法官,它的将军,它的金融家、制造家、商人和农民。还有它的教士,它的城镇大夫和乡村医生,它的时髦人物,它的画家、雕刻家和设计师,它的诗人、散文作家、新闻记者,它的古老贵族和新生贵族,它的虚荣而不忠实的妻子、可爱而受骗的妻子,它的天才女作家,它的外省的"蓝袜子",它的老处女,它的女演员,它的成群结队的娼妓。这个幻想是令人吃惊的,也是非常完整的。

人物在一部接一部的无数小说里重复出现;我们在他们生活的各个不同阶段和他们相识;当他们本人没有出场时,其他人物也时常提到他们。对他们的外表、服饰、家庭、习惯和日常生活,描写得细致入微,精确无误,仿佛是一个裁缝、一个医生、一个买卖人或者一位律师所描写的一样;同时又描写得活灵活现,使我们觉得我们准会找到这个被描写的人,他或者正在大街上,或者正在被指定为他的家的房屋里,再不然,他正在拜访一位显赫尊贵的贵妇人——她的沙龙就是这些小说里所有时髦人物荟萃的地方。要说所有这些人物全部仅仅是头脑的虚构,那简直是不可能的。我们不由自主地想到当时的法国就熙熙攘攘住满了这些人物。

而且这是法国的全部风貌。因为巴尔扎克按照顺序描写了法国每一部分的城镇和地区。① 他非但不轻视外省,反而因对外省的停滞生活、趋于极端的一味顺从的美德,以及由心灵窄狭而产生的罪恶等一切特点了若指掌而感到骄傲。但巴黎却以非常特别的姿态活跃在他小说的字里行间。而且巴尔扎克的巴黎不是《巴黎圣母院》的那座古老城市,不是那个带着显著的社会对比、熙来攘往的街道生活以及迷信的、恪守教规的、景色如画的中世纪都城;它更不是维克多·雨果的理想的巴黎——那个不可能有的给人以知识和启蒙的新耶路撒冷;它是货真价实的现代城市,有它的欢欣,它的哀愁,它的羞辱——它是我们这个时代令人入迷的奇迹,

---

① 《男管家》写伊苏丹城,《绝对之探求》写杜埃城,《老处女》写阿朗松城,《阿尔倍·萨瓦吕》写贝桑松城,《欧也妮·葛朗台》写索米尔城,《两位诗人》写昂古莱姆城,《都尔的本堂神甫》写都尔城,《乡村教士》写利摩日城,《县城诗神》写桑塞尔城。(原注)

使得古代七大奇迹都黯然失色了——它是巨大的章鱼,伸出千千万万魔爪把远远近近的一切东西抓到它的掌心——它是腐蚀着法国的巨大的癌块。作者自己时代的巴黎活跃在他的作品里,有它的窄狭街道(作者给它们作了伦勃朗①式的蚀刻图案),有它的戛戛响声和尖声喊叫,有它大清早街道上的人声鼎沸,和傍晚时分的万籁齐鸣——这是一片声浪的海洋,作者用管弦乐队的效果给我们重奏出来,使我们想起那些加入了古代圣餐礼的人,他们仿佛是吃了鼓喝了铙钹似的。② 巴尔扎克对巴黎的一切——房屋的建筑,室内的陈设,财产的系属,珍贵艺术品的几代转手的珍藏家,贵妇人的梳妆打扮,花花公子的缝纫账单,分家的诉讼,不同阶级居民的健康状态、谋生手段、需要和愿望等等,无不了如指掌。他通过每一个毛孔摄取着这座城市。同时代的小说家远离灰雾蔽日的巴黎和平凡庸俗的现代巴黎人,而浪迹天涯到西班牙、非洲或者东方;但对巴尔扎克说来,任何地方的太阳都比不上照在巴黎上空的太阳那样美丽。他周围的人们,力图用魔法召唤那些远在天边或者已经逝去的美景;但是他并不觉得丑恶是怎么可憎,正如荨麻对于植物学家,蛇蝎对于动物学家,疾病对于医生一样。如果他处在浮士德的地位,他决不会从坟墓里把海伦召唤出来;他可能更愿意派人去把他的朋友、现今的警察局长,从前的犯人威多克③找来,请他谈一谈他亲身经历的、亲眼看见的、亲耳听见的一些故事。

凭借着观察,他积累了一大堆互不相关的特征,而把这些特征分门别类罗列起来,往往使他小说的开头部分令人生厌而又杂乱

---

① 伦勃朗(Harmenszoonvan Rijn Rembrandt,1606—1669),荷兰学派的伟大画家兼蚀刻家。

② 参阅巴尔扎克的《金色眼睛的姑娘》那篇猥亵小说的序言,其中把巴黎生活的匆匆忙忙、拥拥挤挤和整个精神,全用一种无可比拟的语言绘画的技艺表现出来了。(原注)

③ 威多克(Eugene François Vidocq,1775—1857),法国有名的罪犯,曾数度越狱,后当警察厅长,并著有《回忆录》。

不堪;对一幢房子、一个体形、一张脸庞、一个鼻子的没完没了的描写,结果使读者什么也看不见,简直腻味极了。可是,顿时有这么一个时刻,作者热情焕发的想象把他忠实的记忆所呈现出来的所有这些平凡的东西都融化而又融合了,正如契里尼①融化了那些盘子和匙子,用它们铸造出他的柏修斯②一样。歌德在1780年2月26日的日记中说:"把细节搜集起来,一一罗列,并不有助于我的理解。我长时间忙于把柴火和稻草拖到一起,想从中取暖,可是白费气力,虽然草堆的中心有火,而且四面八方都在冒烟;可是在这之后,突然火焰喷射出来了,整个成了一片火海。"在巴尔扎克的小说里,描写的部分时常是被烟雾给闷住了,然而火焰从来不会不喷射出来。

因为巴尔扎克不仅仅是一个观察者;他是一个透视家。如果他在夜间十一二点钟偶然遇见一个职工和他的妻子从剧院出来走回家去,他很可能一路跟着他们,一直走到外林荫道那边他们的小屋去。他听着他们谈话(做母亲的手牵着孩子,拖在她的身后),首先议论剧情,然后谈到他们自己的事。夫妻俩在谈明天可能领到的钱,考虑用二十种不同的方式去花掉这笔钱,在精打细算的时候又拌起嘴来,在拌嘴的时候又把各人的性格暴露出来了。巴尔扎克聚精会神地听他们抱怨着冬天太长了,马铃薯太贵了,泥炭的价格又涨了,终于巴尔扎克就过上了他们的生活,正如他在《法西诺·喀恩》(1836)里告诉我们的那样,"感到身上披着他们的那些破破烂烂的衣服,脚上穿着他们的掉了鞋底的鞋子在走路。"他们五花八门的梦想,他们千头万绪的需要,都一一萦回在他的脑际,他做着白日梦到处走。当他的心灵在尽情陶醉的时候,他放弃了他一切的通常习惯,变成了跟自己不同的另外的人,变成了时代精

---

① 契里尼(Benvenuto Cellini,1500—1571),意大利雕刻家。
② 柏修斯,希腊神话中杀死蛇发女怪美杜莎的英雄,此处指契里尼的著名的雕塑作品。

神。他不仅在创作他的故事,他是在亲身经历他的故事;他虚构的人物是那样活灵活现呈现在他的面前,以致他跟朋友谈起他们来,仿佛他们是确实存在的。每逢他启程到他想要描写的一个地方去,他便会说:"我正要到阿朗松去,卡尔蒙小姐住在那里;到格勒诺布尔去,贝那西大夫住在那里。"他经常把他想象世界的消息告诉他的妹妹。"你知道费利克斯·德·王德奈斯是跟什么人结婚吗?格朗威尔家的一位小姐。这真是一对佳偶哩,尽管德·贝尔佛义小姐花了家庭不少钱。"有一天,尤尔·桑道正谈到他的生病的妹妹,巴尔扎克心不在焉地听了一会儿,忽然说:"这一切都很不错,我的朋友;可是现在回到现实来吧——咱们来谈谈欧也妮·葛朗台吧!"如果他要用类似的强度把他的幻想传达给别人,那就必须是他的那个幻想和这个逸事所表现的一样强烈。他的想象具有居高临下的力量,不容引起丝毫怀疑。在实际事务上,他的想象也发挥了这种特性。为了可能摆脱债务,他想出了几百种计划,其中之一就是在扎尔第的乡下小房子(他买这所房子,是为了给他的母亲作抵押品)四周的空地上,盖满规模宏大的温室,由于完全没有遮住阳光,这些温室只需要很少的人工暖气。在这些温室里要种植十万颗菠萝,每颗菠萝不卖通常的价格二十法郎,只卖五法郎,就可以为运气好的栽种人每年带来四十万法郎的收入,"就用不着他再写什么破原稿了"。这个计划的发起人口若悬河,令人信服,使人觉得成功是绝对肯定无疑的,他的朋友们果真在林荫大道上找到一家店铺来零售菠萝,并且和他磋商过招牌的形式和颜色。还有一次,他坚决相信(我不了解究竟有什么根据),他已经在巴黎郊外发现了图森·路维杜尔[①]埋藏宝物的地方;他把他的信念传达给他的朋友桑道和戈蒂耶(这两个人都不是头脑特别简

---

① 图森·路维杜尔(Toussaint Louverture,1743—1803),黑人,圣多米各教团的叛乱首领,在法国被人杀害。

单的人),传达得那么成功,这两位正人君子居然在早晨五点钟拿着铲子,像犯人一样偷偷跑出巴黎,到指定的地点去挖掘——当然,什么也没有找到。"想象的威力"这个词用在巴尔扎克身上,是特别适合的。

对别人奏效的想象,对他自己却是暴君。想象使他得不到安宁。不满足于构想出一些计划,不满足于艺术梦想那种甜蜜而无实惠的欢乐,想象迫使他继续不断执行他的计划,迫使他习惯于生产作品,否则灵感会很快就消失了。

他在《贝姨》中写到那个天资聪颖的雕刻家文赛斯拉·史丹卜克的懒散怠惰时,他引用了"一个伟大的作家"的这些话:"我满怀绝望坐下来工作,而又满怀忧伤离开工作站起身来,"他显然是半谦虚地引用他自己的话。他接着说:"如果一个艺术家不是义无反顾地投入工作,像库尔屠斯①投身到裂着巨口的深渊,像士兵投身到敌人的战壕;如果一旦处于这个坑口,他不像坑道墙壁向他陷塌下来的矿工那样劳动;如果在困难面前,他不是一个一个地去克服,而是瞻前顾后,……那么,他对他的才能的自杀简直是在袖手旁观。"他所描写的这种创作方法是他自己的创作方法;但它不是独一无二的方法,甚至也不是最高级的方法。精神比较宁静而不那么现代化的作家们,曾经在他们工作的这个沸腾的火山口上,保持头脑清醒,眼光明亮;这样,便保持了一种稳健的批判意识,使他们不致像《乡村教士》和《乡间的医生》的作者那样,厌烦不堪地纠缠在他们的题材里。不过,另一方面,某种朦胧的光辉,一种现代神经所必需的某种惊心动魄、令人迷惘的东西,在他们的作品里却又往往过于缺乏了。

在《人间喜剧》的长篇序言中,巴尔扎克阐述了他的意图和目

---

① 库尔屠斯,罗马神话中的人物,根据传记,他骑马逃避死亡,结果投身到沼泽里去。

的。他一开始就对撰写历史的俗套惯例表示了轻蔑。他写道:"阅读那些叫做历史的枯燥无味、最不引人入胜的事件记录,我们观察到,所有国家和所有时代的历史家们都忘记了给我写出道德的历史。"这种缺陷,他希图在他的能力范围以内加以弥补。他希图把类似的性格压缩成为典型,从而把社会的热情、美德和恶行一一记录下来——这样,用耐性和坚韧不拔的精神,写出一本罗马、雅典、太尔、孟斐斯①和波斯"都不幸没有遗留给我们的"书来。我们看出巴尔扎克是多么瞧不起历史。他对于历史极度无知,就更容易使他对历史抱着轻蔑的态度。他自己也并不真是他那时代的历史家;用他自己鲜明而正确的说法来说,他是那时代的博物学家。他紧步乔夫拉·圣·蒂莱尔②的后尘,证明各种不同的种类具有构造的统一性。他觉得自己是科学家中间的一个科学家,是一个社会学的教授。"社会按照环境把人造成不同的人,正如在动物学中有许多不同的种类一样。士兵、劳动者、官吏、律师、懒汉、科学家、政治家、商人、水手、诗人、教士之间的差别,虽然更加难以捉摸,却和狼、狮子、马、乌鸦、鲨鱼、海豹和牛之间的差别一样大。"这种类比法是不完全的,一方面因为社会上的丈夫和妻子并不总是和动物学者的雄性和雌性那样互相吻合的(巴尔扎克本人立刻承认了这一点);另一方面因为社会上的个人有力量从一个阶级或职业转移到另一个阶级或职业,而在自然界中,在一个个体的生存期间,从一个种类转移到另一个种类是不可能的。

巴尔扎克的真意所在,而且完全合乎事实的是,他观察社会的观点照例和一个科学家研究自然的观点相吻合。他从不高谈道德,指摘是非;他从不让自己为厌恶或热情所左右而背离真实的描写——这一点是他和他那一派大多数人不同的;对于他正如对于

---

① 太尔(Tyre),古代腓尼基的海港,今为黎巴嫩的苏尔。孟斐斯(Memphis),古代埃及的首都,在埃及北部。

② 圣·蒂莱尔(Etienne Geoffroy Saint-Hilaire,1772—1844),法国自然科学家。

博物学家一样,任何东西既不太小,也不太大,以致不能加以检验和阐释。通过显微镜看起来,一个蜘蛛比最巨大的大象还要大,组织得还要复杂;从科学观点看,威武雄壮的狮子只不过是架在四条腿上的上下颚骨而已。食物的种类决定了牙齿、颚骨、肩胛骨、肌肉和爪子的形状,也解释了它的威武雄壮。和这种情况完全相同,在某种环境下似乎是下流卑鄙的罪行,而从另一种观点来看,它便呈现为历史上所记载的彰明较著的恶风的缩影——这就是巴尔扎克的观点。

即使在《欧也妮·葛朗台》这样早期的作品里,我们也遇到了足以证明这一点的表现。时间逼人,欧也妮迫不得已要向他那吝啬鬼的父亲坦白承认,她已经没有了那些金币,她确实是把金币给了别人。巴尔扎克写道:"三天以后,一出可怕的戏剧就要上演了——一出没有毒药、没有匕首、没有流血的资产阶级悲剧,可是比发生在鼎鼎大名的阿特里德家族①的任何悲剧更为残酷。"这就无异于说:我的中产阶级小说比你的古典主义悲剧更富于悲剧性。在《高老头》中,著名公寓的主妇在她的住客离去时绝望地嚎啕大哭,巴尔扎克说:"拜伦使塔索②呼喊出来的悲叹是美丽的,但这些悲叹缺乏伏盖太太的悲叹的深刻的真实性。"这意思是说,我所描写的琐屑和庸俗,如果领悟得生动,比你们那些高尚的概括有趣得多。在《赛查·皮罗多盛衰记》中,巴尔扎克不仅用书名对孟德斯鸠论罗马帝国的名著③开玩笑,而且以他天才的胆识,把他对一个巴黎香水商人的成功和失败的精密而冗长的描写,和特洛伊战争和拿破仑变化多端的命运的故事相提并论。"特洛伊和拿破仑不过是英雄的史诗。这篇小说尽管表面上显得缺乏伟大之处,但愿

---

① 阿特里德家庭,希腊传说中作了罪大恶极的犯罪行为以致一门互相残杀的一个家族。
② 塔索(Torquato Tasso,1544—1595),意大利著名诗人。
③ 指《罗马兴亡原因考》一书。

它成为任何诗人不屑一顾的资产阶级的生活和命运的史诗吧。它的题材不是一个人,而是受苦受难的整个一群的人。"这等于说:在文学中,任何事物本身都无所谓渺小或伟大;在一个穷理发匠谋求生存的斗争中,我可以读到英雄的诗篇;我可以指出,一些微不足道的私人生活琐事,如果把它们的原因和它们联系起来,并追溯到它们的根源上去,是多么像各民族生活中伟大的革命一样重要,一样有趣,一样令人惊心动魄。在《男管家》这部杰作中,当那个狡猾的英俊壮士麦克斯·纪莱在决斗中被杀死时,作者说:"一个人就这样死去了,如果处在顺利的环境里,他是能够做出一番伟大事业来的;自然对待这个人,像对待一个宠坏了的孩子一样,因为她把布尔吉亚大帝①的胆识、冷静和政治远见都赋予给他了。"最后的这个见解是多么精彩啊!读者会感觉到,只有现在,只有当他读到这位皇帝的名字时,才真正理解了麦克斯的性格。

在巴尔扎克眼里,美德和恶行同样只有一种结果。虽然他在描写责任心和慈善心方面,有时多情得有嫌脆弱,而且夸大其词,甚至赋予这些描写一种强烈的罗马天主教的色彩,但他从来不会不让人注意到他所描写的美德的根源——这些根源有时在于感官的天然冷漠,有时在于骄傲,有时在于不自觉的斤斤计较,有时在于天生高尚的情操,有时在于女性的悔恨和男性的心地单纯,有时在于对来世报应的虔诚希望。

《男管家》《贝姨》和《幻灭》这几部作品,凡是渴望欣赏作者在他文学生涯最后阶段的文艺才能的成长过程的读者,都是应该读一读的。

第一本书是巴尔扎克最不为人所知、也最少人去阅读的一部小说,它是一部令人赞叹的心理分析作品,描写一个乡村小镇的生

---

① 布尔吉亚大帝(Cesare Borgia,1475—1519),表面完美无缺而罪行累累的帝王,马基亚维利《君主论》的典型人物。

活,描写一个在那个小镇和在巴黎都有近族门户的家族。主要人物是拿破仑近卫军中一个腐败军官,起初他性格坚强,精力充沛,如今却成为野蛮而热烈的利己主义的化身。他是一个古代"吹牛军人"式的人物,但他并不胆小懦弱,而是腐化堕落。上述第二部小说《贝姨》,是一部脍炙人口、拥有很多读者的小说,它对情欲的破坏力量作了无与伦比的现实主义的描写。就连莎士比亚在《安东尼和克莉奥佩屈拉》中处理这个主题,也并不显得更加精辟,更加令人信服。《幻灭》则专门表现滥用报刊所造成的恶果。

《幻灭》的书名是富于巴尔扎克的特征的。在某种意义上,它也可以说是巴尔扎克全部作品的书名。然而,他的其他任何一部作品,都没有这样完美地概括了他对现代文明的态度。新闻报刊的影响的毒害面,是作为一般公众生活的黑暗面来描写的。

像大多数活不到高龄的伟大作家一样,巴尔扎克没有理由为新闻界给予他的批评感到高兴。他没有被人理解。就连最优秀的批评家,如圣伯夫那样的人们,都和他太不相像,在时间上离他太近,因而不能理解他的伟大。他过着孤独的生活。他违反巴黎习俗,不采取任何步骤使他的作品获得赞扬;常常是这样,他所获得的成功给他带来声誉,也给他带来同样多的嫉妒。在《幻灭》中,他给新闻界勾画了一幅图画,使蒙受侮辱的新闻记者决不会原谅他。其中鼎鼎大名的一位就是尤尔·雅南①。在这部小说里以埃蒂安纳·罗斯多的名字被描绘出来的他那副尊容,并非完全出于恶意,可也谈不上什么恭维。这使得他对这部小说的批评过去是、现在仍然是滑稽可笑的。这篇评论发表在《巴黎评论》上,巴尔扎克在对它提出诉讼和取得胜诉以前,一直是这个杂志的经常撰稿人,此后这个杂志就自然把他拒之门外了。这篇评论是一篇含意恶毒、行文繁琐、有点俏皮的文章,它远不比它存心摧毁的那部作

---

① 尤尔·雅南(Jules Gabriel Janin,1804—1874),法国的文学批评家。

品流传得更长久。

一个年轻而穷苦的外省诗人,美丽得有如一尊天神,可是性格软弱,才能平庸,由县城的诗神——一个风流雅致的贵族才女——带到巴黎去。他们互相爱慕,这位贵妇人一直想让他在首都扮演她的公认的情人的角色;但当时髦社会敞开胸怀来欢迎她时,她突然以新的眼光来看待她自己和她的骑士。她就开始对他冷淡和怠慢;吕西安就被社交界一位已过中年的男子挤到阴影里去了。把外省人培养成巴黎人是要经过许多过程的,现在作者就领着我们观察这些过程的另外许多阶段了。吕西安希望跻身于作家之林;他写了一部瓦尔特·司各特爵士风格的小说,还写了一卷诗集;他被接纳到一个贫苦、高傲的青年作家、科学家的小圈子里去——法国的未来是属于这些特选的人物的。然而贫困、克己、辛勤研究和空幻希望的岁月,对他来说是太漫长了;他渴望立即享乐,一举成名,渴望报复那些当他还是无知的乡村预言家时侮辱过他的人们。所谓的"小报"给他提供了一个完全满足他的欲望的机会;他晕头转向了,既无目标可以倡导,也无原则可以维护,他投身到每日撰写新闻稿的报业中去了。

罗斯多把他带到皇宫大街一个阔气书商和报纸老板的商店里去。"每逢这个书商张开嘴巴一次,他在吕西安眼里就涨大一点儿;这个青年人仿佛看见政治和文学正把这所商店当做真正的中心在那里汇合着。发现一个声名赫赫的诗人拿他的诗神去拍一个新闻记者的马屁……对一位从乡下来的伟大人物说来,是一次可怕的教训……金钱呀!这个词里面蕴藏着解决所有问题的能力。他孤独,不为人知,只有仰仗靠不住的友谊去寻求幸福。他责怪他文艺同行中那些忧伤的真正的友人用虚伪的色彩为他描绘这个世界,而且阻止他拿起笔来冲进这场大混战中去。"罗斯多和吕西安从书店里跟跟跄跄挤到剧院里去。罗斯多,作为新闻记者,到处受人欢迎。经理告诉他们,他如何让两个最漂亮的女演员的阔绰的崇拜者掏腰包,挫败了一次破坏某个剧本上演的阴谋。"在这最后的两小时里,吕西安什么也听不见,只听到金钱。万物都溶解成为金钱了。在剧院里,在书店里,出版商和编辑人员从来不对艺术或真正价值发生怀疑。他感到仿佛造币厂庞大的压模机正在闷声闷气地重重敲打着,在他的脑海里和心灵上印下了痕迹。"他的艺术良心蒸发光了。他变成一家鲜廉寡耻、蠢笨无聊的报纸的文艺和戏剧评论员。受到一个女演员的钟情和接济,他在摇笔杆的生活里越陷越深。他从自由派一变而为保守派。书中有一个场面使我们强烈地感到他的堕落之深。他的编辑强迫他写一篇文章,恶毒攻击他自己最优秀、最高尚的友人(巴尔扎克的理想作家)所写的一部值得称赞的作品,于是在这篇文章发表的前夕,我们看见他在敲这位友人的门,乞求他的宽恕。内心的痛苦不久又添上外界的灾难。他的情妇死了,他沉沦到窘迫的境地,竟至坐在死者停尸的床边,写些淫猥的歌曲,来凑足她的丧葬费用。他的结局是从死者女仆手中接受了一个路易(这是这个女人刚刚用可耻的方式赚来的),以此作为路费回到故乡的村镇去了。所有这一切都带有真实的特征——这种真实是令人毛骨悚然的。在这一本书里,巴尔扎克抛弃了科学观察者的不偏不倚的态度。在别的地方,他还从容不迫,镇定自若;而在这里,他却举起蝎尾鞭大张挞伐了。

十七　巴尔扎克

米什莱在他所著的《法国史》中,把咖啡开始输入作为一般饮料的时期,算作法国文化生活的新时代。这未免把一种概念推向极端了;但如果断言,可以在伏尔泰的风格里找到咖啡的灵感,正如可以在早期作家的风格里找到酒的灵感一样,那是毫不夸张的。巴尔扎克的工作方法迫使他在漫长的、令人疲乏的劳动的夜晚,饮用大量以致有害的咖啡来振奋精神。有人说得很恰当:"巴尔扎克活在五万杯咖啡上,也死在五万杯咖啡上。"

在他的作品中,读者意识到他那无休无止的劳动,他那神经质的兴奋;然而,如果他工作得从容一点的话,很可能他就不会给这些作品倾注同样的生命力了。当我们一页一页阅读他的作品时,我们感觉到这个大都市乱成一片的喧哗骚扰,它的如痴如狂的竞争、它的工作和享乐的狂热,以及这台大织机彻夜不停的嗖嗖急转。所有这些炉灶、灯火、火炉都把它们的火焰送到他的作品里去了。只要有工作摆在他的眼前、身后和四周,他就像如鱼得水一样优哉游哉——这时,正如海洋当中的水手,除了海看不见别的,就他视野所及,他也是除了工作看不见别的。

在他生涯的最后十七年间,由于同一位远离巴黎的贵妇人精神上的交流——他几乎每天给她写信——他的劳动被打断了,但也变得充满生气了。在《阿尔倍·萨瓦吕》中,他叙述了这一份友谊,不过稍加伪装而已。

1832年2月,波兰的一位伯爵夫人埃维丽娜·韩斯卡,那时二十六岁或二十八岁,写了一封匿名信给巴尔扎克,信里对他的写作表示感谢,并想说服他从一种更富于性灵的观点去观察事物。于是,他们彼此之间就书简往还了。韩斯卡夫人是一位天禀聪颖、受过高等教育的妇女,出身于大名鼎鼎的齐乌斯基家族;名重一时的波兰作家亨利·齐乌斯基就是她的哥哥。她丈夫是一个年迈的富翁,一个脾气古怪的病人。他们在小俄罗斯自己的庄园里,过着非常寂寞的生活,文学和巴尔扎克是她唯一的爱好。

1833年初,巴尔扎克和她在瑞士的纳沙特尔第一次见面,但这一次他们单独相处不过几分钟而已;然而在同年12月,他们在日内瓦共度了六个星期,而且在分手之前约定,一旦韩斯卡夫人成了遗孀,他们就举行婚礼。此后,他们几乎每年会面,有时在瑞士,有时在奥地利;同时他们的书信往来从未间断。巴尔扎克真心诚意地爱慕韩斯卡伯爵夫人,这是毫无疑问的,虽然他对她的爱慕并不妨碍他和其他女性多次发生暧昧关系。她是他的指路明星,他迫切感到要把他的一切思想和生活中的一切事件向她倾吐。

毫无疑问,她也是以爱情来回报他的——这种爱情,一部分是真正的热情,一部分是满足了的虚荣心。可是巴尔扎克给她的书信表明,她从没有停止过用她那热情的嫉妒在折磨他。他已经开始冷淡下来了,而在1835年由韩斯卡夫人安排的在维也纳的一次会面,却把他日益减弱的热情的火焰,又重新煽成一团熊熊烈火了。此后,过去了好几年,他们彼此没有再见过,1841年,韩斯卡夫人由于疑心重重,轮到她来流露某种冷淡情绪了。韩斯卡伯爵在那年11月逝世以后,她几乎没有表示想和巴尔扎克结婚的意思。然而,他们的约定仍然是有效的,而且巴尔扎克的唯一心愿就是和他所爱慕的女性结婚。而她呢,却退缩不前。直到1843年,他们才在圣彼得堡相遇。1845年,他们在巴黎会面,1847年又相逢在威慈灼大尼亚的她的家里——在那里,巴尔扎克度过了1848年的一部分时间和整整1849年。可是直到1850年,当他的健

211

康已经弄垮了的时候,韩斯卡夫人才同意和他结婚。在1850年3月在别尔吉切夫举行婚礼以前,多年过度劳累所引起的致命的心脏病,早已露出了征兆。结婚以后三个月,巴尔扎克与世长辞。他曾经在巴黎为自己布置了一幢漂亮的房子。他的朋友们想起了一句土耳其的格言:"房子刚落成,死神跨进门。"

这对夫妻的婚姻生活虽然短暂,它却长到足以使巴尔扎克发觉,他对这位妇女的评价是多么错误,——多年来,他是多么崇拜她,把她当成一位高尚的人物。实际上,她几乎是个毫无心肝的人,心灵忽冷忽热;她对这位伟大作家的青春的热情也完全蒸发干了。维克多·雨果在他所写的《亲眼目击记》一书中,讲到1850年6月,他听到巴尔扎克病危的令人不安的消息,如何跑去探望他的情景。一位女仆打开门,说:"先生快要咽气了,太太却跑到她自己房间里去了。"雨果上楼走进巴尔扎克的卧室,看见一个老太婆、一个护士、一个男佣人站立在病床旁边。老太婆是巴尔扎克的母亲。在他断气的时候,他的妻子竟没有和他在一起。

很难说明她对于作为一个作家的他所产生的影响;不过这种影响就是有,也是微不足道的。那篇充满幻想的斯韦登伯格[①]式的传奇小说《赛拉菲塔》,和那篇精致完美而奇妙的小说《谦逊的米侬》,应当归功于她。

巴尔扎克的才力达到顶峰的时候,死亡降临了。他从未写得像他晚年那样出色。因而他的声誉也达到了顶点。他的声誉是慢慢增长起来的。他的头二十部小说在一般公众之间,并没有为他赢得驰名遐迩的声誉;但它们却引起了青年一代才智之士的注意,他们围着他,以最浓厚的兴趣注视着他文学事业的进展。对那些希望在文学上有所成就的人,他奉劝了三件事——勤奋的工作,孤独的生活,立誓保持贞洁(这 点是半开玩笑的)。他却鼓励他们

---

① 见本书第46页注②。

同钟情的对象通信,因为"写信能形成一个人的风格"。青年人从这位人物接受到这样一些劝告,不免大吃一惊,因为新闻界一贯用愤怒的尖叫来欢迎他的作品,指责它们伤风败俗;他们还不知道,这种伤风败俗的指责正是虚弱无力的文人墨客对一切生气勃勃和雄浑有力的文学作品所施加的千篇一律的侮辱。尽管受到百般抨击,他的名字越来越受到人们的崇敬;到他逝世的时刻,他的同时代人才领会到这个事实:原来巴尔扎克是用精神力量感染整个艺术学派的真正伟大的作家之一。他不仅奠定了小说写作现代风格的基础,而且由于他是科学越来越深地渗透到艺术领域这个世纪的真正儿子,他介绍了足资旁人遵循的观察事物的方法。他的名字本身就是一个伟大的名字,而作为一个学派的奠基者来说,他的名字更具有千军万马的力量。

他在世的时候,并未得到世人充分的认识,可以用他作品中的两个缺陷来说明。

他的风格是飘忽不定的。有时庸俗琐碎,有时又夸大其词。风格方面的缺陷是严重的缺陷;因为艺术和非艺术的区别,正看能不能坚决排斥貌似我们所谓的风格、其实相去甚远的一切。何况,在具有敏锐的修辞感的法国人眼里,这更是一种特别惹人反感的缺陷。但在巴尔扎克逝世以后,他的作品开始在法国国内外被人广泛阅读了,而国外人士对于他的这一缺陷却看得无足轻重。一个读者理解一种语言,刚好能够进行阅读,却缺乏足够的知识去欣赏它的优美精辟之处,他是很容易原谅风格上的毛病的——作品的珍奇瑰丽、引人入胜的特点往往弥补了这些毛病。欧洲爱读小说的广大群众正是处于这种境地。受过教育的意大利人、奥地利人、波兰人、俄罗斯人等等带着一种纯真的快感阅读巴尔扎克的作品,对于他风格方面的不匀称是漫不经心的。然而,毫无疑问,这种缺点会影响他的作品垂之永久。没有形式或形式不完整的作品决不会垂之永久。《人间喜剧》这部巨著(正如亚里士多德所说根本不会成为艺术品的一万尺长的巨幅画卷),后代人们是不会把它当做一部单一作品看待的,其中个别片断在世界文学中保持其地位的时间的久暂,跟每部作品艺术上完美的程度恰好成正比例。几个世纪流逝以后,人们大概不会纯粹因为这些作品为研究文明史的学者所提供的材料而去阅读它们吧。

　　形式方面的缺陷之外,巴尔扎克还有一个在抽象观念方面更大的缺陷。只凭写作小说而成为伟人的人,在世时要得到充分的承认是不可能的。人们惯于把作家看做精神上的导师,而巴尔扎克当然不是这样一类人物。由于他完全不理解他那时代解放了的宗教观念和社会观念,他善于分析人类灵魂的伟大才能也被弄得黯然失色了;而那些观念很早就激起了乔治·桑的热情,并对维克多·雨果、拉马丁及其他作家都产生了强有力的影响。他的政治主张和宗教信念是对专制主义和天主教正统观念顶礼膜拜的,因而引起了许多人的反感。最初,当这位给人以美的享受而又具有改革观念的作家引用白旗教条主义者约瑟·德·梅斯特尔和博纳尔①的话时,人们不禁微微一笑;可是久而久之,人们就领悟了统治他心灵的混杂无章的情绪。

　　巴尔扎克气质上的美感倾向和他想象力的奔放不羁,使他在科学和宗教两方面都倾向于神秘主义。大约自1820年以来在文学上发挥过显著作用的催眠术,是对人们的心灵产生影响的动力,巴尔扎克对此坚信不疑。在《驴皮记》《赛拉菲塔》和《路易·朗倍尔》中,意志被解释为一种类似蒸气的力量,"一种流体,它可以根据它的密度改变万事万物,以至自然规律。"虽然巴尔扎克的才智是现代化的,他却够称一个浪漫主义者,竟然相信千里眼,平日爱

---

① 梅斯特尔(Joseph de Maistre,1753—1821),法国新天主教反对革命的作家,著有《圣彼得堡的晚宴》,参阅本书第2分册《德国的浪漫派》。博纳尔(Vicomte Louis de Bonald,1754—1840),法国正统主义哲学家,与梅斯特尔一起反对法国大革命。

好钻研玄妙的学科。然而,尽管他的时代——浪漫主义的时代——使他的心灵带有偏向,他却正如雨果在他的墓前所说,属于"革命作家的雄伟队伍,不管他自己是否知道,也不管他自己是否愿意。"

他的天性和教养为他做好准备,使他能理解人生的全部风貌,并凭借这种理解去享受人生的乐趣;然而,他早就领教了社会的腐败,他的热爱秩序、触目惊心的心灵要为误入迷途的人类寻找缰绳口衔,而这种拘束物只有在复辟的教会里才能找到。因此,我们在巴尔扎克的作品里,特别是描写两性关系的作品里,时常发现在肉感和唯美两种倾向之间存在着痛苦的矛盾。正是这种矛盾赋予《幽谷百合》(巴尔扎克自认为是他的杰作)和《两个年轻妻子的回忆》一种不愉快、不纯洁的情调。这也说明他的哲学原则和教会倾向经常互相矛盾。在他的全集版本的序言里,他开始主张,人原本既不性善,也不性恶,社会总在使他变得更善一些,这样就无意中宣告自己和教会认为人是被原罪所腐化的基本学说直接对立了;可是再往下读几行,他又赞颂天主教是"镇压人类腐化倾向的唯一完整的制度",并且要求把国民教育委托给教会人士。他深信那些"腐化倾向"是存在的,因而他几乎总是把下层阶级、仆人和农民视为有产阶级的敌人,而且这样表现出来(请看他就《贝姨》中的仆人和《农民》中的农民等题材所发泄的那种滑稽可笑的悲悯情愫);而且他乐于从教会主义和专制主义的优越立场,对人民大众、民主政治、自由派、上下议院和议会政体,极尽嬉笑怒骂之能事。

在巴尔扎克身上,尽管富有一切伟大而辉煌的品质,却总是缺少一点东西,这点东西就是一般所谓的教养。他缺乏文化教养的从容镇定,或者说得更精确些,他那动荡不定的、永远创作的富于想象力的心灵从没有享受过从容镇定之乐,而从容镇定正是文化教养的一个条件。

然而,他却具有一个作家身上更其重要的东西——深刻透视、热爱真理的天才。那些仅仅探索"美"的人,对于人类这棵植物,只是描写它的树干和花朵;巴尔扎克却连它的根都勾画出来了;对他说来,把植物的地下生命(这种生命决定着植物的外表可见的生命)的繁茂分枝及其所有作用一一探索出来,才是至关紧要的。他艺术修养上和文化修养上的一些疵瑕,不会妨碍后代人承认他的天才。

十八　司汤达(贝尔)

　　从我们今天的观点来看，我们看见了和巴尔扎克并肩而立的另一位法国作家，而在他们那个时代，任何人绝不会想到把他们相提并论；他当时的文学生活悄然无声，默默无闻，正如巴尔扎克吵吵嚷嚷，风头十足一样。说来真够奇怪，巴尔扎克是司汤达同时代人中能够充分而无条件地承认他的唯一知音。在今天法国年轻一代人眼里，司汤达和巴尔扎克、正如拉马丁和维克多·雨果一样，是清楚明白地互相补充的。把这两位作家的名字相提并论，或许只就这一点来说是不很妥帖的：一个写了将近一百部小说，另一个所写的长短勿论的小说不过两部而已。然而，司汤达这两部小说的质量是了不起的，足以使这位作家和现代小说之父并列而无愧。而且他的其他某些作品（把一切都算进去，他写过长篇小说、短篇小说、评论文章和理论文章、传记和旅行游记，约有二十来卷），和他那两部小说一样，发挥了同样巨大的文学影响。

　　司汤达与巴尔扎克的关系，是沉思的心灵与观察的心灵的关系，是艺术中的思想家与静观者的关系。我们看透了巴尔扎克的人物的肺腑，看透了"热情的暗红色的磨坊"——那就是他们行动的原动力；司汤达的人物是从头脑里，即从"敞开的明亮坚固的房间"①里，接受他们的推动力的；理由是：司汤达是个讲究逻辑的人，而巴尔扎克是个性格奔放而富饶、生机蓬勃的人。司汤达与维

---

① 引用凯勒(Gottfried Keller)的说法。（原注）

克多·雨果相比,他们的地位很像莱欧纳多·达·芬奇与米开朗琪罗相比一样。雨果的造型想象力,创造了超自然的体格魁梧、膂力壮健的人类,永远处在一种艰苦奋斗、受苦受难的状态之中;司汤达的神秘、复杂、精致的才华却产生了一小组男男女女的肖像,这些人物用他们那遥远的、谜一样的表情和他们那甜蜜的、诱惑人的、不正经的微笑,对我们发挥了近似魔术的魅力。当然,米开朗琪罗巍然高耸于维克多·雨果之上,正如达·芬奇巍然高耸于司汤达之上;然而,正如雨果的风格与米开朗琪罗的《摩西》的风格有些类似,司汤达的桑塞威丽娜公爵夫人与达芬奇的《蒙娜·丽莎》也有亲属的渊源。尽管这两位意大利人优越无比,这两位艺术家和这两位作家的相应地位的类似,却是引人注目的。司汤达在他那个时代的法国作家中是形而上学者,正如达·芬奇在文艺复兴时代的伟大画家中也是形而上学者一样。

  我们已经叙述过,司汤达作为前驱的领导者之一,抨击了传统的法国悲剧风格和古典主义者的爱国精神,这种爱国精神忽视一切外国文学,只因为它们是外国的。在那些次交锋中,司汤达是冲锋陷阵的战士之一;谁也比不上这位作家对帝国主义的文人墨客予以更具摧毁性的打击,而这位作家本人在一定程度上,却显然是帝国时代的法国人。的确,他是在1830年代伟大作家中间唯一真正了解帝国的人,正是这种境况使他在浪漫派里占有一个突出的特殊地位。在全部浪漫派人士中间,只有他这个人曾经亲身参加马伦哥战役①,曾经进驻米兰,亲临耶拿战役,从而占领柏林,曾经目睹莫斯科的熊熊烈火,而在撤离俄罗斯时,又与士卒共尝了恐怖的滋味。在他们中间,只有他一个人曾经和拿破仑谈过话,曾经结识过拜伦。他比诺迪埃只小一岁;作为先驱者的诺迪埃,充其量不过是个传令官,他那阵阵喇叭声号召了人们,唤醒了人们;而作为

---

① 马伦哥是意大利北部的一个村庄,1800年拿破仑在这里大破奥地利军。

先驱者的司汤达,却是手持长矛和枪旗的勇猛战士,是一个单枪匹马占领一座城池的枪骑兵。在诺迪埃的精神生活中,法国大革命是雄踞一切之上的伟大事件——他不厌其烦地描写革命的英雄和牺牲者,描写革命监狱的场面,革命的密谋及其秘密结社等等;而在司汤达的精神生活中,拿破仑的丰功伟绩及其崩溃才是极端重要的事件。

马利·亨利·贝尔(司汤达)于1783年1月23日诞生在格勒诺布尔。他的家庭属于上层中产阶级,是律师世家的贵族。他年仅八岁,就丧失了母亲,这段往事使他感到刻骨铭心的沉痛,永远萦回脑际。他的父亲是个冷漠的人,很少关心孩子,对待孩子极其严厉。他把儿子的教育委托给那些贫穷的神甫,这个孩子讨厌这号人,把他们看成暴君,看成伪君子。在他和父亲之间,很早就燃起一种真正敌对的感情,这种敌对感情从来没有熄灭过。亨利童年所遇到的一切美好的事物,都是来自他的外祖父——一个聪明而又有教养的医生。然而,他却严格遵守他父亲的残忍严酷的教育原则,以至到十四岁,他所结识的同年儿童还不到两三个。这个孩子的天性里潜伏着深刻独创力的幼芽,他的性格的主要风貌是坚毅的独立精神,他那精力过人的气质使他产生了做一番非常事业的强烈愿望,感官的生活在他身上激发得很早,也很强烈;可是在受教育的过程中,他却得屈服于如此严厉的、不放松的、咄咄逼人的管制,因而激昂的内心反抗就成为不可避免的结果了。因为在革命的恐怖中生活过来的神甫们,要把他培养成为一个保皇党人和大主教徒,他却很自然地发展成为一个革命家,一个拿破仑党人,一个自由思想者——按照这个名词的极端意义而言。然而,他父亲的意志和他自己的愿望之间的经常斗争,另外还产生了对人的不信任,对人类的怀疑,而且根深蒂固到永远不可磨灭。不久以后,除了惧怕受人欺骗、受人利用之外,又加上惧怕欺骗自己,这就在他身上养成了一种习惯:经常处处设防,经常自我检查,经常自我克制。

在他的性格中有某种东西,可以追溯到他所从诞生的、他的家庭定居了至少两个世纪的那个省份对他的影响。多菲内省的居民是一个敏锐、固执、能言善辩的种族,他们与普罗旺斯省的邻人之不同,正如他们不同于巴黎人一样。普罗旺斯省人表达感情叫叫嚷嚷,滔滔不绝;他发起火来或者受了伤害时,就怨天尤人,破口大骂;巴黎人则彬彬有礼,风趣横生,华丽肤浅;多菲内省人的性格与众不同的地方是特别固执;这种性格既深厚,又细致;他受到一次侮辱,他是记得的,也是要报复的,但他的愤怒决不用骂骂咧咧的语言发泄出来。司汤达的母亲能读但丁和阿里奥斯托著作的原文(这对那个时代的一个外省贵妇人说来是一件非同小可的事),由此可知她是意大利人的后裔。这一点也可以部分说明司汤达强烈倾心于意大利的景物风光;但是也要记住,直到1349年,多菲内才划归法国的版图,而且在政治上是一个半意大利式的国家。司汤达有这样一个想法:作为多菲内省人统治了这个小国好几年的路易十一,把他自己与众不同的谨慎品质和对于最初灵感的怀疑,都感染给这个国度的居民了。尽管这种想法是不大可能的,但这种猜测本身就是具有特色的。

亨利的家庭生活感染给他的怀疑倾向,很早就由周围的环境加剧了。当他终于获得他久所渴慕的自由,也就是说,当他被送上学的时候,等待着他的却是痛苦的失望。这个结实、粗壮的小伙子,满面神采奕奕,富于表情(由于他坚定的步伐,大力士式的四肢和巨大的圆圆的脑袋,人们给他起个诨名叫"会走路的宝塔"),尽管他嘴角上露出玩世不恭的表情,却是一个热心人。他在同学中找不到他心目中所想象的快快乐乐、和蔼可亲、心地高尚的伴侣,而只是一群自私自利的小崽子。他把这点告诉他的朋友柯龙勃时又说:"这种失望在我整个一生中反复出现。"他又接着说:"我给我同学留下的印象也不会更好一些;现在我可明白了,桀骜不驯和自得其乐的欲望,在我身上简直滑稽地混杂在一起。对于其他孩子的粗鄙的自私自利,我以西班牙二流贵族的荣誉观念来回敬他们;可是当他们一起跑开去玩,唯独对我不理不睬的时候,我真绝望极了。"把这一段话同年轻的法布里斯痛苦的失望(见1839年出版的《巴马修道院》)比较一下吧:在滑铁卢战役期间,法布里斯遇见几个士兵,便向他们伸手乞讨一块面包,他们回答他的却是粗野的玩笑:"这些残酷的语言,和随后的哄堂大笑,太使法布里斯难堪了。原来,战争并不是如拿破仑的宣言使他理解的那样,是那些酷爱光荣胜于一切的灵魂所共有的高尚的冲动。"我们不难想象到,司汤达从他的远征中带回来的,就是这些肆无忌惮的兽性的自私自利的回忆,法布里斯的经历大概就是由这些回忆组成的。他把士兵之间的同志情谊作了过高的估价,正如他把同学之间的同窗情谊作了过高的估价一样。

大约在1798年,他开始以极大的热忱专心钻研数学,个中理由是相当特殊的,他告诉朋友们说,其他一切科学都包含着虚伪,而就他所发现的情况而论,唯独数学这门科学里是没有虚伪的。当时在意大利有一位年轻的法国将军,曾经把数学实际应用到炮兵技术科学里,从而使他从一个伟大的胜利走向另一个伟大的胜利;这位将军声誉日隆,无疑激发了司汤达钻研数学的热忱。

司汤达的学业结束了,就在1799年11月10日,即雾月18日的第二天,他抵达巴黎。他持有一封给他的亲戚达鲁家族的介绍信。在政变之后,皮尔·达鲁当上了陆军部秘书兼阅兵总监,他就在他的部里为年轻的司汤达安排了一个位置。我想,可以从《红与黑》中于连在德·拉·摩尔伯爵处就任秘书一职的插曲中,追溯出这段就职的往事。柯龙勃谈到,在司汤达供职最初几天的某一天,他按照达鲁口授拟写一封书信时,他心不在焉地把 Cela 拼写成两个 l,因而给自己招来一场开玩笑的、但也未必不是令人屈辱的斥责。在《红与黑》这部小说中,正好也有与此类似的事故。

不过,达鲁比起德·拉·摩尔伯爵来,显然是一个更为温厚、更能体贴人的上司;他终究不愧为司汤达忠实的朋友和恩人。达鲁除了军事组织才能以外,无疑还富有文学才能;他所翻译的贺拉斯的作品及其有关历史的散文,是帝国时期文学风格的杰出典范,当代所有作家都对他十分景仰。由于命运的恶作剧,他在大部分战役过程中,竟有一个下一代的文学先驱之一做他的贴身近侍——这倒不见得是他对他的被庇护人的天赋有什么先见之明,就连这个青年自己对它也还几乎茫然无知呢!

达鲁和他的弟弟在那时的陆军部长卡尔诺手下供职,曾经部署了著名的1800年意大利战役,而且他们自己也奉命前往意大利。他们就派人叫司汤达赶到意大利他们身边,虽然暂时还不能给他安排固定的职务。这个十七岁的青年人,生来就精力充沛,想象丰富,他梦寐以求的就是所有勇敢冒险事业和第一执政,他并没有等待第二次的劝驾。他在行囊里装上十来本模范作品,启程前往日内瓦;虽然他从未学过骑马,他却从日内瓦跨上了一匹达鲁留下的刚刚复原的病马,一路上历尽艰难困苦,在5月22日,比拿破仑迟两三天,驰马翻越了圣贝尔纳山。6月1日或2日,他抵达米兰;在这座城市里,他将第一次经历人生的欢乐,这座城市一直就豁然开朗地浮现在他精神视野里。他亲眼看到庆祝废除举国同仇的奥地利最高统治权的狂欢场面,并在7月4日亲身参加了马伦哥战役。在军粮部门供职几个月后,他进入第七龙骑兵团任中士(《红与黑》第五章的一个奇特的注释使我们联想到这件事),在罗马涅果晋升为中尉,不久以后就充当米肖将军的参谋。在嗣后历次作战中,特别是在卡斯特尔—弗兰柯战役中,他都大显身手,这不仅由于他的勇敢,而且也是由于他执行分配给他的一切任务时所表现的热心、准确和聪明。在滑铁卢战役的旁观者法布里斯·代尔·董果的青春热情和英雄情绪的描写中,显然把青年司汤达作为马伦哥战役的旁观者的感受作了非常准确的记述;这场描写之所以精彩动人,无疑是由于作者把个人的亲身感受忠实地再现出来了。从这位青年人纵马越过阿尔卑斯山起,到他在亚眠和约后告别部队为止,这段时期是司汤达回顾起来视为一生中幸福至极的时期;这段时期富于千变万化的浪漫蒂克的经历;在这段时期里,他做出了一些勇敢冒险的事业,进行了一次可笑的决斗,经历了各色各样青春岁月的恋爱,在一个美丽的国度里享受了战士生活中诗意盎然的欢乐。这个国家的人民无忧无虑,天真热情,没有什么顾忌妨碍他们沉湎在对欢乐的渴望里,而他们是把外国征服者当作救星和英雄来欢迎的。

当亨利在第一次飞翔到广阔世界去过之后,又回到格勒诺布尔时,他发觉一切事物还是和他离开时一模一样。对于他所轻蔑的,他的家庭依然毕恭毕敬;对于他所热烈赞扬的,他的家庭依然深恶痛绝。经过几番激烈的争论,这位年轻的赫特斯普①得到许可到巴黎定居。在巴黎,他研究了蒙田、孟德斯鸠以及许多十八世纪的哲学家,特别研究了卡巴尼斯和德·特拉西②;在嗣后一段时期,他和德·特拉西交往密切。(司汤达在少年时代对于特拉西的《观念学》崇拜得五体投地。)这时,他还学习英语。

在一连几年宁静的学习生活中,有一桩离奇的插曲。1805年,在返回故里期间,亨利和当地演戏的一个年轻貌美的女演员发生了爱情。他的爱情收到了回报,由于和他钟情的对象难舍难分,他跟着她到了马赛(她在马赛定了演出的合同),并在一家大杂货商店里充当一名店员——这是他可能弄到手的唯一谋生手段了。在他的热情保持不衰的那一年,他坐在商店的板凳上十分幸福。可是,这位女演员忽然决定嫁给一个俄国人,他就返回巴黎,恢复

---

① 赫特斯普(Hotspur),莎士比亚《亨利四世》中的人物,是一个勇敢莽撞的武夫典型。
② 卡巴尼斯(Cabanis,1757—1808),法国哲学家。德·特拉西(De Tracy,1754—1836),法国哲学家。

了学习。没过多久,他接受了不可谢绝的邀请,随同达鲁元帅重返军队。他在耶拿战役中作过战,参加了拿破仑进驻柏林的胜利入城式,并被任命为不伦瑞克帝国领地的督察。他充任这项职务达两年之久,在这段期间,他略微知晓德国的语言和文学,并因赤忱为皇帝效劳而出人头地。命令他征收战争税五百万,他却征收了七百万。这在当时就是所谓"满腔圣火"。皇帝听到这个消息,就说:"干得漂亮!"并将课税人的姓名记录在案。然而,司汤达还用更能引起我们同情的方式博取了荣誉。1809年,他留在德国的一个小镇上,管理军需物资和不宜转移的伤员。卫戍部队刚一出发,警钟就敲响了,号召市民袭击军医院,夺取军需物资。别的军官都慌得没有主张了,可是司汤达把所有新愈的病人和每个能够起床的病人都武装起来,把最虚弱的布置在窗口(他把窗子都变成枪眼了),自己身先士卒,进行突击,冲散了进攻的暴徒。

  他随着军队到了维也纳,在拿破仑和玛丽·路易丝结婚以前进行的谈判中身负重任,嗣后又被任命为皇家宫廷建筑及动产总监。他以这个资格得以出入宫廷,并蒙皇后召见。

  驻留米兰以后,他在1812年得到允准参加对俄国的远征。他对冒险的爱好在前几次的战役中,已经满足得过头了;他一看见尸体就感到恶心和痛苦,每逢他的车子从尸体上碾过,并把尸体碾得四分五裂时,他竭力用诗的幻想来转移他的心境。然而,战争永远重新吸引着他。我们看到,他生涯后期所写的作品中,包含着那么多对于民族心理的细腻深远的见识,而在横渡涅曼河时,他还研究了组成皇皇大军的来自各地的士兵的面貌和气质。可是到了斯摩棱斯克,他对战争的滋味实在尝够了。他从那个城市写道:——"人的变化多大呀!我从前对新奇的憧憬已经完全消逝。见过了米兰和意大利,其他的一切都粗俗不堪,令我厌恶。有时无缘无故,我险些儿要掉下泪来,你会相信这种事吗?在这野蛮的海洋里,没有一点声音能在我灵魂里找到回响。一切都粗俗,下流,发散着恶臭,在字面上如此,在比喻上也是如此。我唯一的享乐就是听一个伙伴弹一会儿钢琴,虽然弹得非常不合节奏——他爱好音乐大概和我信神的程度不相上下吧。勃勃的野心已对我没有任何力量;最辉煌的勋章也抵不上我所忍受的一切。我把我寄托精神的顶点想象为美妙的高峰(在风和日暖的气候里计划写作,倾听齐玛罗莎①的乐曲,观赏安吉拉②的画面);远在这些高峰下面的平原上,铺展着我正在沉沦下去的臭不可闻的沼泽……你恐怕难以相信吧,给我真正乐趣的却是去照料应该办理的任何一件意大利的公事。近来有过这样一些的公事,虽然已经办理完毕,它仍然像一篇传奇一样占据着我的想象。"

在他在莫斯科所记的日记中,我们发现了他天性中同样的二重性的痕迹——一面热望沉湎于想象,一面切盼行动起来并置身于行动之中。在大火期间,他写道:"大火立刻延烧到我们刚刚离开的那座房子。我们的车辆在林荫道上停了五六小时。无所作为令我厌烦,我跑去观看大火,和若安维尔一起消磨了一两小时……我们喝了一瓶葡萄酒,使我们又恢复了活力。我读了几行英译本的《保罗和弗琴妮》,在这遍地野蛮之中,我又恢复了一丝文化生活的感情。"

从莫斯科撤退的恐怖期间,司汤达掌管明斯克、维切布斯克和摩西罗夫三个地方的军需仓库;当大军经过奥尔恰时,他供应了三天的粮秣,这是从莫斯科到培雷西那河期间唯一的一次军粮供应,他因而功勋卓著。从童年时代起就成为他特点的冷静和果断,现在仍然是他的特点。时常听人谈起,在远征中最不幸的日子里,有一天他脸上刮得干干净净,身上穿得整整齐齐,出现在达鲁的营地,他的首长用这样的话来欢迎他:"你是个勇敢的人,贝尔先生;

---

① 齐玛罗莎(Domenieo Cimarosa,1740—1801),意大利作曲家。
② 安吉拉(Angelo):即米开朗琪罗(1475—1564),16世纪意大利著名雕刻家和画家。

你今天还刮了脸哩!"

在撤退过程中,他丢失了一切——马匹、车辆、衣服和金钱——就连一笔准备应急的款子也丢失了。他离家以前,他的妹妹曾经把一件外衣的全部纽扣换成仔细用布包好的二十法郎和四十法郎一个的金币。他回家以后,她问他那些金币是否对他发挥了作用。大费思索之后,他才想起在威尔纳附近的某个地方,他觉得这件外衣已经破烂不堪,就送给一个勤务兵了。这桩小事是富有特色的;因为司汤达在外交上和在文学上都同样急于出人头地,因而他是极其慎重的,但同时他又极其健忘。

在巴黎,他重返官场生涯;1813年,在美因茨、埃尔富特、吕茨恩和德累斯顿,他是皇帝御前参谋人员;而有一个短时期,还在西里西亚担任过军粮总管的职务。他的健康支撑不住了,他就跑到科莫湖畔去疗养,这是他当做人间天堂常来常往的地方,他照例在这儿优哉游哉地消磨时光,一有闲暇就去追求一场幸福的恋爱。1814年,他又一度得到拿破仑的重用;可是皇帝的垮台把他青云直上的宦海生涯的一切希望都吹得无影无踪。他丧失了一切——他的职位,他的收入,他的社会地位;他忍受这一切损失,不仅毫不怨尤,而且非常愉快,他以哲学的恬静听任自己今后成为一个四海为家的人,一个艺术爱好者,一个作家而已。

从1814到1821年,除了1817年短期的离别以外,司汤达一直留居在他心爱的米兰。即使在百日帝政时期,由于确信拿破仑的命运已无可挽回,他也未曾离开米兰。他热烈爱好意大利的音乐和歌曲,常在拉·斯喀拉剧院消磨幸福的夜晚。他跻身于米兰的上流社会;在保罗伯爵的家里,或者在罗多维柯·德·勃莱姆的剧院包厢里,他结识了意大利的作家和爱国志士——西尔维欧·佩利寇、曼佐尼等等;他还认识了著名的旅客如拜伦、斯塔尔夫人、威廉·施莱格尔,以及大群英国和德国的社会名流。一次连绵几年的恋情,使他得以享受到所能享受的完满幸福;可是,到1821

年夏天,他从米兰被立即驱逐出境,粗暴地破坏了这次幸福。奥地利警察毫无根据地怀疑他参与了烧炭党人的密谋。

他怀着极度深沉的沮丧情绪,重返巴黎;和他所钟情的女性依依惜别的悲痛绝顶时刻,他写了他的名著《恋爱论》。至此为止,除了海顿和莫扎特的传记以及一本《意大利绘画史》以外,他没有写过或者至少是没有出版过任何作品,而那两部传记也不过是意大利文和德文著作的改编而已;《意大利绘画史》及其骄傲而谦卑的献词,则是献给圣·赫勒纳的俘虏①的。这些著作没有一部引起了重视,但最后一部却博得了哲学家德·特拉西的好感和友谊。司汤达最初感到自己在巴黎完全与世隔绝。他在帝国时期的旧友中很多人都遭到放逐;其他的人也由于对新政府阿谀逢迎而丧失了他的敬意。然而,在特拉西的家里,他会见了当时上流社会的优秀人物——拉法耶特、德·赛古尔伯爵②、本贾明·贡斯当等人;而且在著名的歌剧演员居狄塔·帕斯塔③等人家里,他会见了像梅里美和雅克孟④这样的青年作家。除了短期访问英国和意大利外,司汤达留居巴黎直到1830年。从1830年起,直到他在1842年与世长辞,他又在政府供职,实际上不过担任一些挂名的闲职。第一年,他任驻的里雅斯特领事,这是他所不喜欢的职位;后来在契维塔·韦基亚,这几乎就和身居罗马一样。在这里,他生活在一直热爱的天空下面,生活在他最喜欢的人民中间,然而孤寂感和无所事事仍使他感到说不出来的厌倦。对于那些找他做伴并和他气味相投的同国人,他是一个和蔼可亲而又十分胜任的名胜导游人。1840年,路易·菲力普政府在东方问题上,不发一枪一弹就屈服

---

① 指拿破仑。
② 德·赛古尔(Louis Philippe Segur,1753—1830),法国外交家和历史家。
③ 居狄塔·帕斯塔(Negri Ginditta Pasta,1798—1865),意大利籍的犹太女歌唱家。
④ 雅克孟(Vicfor Jaquemont,1801—1832),法国博物学家和旅行家。

于欧洲的裁决。此后,虽然帝国古老的尚武精神不允许他承认自己是个法国人,他依然渴望返回巴黎。在他的晚年,他的健康状况很糟。在巴黎休假期间,他突然中风逝世。①

---

① 他在蒙玛特尔墓地上的墓志铭,他遗嘱里所包含的指示,都说明米兰直到最后是多么使他留恋。铭文云:
阿里果*·贝尔
　米兰人
　写作过
　恋爱过
　生活过
享年五十九岁零两个月
1842年3月
23日逝世(原注)。
　*阿里果为意大利语 Arrigo,等于法语之 Henri(亨利)。

十九 司 汤 达

司汤达在他那个多才多艺的时代无疑是心灵最复杂的人物之一。他和他的浪漫派兄弟们的主要区别,在于他是十八世纪严格讲究理性的感觉论哲学家们思想上的嫡派后裔。即令在短暂的青春时期或过渡时期,他的灵魂里也找不到一丝一毫当时风靡一时的对宗教传统的浪漫主义敬畏情绪。在他的整个一生,他都毫不犹豫地从哲学上反对伟大的浪漫主义运动中的一切,这个运动在性质上原是对于十八世纪精神的反动。夏多布里昂和斯塔尔夫人绝对没有对他发生影响,他既不像夏多布里昂是个水彩画家,又不像斯塔尔夫人雄辩滔滔;他也绝对没有受安德烈·谢尼埃、雨果和拉马丁的影响——因为他缺乏韵律的感受,既不会娓娓抒情,也不会慷慨悲歌。他奉为浪漫主义作家典范的,不是法国的浪漫主义者;各国浪漫主义者所轻蔑的哲学家孔迪亚克和爱尔维修①,他却效忠致敬,即使在反对他们的偏见泛滥一时之际,他也决没有过片刻的动摇。

他是一个热烈的无神论者;这就是说,在他认为世界不是由任何天父统治的这个信念里,仿佛有一种敌视他所不相信的存在物的因素,有一种对于生之恐怖的愤慨,这点表现在一个悲伤而俏皮的说法中:"上帝之所以被人原谅,因为上帝是不存在的。"司汤达

---

① 孔迪亚克(Etienne Bonnot de Condillac, 1715—1780),受洛克影响的法国感觉主义哲学家。爱尔维修(Claide-Adrien Helvetius, 1715—1771),法国感觉主义哲学家,著有《精神论》。

从不放过任何机会,表示他对所谓"天启宗教"的厌恶。如果他偶尔写出"唯一真实的宗教",他不会忘记用括号加上"(读者所谓)"几个字。当他涉及基督教道德这个题目时,他喜欢说,不妨归纳成这样一种算计:"最好不吃麦菌,吃了麦菌肚子痛。"

作为道德哲学家,以及就个人的私生活而言,他是一个直言不讳的享乐主义者。除了自我利益,也就是说,除了对享乐的期望和对痛苦的畏惧,他不承认行动另有什么主要动机。按照他的意见,既然害怕自轻自贱——也就是说,害怕某种令人痛苦的东西——完全足以使一个人,比如说吧,跳下水去拯救另一个人,那么就没有必要用其他的原因来解释甚至所谓英雄行为了。(参看他在1829年12月28日一封非常有趣的信中关于这个问题的论述。)他把道德行为理解为:对自己产生不便或痛苦、但对别人有利的行为。

他全神贯注心理学现象,把其他一切置之度外;作为细观默察的旅客,作为古代编年史的研究者,作为长篇小说和短篇小说的作家,他是心理学家,而且只是心理学家。他唯一经常研究的对象是人的灵魂,他是第一批认为历史本质上是心理学的现代思想家之一。然而,具有功利主义哲学观的司汤达,认为人类灵魂的科学和幸福的科学是同一的东西。他的全部思想都转到幸福上面。他认为人的性格是习以为常的寻求幸福的独特方式。他公然声称他偏爱作为一个民族的意大利人,其理由是:在他看来,意大利的男男女女已经找到了谋求幸福的最确实而又最直接的途径。

他是一个独立的、独创的、性情热烈的人,他把我行我素作为幸福的第一条件。我们在他的作品中,到处可以找到虽然说法变化无穷、意思却一模一样的警告:不要轻信别人!只相信你亲眼所见的!不要赞美不能打动你个人心弦的事!永远认定你的邻人是受了报酬在向你撒谎!他不倦不休的对法国人的指责是,他们太爱虚荣了,不知什么是幸福;或者更可以说,法国人不易感受更高级的幸福,只以满足了的虚荣为幸福,而他个人是把这种幸福看得很不值钱的。在司汤达看来，法国人永远在问他的邻居，他（问话的人）是不是快乐，是不是幸福等等；他自己不敢来决定这个问题。怕和别人不一样，怕别人说长道短，在司汤达看来，是法国人的主导情绪。相反，司汤达自己不安于他天生的独创性，更抱着一种讨厌与别人雷同的情绪，这就使他变得离奇古怪，装模作样了。这个经常嘲笑别人考虑邻人意见的人，这个爱好并赞扬坦率、忘我、正直和心地纯朴的人，却总是在监督自己，观察自己，并以蔑视邻人、报复邻人为天职——而且从不忽略去完成这种天职。他的邻人可能说些什么，可能做些什么，这种想法缠扰着他，正如它缠扰着一个十足的庸人一样，不同之处仅在于：庸人之所以经常想到邻人，是因为他想模仿邻人；而司汤达呢，则是因为他要蔑视邻人或躲避邻人。这种对于庸俗的永恒敌视是真正富有浪漫特色的。这个永远宣扬和赞美自然而然和自由自在的人，一生却欢喜掩掩藏藏，乔装打扮，神秘莫测，欢喜用一层又一层包布和幕帷，把他个人的经验和思想隐蔽起来，这也是富有浪漫特色的。

司汤达的早年是在深刻的精神孤独中度过的。奔放的感情之泉汩汩流向内心。这个丧失母亲的孩子，这个憎恨父亲、也为父亲所恨的孩子，很早就学会自视与众不同——无疑也是自视比别人优越，虽然他把优越解释为与众不同[1]。他意识到，这种与众不同

---

[1] 在1813年7月16日的一封信里，他写道："倘若所谓优越只是若干程度上的优越，它会使具有这种优越的人在别人眼中显得和蔼可亲，富有吸引力——请看冯泰涅尔*吧。如果过分了，它就会破坏他和别人的一切关系。这就是比别人优越的人、或者更正确地说，与众不同的人所处的不幸的境地。他周围的人不能对他的幸福有任何贡献。所有这些人的赞扬很快会令我厌恶，他们的批评也会使我恼怒。"

在《巴马修道院》第四章中，我们读到："他的同伴们发现法布里斯和他们很不相同，因而感到不快；而他呢，相反，却开始对他们产生了非常友好的感情。"（原注）

* 冯泰涅尔（Bernard de Fontenelle, 1657—1757），法国作家，著有《权威人物传》。

会使他得不到大家的同情,也会使他不能为大家所理解。于是他产生了这样的愿望:他可以用一种只为少数特选人物所理解的语言——神圣的语言来写他的作品。因此,他还希望找到"一个独一无二的、在一切意义上独一无二的读者",他在《巴马修道院》上的题词是:"给少数幸福者"。

　　这也是他喜欢隐瞒真相这个癖好的真正根源。司汤达不用真名"贝尔",而用一个笔名出版他的全部著作(除一部例外,全部都是用的"德·司汤达"这个笔名,此名大概来源于温克尔曼①的出生地点、普鲁士的司汤达),不仅如此,而且在许多作品中(《恋爱论》就是其中之一),这个匿名作者还用了一些第二笔名。任何感情如果他不想承认属于他自己,任何逸事如果可能泄露他的私人生活,他全都算在一个阿尔贝利克,或是一个里西欧,或是某某和蔼可亲的上校身上。他还为自己谋求了和笔名一样多的职业;他有时是个骑兵军官,有时是个小五金商人,时而是个海关官员,时而又是个贩运商;这里是个男人,那里又成了女人;这一次出身名门望族,下一次又是平民百姓;这一次是英国人,下一次又成了意大利人。他几乎想用一种密码作文字为精于此道者写作。这种想把读者引入歧路的嗜好,一部分可以归之于外交家的诡秘成性;而在私人通信里这样做,还出于对警察的疑心,这种疑心几乎达到疯狂的地步。司汤达在青年时代结识了拿破仑的警察,又结识了奥地利的警察,他总怕他的信件被他们扣留和拆阅。所以他几乎没有在私人通信中签署过他的名字。我在他的通信中数出了七十多个假签名,从最古怪的到最普通的名字无所不有——席尼克菲勒、阿诺尔夫第二、C.德·赛赛尔、肖邦·多尔农维尔、托利塞利、弗郎索亚·杜让……等等,等等。他有时署名大尉,有时是侯爵,有

---

① 温克尔曼(Johann Joachim Winckelmann, 1717—1768),德国考古学家,著有《古代艺术史》,为古典主义艺术的学院式研究之滥觞。

时又是工程师;有时写上自己的年龄,他居住的街名和门牌号码。他管格勒诺布尔叫做居拉尔,管契维塔·韦基亚叫做阿贝尔。有时为了寻开心,他给他虚构的署名附上一个骗人的地区名称,例如,泰奥多尔·贝尔纳(龙河地区);在呈请路易·菲力普政府颁布法国新纹章的公众请愿书中,他实际上是这样签署这份文件的:

奥拉格尼埃

德·瓦龙(伊泽尔县人)

不让自己被人识破,从而超然离群,给他带来莫大满足,以致可以用贺拉斯的一句话,"我憎恶并回避无知的俗人"①,来表明他认为什么才是幸福的一个必要条件。

他认为什么才是幸福的条件呢?——在他的早年,显然是勇敢的行动和热烈的爱情。一个人由于对一种事业或另外一个人的无限忠诚而冒生命危险的激情,由幸福的恋爱传入灵魂深处的战栗——在他看来这些都是人生的崇高时刻。在《巴马修道院》的序言里写到米兰时,他的说法是很富特色的:"奥地利最后部队的撤离,标志着旧观念的崩溃。人们拿生命去冒险,已成为一时的风气。他们看到,在几世纪的虚伪和颓唐之后,为了求得幸福,他们必须拿真正的热情去爱某种东西,有时还必须能够拿生命作孤注一掷。"

这两种热情,热爱战争和热爱女人,对司汤达说来,只是一种基本热情的两种表现,也就是说,爱他常常称之为"未曾预见的神物"的东西——使他成为诗人的那种热情。战争,特别是拿破仑指挥的战争,怎样满足了他的渴望,是用不着解释的。女人,特别是意大利女人,怎样满足了这种渴望,司汤达亲自告诉了我们。在1820年9月4日从米兰发出的一封信中,他写道:"我在巴黎度过

---

① 引语出自罗马诗人贺拉斯的《颂歌》。

了十五年,世界上没有一件东西像俊俏的法国女人那样使我完全无动于衷了。而我讨厌平凡庸碌和装模作样,往往使我不仅是无动于衷而已。每当我碰见一位年轻的法国妇女,她又不幸受过良好教养,我立刻就想到自己的家庭和妹妹们的教养;我不只预见到她的一切举动,还预见到她最飘忽不定、千头万绪的思想。这就是为什么我特别喜欢交坏朋友的理由;他们会提供更多的不可预见的事。倘若我稍有自知之明,这就是我灵魂里的一根弦,使它为之震颤的是意大利的人和事,首先就是女人。当我发现任何游记作家都没有使我发现不到的东西,也就是说,当我发现在这个国度里,只有在上流社会才有最多的未曾预见的事物,请想象我的喜悦吧。除非缺乏金钱或者纯粹不可能的事物作梗,什么也阻挡不了这些非凡的天才;如果说还有偏见存在,它也只在下层阶级里面。"

换句话说,司汤达所珍爱的是行动和情绪两方面的肆无忌惮的精力——这种精力或者表现为军事天才的所向披靡,或者表现为多情女郎的无限温存。因此,他这个冷漠、乏味的玩世不恭的人坚决崇拜拿破仑。① 因此,他爱米兰的女人。因此,他理解和描写意大利十五和十六世纪的生活,远胜于意大利的现代生活。他长期想写的一部作品是《意大利精力史》;他从古代原稿中抄写、节录和模仿而成的《意大利逸事》,说它等于一篇关于意大利精力的心理分析,也不为过分。

只要一句话就足以说明,曾经不可抗拒地引诱他奔赴战争的是一种对不可预见事物的爱,一旦战争完毕,这种同样的爱又使他成为一个旅行家,一个流亡者,一个四海为家的人。他在一封信里

---

① 在他写给拜伦但未发出的信中,他把拿破仑写成"我所崇拜的英雄",在1818年7月10日的一封信里有下述一段抒情的感叹——或许是他20卷作品中唯一的一段吧!"啊,圣赫勒纳!今后如此闻名于世的海岛啊!你是英国荣誉的暗礁!"这使我们想起了雨果和海涅。(原注)

说，他已被调到另一个职位，但因对原住处恋恋不舍，很不愿意动身，可是他在这封信中又明确提到，"只要一谈起旅游和观光新的风土人情"，他仍然情不自禁地感到喜悦。同样明显的是，同一种对于不可预见事物的爱，同一种坚强的个性，同一种不顾一切的精神，或者在更深刻的意义上说，使他爱女人、而且爱得比别人更热烈更温柔的那种天才，还表现在对于音乐和造型艺术的热诚中，使他成为热情的艺术鉴赏家、名胜古迹的导游者和传记作家。他对齐玛罗莎和科列吉奥、阿里奥斯托和拜伦的爱慕，乃是一股激情。拿他对拜伦的态度来说吧，他对这位伟大的英国诗人所发表的批评是严格而冷酷的；他同他的私人交往是高傲的，在拿破仑的问题上和他发生争论，等等；他们会面七年以后，拜伦给他写过一封富于魅力的信，他实际上置之不理，因为他认为这位英国诗人为瓦尔特·司各特爵士辩护，有一丝虚伪的痕迹。可是当他毫无保留地写作时，让我们看看他是怎样描写他同拜伦初次会面时的情绪吧！"我当时狂热地沉醉于《莱拉》这个题材。我第二眼看他时，站在我面前的不再是拜伦爵士的本来面目，而是我所想象的《莱拉》的作者应该是的那个样子。包厢里的谈话冷淡下来了，德·勃莱姆先生竭力想引我说话；可我简直说不出话来；我过分充满了敬畏和柔情。如果我有胆量，我真会亲吻拜伦爵士的手，放声痛哭一场……我的柔情使我催他和我同乘一辆马车。"[①]

每个时代和每个国度都有许多人爱过战争和漫游、爱过女人和艺术；但司汤达独具的特征和鲜明的现代性，是在行动起来的时刻，或热情奔放的时刻，他那检查自我的倾向和能力。他老是在观察自己，可以说，他老是用自己的手为自己按脉；而且他以准确无误的冷静态度，把自己在各种不同环境中的情况为自己记录下来，

[①] 要在司汤达作品中查阅有关拜伦的材料，请参阅题名《拉辛与莎士比亚》1卷（第261页）《拜伦在意大利》一文；并参阅《致友人书简集》第1卷273页及第2卷第71页。（原注）

并从其中做出一整套一般性推测。现在让我们跟着他投入一场战役去吧。在炮轰鲍岑期间,他在日记中写道:

"在十二点和三点之间,战争中所能看到的一切,我们都看得异常清楚,也就是说,沉寂无事。一个人肯定某种可怕事件正在眼前发生,因而轻微地("轻微地"一词用得很富于特色)感到兴奋,乐趣就在其中了。炮弹轰轰雷鸣,大有助于产生这种效果;如果炮弹只是呼啸而过,我相信不会产生同样程度的情绪。呼啸声或许是同样可怕的,但气势不会这样雄伟。"

或者,让我们听听他在恋爱时的语言吧。他写道:

爱 情 的 诞 生

灵魂深处发生的是:

1. 惊叹。
2. 自言自语:"吻她,被她吻,多么幸福呀! 等等。"
3. 希望。

研究惊叹对象的种种优点……哪怕最拘谨的妇女在满怀希望的时刻,那双眼睛也是光彩照人,顾盼神飞;热情喷薄,喜悦洋溢,都清清楚楚地表露无遗。

4. 爱情诞生了。

爱是一种快感,是在尽可能亲近的接触中,凝视、抚摸、以一切感官感觉一个爱着我们的可爱人儿,从而得到的快感。

5. 第一次结晶开始了。

用千种至善、万般至美来装饰已经赢得她的芳心的女人而感到其乐无穷;以无限的满足让幸福的细节在脑海里反复重演。

让恋人的头脑工作二十四小时,其结果就像在萨尔茨堡,让一根脱叶的树枝插进盐矿荒凉的底层。两三个月之后,再把它抽出来,它就盖满了闪闪发光的结晶;还没有山雀爪那么厚的最细小的嫩枝,都被数不清的钻石点缀得光辉夺目、熠熠闪光;原来的枝子已辨认不出来了。我所谓的结晶,是指心灵的作用,心灵从眼前纷至沓来的万事万物中,又发现了钟爱对象身上的新的优点。一个旅人在赤日炎炎的盛夏酷暑,谈到热那亚附近橘树林中的阴凉——和她一起享受这种阴凉,会是多么快乐呀!我冒昧称之为结晶的这种现象,是自然的一种产物(它注定我们将会感到快乐,热血会冲向头脑),是感觉的一种产物(感觉自己的快乐随着钟爱对象的优点而增长),也是观念的一种产物(这种观念就是:"她是我的。")。野蛮人只走到第一步,没有时间走得更远了。他只感到快乐,但他脑子的精力却用来追鹿去了,因为鹿可以充当他的食物。……陷入情网的人可以看到他所钟情的女人的每个优点;纵然如此,他的注意力仍会分散,因为对于一切单调的东西,哪怕是完美的幸福,心灵也会感到疲倦。可是接着来了吸引注意力的东西。

6. 怀疑产生了。

凝视观察了十次或十二次,或者作了任何其他一连串行动,鼓舞起恋人的希望,并且加强了他的希望以后,……他要求自己的幸福有更确凿的证据。如果他显得太有把握了,就会出现冷冷淡淡,漠不关心,甚至怒气冲冲。他开始怀疑他所指望的幸福的确实性。他决定以其他的人生乐趣来慰藉自己,可是发觉这些乐趣对他已不复存在了。一种对于严重灾难的恐惧感袭击着他,于是他的注意力又集中起来。

7. 第二次的结晶。

这种结晶的钻石就是确认这种观念:她爱我。产生怀疑后的那个夜晚,恋人每时每刻经历着可怕的痛苦,随后又自言自语道:是的,她爱我;于是他发现了新的魅力。然后,怀疑再度向他袭来;他中夜起坐,忘了呼吸,询问自己:可她真的爱我吗？在这些痛苦而愉快的反复沉思中，这可怜的恋人越来越有把握地感到：她会给我快乐的，全世界只有她一个人才能够给我这种快乐。

把爱情分析得这样精辟，这样微妙，是很罕见的。司汤达对人类灵魂在爱情影响下的种种活动所作的描写，使他的最优秀的批评家，泰纳和布尔叶，想起了斯宾诺莎的伦理学的第三部分、精练巧妙的《感情论》，不是没有道理的。在这位军人、行政人员、外交家和情人身上，占很大分量的却是哲学家。他企图把感情生活的每种现象分解成为种种元素，另一方面，他又指明了观念和情绪之间的联系，这些观念和情绪连成一个体系，就构成个人的品质和性格。他既注意情绪的比较强度，也注意情绪的连系和连锁反应；他探寻性格的特征，直到隐藏得最深的民族原因和气候原因；他勾画出种族的心理；虽然他不坚持严格的科学方法，他的心理学研究却有强烈的科学性。他喜欢借助数、量、衡来说明问题。他写到一个国王幸临一个小城，就描写仪仗行列、教堂里的谢恩赞美诗和烟云袅袅的香火、教堂外的炮兵队的礼炮，于是做出结语说："农民们欢欣鼓舞和虔诚膜拜得忘乎所以；这样的一天抵消了雅各宾党人报纸一百期的工作。"在他的一部作品中，一位流亡的革命家谈到，他所领导的起义之所以失败，是因为他不同意把三个人处以死刑，而且也不肯把他掌握着钥匙的一个箱子里的七八百万法郎分给他的同伙。"要达到目的，必须玩弄手段，"司汤达的主人公说；"如果我不是微不足道，而是权势赫赫，我会为了拯救四个人而绞死三个人。"①——顺便说一句，这是一种愚不可及、不值一驳的说法，它建立在一种幼稚的假定上，即任何四个人都比任何三个人更有价值一些。

十分明显，在司汤达看来，幸福的决定性的条件是理解。他全

---

① 《红与黑》第1卷第105页；第2卷第45页。（原注）

部努力的真正目的和对象,就是对于自己心灵境界的透彻理解,而一般说来,就是对人类灵魂的作用过程明察秋毫。他的意见是:繁荣昌盛,爱的幸福,一般的幸福,能使理解晶莹明彻,能使批评能力敏锐犀利;可是他同样深信,什么也比不上缺乏明智的眼力更会使人陷于不幸。他在1812年从莫斯科写给友人的一封信写得很有特色:"你现在享受的幸福,应当很自然地把你引向纯粹司汤达主义的一些原则上去。上星期,我读了卢梭的《忏悔录》。完全是由于缺乏两三条司汤达式的原则,他才那么不幸。在一切地方只见义务和美德的那种狂热,使他的风格故弄玄虚,使他的生活悲惨不堪。同一个人交了三个星期的朋友——唉呀呀!就要谈起友谊的责任来了,如此等等。而两年以后,所说的那个人早把他这个朋友忘记了;卢梭探求着、也找到了一种悲观主义的解释。司汤达主义会告诉他:'两个物体互相接触,结果产生了热力和发酵;然而每种这样的状态只是暂时的。那是一朵鲜花,应该从感官情欲上充分享受。'"这番话含有绝妙的实用哲学的一鳞片爪,如果写这番话的人的生活实践和他的这种理论相吻合,那就证明他具有非常明智的心灵。司汤达虽然从天性上说是个粗野的肉欲主义者,而且习惯了玩世不恭的大胆表现(乔治·桑和缪塞在赴意大利途中遇见司汤达时,他的玩世不恭就使她非常震惊),虽然作为一个思想家,他正符合他所要求于一个哲学家的,也就是说,头脑清楚,不易受人影响,不为幻觉所蒙蔽(他常常说,当过银行家等于从最好的哲学预备学校毕了业),可是在这位逻辑学家的粗野气质和枯燥乏味的背面,却隐藏着一种对于每个印象的艺术感受性,一种和卢梭相差无几的烦躁性格和女性的敏感。而且这种敏感性,司汤达一直保持到生命的末日。在他的遗稿中找到的那份自传(《亨利·布鲁拉尔的一生》)里,我们读到这样的自白:"我的敏感太过分了;在旁人只擦破一点皮的事,却会使我流血不止。1799年,我就是这样;1840年,我还是这样。可是我学会把它全部隐藏在一般俗物听不懂的冷讽热嘲之中。"

一方面强烈爱好自然而然和坦率无隐,另方面又那么深谋远虑、耍尽花招,把这两方面结合在一起的性格是世上少有的;那么诚实又那么醉心于弄虚作假,那么痛恨虚伪又那么缺乏坦率和正直,这样的心灵也是世上少有的。

二十　司汤达

在 1830 年以前，除了一本题名《阿尔芒斯》的小说，司汤达没有发表过任何重要的富于想象力的作品。《阿尔芒斯》这本书写得不成功，它的主人公是个天资聪颖的青年人，却使他所爱的女人陷于不幸，因为他患有一种半生理、半心理上的疾病，这种疾病的性质没有写明确，看来近乎在斯威夫特和克尔恺郭尔生活中起过作用的那种疾病。1830 年这一年，在历史上是划时代的，在司汤达的文学生涯中也是划时代的。就在这一年，他写作了或者构思了他的两部伟大小说——《红与黑》（1831 年出版）和《巴马修道院》，后一部直到 1839 年才完成，当时还出版了他的《意大利逸事》的最重要的一部分《卡司特卢女修道院院长》。

这两部小说写的都是紧接着拿破仑垮台以后的那个时期，而且都是以同样的精神来写的。缪塞的《一个世纪儿的忏悔》中有一段话在《法国的反动》中引述过，可以用来作为这两部小说的题词："当青年人谈到光荣时，他们得到的答复是：成为教士吧！谈到荣誉时，答复也是：成为教士吧！谈到希望、爱情、权力、生命时，答复永远是同样的：成为教士吧！"《红与黑》的场景在法国，《巴马修道院》的场景在意大利，但在这两部小说里，主要人物都是对拿破仑怀着秘密热情的青年人，如果他能在人生明媚的阳光中，在这位英雄的率领下，从事战斗而扬名于世，他定会很幸福，而今那个英雄已经垮台，他除了扮演伪君子外，再没有创建一番事业的机会了。在伪善这门艺术上，这两位青年逐渐发展到相当得心应手。

于连和法布里斯都天生是骑兵军官的料子;然而这两个人都成了神职人员;一个毕业于天主教的神学院,另一个青云直上升为主教。司汤达的小说被人称作伪善欺世手册,不是没有道理的。倾注在这两部作品中的基本思想,就是伪善得意洋洋的景象在作者心中所激起的深刻的厌恶和愤慨。他企图摆脱这种情绪,便想办法发泄它,但他愤怨不形于色,只是简单地把伪善描绘为当代的统治力量,每个希图飞黄腾达的人都不得不向它顶礼膜拜。当他的主人公力图使自己的虚伪无懈可击而获得成功时,他就频频为之喝彩;而当他们惊惶失措,不能自持,不当心地露出马脚来时,他就表示非难——这样,他竭力把自己打扮成为一个现代的马基亚维利。① 书中某种令人不愉快的勉强生硬,就是和这种冷讽热嘲的叙事风格分不开的。②

司汤达的心灵本质上是理性的心灵,他的天赋是纯粹哲学观察的天赋,外部事物不能给他强烈的印象,他也没有什么技巧去描绘这些外部事物。他唯一的兴趣是在情绪和理智过程中;他本人

---

① 马基亚维利(Niceolo di Bernardo Macchiavelli,1469—1527),意大利政治家,历史家,政治理论家;此处意指权谋人物。
② 例如:"就于连实际使用的字句而论,他对这些反对意见的答复是很令人满意的,但他说话的声调和闪现在他眼里的隐藏不住的火焰却使舍兰先生感到不安。不过我们用不着把于连先说得太糟。他已经学会了诡计多端的伪君子准会使用的那套措词。在他那样的年纪,这也并不坏。至于声调和姿态,应该记住的是,他一直生活在农民中间,从没有机会向伟大的名家们学习。他刚有了这种荣幸见到这些贵族绅士,立刻就在姿态、谈吐方面学得令人惊叹。"还有一次,于连和一位像禽兽一样残酷无情的监狱长共同进餐。与这号人为伍,他感到耻辱;他自言自语说,他有一天也会干上这份差事吧,但也只有干出这伙人习以为常的卑鄙勾当才行。他不禁失声叫道:"拿破仑啊!你那个时代是多么光荣,那时人们在战场上出生入死就可以青云直上!可是,请想一想,居然有人靠以卑鄙的手段给不幸的人们增加痛苦来升官发财啊!"司汤达接着说:"我得坦白承认,于连在这番独白中流露出来的弱点,使我对他印象不佳。他和这些戴着手套的阴谋家本来就是一丘之貉,他们本来就要完全改变一个伟大国度的命运,可是又决不想有哪怕最小的一爪伤痕让人去指摘。"(原注)

善于静观默察这些过程,所以几乎把同样的技能赋予了他的全部人物。他们照例理解自己灵魂里发生的一切,这种理解远远超过一般凡人从经验中得来的理解。这就规定了司汤达小说的特殊结构,这些小说大部分是彼此相连的独白,有时长达几页。他把人物心灵的默默无言的活动揭露无遗,把他们最内在的思想用语言表达出来。他的独白决不是乔治·桑所常有的那种抒情的狂歌式的爆发,而是借以开展沉思默想的一问一答——短小,精悍,虽然未免有些烦琐。

司汤达的主要人物的基本特色,是他们为自己树立了一个道德标准,虽然按照流行的道德标准来衡量,他们都没有良心,没有道德可言。这是每个人都应该能够做到,但只有最高度发展的人才能达到的事情;正是他们的这种能力使司汤达的人物大大优越于我们在书本中或在现实生活中所遇到的其他人物。他们眼前经常浮现着一种为自己创造的理想,努力追求这种理想,他们在赢得自尊以前,是永远不会平静的。因此,于连虽因图谋杀害一个不能自卫的女性而被判死刑,他在临死时刻却想到自己的一生并非寂寞的一生,因而能够有所自慰。"义务"的观念永远呈现在他的眼前。

显然,司汤达在自己的性格中找到了他赋予他的主人公的这种特征。在1820年的一封信中,他谈到他讨厌大旅馆,因为这些大旅馆对旅客很不礼貌,然后接着写道:"我情绪冲动的一天,也就是我白过了的一天;可是受了人家的侮慢,我就想,要是我不发脾气,必定会受人轻视。"于连和法布里斯的推理方式正是这样的。心里怀着这种念头,于连就更使自己把手爱抚地放在德·瑞那夫人手上,法布里斯就更使自己桀骜不驯地重复他在谈到法国士兵在滑铁卢的逃亡时使用过的真实而轻蔑的语言。于连是法国人,他充分意识到他所要做的事才去行动;法布里斯是意大利人,天真纯朴,但是他们两人都具有我们不妨称之为道德多产力的品质。于连在监狱里自言自语说:"不管对也罢,错也罢,我给自己规定的义务一直像一棵粗壮树木的树干,我在狂风暴雨中一直依偎着它。"心情轻松的法布里斯为自己有过一刹那恐怖之感,这样谴责自己说:"我的姊母告诉我,我最需要的是学会原谅自己。我总是拿自己和一个不可能有的十全十美的完人相比。"《红与黑》中的德·拉·摩尔小姐和《巴马修道院》的摩斯卡,都因同样的优越感和自立精神而与众不同。司汤达的同时代人天真地从摩斯卡这个人物身上看出了梅特涅的肖像,这个人物尽管处于一个正统派小朝廷的首相地位,他对于他所效劳的政体的观点却完全摆脱了偏见,正如司汤达的年轻的主人公们一样。他私下顶礼膜拜的对象是拿破仑,他青年时期曾在他的军队里领受过军衔。他带上宽大的黄色的勋章绶带,打趣说道:"用不着我们来破坏权力的威信;这一点,法国的报纸做得够快的了。敬畏的狂热在我们这个时代就会玩完。"

然而,不管他所描写的人物是得天独厚还是天资平庸的人,揭示他们内心生活的那种方式却是独具一格的。我们不仅看透了他们的灵魂,而且还看到迫使他们像在实际生活中那样行动和感觉的心理法则,这是在其他任何作家的作品中看不到的。再没有一个小说家能为读者提供那么多由于充分理解而产生的乐趣。

德·瑞那夫人爱上了她孩子们的家庭教师于连。小说中告诉我们说:"她羞愧而惊讶地发现,她比以往更爱她的孩子们了,因为他们那样忠实于于连。"玛特儿·德·拉·摩尔把她对旧日情人们的情意明白告诉了于连,使他深深受到折磨。"就是把熔化了的铅块注进他的血管里,他也不会感到这么大的痛苦。这个可怜虫是怎样猜想到,德·拉·摩尔小姐回忆起她同德·凯吕先生和德·吕兹先生眉来眼去,便感到莫大的快乐,正是因为她在同他谈话啊?"这两段话都阐明了一个心理学法则。

出于野心勃勃的动机,于连进了教会,但暗中又深恶他所从事的这门职业。在某一次节日典礼中,他看见一位年轻的主教跪在村镇教堂里,四周围着娇媚的年轻姑娘们,她们都在啧啧称赞他那漂亮的饰带,他那超凡入圣的风采,和他那温文尔雅的面孔。"一看到这种景象,我们主人公最后剩下来的一点理智也消失干净了。在那一刹那,他会诚心诚意为宗教裁判所的事业而奋战。""诚心诚意"这个附加语是特别令人赞叹的。在《巴马修道院》中也可以找到类似的一段话。一位亲王一向为摩斯卡所轻视,实际上也是被他(摩斯卡)的情妇用毒药害死的,在他死后,摩斯卡却不得不率领部队去镇压一场反对年轻亲王的叛乱,而这位年轻亲王的性格是和他父亲的性格一样可鄙的。在把这次事件通知他的情妇的信中,他写道:"然而,事情滑稽可笑的一面是,当我对卫队训话,并从那个胆小鬼 P. 将军的肩头扯下他的肩章时,像我这大年纪的人竟然确实有过一瞬间的热诚。在那一瞬间,我真会毫不迟疑地为亲王献出我的生命。现在我承认,要真是这样收场,那真是愚不可及啊!"这两段话都以非凡的睿智向我们表明,一种装模作样的热情多么令人眼花缭乱,而且仿佛是受了感染似的。

司汤达揭露观念的秘密斗争以及由观念所产生的情绪的秘密斗争,他的才能为任何其他小说家所不及。他仿佛是通过一架显微镜,或者是在从事一场用色素注射使最细微的血管都清晰可见的解剖准备工作,给我们显示了活动着、苦恼着的人类的幸福和不幸的感情波动及其相对的力量。摩斯卡收到了一封匿名信,信中告诉他他的情妇另有新欢了。这个消息,他有几个理由相信是正确的,最初叫他有点泄气。然后,他这个聪明人和外交家不由自主地开始斟酌这封信本身,揣测执笔人大概是谁。他判定这封信是亲王写的。"这个问题解决了,这个显然正确的猜想产生了轻微的快感,但这个快感马上又消失了,因为他的情敌风华正茂、温文尔雅的仪表以充分的力量在他痛苦的心灵上赫然呈现。"司汤达没有忽视嫉妒的剧痛会暂时为发现的愉快所打断——几天之内,于连就要被处决了。同时,他所热爱的但已别多年的女人却经常来探望他,他全神贯注在爱情中,把迫在眉睫的命运置之度外。"这种强烈的毫不虚饰的热情,产生了一种奇妙的效果,那就是,德·瑞那夫人几乎也分享了他的无忧无虑和温柔的欢悦。"我认为,这大胆的最后一笔证明了,作者的观察是异常的深刻。司汤达正确地感觉到并表示出,一股幸福的、富于吸引力的热情,有力量把企图插足进来的一切阴森森的念头(哪怕是必然来临的死亡的念头)一扫而空;他知道,同大难临头的想法搏斗的热情,当它不能把这种想法当做全不可信而置诸脑后时,是会使它毫无力量的。正是这样的一些段落,使得别的小说家和司汤达相形之下显得很肤浅。

他的人物决不是简单、坦率的人物;可是他总设法赋予他们一种高贵的特征,不论是男性还是女性。他们有着某种真正的、虽被歪曲了的英雄主义,有着某种振奋情绪的渴望的力量;而在经历考验的时刻,他们却表现出比大多数人有更高贵的感情和更坚强的心灵。请留心观察他用以刻画妇女的一些细微特征吧。在《红与黑》中,谈到德·瑞那夫人时说:"她的灵魂是一个高尚而热情的灵魂,由于未能完成它认为可能完成的壮丽行为,几乎就像犯了一桩罪恶那样感到内疚。"玛特儿·德·拉·摩尔说:"我觉得自己和一切大胆而伟大的事物处于同一水平……什么伟大的行动在刚要冒险尝试时,不是显得很愚蠢的呢?只有在它完成以后,凡夫俗子们才会觉得它似乎是可能的。"在这两小段引文中,以巨匠的手笔勾勒出两个性格相反的非凡的女性人物——一个勇于自我牺牲,一个莽撞蛮干——的轮廓。司汤达在致巴尔扎克的信中,把他的艺术方法作了下述的规定,我们觉得他是绝对正确的:"我采用了我非常熟悉的某些人物;我让他或她保持他或她性格中的基本特点——然后,我赋予他更多的机智。①"

---

① 原文为法语。

在这两部小说中,场景设置在法国的《红与黑》,显然是比较优秀的一部;在《巴马修道院》中,我们只是偶尔觉得我们脚踏的是现实的坚实地面。司汤达以他的经过荒唐解释的青年时期的经验为基础,创造了他自己的意大利;对于我们现代人,这个意大利产生了很不可靠的印象。无论在他的小说里还是散文里,他都告诉我们,意大利人的心灵由于生动活泼的想象力,比法国人的心灵更易为猜疑和妄想所折磨;但是作为补偿,它的享乐则更为强烈,更能经久;它有更敏锐的审美力,却不那么虚荣。他在种族心理学领域的观察,往往使我们感到惊讶;这些观察假如是正确的话(我相信是正确的),那就尖锐得异乎寻常了。例如,据说桑赛威丽娜公爵夫人虽然亲手用毒药杀害了一个敌人,可是当她听到自己心爱的男人处于被毒死的险境时,她却恐怖得几乎发狂了。"一个在容许个人反省的北方宗教里熏陶出来的女人,立刻便会想到:'我使用过毒药,因此我要受到毒药的惩罚。'而她却不会有这种道德反省的。在意大利,这种类型的反省在充满悲剧热情的时刻,很不得体,几乎显得愚蠢,正如在巴黎同样的情况下说一句双关语一样。"在意大利性格中显然最使司汤达赞赏的是它的纯粹不信教的基础,不论古代的还是中世纪的宗教都没有真正影响过这个基础。然而,《巴马修道院》尽管有其种族心理学上的优点,但由于含有更多的当时纯粹外在的浪漫主义成分,如伪装、毒杀、行刺、监狱和逃亡等等场面,它比起《红与黑》来就不很投合现代读者的趣味了。一种根深蒂固的内在的浪漫主义成分,却是这两部小说所共有的。

从许多方面说来,司汤达都是极度现代化的。他经常预言:"大约到1880年,人们将要读我的作品了,"这话已经准确地得到应验。尽管如此,无论从他的情绪生活来看,还是从他刻画人物的手法来看,他显然是个浪漫主义者。不过,必须看到,他的浪漫主义是坚强的心灵和批判的心灵的浪漫主义;在以明智和坚定为其突出特征的人物身上,有时找得到一种濒临疯狂的热情因素,一种达到自我牺牲顶峰的温柔因素。在司汤达的本质上自我意识的人物身上,这种浪漫主义像烈性炸药似的发生作用。它包藏在一个硬实、坚固的躯体中,可它在那里仍然保持着它的威力。只要碰击一下,炸药就会粉碎它的外壳,把死亡和毁灭散布在周围——请看于连、桑赛威丽娜公爵夫人等人的例子吧。有时,这些人物好像更属于司汤达热心研究过的十六世纪,而不是属于十九世纪。司汤达自己谈到法布里斯时说,他最初的灵感是和十六世纪的精神十分合拍的;而且玛特儿在他笔下就是在十六世纪精神里度过她的一生。但是,司汤达把这种充满精力和勇敢业绩的浪漫主义,和1830年法国所特有的浪漫热情的形式结合起来了。他笔下的于连是个富有才华的平民,却被复辟时代的精神压得抬不起头来,感到自己为无孔不入的穿金戴银的平庸之辈挤得黯然失色,追求冒险和刺激的饥渴弄得他形容枯槁;当他变得无能为力只有怀恨在心时,他便利用一切可能的手段使自己超出原来的社会地位之上,但哪怕暂时获得成功,他依然同他的周围环境奋战,而且得不到满足。作为忧郁的叛逆,作为立志报复的平民,作为"同社会奋战的不幸的人"(司汤达自己就这样称呼他的),于连是雨果所描绘的社会继子们(如狄地埃、吉尔贝尔、吕依·布拉)的一个兄弟,他们年纪相同,可是更加精明;他还是大仲马青年时期的主人公——私生子安东尼的一个兄弟;还是缪塞的弗兰克、乔治·桑的莱莉亚、巴尔扎克的拉斯蒂涅的一个兄弟。

　　以文章风格而论,司汤达是十七和十八世纪散文作家的嫡系后裔。他取法孟德斯鸠而形成了自己的风格;他偶尔也使我联想到商弗尔①;他是保罗·路易·库里埃的赞赏者——库里埃跟他一样,由军旅生涯转入文学事业,他那明晰、清雅的简朴风格使他推崇备至。但是,库里埃以达成风格上的完美和谐与清澈晶莹为

---

① 商弗尔(Nicolas Chamfort,1741—1794),法国作家,文章风格以简洁机智著称。

主要目标,他赞扬一位古代作家时说,那位作家只要能因此把辞藻修饰得更圆润些,即使庞贝①在法尔萨路斯战役获得胜利,他也满不在乎——这时库里埃的观点就和司汤达的观点判若天壤了。作为文体家的司汤达,既没有色彩感,也没有形式感。他既不能够也不愿意为眼睛写作;和思想比较起来,画面对他是毫无意义的;他从没有动过一丝一毫的念头,要按照夏多布里昂或雨果的方式写作。同样,他也很少诉诸听觉;诗意的散文是他所深恶痛绝的;他厌憎斯塔尔夫人的《柯丽娜》的风格,嘲笑乔治·桑小说的风格。正因为他轻视诗才洋溢,他才在致巴尔扎克的信中写出他的那句名言:"我写《巴马修道院》的时候,习惯于每天早晨读两三页《民法》,帮助自己掌握恰当的语调,显得完全自然;我不希望用矫揉造作的手段去迷惑读者的心灵。"几乎没有一个作家对艺术性表示出比他更大或更不合理的轻视了。尽管如此,司汤达还是具有艺术品质的。他的作品虽说结构糟糕——素描可以说拙劣不堪——其中许多细节却是以巨匠的手笔描绘出来的。他的风格虽说没有一点音乐感(对于这样一位意大利音乐崇拜者说来,真是奇怪极了),而在他的篇幅里却充满了令人难忘的句子。就写一整页而论,他不是一个艺术大师,但他所用的一个字或一个描绘性的辞藻,却带有天才的痕迹。在这方面,他和乔治·桑截然不同。乔治·桑的一页总是比她的一字一句要优越得多,而司汤达的一字一句却远胜于他的一页。他真心诚意赞美巴尔扎克,而对他的风格却厌恶透顶。在《一个旅人的回忆》中,他抒发己见说,巴尔扎克起初还是用通情达理的语言写小说,后来却用诸如"雪花落在我的心里呀!"之类的油头粉面的浪漫主义风格把他的小说打扮得花枝招展。司汤达自己风格方面的优点和缺点,是他的富于

---

① 庞贝(Gnaeus Pompeius Magnus Pompey,公元前106—前48),罗马军人和政治家,公元前54年战败于法尔萨路斯。

哲理的突然间断的思想方式的必然产物。他的风格往往浮想联翩,也没有堆砌辞藻的毛病,可是显得潦草而急促。① 痛恨空空洞洞和模模糊糊,是它的突出的真正伟大的优点。像他的作品那样充满经过充分消化的材料的作品,是罕见的。

司汤达时常说,只有迂夫子和教士才谈论死亡;他并不害怕死亡,但他把死亡看成一种悲哀而丑恶的东西,我们还是尽量少谈为妙。1842年,正如他原来所希望的那样,他突然逝世了,那时他的名字几乎不为世人所知。参加他的葬仪的只有三个人,谁也没有讲过一句话。报上发表的关于他的通告,虽说出于好意,只能证明那些最欣赏他的人对他理解得多么肤浅。然而,从此以后,他的声誉日渐增高。最初,他被认为独出心裁,但古怪得多少有点矫揉造作;稍后一个时期,当他伟大的才华被公认之后,他仍然被认为是一个与世隔绝的人物,一个自相矛盾的、没有出息的天才。至于我,我则不仅把他看做1830年代的主要代表之一,而且还是十九世纪伟大文化运动中一个必不可少的环节;因为作为心理学家,他的后继者和接力人并非别人而是泰纳;而作为作家,他的后继者和弟子门生则是普罗斯佩·梅里美。②

---

① 下面这些连续的句子使人一眼看出,司汤达能够写得多么优美,又多么糟糕:"这个理由表面上显得正确,却把玛特儿惹得大怒了。这个骄矜的心灵确实浸透了那种乏味的持重味道(在高等社会里,以为这样就是忠实反映人的心理),却不能迅速地体会到嘲笑那种持重味道的快乐,虽然这种快乐是热情的心灵敏于感受的。"我们懂得作者说的是什么意思,虽然这句话不但结构笨拙,就连逻辑上也是不通的。但紧接着还有一句,其深刻与机智同样使我们感到惊讶:"玛特儿生长在巴黎的高等社会里,在那里热情很少能够摆脱持重味道的,稀罕得像有人从六层楼的窗子跳了下去一样。"(原注)

② 关于司汤达最优秀的品评是:巴尔扎克论《巴马修道院》;泰纳论《红与黑》;梅里美在司汤达《未发表的书简》(在《历史画像》中略有增补)序言中的简介;柯龙勃的传记文章;圣伯夫在《月曜日丛谈》中的两篇文章;比西埃尔在1843年元月15日《两世界评论》中的文章;左拉在《自然主义派小说家》中的文章;保尔·布尔叶在1882年8月15日《新评论》中的文章。阿尔弗雷德·德·布吉的《司汤达》不过是剽窃别人,自以为是罢了。(原注)

二十一　梅　里　美

这一代读者在《一个罪犯的历史》中熟知维克多·雨果用轻蔑的口吻谈到梅里美，并且很容易把雨果看做一个诗才横溢的共和党人，而把梅里美却看做第二帝国的爱情宫廷里温文尔雅、尖酸刻薄的秘书；因此，他们难以了解，这两个人由于文学上和政治上的对立，彼此日益疏远，而在青年时代却属于同一个阵营，不仅和睦共处，而且情谊甚笃。在浪漫主义春光明媚的一天，普照一切的太阳看见《马铁奥·法尔哥尼》的刻意讲求方正的作者，罩上套袖，系着围裙，在雨果的厨房里，被雨果全家簇拥着，对厨师大显身手地示范指导他做"意大利通心粉"的技术。我们还知道，在某次夜宴中，雨果可能被那种其味无穷的通心粉激起了热情，将Prosper Mérimée这个名字中的字母变移位置，构成一个恰当而带恭维性的新词，"M. Première Prose"（第一流散文先生）。①

在稍后一个时期，雨果本人会完全否认那个新词的恰当性（每当他听见身边有人偶然称赞梅里美的严谨风格时，他就叫嚷道，"胃口虚弱的严谨！"），然而，可以有把握地说，这个新词恰如其分地表达了至今健在的最老一代法国人的意见。依照老一辈有教养的阅世之士的评价，什么人的风格都比不上梅里美的风格。

请注意，我说的是阅世之士。因为精确无误、纯朴自然和言简

---

① 见《雨果生活的目击者谈雨果》第2卷第159页；米莱古著《论梅里美》第25页。（原注）

意赅,虽然可能为后一时期耽于声色、富于画意的散文作家及读者大众所赞赏,但并不是他们最高度重视的品质。另一方面,受过良好教育的普通法国人喜欢故事情节,而不喜欢描写;他们不自觉地成了莱辛在《拉奥孔》里所阐发的各种原则的坚定信徒,普通常识的真正崇拜者,他们对于浪漫主义和自然主义的描写嗤之以鼻,总是无限热爱伏尔泰的风格,而不喜欢狄德罗的风格。一个作者如果没有弄错他的一般印象,而以尽可能少的篇幅来表现尽可能多的内容,他便接近一般受过教育的人的艺术理想了;不仅如此,如果他像梅里美那样,把这种简洁、紧凑同语调和风格方面的绝对自我控制结合起来,便算是达到了这种艺术的理想。对于老一代的法国人,"浪漫主义"这个名词几乎逐渐变成夸夸其谈、瞎吹牛皮的同义语了,他们简直不懂得为什么梅里美也被列入浪漫主义作家之林;他们承认他参加过浪漫主义的初期战斗,可是坚持说这件事有一半是出于误会。尤尔·桑道在欢迎法兰西学院梅里美的继承人路易·德·罗美尼时,为了说明梅里美是怎样一种浪漫主义者,曾经讲过一桩陈旧的逸闻:在七月革命期间,有一位绅士忍不住抓起一个不会射击的起义者的枪支,向守卫推勒里宫窗口的瑞士士兵瞄准,并当场把他击毙;后来,那个起义者请他把他运用得那么熟练的武器留归己用,可是他却彬彬有礼地回答说:"非常感谢,但说实话,我是一个保皇派。"桑道的言外之意是:梅里美永远是一个古典主义者;如果说他在文学生涯的第一阶段,几乎比浪漫主义者还要浪漫主义,那不过是因为他按捺不住要指导他们如何射击罢了。然而,这个令人发噱的夸张所包含的见解无论如何谈不上是正确的。很容易证明,尽管他的风格具有古典主义的严谨,梅里美在很多方面都是法国浪漫主义倾向的一个典型代表。我们越是研究他的性格,就越是确信这一点。

普罗斯佩·梅里美生于1803年9月28日,出身于一个艺术家的家庭。他的父亲是个具有多方面文化修养的人,擅长绘画,写

梅里美

梅里美母亲笔下五岁的梅里美(1808)

过一本关于他的绘画技艺的著作；他的母亲也是画家，以绘画儿童肖像而知名；她会讲故事，惯于一面给儿童画像，一面给他们讲些有趣的故事，使他们能够乖乖地坐着让她画。她给自己五岁的独生子画的那张肖像，使我们对她的才能和她儿子的面貌都有美好的印象。那张脸庞具有一种在这样小的男孩身上很少见的美的风韵；因为一头美丽柔软的卷发烘托着一张稚气的面孔，具有一个佼佼俊杰的傲慢神态和智力上的优越感。那双眼睛是天真而坦率的，伶俐的嘴唇紧闭着，可是在嘴唇的曲线中显示着淘气的神情。神态自如，像一个小王子。① 有一天，这个孩子看见他的父母假装对他生气之后，又在他背后嘲笑他那忏悔的眼泪，我们就能充分理解为什么他下定决心"永远不再求人宽恕"了——这个决心他坚持到他成年都没有放弃。他跟他母亲生活在一起，直到1852年她与世长辞。她是一个性格异常坚强的女人，十八世纪的哲学使她对任何形式的宗教信仰都产生反感，她甚至不让她的儿子去受洗礼——他到晚年提起这件事，还略带几分讽刺性的快意。有个虔诚而和蔼的贵妇人，使尽一切花言巧语，引诱他去行受洗仪式，他向她答道："我愿意，但有一个件条，就是你做教母，我穿上白色长袍，你把我抱在怀里。"

梅里美的外部生活事件，可以简明扼要地叙述一下。二十二岁那年，他完成法科学业（法国大多数富家子弟都要接受这种教育）之后，就作为一个作家初露头角了。接着六年间，他在自由主义反对派的社会圈子里过着独立自主的生活，把自己的时间一半消磨在文学上，一半用来寻欢作乐。1831年，他政治上的朋友当权时，他继维泰之后，被任命为古迹文物视察员——作为作家，他早已紧步维泰的后尘。他履行自己的职责，既热心，又干练。他几度出游西班牙

---

① 这幅肖像的复制品载入莫里斯·都尔勒所著《梅里美：画像，构思，参考书目》一书。（原注）

和英国,一度到东方、两次到希腊,——这些游历完成了他的特殊训练,使他对异国风土人物贮藏了丰富的印象。他由于精通各国语言,从历次旅游中获益不浅;他在外国就像一个本地人一样到处行走。一个法国人像梅里美那样懂得那么多种语言,实在是非同寻常的。他会讲英语、西班牙语(包括吉卜赛语在内的所有西班牙方言)、意大利语、现代希腊语和俄语;他除了精通古代希腊罗马的文学以外,还透彻地研究过上述各种语言的文学。他以公职人员身份在法国发表了他的游记,通篇广征博引,巨细无遗;这些游记以及有关罗马历史逸闻的研究,使他在 1841 年被选为碑铭研究院院士。1844 年,他成为法兰西学院院士。在第二帝国统治下,作为孟蒂约伯爵夫人的一个老朋友,他同皇家过从甚密;他和奥克塔夫·费叶①长期以来都是新宫廷仅有的文艺花瓶。1853 年,他被选为参议员。这项任命有失他的尊严,他接受这项任命也有损他的名誉,虽然他从未参加过议会的审议。梅里美在最后一次卧病期间,听到帝国崩溃的消息。1870 年 9 月 23 日,梅里美在甘诺逝世。

梅里美的内在生活绝不像他的作品所揭示的那么简单。这个十八岁就闯进社会的青年的性格,是由许多矛盾的因素组成的。他非常骄傲,同时既冒失又羞怯。他的智力大胆放肆,他的气质却腼腆拘谨。为了隐藏有损他的骄傲的腼腆,他要么采取生硬冷漠的态度,要么摆出略带玩世不恭的轻薄模样。这种玩世不恭,在他和人谈话时,就变成一种怪癖了。他在青年时代,当然不如他成年以后那样疑神疑鬼和沉默寡言,可是把他怀疑一切的性格归因于某一次失望,也是错误的。他像我们大家一样,遭遇过多次的失望,而且时常感到严重的幻灭;他被朋友们欺骗过,被心爱的女人抛弃过(德·奥桑维尔②在 1877 年 8 月 15 日出版的《两世界评

---

① 奥克塔夫·费叶(Octave Feuillet,1821—1890),法国作家。
② 德·奥桑维尔(Gabriel-Othenin d'Haussonville,1843—1924),法国文艺学者,法兰西学院院士。

论》中提供了详细情况）；他学会了认识世界，懂得人生就是战斗，懂得一个人不仅要提防那些虚伪的不可靠的朋友、秘密和公开的敌人，还要提防那些他所谓的"为作恶而作恶"的人。但如果不是从一开始在他身上就有那种猜疑的胚芽，即令十来次连续不断的辛酸经验也不会消除他对同胞们的信心；因为一个本性深信不疑的人起码会遇到和别人同样多的不顺心的经验。但是梅里美生性欢喜吹毛求疵，正如他在写作上多产一样，像他这样性格的人往往会把我们用以判断职业批评家的规律（即他值得信任的程度和他所显示的不信任成正比例）当做他们生活的规律。我们可以想象，对于像梅里美这样具有高度发展的批判感的人，他自己的诗的感受性使他承担了多大的痛苦啊！

批判的气质首先要诚实；梅里美尤其诚实。何况，他莽撞的天性使他置一切习俗于不顾，想说什么就说什么。从他的书简里可以看出，他生性多么坦率，多么想要说出毫不矫饰的真理，而且多么受不了传统的虚伪作风，甚至减轻痛苦或讲究体面的迂回说法。在《给一个不相识的女人的信》第一卷中，这一点特别引人注目。即使在这些情书中，每逢他觉得他所钟情的对象发表一些不过是常规俗套的见解，梅里美也是几乎毫不客气的。虽然他怕人嘲笑，怀疑心理日益加深，虽然这些使他不会从事游侠行为，也不会为宫廷殉难尽节，他到五十岁那年依然做了一件富于骑士气概的蠢事——这种事情就大多数深于世故的人而言，只有在少年气盛时才干得出来的。他的一个朋友，声名狼藉的利布里，身为公共图书馆馆员，被发现滥用职权，竟然盗卖许多属于国家的善本图书；梅里美不相信利布里会干出这种勾当，便以一股小题大做的热忱为他恢复名誉，在《两世界评论》（1852年4月25日）上写了一篇才情横溢的文章，使人想起保罗·路易·库里埃的时论，大肆攻击检查委员会和司法官员。一个公然的堂吉诃德也不会干得比这更愚蠢的了；即使深明内情的人说对了，他的这股子热忱不是由利布里、而是由他的夫人激发起来的,这也改变不了事情的性质。

在帝国统治时期,梅里美即令身为廷臣,依然保持他的言论自由。我所指的不是他照例要说拿破仑第三的坏话,鉴于他在那位君主的政府里接受任命,他的这种行为并不特别值得称赞;可是,他甚至在和皇族成员谈话时,也免不了在彬彬有礼中寓有坦白直率的一面。他在1859年7月的一封信中谈到,皇后曾经用西班牙语问他,他以为皇帝从意大利归来所作的演说如何。他写道:"为了既保持坦率,又不失廷臣的礼节,我回答说:'muy necesario!'(非常必要)。"

不过,梅里美天性中坦白直率的倾向,却受到他的骄傲和羞怯的牵制。他从小就懂得,一个人要是把感情天真而公开地表露出来,不但会给自己招来嘲笑,而且会引起一群俗人的同情和亲昵;所以,他在青年时代就决定不能过于心直口快。用不着他那样多疑就可以发现,他周围大多数人坦白而幼稚地表露他们的感情,他们很明白他们的意图何在。人们在大庭广众之中,公开表露他们的高尚思想,他们的真挚热诚,他们对道德和宗教的热爱,他们的爱国心等等,他总觉得,不是为了沽名钓誉,就是受到某种事务动机的驱使。他不会不清楚,把高贵情操和温暖感情表现出来,照例会得到多么优厚的报酬,因此他很难设想别人会对这一点一无所知。在任何情况下,他不肯让自己看别人怎么做,自己也就怎么做;有些人绝不肯公开宣称,他们热爱美德,憎恨恶行,绝不肯永远高唱"真、善、美"的赞歌——梅里美就是这些人中间的一个。

为了避免同那些精打细算的"有情人"结交,为了保护他的感情生活不为凡夫俗子所窥视,梅里美就乞灵于耍弄手腕,把他那颤动的情感隐藏在钢铁一样的冷嘲下面,就像隐藏在一身铠甲下面一样。他决定与其冒险被看成具备一切美德的模范人物,还不如显得比他本来面目更坏一点。怀着这种目的,他对待自己就特别严厉苛刻,以致丧失他原有的新鲜单纯的纯朴天真,换上了另外一种态度,这种态度虽仍不失其自然和单纯,却显然是后天培训出来的。他的短篇小说《古花瓶》①对他自己的精神生活和感情生活作了最深刻的透视,我们看到他这样描写主人公圣克雷尔:"他生来具有一颗温柔而钟情的心;可是到了一定的年龄,一个人容易接受终生难忘的印象,这时把他的温柔心肠过于坦白地表露出来,就会招来朋友们的嘲笑。他骄傲,雄心勃勃,像所有孩子一样重视别人的夸奖。从此以后,他就潜心研究如何把他视为不光彩的弱点加以隐瞒,不让它们在众人面前表现出来。他达到了目的,可是他的胜利付出的代价太大了。他固然成功地向别人隐瞒了他多愁善感的内心,可是他由于把这些情绪幽闭在自己的胸中,便使它们变得千百倍的痛苦。在社会上,他得到一个可悲的名声,说他麻木不仁,漫不经心,而在他孤寂的时候,他那奔腾起伏的想象为他制造了不少折磨,由于他不肯向任何人推心置腹,那些折磨就越发不堪忍受了。"不能忽视,这段性格素描就是作者直接的自我画像,虽然色调未免过于阴郁。

---

① 原文为《伊特鲁利亚的花瓶》。伊特鲁利亚系意大利中部古地名,以其所产陶器著称。

二十二　司汤达与梅里美

　　经过这么一番训练,梅里美在十八岁那年,结识了比他大二十岁的司汤达。他们在知名的歌唱家巴斯塔夫人家里相遇——她刚刚离开米兰,定居巴黎。司汤达会对一个比他年轻得多而具有类似精神的人发生重大的影响,是不可避免的。要想列举这种影响的直接证据却很难,因为梅里美在遇见司汤达以前,什么也没有写过;然而,如果比较一下这两位作家的作品,他们某些特征的惟妙惟肖之处是引人注目的;而这种比较还更富有启发性,因为这样可以强烈地突现出梅里美自己的一些独具一格的特征。我以为梅里美不可能对司汤达产生什么影响,如果我们不把一般地交换意见也算作影响的话;因为在《一个旅人的回忆》中,司汤达有许多关于艺术问题的观察,毫无疑问应该归功于梅里美。在这两颗心灵中,司汤达的心灵显然是先成熟的;因此,当这两位朋友中年轻的一个为年长的一个开始写传记材料时断言说,在他们一生中,他们尽管友谊甚笃,却几乎不曾有过两种共同的意见——这种明显的夸张说法,很可以说是由于梅里美急于防止读者把他对于司汤达的某些说法应用到他自己身上来。

　　司汤达和梅里美彼此相似,首先在于他们都热爱事实。梅里美的读者都知道,他给他们写的是不加修饰的、证据确凿的事实,是描绘得恰如其分的细枝末节。在历史中他所关心的,如他自己在《查理第九时代逸事》中所说,是逸闻掌故;而在逸闻掌故中,他又侧重能说明那个时代人物的风貌和典型的一类。关于司汤达,也完全可以这样说。逸闻掌故实在是司汤达思想的自然形式；他就是用逸闻掌故进行思索的。他在逸事中刻画个人，在传记中表现时代。他厌恶朦胧暧昧，致使他写作他认为最充满生活气息的历史一类作品，换句话说，致使他用小说形式或写实的短剧形式来传达事实。他所叙述的精辟简短的逸事决不是老生常谈，而一定是某种事实本质的显著的表现。到此为止，他和梅里美的相似是昭然若揭的。司汤达的一位近代崇拜者保罗·海泽称赞他的意大利短篇小说时说："在这些小说中，强烈的鲁莽的热情毫不自欺地流露出来，我行我素地发展下去，或则炽热如火，或则冷若冰霜，完全不顾后果，最后一着便准备乞灵于匕首了。"我们觉得这番话可以一字不改，用到梅里美的小说上面去。

话虽如此，梅里美讲的故事和司汤达讲的故事传达了彼此完全不同的意义，所以很容易看出年长的司汤达对年轻的梅里美的影响的限度。司汤达突出的特征，就是善于概括的倾向。在某种特定行动中展现出来的性格的特点，对他说来不过是一个事例而已；它阐述了一种心理学的法则，或者是某种社会状态或民族特征的迹象，他觉得把它们阐说明白是很重要的。例如，他在《恋爱论》一书中连篇累牍地充塞着逸事琐闻，他之所以这样做，只为了以一种实际的、动人的方式，表明他把千变万化的热情及其不同发展阶段给予不同的名称，究竟是什么意思。为了使读者同意他得出的结论，他用逸事琐闻的形式把他的材料、他的论据表现出来。在他的小说里，这种概括化的倾向几乎产生了一种分散注意力的影响。他过于频繁地向读者解释说："她的动作之所以如此如此，因为她是个意大利人；一个巴黎人的动作当然就大不相同了。"

在梅里美的作品里一点也找不到类似的迹象；既不大发议论，也不离题万里——只是严格准确地大胆地表现事实，再没有别的什么。他的题材常常是古代野蛮人的残存遗物，这些东西吸引他的注意，正如在一堆现代钱币中一枚古钱吸引古董鉴赏家的目光一样,正如在现代城市里一座古老建筑吸引旅游者的目光一样;但他一旦选定了他的题材,他的全部目的就在于使这个稀有现象从他自己时代的枯燥乏味、死气沉沉的背景中尽可能鲜明地浮现出来。凡是妨碍这个奇异的古老遗物充分发挥效力的东西,他都加以摒弃;但这种遗物都是带有某个社会或某个国家的特征的,而探索它和那个社会或国家之一般状况的关系的做法,他却从未想到过。从事物的整体来观察事物,不是他分内的事:他把纵观全局的鸟瞰,留给了别人。他在现实世界里探寻并寻到一个稀有现象,对它进行描摹,并在描摹过程中,把自己生命的一部分也倾注在里面;但他只是把它看做一个稀有现象,绝不看做别的什么。在描摹方面和在阐述方面一样,他是严格地实事求是的。例如,在他的《历史画像和文学画像》中,请注意他多么反对对《堂吉诃德》作任何象征性的解释,他在这部作品中什么都视而不见,只看见一部杰出的模拟骑士传奇的戏作。他声称:"说拉·曼查的骑士象征着诗,他的侍从象征着散文,这项发现的光荣,让我们留给道貌岸然的德国教授吧。注释家总会在一个天才的作品里,发现出作者完全没有想到的千般万种诗意的。"再请把这种批评和下面所引的圣伯夫的一段精彩议论对照一下。"这本书原来只是一部纯粹以当时趣闻为题材的作品,现在已经成为世界文学的一部分了。它征服了人类的想象。每个读者都用它来达到自己的目的,把它塑造得适合自己的趣味……塞万提斯没有想到这一点,可是我们想到了。我们每一个人,今天是堂吉诃德,明天却是桑丘·潘沙。在我们每一个人身上,多少都是把高飞云霄的理想和紧接地面的普通常识不协调地结合在一起。就很多人说来,这实际上只是一个年龄问题。一个人睡着了是堂吉诃德,醒过来却是桑丘·潘沙了。"对于这些感想,司汤达可能会赞同的,而梅里美由于憎恶概括化,就未必如此了。

司汤达和梅里美热爱纯朴无华的事实,就使他们两人强烈地厌恶法国的古典辞藻；但他们两人都不用抒情诗歌来代替古典辞藻，这是使他们和所有当代的法国浪漫主义者截然不同的地方。司汤达没有写过一行诗句；他对于韵律是完全没有听觉的。尽管他自以为对意大利诗人热烈赞赏，他实际上把韵律只看做有助记忆而已，所以在一篇不打算让人死记硬背的文章里，他看不出要采用韵律的理由。梅里美也和他一样厌恶韵文。他对于嗲声嗲气、靡靡之音的押韵音乐深恶痛绝，以至他的作品里所引用的有韵律的诗歌都毫无例外地改成了散文；他宁愿让它们丧失所有特色，也不愿用韵文来翻译它们。这样，自然就出现了这种说法，他自认为没有能力写诗了。不过，我倒认为，正是由于他的高傲，他才不肯把自己的诗作交给大众去品头论足。他的《给一个不相识的女人的书简》证明他能够写作英语韵文，所以很难说是他没有写诗的能力。不过，他即使有写诗的才能，也并没有加以培养；对感情流露的厌恶，羞怯腼腆的拘谨，产生了和司汤达缺乏听觉相同的实际效果。

不过，在这方面，如在其它各方面一样，梅里美超过了他的老师。在司汤达的灵魂深处，有一种抒情的倾向；他对拿破仑，对意大利，对十六世纪，对齐玛罗莎和罗西尼、科列吉奥和卡诺瓦①的历久不衰的热诚，以及他笔下像从巴尔扎克笔下几乎同样丰富地涌现出来的最高级修饰词，都使这种抒情倾向流露到表面上来了。另一方面，梅里美从自己作品中驱逐了抒情犹不甘心，更要完全斩断这种精神；他把自己用墙围了起来；没有一种散文像他的散文那样缺乏抒情意味的了。

为了对他文艺上的务实精神获得一个适当的印象，我们暂且不拿司汤达的小说，而拿乔治·桑约在同一时期写成的初期小说，来和梅里美的短篇小说比较一下。乔治·桑在她的作品中呈现给

---

① 齐玛罗莎（Cimarosa，1749—1801），罗西尼（Rossini，1792—1868），均为意大利作曲家。科列吉奥（Correggio，1489—1534），卡诺瓦（Canova，1757—1822），均为意大利画家。

我们的,主要是一个年轻女性的内心生活,她的谦虚和热忱,她的自我献身的冲动,她对于热情的敏感,这一切揭示得那么精细,是从前任何女性都没有向世人表露过的;然而在她灵魂的最幽深处却有一个宗旨;她有冤仇要报复,她有愤怒要发泄;她不是从旁观者的立场来观看女性的痛苦;她不想隐瞒她的内心在流血。反之,梅里美没有目标,没有理论,没有任何政治偏向和社会偏向。他没有热忱,没有信念,既不相信哲学体系,也不相信艺术流派,也不相信宗教真理,甚至连人类的一般进步也几乎不相信。这个老于世故的怀疑派对世上一切革新家、传道者和改良派,以及人类的救世主,都无动于衷;他是否赞同他们,对这个问题他装聋作哑,不予答复。乔治·桑则指出在法国,婚姻究竟是怎么一回事,然后用颤抖的声音问她的读者:"你们对这个问题的意见怎样?难道这是可以忍受的吗?"梅里美写他的《双重误会》时,脸上的肌肉都没有动一下就结束了他的故事。

作为过度强烈的情绪之后的一次休息,乔治·桑回到原始的人性上去,用纯朴美丽的笔触,描写了忠诚爱情的力量和幸福(如在《莫勃拉》中),或把人类灵魂内在的高贵表现得单纯、动人、富于理想(如在她的农民小说和《让·德·拉·洛施》中)。梅里美不相信理想,也没有写作牧歌的才能。他所描绘的一切总笼罩着一层阴沉暗淡的情调;心灵对于它所热爱的纯净,或对于它所赞美的英雄主义所起的冲动,和梅里美的艺术是格格不入的。乔治·桑在内心深处是个抒情诗人。不论她是不是把恋爱的热情作为她作品的中心,即令这种热情是在鼓舞一个毫无价值的人物(如在那篇杰出的富有深刻暗示性的短篇小说《瓦尔威都》中),她都赋予这种热情一切权利,并投入她的全部同情;不论她是不是由于倾慕最优秀的女性勇敢和坚强的性格而感动得入迷,她总是和她的人物有着共同的情绪和热情,和她们一起欢乐,一起哭泣,一起叹息,一起微笑。反之,梅里美却把他的思想和感情表现得无关个人痛痒,富于戏剧性,他在这一点上同司汤达相似,而他的写作技巧却超过了司汤达。他费尽心机把他的感情隐藏在内心深处,使它们含而不露,像在监狱里一样绝对沉默,从不用他自己的名义把这些感情表现出来,连一次也没有过。他只是通过非常可靠的人物,才使他的感情形诸语言,而这种情况却是罕见的。像这样形成的人物就非常生动地浮现在我们眼前,他们的语言也格外简练而泼辣。梅里美的情绪最初越是炽热和温柔,它的外表越是傲慢。他身上没有一点女性气质。甚至在他的女性人物中,他所勾画出来的也不是她们的女性气质。在这方面和他形成显著对照的是司汤达,他在给梅里美写信时作了真实而中肯的观察,说他的小说缺乏"纤细的温柔"。他笔下的妇女在热情奔放时是男子气概的,合乎逻辑的;她们几乎都是坚强有力的个人;就连最轻狂淫邪的女性,都能用宁静的刚毅精神迎接死亡(如阿尔塞娜·吉约、尤丽·德·夏威尔涅、卡门)。像司汤达赋予他的女性人物的科列吉奥式的温柔品质,梅里美的人物中没有一个具有过。

司汤达的风格更抒情一些,他对真正的女性温存理解得更深刻一些,这主要是由于他内心是一个富于想象的热忱的人。他的务实精神终究是很肤浅的。因此,热忱本身正是他心爱的题材,然而却是梅里美所要回避的题材。例如,比较一下他们怎样描写战争场面吧;比较一下当时两篇描写战役的最优美的散文,一篇是梅里美的著名的《夺堡记》,一篇是司汤达的同样著名的滑铁卢战役记事。它们形成了显著的对照。在司汤达的叙述里,我们看见一个青年人对拿破仑的热忱,对战功光荣的渴望,描写的笔调带有讽嘲,但也带有真正的同情;而在梅里美的叙述里,我们只看见战争的阴暗面——对方形堡的相当机械的袭击,以及战争的喧嚣,他是用耶洛姆①那样精彩画笔描绘出来的,没有想到爱国主义、热忱、

---

① 耶洛姆(Jean Léen Gerome,1824—1904),法国画家和雕刻家。

或任何比士兵式的禁欲主义和晋级升官的希望更高尚的情操。

司汤达和梅里美彼此相似,还在对宗教的态度上,这种态度对于浪漫主义者也是很特别的。法国浪漫主义者也和德国浪漫主义者一样,原先对罗马天主教并不怎么敌视。他们之中有几个人从生活的开始就是好天主教徒,其余的人的态度,一般说来,或者是毕恭毕敬,或者是漠不关心。然而,司汤达和梅里美两人在思想上和感情上,从一开始就是彻头彻尾不信宗教的。梅里美的自由思想和司汤达的自由思想一样,都属于强烈的类型。梅里美还没有幼稚到对上帝本身怀抱敌意,但对宗教的代表们,他却和司汤达一样深恶痛绝。不过,他对基督教的厌恶表现得比司汤达要间接得多了,司汤达的厌恶锋芒毕露,不断引起人注目。他不像司汤达那样憎恶天主教;他不过对它付之一笑而已。他充其量只肯从黑僧袍下面露出一个手指头罢了。刻画那些阿谀逢迎的天主教教士,是使他开心的;他的人物有时谈到洗礼、忏悔或任何其它宗教仪式时,他往往使他们在说话腔调中"带着道貌岸然的鼻音"。但当这些话出自他本人之口时,我们只能看到像下列一段话所包含的谨慎而微妙的讽嘲:"皮恩诺夫人随身携带的是一本宗教书;我不想告诉你那本书的名字,第一,因为我不想损害那个作者,第二,因为你们恐怕会指责我对于这类著作一般有心诋毁。只要这样讲一下就够了,所谈的这本著作是一个十九岁的青年写的,写作的特殊目的是要把一些铁石心肠的女性罪人重新引回到教会的怀抱里;阿尔塞娜累得死去活来,前天一整夜都没有闭过眼睛;正在读第三页的时候,便发生了不管是什么书都必然要发生的事——吉约小姐合上眼睛,睡着了。"

司汤达和梅里美的区别在这里主要又是取决于这个事实,即司汤达远不如梅里美那样怀疑一切。司汤达是百科全书派的一个唯物主义者,因而具有坚定的信仰。他有他的哲学——伊壁鸠鲁主义,他对之信守不渝,他的方法是心理分析;他的宗教是崇拜人生、音乐、造型艺术和文学中的美。梅里美没有哲学;很难想象还有什么比他那半禁欲、半纵欲的心境更不固执己见的了；而且他没有宗教；他什么都不崇拜。他小心翼翼地躲避热忱，仿佛那是一种疾病。在那篇著名的关于格洛特①的《希腊史》的论文中，我们读到他对莱奥尼达斯②和泰尔莫皮莱战役的议论，便深深感到上述这件事实。他讲起几年前他到泰尔莫皮莱过了三天，并且承认说，"尽管他是一个缺乏诗意的人"，当他爬上三百勇士中最后一个勇士倒下去的那块小高地时，他也不是毫不动情的。可是他不允许这种情感征服自己。他查看了波斯人的箭头，发现它们全是火石做的——因此，这些亚细亚人跟欧洲人比起来不过是些可怜的野蛮人；要说我们有什么惊叹的理由，那就是他们终究穿过了这道关口而已。他进而严厉批评了莱欧尼达斯，因为他自己据守这道难以攻破的关口，而把更难防守的关口交给了一个胆小鬼。莱奥尼达斯无疑死得像个英雄；可是，如果可能，让我们想象一下，他把希腊的咽喉要道放弃给野蛮人之后回到斯巴达的情景吧。梅里美作出结论说：希罗多德③是作为一个诗人，尤其是作为一个希腊诗人来写历史的，他的主要目的是把"美"强烈地突出出来；他最后问了一个问题：在这种情况下，难道能够说虚构比真实更有价值吗？一百人中有九十九个人会毫不犹豫地回答：是的。梅里美却不然。他是在1849年写的，他心里想着最近的历史悲剧，回答说："可能吧。然而正是由于错误地表现了泰尔莫皮莱，错误地表现了三百个自由人能够轻而易举地抵抗三百个奴隶，意大利的演说家才劝说皮埃蒙特人单枪匹马与奥地利人搏斗④。"梅里美的这种怀疑精

---

① 格洛特（George Grote，1794—1841），英国历史家和政治家。
② 莱奥尼达斯（Leonidas，公元前530？—前480），斯巴达国王，率领三百斯巴达人在泰尔莫皮莱战役中，抵御波斯人，奋战至死。
③ 希罗多德（Herodotus，公元前485—前425），希腊历史家，有"历史家之父"之称。所记史实主要写公元前490至前479年间希腊与波斯交战的历史。
④ 皮埃蒙特是意大利西北部一个地区，意大利统一独立运动的发祥地。

神,我们不妨把它和司汤达描述比亚特丽丝·倩契①的不可靠的传奇的那种热情而纯朴的信念比较一下。

1830年期间正是法国最卓越的作家们非常警惕任何过激的爱国主义的时期。对外国文学成就新激发起来的欣赏,由于自然的反动,引起对本国文学及其古典派作家的轻视,有时甚至一般地轻视法国精神。浪漫派首先相当愚蠢地攻击了拉辛,这是人所共知的插曲。法国古典文学被说成是一种仅只适于充当学校教材的文学。维克多·雨果一般说来是绝不缺乏民族自尊心的,他在《东方集》的序言中说道:"其他国家谈论荷马、但丁、莎士比亚。我们却要谈:布瓦洛。"雨果的青年时代是在西班牙度过的,他在他初期剧作(《伊涅兹·德·卡斯特罗》《欧那尼》)中写过西班牙题材,保留了西班牙的分幕法,用日期代替各幕。西班牙和意大利是萌芽中的浪漫主义者的天国。缪塞写了《西班牙和意大利的故事》;泰奥菲尔·戈蒂耶总是不休不止地破口大骂法国气候寒冷,习俗暗淡,而管西班牙叫做他的真正的祖国,等等。

司汤达和梅里美在反对民族虚荣心方面都是非常显著的范例。在司汤达的嘴里,"法国的"几乎就是一个轻蔑词;他管法国人讽刺地叫做"活生生的虚荣"(les vainvifs);他的作品里充满了这样的惊呼:"难道还有什么比说巴黎人有深沉的性格更滑稽可笑的吗?"他管他的国家叫"世界上最下流的国家,而傻瓜却管它叫美丽的法兰西。"我们已经知道他最后放弃了法国国籍。梅里美热爱西班牙的风俗习惯,正如司汤达热爱意大利的风俗习惯一样,他本质上有一种喜欢异国情调的浪漫倾向。他跟他年长的朋友一样,也认为法国民族性格的主导特点之一,就是经常注意别人

---

① 比亚特丽丝·倩契(1577—1599)是罗马的一个贵妇人。据不可靠的传说,她的父亲因对她怀有乱伦的情欲,为其母、其兄和她本人所雇凶手杀害;他们三人后因此为教皇克力门八世处死。雪莱以此事为题材,写有诗剧《倩契》。

的意见("人家会怎么说"),这就摧毁了一切独创精神,使人生变得索然寡味,并形成社会虚伪的最好的基础。他对于本国同胞一般是看得相当低下的,他不愿费力向他们隐瞒这一点。但他和司汤达不同,他归根到底还是公开宣布忠诚于爱国主义——这个老准则和老信条。对于一个讨厌满嘴爱国辞藻像讨厌瘟疫的人,采取这一步骤是不容易的;要从他嘴里听出热爱祖国的话,简直不亚于叫法兰西土崩瓦解。但是,在1870年9月13日的一封信里,他却写道:"我毕生努力从偏见里解脱出来,努力做一个世界主义者,而不做一个法国人;然而所有这些哲学帷幕都毫无用处。今天,从这些愚蠢的法国人的伤口里,我流血了,我为他们蒙受的耻辱而哭泣,虽然他们忘恩负义且愚不可及,我却不顾一切地热爱他们。"

梅里美评论司汤达的性格时,断定他性格中最显著的特点之一是害怕上当受骗,这一点是和圣伯夫的意见一致的。他写道:"由此而产生了矫揉造作的冷漠无情,对一切慷慨行为的卑劣动机的过火分析,以及对心灵的最初冲动的勉强抑制——依我看来,这一切都不是真实的,而是装模作样的。多愁善感在他身上引起的厌恶和轻蔑,时常使他陷入反其道而行之的夸张,那些对他了解不深的人,便按字面解释他关于自己所说的一些话,以致造出很多流言蜚语。"害怕上当受骗,以及上述各种后果,既是司汤达的特征,也正是梅里美的特征;只不过梅里美是个生性更为风雅的人,在他学会这种讽嘲情调的过程中,更加歪曲了自己的本来面目,那种情调到头来在他同男子交往中变得很自然,而同女性交往却变成阿谀奉承,大献殷勤了。在他年轻时代,他也因被人视为一个不道德的怪物而感到高兴。有一次,一位乡下的贵妇人不肯独自和他共乘一辆公共马车①——只有当这桩滑稽事件使他明白他的名

---

① 见《给一个不相识的妇女的信》。(原注)

声究竟怎样之后,他才对他的放荡行为后悔了几天。对伪善的恐怖事实上正好把梅里美造成了一个伪善者,引诱他假装作恶多端和冷酷无情;他害怕受骗,不仅使他去欺骗别人,而且还使他失去许多纯洁而朴实的乐趣。正如高吉尔斯①所说,上当的人时常比永不上当的人更聪明,这种现象不只出现在舞台上。一个人如果不是生活在经常恐惧阴谋诡计中,就具有更多的勇气,更丰饶多产,更能实现隐藏在灵魂里的可能性。

就梅里美而论,经常惧怕暴露自己,却有两个为司汤达所没有的恶果。首先,随着时间的推移,这种惧怕在他身上产生了一种官气十足的僵硬态度。作为法兰西学院的院士和上议院的议员,而且又是皇室信任的宠臣,他就得在大庭广众之中露面,随时发表演说,而在他内心深处却忍俊不禁地嘲笑他所扮演的角色和他自己侃侃而谈的言论。司汤达从没有处于这种境地,使自己不得不毕恭毕敬地去谈他所嗤之以鼻的事情或是向那些木头疙瘩们讲恭维话。他说下面这番话,表示了一种真挚的感情:"我看见一个人上衣上佩带很多勋章,在客厅里高视阔步时,就情不自禁地想到,他必定是干了所有卑鄙龌龊的勾当,不,甚至是卖国的行径,他才为此收罗了这样多的证据!"

第二,上述的这种恐惧,使得梅里美对自己的创作才能抱严格的吹毛求疵的态度,以致写不出更多作品来了。司汤达的座右铭是:"每天一行,决不虚度。"梅里美从不多写,最后就完全停笔了。在追求造型和技巧完美方面,他要求自己太过分了,他宁肯抱着自己的理想从竞赛中打退堂鼓,也不肯冒失败的风险。他似乎认为,满足于既得的成就,要比在任何新作品上拿他艺术家的声誉去孤注一掷更胜一筹。他生性是一个沉默寡言,退避三舍的人,并没有

---

① 高吉尔斯(Gorgias of Leontini,约公元前485—前380),希腊诡辩派的哲学家。柏拉图在《对话录》中举其名字以攻讦诡辩派。

不可遏止的冲动,迫切感到要经常产生作品,所以就更懒得动笔了。

司汤达责备他"懒惰",是徒劳的。在那种懒惰的许多原因之中,有一点是司汤达所不理解的,而这一点正是他们两个人的主要区别。司汤达是心理学家和诗人,但不是艺术家;梅里美却是个地地道道的艺术家。作为艺术家,而且只是作为艺术家,他才伟大;他之所以比司汤达高出一头,就在于他艺术的圆熟。把不朽的艺术形式赋予司汤达所揭示的丰富的思想材料的,正是梅里美。他的所谓懒惰决不是绝对无所事事。这一点表现在他的论文、历史文物描写、俄文译作以及谦虚而细致的历史考据和历史著述中。梅里美是语言学家和考古学家,是学者,也是科学家。他的艺术可以比作枯燥无味的学术研究中的一片绿洲。这种艺术从四面八方都和科学接壤,从它过渡到历史著作也是轻而易举的;因为对事实的爱好,以及对准确性和精密性的热情,有时候再也不能只满足于幻想的画像了。在这一个细节上,梅里美作为作家的个人生涯的历史是和浪漫派的历史相似的;他具体而微地反映了一个伟大的运动。因为在法国和在德国一样,科学评论和历史研究都在遵循浪漫主义者的文艺批评为想象文学所开辟的道路。当诗人们用完了异国材料和中世纪材料之后,科学家们便开始以诗歌所唤起的精神来处理这些材料了。

梅里美虚构的故事在某种程度上永远是他的研究考据的产物,他的许多小说(例如《卡门》《伊勒的维纳斯像》和《罗基斯》)甚至是开玩笑似的嵌在考古学调查和语言学调查的框框里,那么,科学逐渐从他作品的外表渗透到他作品的核心里去,也就十分自然了。他之处于科学家的地位,使他和司汤达之间存在着最后一个巨大的差别。梅里美不是第一流的科学家;他有第二流彻底而可靠的品质,但却缺乏他作为作家所具有的那种灵感的火花。然而,他有一个真正科学工作者的显著的特征;他从来不讲他自己也不懂的事;他从不沉湎于胡乱的揣测和精巧的怪论;他一步一步地向前走去。有时他可能枯燥无味、呆头呆脑,但他从没有犯错误。

如果梅里美是一个清醒的、毫无灵感的科学工作者,那么司汤达就是充满灵感的对科学浅尝辄止的半瓶醋,虽然具有一切天才的特征,但也有一切半瓶醋的外行的特征。他的著作里充满了大胆的论断,无法证明的推测,以及关于连对该国语言都不熟悉的各国的理论,还有一些外行的奇谈怪论(例如把维尔纳的《路德》置于德国戏剧的前列)。他的文章妙趣横生,引起联想;正如梅里美的文章文字枯窘,令人厌倦。然而,梅里美的结论是建立在磐石上面的,司汤达的结论却往往建立在沙土上面。

因此,梅里美作为科学家和作家,比司汤达前进了一步。他的头脑比较狭隘,也不那么丰富,但他头脑的内容却组织得无限美好,他是艺术风格高度完美的巨匠。

二十三　梅　里　美

作为戏剧家和小说家,梅里美最早期的态度,是在文学上敢作敢为的态度。虽然他生性是个观察者,他却不像巴尔扎克那样,孜孜从事把他周围所见的世界用各种幅度呈现出来;让后代子孙从他的作品里研究他那时代的习俗和观念,也不是他的抱负;他很想向流行的趣味挑战;以刺激和激怒自己的同胞为目的,他通常选取和现代文明社会尽可能没有联系的题材。

他首先对文艺上的伤感主义发泄他的敌意,是很自然的。这个腼腆而高傲的青年人深刻感到,作家的天职是把他的思想传达给公众,而他作为人的尊严又要求他把感情隐藏在心底。但他的这种见解却得不到当代法国文人的支持。卢梭的几部小说(且不提他的《忏悔录》),就为半真半假的情绪泛滥和一种毫无保留的写作态度开辟了道路;从此以后,从夏多布里昂到拉马丁和圣伯夫等一系列作家,都拿解剖自己来娱乐公众,领着读者去探讨他们内心的奥秘,总而言之,就是漫无节制地满足庸俗群众的低级趣味的好奇心理。究竟目的何在呢?无非是博得群众的同情而已。梅里美太骄傲了,他不愿意这样做。"谢天谢地,不要忏悔吧!"他第一次拿起笔在纸上写作时就这样告诫自己。为了避免变得伤感和病态,他把自己完全隐藏在他所描写的人物后面,让这些人物和他们的命运自由活动,对他们的行为从不表示自己的意见。司汤达对于多愁善感同样有很强烈的反感,可是他总情不自禁要插嘴说话;梅里美却使自己叫人看不到,听不见,捉摸不住。然而,他的气质使他不可能以任何其他方式做到这一点,他只有局限于表现那些热烈认真、坚定不移的人物,他们从不多加考虑,也不大费口舌,只是顺从自己的冲动,为热情所左右,突然出人意料地干出某种行动来。梅里美的《加瓦亚尔家族》中的南美船长说:"我觉得,这些悲剧的主人公全是迟钝冷漠、毫不动情的哲学家。如果他们当中有一个人在决斗中或以其它方式杀死了一个敌手,悔恨马上就压倒了他,使他变得软绵绵,像一只羊毛手套了。我已经工作二十七个年头了,杀死过四十一个西班牙人,我就不懂得悔恨这种情感是什么滋味……我们在食堂里朗诵这些剧本,觉得性格、情绪、行动——所有这一切都不很自然。他们都是些王子王孙,发誓他们正在疯狂地热恋着,可是连他们情妇的手指尖都不敢碰一碰,而要和这些贵妇人相距一锚之远。我们水手干起这种勾当来都要勇敢得多哩。"

梅里美不是为"小市民"写作的,一丝极细微的情绪也会使他们热泪盈眶;他是在向神经更坚强的人大声疾呼,这些人需要更猛烈的震动才能打动他们的。那么,悲剧中成为定例的长篇开场白和各种准备和预兆都通通滚蛋吧。血管里还有血液奔流的人是不会这样长久迟疑不决的;神经衰弱除非对于神经病患者,并不是一个有趣的前景。如果一个女人萌动了爱情,她就会直白地说出来,而且不顾一切其他考虑,把第一次誓约、第一次接吻和第一次拥抱之间的间隔尽可能地缩短,还有比这更自然的吗?如果一个男子怀有大丈夫气概的仇恨,他就会一刀一枪来了结自己的痛苦和敌人的生命,还有比这更自然的吗?如果作者所要描绘的种族不是一个衰老的种族,而是生气蓬勃的种族,无疑这就十分自然了。这也说明了梅里美的一种倾向:他赋予每种感情一种凶猛热情的性格,他着意渲染残忍和冷酷,从他艺术车间里输送出来的每一篇故事的收场都是死亡——不是悲剧的死亡,而是冷酷无情的真正的死亡。这也说明了他的作品中可以归纳为"凶残"一个词的一切。

他对于死亡是熟悉的。如果把这个词的古老的含义应用在他身上,我们就应该叫他做伟大的悲剧作家;但梅里美并不相信亚里士多德原则的拘泥不化的信奉者们所谓的悲剧补偿作用。关于别的作家在作品中所表现的死亡,梅里美似乎和席勒的说法一致:

但是各位先生,死亡并不那么美丽呀!

在他灵魂最深处,隐藏着对于强力的爱好。但他不像巴尔扎克那样,爱好那种以强烈欲望、强烈热情出之的强力;他所爱好的强力是性格的原始动力,是激动人心、有决定意义的事件;因此,他自然而然一开初就感觉到那些有决定意义事件的诗意,而且把它再现出来,过了很久,他才充分成熟,足以呈现纯朴而坚强的性格的诗意了。在所有事件中,死亡是最有决定意义的;因此,他就爱上了死亡——不过要注意,他所爱的不是唯灵主义者及其信徒们所想象的那种死亡,不是作为净化过程转入另一种存在的死亡,而是一种猛烈的、突然的血淋淋的终结。像西叶①一样,他赞成"默默无言的死亡"。

这就很自然地令人产生一种想法——在梅里美这个人身上,在这种文艺上的冷酷心肠的根基上,或许缺乏某种感情,而有着某种残忍的倾向。无论如何,从他自己的直接主张中几乎可以证明这一点:这种品质最夸大的表现原来是他对于文学中的多愁善感的强烈反感所引起的。在他论述他青年时代的朋友维克多·雅克孟时,我们看到下面一段话:"我从没见过比雅克孟更多情善感的心了。他的性格是多情而温柔的,但他费尽心机隐藏他的敏感,正如别人费尽心机掩饰恶劣癖好一样。在我们青年时代,卢梭及其模仿者的虚假感情很使我们反感,我们身上所发生的结果通常是——对多愁善感作了矫枉过正的反应。我们想要坚强,因此我们讥笑伤感。"

---

① 西叶(Emmanuel Joseph Sièyes,1748—1836),法国革命和拿破仑时代的政论家。

然而,这种和梅里美大多数同时代青年的极端伤感形成强烈对照的对于哀怜凄恻的厌恶,这种对于凶暴和野蛮的偏爱,并非纯粹而简单地只是一种相反精神的产物,却是不言自明的。为了测量一下这种偏爱的强度,我们只要回顾一下梅里美的发展史:在另一个人身上,我们估计会看到,这样一种感情在最初爆发时便会被更轻松更明朗的青春情绪压抑下去,而到老年更会由于精力衰退而趋于缓和。但梅里美却并非如此。从他喜爱舞文弄墨的年龄起,他就喜爱这种凶残的解决方式;在他成熟时期的作品里,他的天才用战栗和恐怖引起了悲剧的效果;而在他晚年的作品里,战栗和恐怖便只变得阴森可怖,令人反感了。

梅里美的处女作《克拉拉·加楚尔戏剧集》出版时,他才二十二岁。我们有兴味地看到,青春是与那种对于阴郁和凶残的根深蒂固的天然爱好相冲突的。如果只是肤浅地读一读,这部作品会产生一部相当严肃作品的效果。他声称这部作品是用西班牙风格写成的,但它在许多本质性细节上依然和西班牙戏剧文学大异其趣。收入这本集子中的剧本,相互之间没有什么共同点;它们不像斗篷加匕首式的悲剧①那样,单调地重复着由嫉妒心和过敏的荣誉感所产生的同类型的性格和同样的场景;它们也不接受这类悲剧中流行的极其传统的道德观念。梅里美的人物有轮廓鲜明的个性;他们没有展现过超人的自我克制和退让屈从,而是受热情和欲望的盲目支配。梅里美的这些剧本和卡尔德隆创作鼎盛时期的一系列丰富多彩的浪漫幻想剧(其中有些发散着天主教的精神,有些则不然)就更没有共同点了。只有某些抑郁沉重的西班牙戏剧,如卡尔德隆的《萨拉梅亚市长》《三个法官》《有荣誉的医生》《身败名裂的画家》,或者摩莱托②的《英勇的法官》,才和梅里美

---

① 指一种西班牙戏剧。又译"袍剑剧"。多写骑士为荣誉而战。
② 摩莱托(Agustin Moreto y Cabaña,1618—1669),西班牙戏剧家,卡尔德隆的弟子。

的某些剧本,如《伊涅斯·门多》,在一般情调上是调和一致的。整个说来,这部作品并不是像它所装作地那样严肃认真,而是目空一切,放僻邪侈;从西班牙女演员服饰下面探出头来的,却是地道的法国式的轻佻浮薄和冷讽热嘲。他在《女人是魔鬼》的序言中告诉我们,被他拉上舞台的人物正是我们的保姆谆谆教导我们要毕恭毕敬看待的人物。可是作者希望"解放了的西班牙人"不要因此见怪。

《克拉拉·加楚尔戏剧集》可说是一部笑笑闹闹的作品;写这部作品的善良的贵妇人,决不是一个假正经女人。然而,那又是怎样一种奇怪的笑闹呢:它所表现的是动不动就白刀子进红刀子出。如果我们要想打个比方,除了初生小老虎的蹦蹦跳跳外,简直想不起别的什么来。梅里美如果不把他的主要人物斩尽杀绝,几乎就觉得不可能收场,于是几乎自动地捅死一个接着捅死另一个。但是,收场之后,他立刻破坏这种幻觉而自得其乐——被捅死的演员们又站了起来,其中一个对观众亲切捧场表示谢意;全部情节变成了一场大玩笑。

唐娜玛丽亚:救命啊!她中毒啦,是我毒死的。我要自作自受;修道院的井并不太冗哩。(匆匆退场)

弗雷·欧根尼欧:(向观众)不要因为我弄死了这两个年轻迷人的妇女就感到太不舒服了;请宽大地原谅作者的缺点吧。

放荡的剧本《机缘》就是这样收场的。缪塞在《杜比与柯唐奈的通讯》中有一句话,对这类戏剧及其一般风格作了最风趣的批评:"想到西班牙,就要想到卡斯蒂利亚人,他们割断自己的咽喉,就像喝一杯水一样;也要想到安达卢西亚人,他们越快地学会了一种小手艺,越不会弄得荒无人烟;还要想到斗牛的,宰牛的,阉牛的等等。"

青年浪漫派的西班牙不仅是在梅里美的作品里，才那么热情，那么急躁；缪塞还给西班牙增加了面色苍白、脖子棕黄的安达卢斯美女。可是没有人像梅里美那样欣赏西班牙的万事万物。他晚年所选的题材是和他青年时代的这种情趣完全相一致的。

他最后的一篇小说《罗基斯》是写一个身世神秘的立陶宛青年伯爵，时不时为一种野兽的本能缠住，或者起码感到他具有这种本能。他在新婚之夜发疯了，咬断新娘的喉咙，杀害了她。伯爵的性格是以精雕细刻的技巧描绘的；他神经错乱的进程则用轻描淡写然而生动活泼的寥寥几笔勾画出来。梅里美显然乐于把这位放荡的立陶宛青年贵族同一位特别尊贵而又呆若木鸡的德国教授（1870年以前法国小说中的德国人）对照；这位教授是伯爵家的客人，他每天晚上都给他的未婚妻威伯小姐写信，在一封信里把令人毛骨悚然的灾难捅给了读者。但这个吸血鬼故事给人留下的是厌恶中夹杂着恐怖的印象。精湛的描绘，完美的风格，以及处理这类可厌题材的优雅的态度，都使我们想起刽子手的白羔皮手套。这篇故事只因证明了作者的一种原始倾向的强度，才使我们感到兴趣。

这种倾向虽说无疑是梅里美个人的特征，它却显然接近骚塞①所谓"恶魔派"的一种倾向。拜伦的影响是无可置疑的。到1830年，法国人正像英国人前些时候一样，彻底厌倦了反动时期的"基督式"的文学。文学的王笏已经从拉马丁的手里传到维克多·雨果的手里了，雨果的《东方集》包含了战争和毁灭的血淋淋的画面。天使派头号诗人拉马丁本人，在《天使的堕落》一诗中已经敲响了恶魔派的调子。维克多·雨果派的一位青年诗人与梅里美同时，却丝毫没有受到梅里美的影响，他在几篇艺术完美的短篇小说里，也处理了恐怖题材。我指的是佩特路·博雷尔，他死于贫

---

① 骚塞（R. Southey, 1774—1843），英国湖畔派诗人。见本书第58页注②。

困而默默无名。他的《美丽的犹太女郎迪娜》是可以和梅里美的任何恐怖小说媲美的。不幸的博雷尔是个热心人,是个热烈的道德家,他把他的热诚隐藏在现实主义后面,希望以他所描绘的凶暴行为激起人们的愤怒。温文尔雅的梅里美,只不过故意装作嗜血成性的模样,因为他欢喜吓唬他的读者,尤其是吓唬女读者。但是,从这两个例子,我们也可以看出浪漫派对于"资产阶级"的真正的挑战。

梅里美放纵自己的才能,一味在文艺上刻画凶残好杀,是没有逃脱惩罚的。他虽然在有生之年避开了司天罚的女神奈梅西斯①,她却在他死后追踪而至。当德·罗美尼在法兰西学院宣读例行公事的颂词时,他结束时说梅里美一生缺乏的是家庭火炉旁边的和平与欢乐——他作为一家之父,"有四五个孩子要抚养成人",他本该过得更幸福一些的。当他的女友李兹·浦尔紫吉斯喀伯爵夫人,以《给另一个不相识的女人的信》为书名,发表了他写给她的一束本来绝不打算发表的信件时,她把这部作品的版税作为弥撒的开支,超度她那反天主教友人的灵魂。

---

① 见本书第77页注④。

二十四 梅 里 美

当梅里美假充一个西班牙人在文学上初露头角的时候,古典戏剧达到这样一个阶段:一出戏剧中的人物,全像棋盘上的棋子一样,各有其规定的任务和行动。全是定型的国王、暴君、公主、乱臣贼子等等。不管谋杀亲夫的皇后叫做塞米拉米斯、克丽泰姆奈斯特拉、那不勒斯的哈那、或者玛丽·斯图亚特;也不管立法者名叫米诺斯①、彼得大帝还是克伦威尔——他们的语言和行动,他们的思想和感情,永远是一模一样的。古典派的一位青年诗人,写了一个西班牙的题材,写的方式受到审查官员的反对,他便大笔一挥,把他剧本中的情节从巴塞罗纳转移到巴比伦,从十六世纪转移到洪水泛滥以前的时期,于是他的困难就迎刃而解了。"巴比伦"和"巴塞罗纳"的音节数目相同,而且押韵的词儿也是一样的,几乎就再不需要任何改动了②。梅里美以克拉拉·加楚尔的假名呈现给读者的西班牙,并不是巴塞罗纳所在的那个国度。冒充一个西班牙的贵妇人,他也并不心甘情愿。作为一个地地道道的浪漫主义者,他认为作者的主要任务在于,不加粉饰地表现各个不同时代和不同国度的习俗和道德,把那个时代所谓的"地方色彩"清晰而强烈地展示出来。因此,他把自己幻化为各种不同文明阶段的、各个不同国度里的居民。他想象自己是一个摩尔人、一个黑人、一个

---

① 米诺斯:希腊神话中克雷特的国王,后来成为阴府地狱的法官。
② 这两个地名原文为 Babylone 和 Barcelone。见基佐:《莎士比亚及其时代》。

南美洲人、一个伊利里亚人、一个吉卜赛人、一个哥萨克人。但并非所有年湮代远、异国情调的事物,都对他具有同等的魅力。的确,文化和风雅真叫他感到厌恶。正如戈蒂耶喜欢在某国气候最富特征的季节去游览该国——夏天游非洲,冬天游俄国一样,梅里美喜欢在幻想里漫游这样一些领域——那儿的居民最不重视人类生活,有最强烈的热情,有最狂放和最坚决的性格,而且有最粗莽的原始偏见。他并不把自己局限在现在。他对中世纪农民战争的野蛮十分感兴趣;他通过幻想看到了查理第九的时代,并对圣巴托罗缪的屠杀①作了精彩的叙述。他熟悉十四世纪的西班牙和十七世纪的俄罗斯,正如他熟悉古代的法兰西和古代的罗马一样。作为考古学家和历史家,他检验了碑铭文物、建筑、装饰和兵器,研究了一般文人一窍不通的各种语言的文献和手稿。这就使他的描写具有他那时罕见的真实性。

正由于他热衷于原始的赤裸的强力,他才充满了历史感。因此,他的历史作品的主人公总是些最狂放、最大胆的人物——苏拉、加蒂利那、加斯蒂尔的暴君堂佩特洛,假狄米特里乌斯一世等等。他的严谨精确,他对幻想在科学中所起的作用的怀疑,使他真正的历史作品丧失了生命(他的《堂佩特洛一世》和《俄罗斯史话》,是写得最成功的);可是当他作为富于想象力的艺术家来描写任何时代时,他立刻就赋予它以生命了。维泰在他的杰作《历史舞台》中表明,自由的戏剧处理能够把历史呈现得多么逼真;继维泰之后,梅里美在《雅克团》里为法国描绘了一幅比他的先驱和导师用诗描绘的时代要早得多、也野蛮得多的图画。他讽嘲地运用莫里哀的玛斯加里尔②的台词,确切地指明了他作品的精神,他

---

① 圣巴托罗缪(St. Bartholomew),一世纪时耶稣十二使徒之一,生于8月24日。1572年查理第九批准天主教徒8月24日圣巴托罗缪节在巴黎、奥尔良及其他法国各地大肆屠杀法国加尔文派教徒(俗称胡格诺派教徒)。

② 玛斯加里尔,莫里哀《可笑的女才子》中的人物。

把那句台词附在书上作为题词:"这是我的专门才能,我要把全部罗马史写成恋歌。"他以惊人的理解力研究了构成远古时代精神的习俗和愚行,见解和偏见。且让我们举出一个人物为例吧,达浦莱蒙男爵的女儿伊萨贝拉,她是封建时代一位典型的心地高贵、和蔼可亲的年轻姑娘。她的心地是纯洁的,她的道德观念是最严格的,她对受痛苦的人和被征服的人是仁慈的。一个勇敢而诚实的士兵为了她而赴汤蹈火,她对他非常亲切;她要求她的父亲把这个奴隶赐赏给她,为了报答他的救命之恩,她让他作为自己的侍从;她甚至还为他刺绣了一个钱袋。可是他竟敢爱上了她,于是一切都完蛋了。她把他辱骂得狗血淋头,轻蔑地拒绝了他,认为他竟敢抬起眼睛来看她一眼,都降低了她的身份。把这位贵妇人和英格曼笔下的高贵少女作一番比较吧;想想那位少女蔑视她那时代的一切偏见,会多么珍视搏动在朴素短衣下面的高贵的心灵;再请注意一下,对于一个粗犷而生气勃勃的时代,一种理想主义的表现和一种大胆的历史上精确的表现之间,有些什么差别吧。再举一个例子,故事发生在深夜森林中孤独的小屋前面,残暴的英国海盗首领西瓦德,在一阵袭击中杀死了伊萨贝拉的父亲之后,把她抢到这儿来了。整个故事不过是两个骑兵的对话,他们在门边牵着装了马鞍的马,闲聊着小屋内正在进行的残暴行为来消磨时间。但是产生的印象却生动极了,在我们的心灵上面印上了整个时代的图画。然而,这部作品中却有一个缺点,作者由于厌恶伤感主义,把这么多的残酷而可怕的行动汇集到一起来了,以致在一般蛮风之中忽视了当时和现在一样,在整个社会和单独个人之间,无疑存在着差别。

他的《查理第九时代逸事》中的一些个别人物,更清晰地从背景上突出出来。他们具有强烈而鲜明的特征,却没有因此成为现代化(或许只有乔治·梅尔吉是一个例外);的确,梅里美在细节上聚精会神,每一章都生动紧凑地形成一个小小的整体,而且这部作品从全体上说,使人物画像和社会图像都产生了一种精雕细刻的图案般的效果。在他最后一部半历史性作品《一个骗子的初试身手》中，我们观察到，假狄米特里乌斯身上吸引他的，是那种原始的狡猾，那种粗野的、精力充沛的哥萨克人的性格，而不是使席勒为之着迷的，由弄虚作假而产生的心理上的矛盾。可以说，在席勒开始的地方，梅里美就停止了。某一特定时期的某一特定人群的生活方式和习俗，比起这些人群所共有的普遍人性来，更使他感到兴味。因此，在这一点上，同在他的历史小说的任何其他地方一样，他显示给我们看的，不是生活的智力和情绪的一面，而是它的性格的一面——是强烈而凝聚的意志力的产物。当他写到现代，他就描写吉卜赛人或山贼的生活，如在《卡门》中；描写一场族间仇杀，如在《高龙巴》中；描写新婚之夜令人毛骨悚然的谋杀，如在《伊勒的维纳斯像》和《罗基斯》中。要不然，他把情节放在真正现代社会的范围以内，或者表现挣扎在不利的社会条件下的那些阶级的特色——如年轻的芭蕾舞女或女演员大胆放肆的谈吐和超越常规的思想，如天主教教士的色情诱惑；或者甘心表现上层阶级生活中一些具有性格特点的事情，如一场以决斗告终的热恋，一桩导致有关一方自杀身亡的通奸案，以及他乐于借以正面揭发当代虚弱而伪善的社会的任何彻底的秽事丑闻。他觉得自己的拿手好戏就是描写命运的无情打击，可怕的盛衰变迁，狂暴的激情，这些激情在走运的时候，是悍然不顾社会的传统的，而在倒霉的时候，却被称为罪行。正是由于这一点，现代俄国文学才激起了他的同情。他翻译过普希金的作品《黑桃皇后》和《茨岗》，这两部作品在题材上非常接近他自己的作品。

梅里美不愿意把人生中严酷的灾难理解并处理为悲剧的灾难，寻根究底是两种富有特征的情感。首先是某种恐惧心情，生怕引进一种调和的因素，会使他所喜爱的严酷性丧失其锋刃；其次，他不相信单独事件作为一部分可以构成一个更大的、包罗万象的整体。正如他有时所做的那样，当他产生某种真正的悲剧效果时，这几乎是违反他的本意的,这是更成熟、更深刻地理解人类灵魂的结果,也是随着人生经验的增长,对一些在性格和命运之间有着必然联系的事件日益产生同情的结果。在他的查理第九时代的逸事里,当他让一个兄弟死在另一个兄弟手里时,这个蔑视象征手法的作者,实际上用一幅传奇悲剧式的象征画,表现了宗教战争和内战的愚蠢和恐怖。在短篇小说《掷骰子》中,那位不幸的军官只在一次机会里作了骗人的勾当,由于感到羞耻,陷于悲惨境地,以致被迫自杀,这篇故事不知不觉便具有荣誉悲剧的性格。

在另一篇小小的艺术品《双重误会》中,梅里美企图表现错综复杂的偶然事件,表现互相冲突的本能和被误解的本能,这一切使人生变得毫无意义;甚至最悲哀的是,使人生不但悲哀而可怕,而且同样显得愚蠢。然而,当他展示了这个痛苦事件的内在故事,当我们逐渐认识到显得愚蠢的一切原来是不可避免,它就不再是愚蠢的了。这篇故事的要点是,一个年轻已婚的女子尤丽·德·夏威尼,由于对结婚生活不满,后来竟遭遇真正的不幸;她被一连串本身微不足道、却像铁环连接在一起的观念和情绪所驱使,委身于一个她实际上并不爱的男子,终于断送了自己的生命。在这个事例中,梅里美的艺术展现在冷静的信念里,他用这种信念牵着读者的手,引他去经历所有这一切观念和情绪的迷宫,达到那不可避免的、同样也是不合逻辑的高潮。有两段谈话是绝妙无比的,一段是达西勉强叙述自己的英勇业绩的谈话,他当时表现的谦虚和幽默激起了尤丽满怀热情的赞美;另一段是在马车上的谈话,尤丽的每一句话,她的抗拒甚至比她的倾诉更使她走向堕落。这个情景可以用下面一节优美的文句加以概括,以前进行的种种切切已把这一句准备好了:"这个不幸的女人,此刻诚诚恳恳地相信她一直是爱着达西的;相信在他离别后整整六年期间,正如在这一刹那一样,她都对他感到同样热烈的依恋。"梅里美懂得,不可避免的幻想或自我欺骗,在人的生活中是怎样的一种力量,是怎样的一种悲剧动力。不仅仅人类的一半幸福,而且人类绝大部分的悲惨都可以追溯到这个源泉上来。

但梅里美比这更接近悲剧本身,在悲剧里命运的因素深深浸透到性格里,和性格混合在一起,像毒药和血液混合在一起一样。想一想《卡门》吧。从何塞第一次遇见吉卜赛女郎卡门起,他的生活道路就改变了;而他这个诚实而善良的人,为了她的缘故,必然不可避免地变成了掠夺者和杀人犯。不仅如此,这位作者,作为一个青年浪漫主义者,他的目的是尽可能对那些按照古希腊风格写作悲剧的诗人敬而远之,但在以现代的科西嘉妇女为主人公的《高龙巴》里,他却比任何歌颂"阿伽门农①的不朽种族"这个或那个成员的命运的同胞,都更其接近希腊悲剧。高龙巴一直被比拟作厄勒克特拉②,不是没有道理的。像厄勒克特拉一样,她排除一切杂念,一心只考虑父亲的死仇未报;像厄勒克特拉一样,她鼓励她的兄弟要报这一笔血海冤仇。然而比起索福克勒斯的年轻姑娘来,她还不是那么定型的悲剧女主人公,虽然她浑身披挂着骇人听闻的偏见的钢铁甲胄,她却单纯可爱,风度翩翩。她既嗜血成性,又幼稚天真;既冷酷无情,又不失少女气质;她的性格特征可称之为凶残的优雅。现在我们很容易看出,这个南国小岛种族里的清新活泼的姑娘,比起那些假借厄勒克特拉、安提戈涅③或伊芙琴尼亚④的名义,穿着希腊悲剧演员的厚底靴,在法国舞台上走来走去的所有公主们,是多么更接近古希腊的女性人物啊!但是,她也许更接近遥远的北方岛国

---

① 阿伽门农远征特洛伊凯旋时为妻子及其情人谋杀,他的女儿厄勒克特拉鼓励她的哥哥奥勒斯特替父亲报了仇。
② 厄勒克特拉鼓励哥哥替父亲报仇一事,希腊戏剧家索福克勒斯和欧里庇得斯都曾用来作为题材写成悲剧。
③ 安提戈涅(Antigone),希腊神话中俄狄浦斯(Oedipus)之女,为其兄举行葬仪被国王处死。
④ 伊芙琴尼亚,阿伽门农之女,被父亲牺牲以平息海风,后被救起,后转救其兄奥勒斯特,共同逃亡。

的异教徒女儿,冰岛史诗中的女性,她们以不共戴天的固执态度念念不忘家族的世仇,并迫使那些勉强从事的男子以血还血。

就在这同一部梅里美最著名的作品《高龙巴》中,浪漫主义的"地方色彩"取得了最显著的胜利。这篇故事弥漫着波拿巴故土岛国纯正的芬芳,而且散发出地道的科西嘉精神。作为这本书忠实复现科西嘉精神,以及这本书誉满天下的一个证据,值得一提的是,当梅里美在法庭里等候聆听利布里案件的判决时,一个科西嘉从前的匪徒从听众中走上前来,态度安详地提出,如果判决对他不利,他就要暗杀首席法官以示报复。梅里美着色准确,简直找不到比这更好的证据了。但是,如果梅里美(在他发表《高龙巴》的同时)没有讪笑老生常谈的"地方色彩",以挽救他同各种论调作对的声誉,那么梅里美就不成其为梅里美了。在他 1840 年为虚构的伊利里亚民间歌谣集《独弦琴》第二版而写的序言中,他告诉我们,"在耶稣纪元 1827 年",他是一个对地方色彩充满热忱的浪漫主义者,不仅如此,他坚决相信没有地方色彩,简直就没有生路。所谓"地方色彩",他和他的同伴们认为,就是十七世纪所谓"风习"的意思;可是他们为他们的这个名词感到非常自豪,而且自认为是这个名词和这件事物的首创者。他对地方色彩的忠诚使他渴望游览一番伊利里亚;缺乏金钱是实现他的愿望的主要障碍;他于是动念,想先写他的游记,用这本游记的稿费收入作为旅费;可是他放弃了这个大胆的计划,而且借助于一本旅行指南以及"五六个斯拉夫单词"的知识,编造了一本"从伊利里亚文翻译的民歌集"。每个人都上了当。①

---

① 唯独歌德一人公开宣布梅里美是伊利里亚诗歌的作者。这位大诗人这样说明他是怎样推测出"西雅新特·马格兰诺维奇"这个假名下面所隐藏的真实姓名的:"我们想到,独弦琴(居兹拉 Guzla)这个词儿就隐藏在加楚尔(Gazul)这个词儿里面。"梅里美在一封信中对歌德的这个说明说了一些不无理由的挖苦话。原来,事实是,梅里美像所有其他青年浪漫主义者一样,也想博得歌德的好感,曾经把那本民歌集赠送他一本,并附信吐露了这本书作者的秘密。(原注)

一个名叫盖哈尔特的德国学者,果真把《独弦琴》译成了德文(附带还翻译了另两卷斯拉夫诗歌),而且还是用的原韵,他能从法国译者的散文译本中找出原韵的线索来。梅里美这样发现"地方色彩"是多么容易获得之后,他就原谅拉辛和古典主义者们缺乏地方色彩了。

我们透过这一切机智诙谐,可以感到这个才华出众的作者多么懊恼自己打出了旗号,已经属于一个派别,哪怕只是在文学方面而且在青年时代。再则,这篇序言并没有道破真情;因为梅里美的散文歌谣,尽管在其他方面决说不上超群出众,却显然是明智而审慎的研究成果,而且精确地再现了斯拉夫民歌的风格。然而,梅里美凡是写到自己的时候,总难免要自我贬低一番。每当他难得屈尊就教,与公众发生直接的关系时,他的序言总具有一种漫不经心的、无动于衷的谦卑态度,而这种态度要比最夸张的自我肯定更彻底地孤立了采取这种态度的人。

二十五 梅里美

梅里美风格中严峻而讽嘲的自我克制，在他以官方身份所写的文件里，在他对法国历史文物的简洁说明里，表现得最为分明，其中充满了专门术语（如《关于法国南部的笔记》等等）。没有一个字谈到自己，没有一桩个人的旅行印象，没有一句话是对外行人讲的。所有批评家都虎视眈眈，伺机而动，要从这位历史文物视察官身上侦查出业余美术爱好者和小说作家的风貌，结果却大失所望，这该使他多么心满意足！

这位《克拉拉·加楚尔戏剧集》和伊利里亚歌谣集《独弦琴》的作者，在欢喜卖弄玄虚这一点上，拘谨态度也是很明显的。这儿就使我们想起司汤达，虽然司汤达的这种倾向采取了多少不同的形式。梅里美使用假名为时不久，但在使用假名的过程中，这个西洋景却是拆不穿的。让读者去海中捞月，没有什么比这更使他开心的了。凡能为他的假名增加一层真实色彩的东西，他都决不忽视。他不仅为他的作品提供作者传记，而且还插入假想作者的画像。为了把玩笑开到底，他在《克拉拉·加楚尔戏剧集》的第一版前面，附印了一幅自己的雕像画，穿着一身西班牙贵妇人的服装，衣领开得很低，头上还罩着饰有花边的薄面纱。

凡是以保持沉默使人如坠五里雾中的人，迟早总得被迫说话的；凡是蒙蔽公众的人到头来总得被迫道出肺腑之言而承受批评。但是有一种比沉默或故弄玄虚更难刺穿的铠甲，就是冷讽热嘲的反话——梅里美和司汤达一样，都各自披挂了这样一副铠甲。

他的作品里从一开始就有一种讽刺的腔调;因为他热烈赞美性格的原始强力,自然就演变成轻蔑那些咬文嚼字的人。例如在《抱怨的人们》这样一出戏里,就有对客厅革命家从未形诸笔墨的辛辣的讽嘲。一帮保皇党的外省贵族、一帮老废物,他们的唯一热情就是听他们自己侃侃而谈,却策划一次反对第一帝国的阴谋;他们决定散发蛊惑人心的小册子,布置秘密信号,草拟行动计划,在会议上为争做主席而吵闹不休,可是只要瞧见一个宪兵就即刻作鸟兽散。在出版日期更晚些的一个剧本《两份遗产或堂吉诃德》(它大概为爱米尔·奥吉叶的某些剧本提供了范例)里,对于社会上和宗教上的伪善,政治上的尔虞我诈,以及青年一代冷酷无情、斤斤计较、缺乏侠义的精神,也有一种类似的讽嘲;同这一代青年相比,梅里美肯定禁不住要称自己为理想家和热心人了。

然而,在这些戏剧作品里,尽管结构上的缺点一眼就可以看出,作为梅里美特色的冷嘲却看不见了。在这些作品里,他把色彩涂得太浓了;他真正出类拔萃的地方是小说家的本色。例如,比他的戏剧的讽嘲微妙得多的,是那篇优美的短篇小说《奥本神甫》的讽嘲,这篇作品证明梅里美多才多艺,他写得几乎就像埃德孟·阿布①,不过更加雅致动人罢了。《奥本神甫》是一短束书简,有几封出自一位贵妇人的手笔。她自以为被一位年轻的神甫爱上了,最后一封书简是神甫写的,他闪烁其词地嘲弄了这位贵妇人对他的恋情。我们就此认识了这两位弱不禁风的风雅人物,他们互相欺骗,欺骗自己,欺骗世界,他们小巧精致、随遇而安的热情,他们做作出来的自我克制,便是作者默默讽嘲的主题。

这一类小说里没有讲故事的人;因此,我们不再像在戏剧里那样意识到作者在克制着自己。如果有一个讲故事的人,而且我们除了知道他对他所描写的感情并不发生共鸣这一点,就对他一无

---

① 埃德孟·阿布(Edmond Francois Valentin About,1828—1885),法国文学家。

所知,那么,我们可以最清楚地看到作为梅里美独特风格的讽嘲形式了。梅里美的方法是由他天生的拘谨态度决定的,这种方法就在于从细微特性上自然流露出冷嘲来,从而增强他所讲述的故事的效果;他要么把嘴唇轻轻一撇,让那动人的事件自己讲话,要么在冰冷的、淡漠的背景框架里,展现出痛苦、反抗和热情。

在那篇小小的杰作《古花瓶》①里(这是他以同情态度处理十分现代题材的唯一的一篇小说),他讲述着两个青年人秘密相爱的故事。我们听见那个刚从夜间幽会归来的男青年自言自语说:

"我多么幸福啊!"他一直这样对自己说,"终于我找到一颗理解我的心的心!不错,这就是我所找到的理想——朋友和情妇合而为一的人……多么有个性!多么热情!……不,她以前从没有爱过别人!"正如虚荣要闯入人间每件事物一样,他随后就想道:"她是巴黎最美丽的女人。"于是,在想象中,又回顾起她的千娇百媚来。

叙述按照这个调子继续了一阵之后,梅里美就插入几句评语说,一个幸福的情人和一个不幸的情人几乎同样讨厌。然后,两位情人的关系发展到最完美的阶段,圣克雷尔对他情人的过去所怀的一阵短暂而又致命的嫉妒已经化为乌有,化为一点点误会,我们看见了一幕最微妙细致的作家都为之搁笔的恋爱场面——悔恨的泪水混杂着微笑和亲吻的场面:这时我们怎么会知道故事再过六行,一切就要结束呢?怎么会知道圣克雷尔竟在第二天早晨的一场决斗中被杀死呢?我们听见这个消息,正如我们在真实生活中听见这类事情一样:

"喂,"洛康丹晚上在塔托尼家里遇见包茹上校时对他说,"这个消息是真的吗?"

"再真不过了。"上校回管说,满脸是忧伤的神色。

---

① 见本书第257页注①。

"给我谈谈事情的经过吧。"

"够简单的了。圣克雷尔告诉我,他错了,但他宁愿被泰米诺枪杀,也不愿向他道歉。我也只好赞同他。泰米诺要抽签决定谁打第一枪,但圣克雷尔非要他打第一枪不可。泰米诺开枪了。我看见圣克雷尔身子旋转了一下,然后倒下去,死了。我不止一次看见过一个士兵,在受了致命的枪伤之后,也以同样奇怪的方式旋转着,然后才倒下去的。"

"多么奇怪啊!"洛康丹说,"可是泰米诺,他又怎么办呢?"

"啊!每个人在这种情况下都会那样做的。他懊悔地惊叫一声,把手枪往地上一摔,扔得用力过猛,连扳机都摔断了。那是一支英国手枪,毛顿牌的。我不相信,在整个巴黎,他能找到一个制枪匠人,会给他造出那么好的一支手枪来。"

梅里美不是按照伤感作家的方式描写友人之间的同情,而是让它按照现实生活自动地流露出来,他就这样淋漓尽致地表现了两个情人之间的热烈情绪;画面的灰淡色彩增强了画幅的效果。如果在梅里美生前还没有冰冻香槟酒的技术,他准会发明这种技术的。

让我再举一两个例子,说明梅里美具有一种大赋,能够超脱他所描写的以及他在读者心中所激发的情感。拿《夺堡记》中描写主力进攻的一段来看吧。"我们即刻就到了方形堡垒脚下。栏栅已经摧毁了,土地被我们的炮弹打得稀烂。士兵们冲上废墟,高声呼喊:'皇帝万岁!'他们已经喊得这么久,不能期望还有比这句口号喊得更响的了。"这次讲故事的人倒不是梅里美本人,而是一位娓娓叙述他第一次战斗经历的军官;但这位军官和创作这位军官的作者是近亲,他并不同战斗着的士兵共有那份热情。他没有把他们对拿破仑的热忱当做爱国心和士气加以赞扬,而是冷冰冰地评说他们的肺活量真强大。

这种风格,这种情调,非常显著地增加了他所描写的事物的现实印象,会被人们一再看做作者缺乏感情的迹象,这就丝毫不足为奇了。事实上,这同他选择恐怖题材证明了他生性残忍一说,并没有多大的不同。相反,这种风格的冷嘲,经常只是掩盖同情和愤怒的透明的薄纱而已。研究一下《塔曼戈》这篇短篇小说的冷嘲吧,对于肤浅的读者来说,仅仅选择这种题材,便容易暗示作者是喜欢令人反感的事物的——因为还有什么比贩卖奴隶和虐待奴隶、比沉船、饥荒和谋杀更令人毛骨悚然的呢?何况这一切都是带着一种冷嘲的微笑讲述出来的!

但是,当我们碰到下面一段时,就感觉到这种冷嘲的含义了。

"船长为了批准这笔买卖,和醉了六七成的黑人头目握了握手;于是,奴隶们立刻就给移交到法国水手手里,他们很快就把黑人用来束缚黑奴的长木叉子换成了铁铸的颈枷和手铐——这就是欧洲文明优越性的一个证据。"

在叙述船长企图用鞭打来使那个漂亮黑种女人服帖的几行文字里,可以更清楚地感觉到这种冷嘲的真实性质。

"船长这样说着就走了下去,派人把阿霞找来,竭力劝慰她;可是,不管是甜言蜜语或皮鞭交加(因为一个男子终于要失去耐性的)都不能使这位美丽的黑种女人服帖。"

承认这个事实,指出这就是人性,指出这类事情是会发生的,这种冰冷的从容不迫的态度,事实上增强了暴虐行为所产生的义愤印象的。我们不会漠然无动于衷地把书丢在一边。我们注意到,最初看来似乎冷冰冰的东西,不过是艺术家灵魂里的内在火焰石化了的喷出物罢了。我们理解,在这些小说的冷静而严肃的风格里潜存着一种感情,正是这种感情使得这些小说给人深刻的印象。

在梅里美所有的短篇小说中,《阿尔塞娜·吉约》是把叙述的冷嘲风格同从偏见的束缚中解放出来的一种感情的强度,最完美地融合在一起的一篇作品。虔诚而时髦的贵妇人的传统美德和那个被亲生母亲卖掉的贫苦姑娘所表露的对基督教和道德教条的绝对无知,形成了对照。在绝望的一刹那,阿尔塞娜从窗口纵身跳出,折断了大腿和几根肋骨。小说的行动发生在她的病室里。各种事件关系中常有的冷嘲,不允许同情和感动超越艺术节制的限度。然而,接近尾声,到描写阿尔塞娜死亡时,心灵却可以畅所欲言了,朴素的语言给这个命若悬丝的小女工赋予了一种魅力,实在不亚于缪塞用以神化临死的贝尔纳莱特的那种语言。到最后结束时,艺术的冷嘲再度出现了。在阿尔塞娜的墓石上,有一行用铅笔写成的女人纤细的笔迹:"可怜的阿尔塞娜,她在替我们祈祷!"这句话言简意赅地告诉我们,道貌岸然的贵妇人和无知的小女孩都受到同样的诱惑;当阿尔塞娜像一个女英雄似的死去之后,她的女保护人继承了她的情人。在这种场合,冷嘲一词几乎是太粗俗了。个中微妙曲折的含义,实在非笔墨所能形容。这一行略带冷嘲的铅笔字,包含着一种梅里美式的、也就是一种言简意赅的规劝,即"容忍"。

德·奥桑维尔替我们保存了梅里美关于短篇小说《蓝房子》跟爱米尔·奥吉叶讲的几句话(这篇小说是梅里美在1869年特别为皇后写的)。这几句话表明,这种特殊的叙述风格,原来是作者性格无意识的表现,后来却变成有意识的习气了。梅里美说:"这篇小说有一个大缺点,其原因是在写作过程中,我改变了原先计划的收尾。由于最初我企图以悲剧结束小说,自然我就用一种欢乐的调子开头;后来,我改变了主意,写出了一个欢快的结局。我本该用一种悲剧的情调重写第一部分,但那太费事了;我就让它照原样保留下来。"这种方法,原本是一个感情深厚而又非常骄傲的灵魂的风格表现,可是到了作者暮年,却变成一种刻意使用对比、借以产生艺术效果的手段了。

二十六　梅里美和戈蒂耶

在1821年11月22日的一封信里,梅里美的画家父亲写道:"我有一个十八岁的大儿子,我本想让他当律师的。他对绘画很有才气,虽没有临摹过什么,却能像一个青年学生那样写生了。"像许多其他著名的法国浪漫主义者一样,普罗斯佩·梅里美从来没有完全放弃绘画的艺术。他画水彩画;但是,特别在素描方面,他孜孜不倦而又有天赋。他的绘画才能似乎很接近他的文学才能。

普罗斯佩·梅里美和泰奥菲尔·戈蒂耶是1830年代在文学风格上相辅相成的两位作家。梅里美的长处在于线条的纯净,而戈蒂耶呢,却在于鲜明的色彩。戈蒂耶写作仿佛是用画笔,而不是用的钢笔;他热爱画布和光线效果。他那富丽堂皇的风格是威尼斯式的,那是天鹅绒和缎锦,他在上面还点缀了亮晶晶的金缕金箔。梅里美的文笔朴素,极其典雅,是一幅低调的单色画,或者很像一幅蚀刻画。然而,他的风格却具有任何语言光彩都不能胜过的性质——它是晶莹透明的;通过这种风格,我们看见他的生气勃勃、狂放不羁的形象和人物跃然纸上。他的大胆而鲜明的轮廓使我们想起雅克·卡洛的绘画和蚀刻画——梅里美和这位艺术家有很多共同点。卡洛画的一个青年,轻快活泼地走出来,腰间悬挂着插在皮鞘里的长剑,插羽毛的帽子得意洋洋地偏在头一边,软皮上衣紧裹着身子,宽大的长靴炫示着健壮的大腿,闪闪发光的马刺叮叮当当响着,他现出目中无人的傲慢风度,匆忙赶着去观看一桩暴

青年 雅克·卡洛 绘

鼓手　雅克·卡洛　绘

行——这样一个形象很可以给《查理第九时代逸事》这部作品作一幅令人啧啧称羡的扉页插画。

梅里美的考虑周到的克制态度可以在他风格的古典雅致的谨严方面找到决定性的证据。它光滑明亮得像擦亮了的钢——它不是一件摆设,不是一朵花,不是任何奇异怪诞的装潢;每个形象都是用金属千锤百炼而成的,比例精密,服饰准确,像真人真事一样。同时代的法国作家,就连夏尔·诺迪埃在内,在铸造新词和新表现手法方面,都不像梅里美那样表现贵族式的保守。梅里美运用得心应手的语言,他所写的每个句子都带有他的特征,从不采用一个冷僻的词儿,也从不把一个普通词儿用得异乎寻常。但他避免使用因袭的表现法,避免使用给思想罩上一层薄纱、使之显得更大更重要的成语。他特别出众之处是他的确切无误的笔触,是他能用一些简单的、几乎陈腐的词儿确切地引起他所希望的印象的才能。雨果的风格轮廓鲜明,哀婉动人;戈蒂耶(及其后继者)的风格风流倜傥,充满意象——这两位大师都竭力堆砌辞藻来产生效果。他们的尝试证明是正确的;但他们的效尤者及门徒们的尝试却往往令人想起,古罗马人挥霍无度,劳民伤财,从一个山顶到另一个山顶建筑一些宏伟的高架渠,因为他们不知道水本身的力量就足以使它从山谷间冲上来。对于这些宏伟建筑,我们固然赞叹;但如果我们发现沿着地面装设一些简单的水管,来代替那些伟大的建筑,我们的赞叹就会更大了。雕琢而浮夸的词句就像那些高架渠,而一语中的的简单词儿则像那些微不足道的水管。梅里美的风格,跟那些水管一样,紧紧贴着地面,没有无用的装饰,也没有不必要的玄虚;没有一点工力是白费的。风格并不因此而失去魅力,但也不是别样的魅力,而是恰到好处的强度的魅力。没有一个多余的字,每一句都在为整体服务。"切勿过分"这句老格言,大概就是梅里美的窍门了。

梅里美发展这种风格的目的,显然是靠删削一切多余的东西,使他小小的艺术品尽可能经得住时间的淘汰。他的努力使我们想到多纳泰洛①的传说。这位艺术家无与伦比的圣乔治像，有其独具一格的姿势——手和胳膊都紧贴着身子——据说是为了确定雕像的哪些部位最容易损坏及其原因而仔细考察了古代著名雕像之后，才选择了这种姿势的。跟这种创作方式非常相同，梅里美使他的作品摆脱突出的装饰，摆脱枝节性质的东西，力图保证它们禁得起时间带来的趣味的变迁。

但风靡一时，变成下一代作家的风格的却不是梅里美的风格。不是梅里美，而是戈蒂耶，作为一个文体家，成了一个流派的奠基人。有些人惋惜一种更富丽、更引起美感的风格得到胜利，惋惜后起的法国作家不仅致力于使文句清晰明白，正确无误，而且尽可能赋予文句以旋律、色彩和芳香——我却不是这样的人。由戈蒂耶发其端，由福楼拜及龚古尔兄弟继其后，后来传到左拉和都德的那种遣词造句法，无疑是有其弱点的；近代最杰出的描写风格的大师不久就看出并承认了这一点。左拉本人写道：

"最糟的是，我已达到这样一个信念：我们时代的行话，我们风格中只能流行一时、接着必然废弃的那部分行话，将被认为是法语中最恶劣的行话。几乎可以用数学的准确性来预言这一点。最容易变得陈腐的是比喻。无论暗喻或明喻，新出来总是迷人的。用了一两个世代以后，它就变成平凡了，再使用它简直成了作家的耻辱。瞧瞧伏尔泰吧，他的风格干巴巴，文句刚劲有力，不用形容词，他只叙述而不描绘——但他永远年轻。瞧瞧我们的文坛之父卢梭吧，瞧瞧他的比喻，他的激昂的浮辞；他写了一些完全不堪卒读的篇页……我们已经超过了卢梭，我们把其他一切艺术置于文学之上——我们描绘文句，歌唱文句，雕刻文句(仿佛他们是些大理石块)，并且要求单词重发出事物的芳香——于是一种可笑的

---

① 多纳泰洛(Donatello，原名 Donato di Betto Bardi，1386—1466)，意大利雕刻家。

圣乔治　多纳泰洛　作

命运便在等待着我们了。这一切使我们痒酥酥,飘飘然:我们认为它是绝妙好词、尽善尽美。可是我们的后代子孙会怎么说呢?他们的想法无疑会是不同的,而且我相信,我们的某些作品会使他们惊讶不止;这些作品中的一切几乎都成了陈词滥调。"

这位杞人忧天、自咎自贬的作家,显然说得太过火了。十之八九,我们的后代不会重视我们的作品,但因此最该受到谴责的还不是这些作品的风格。无论如何,左拉的这番话,作为一位文学上的丹青妙手推崇稳健而非幻想的风格的证据,是值得注目的;而在我们这一世纪,梅里美无疑是这种风格的最伟大的巨匠之一。他最优秀的作品是文学中的杰作。短篇散文用这种风格来写,的确是少见的。事物本身就呈现在我们面前,在一片灿烂的阳光之中,没有被一点点伤感的云雾弄得模糊不清。擅长绘景状物的散文作家,他的比喻由于重复而消失光彩,他经不住反复重读的考验,要把这一点看成是作家的罪状,是不合理的;正如一些曲调用街头的管弦演奏,听起来不堪入耳,我们就责备那个作曲家一样不合理。然而,有一点是不可否认的:像梅里美这样一种结构谨严、不事装饰的风格,比用华丽风格写出来的作品,生命力要持久得多,正如青铜雕像的生命力要比繁花盛开的树木持久得多一样。

奇怪得很,梅里美的同时代人最初把他贬为自然主义者。年轻的阿尔弗雷德·德·缪塞,在几行诗中天真地把他和卡尔德隆并列,使我们确切地了解到他的作品所产生的最初印象。在他的同时代人看来,他简直是在浇铸模型:

> 有一个既像卡尔德隆又像梅里美的人,
> 在现实上面浇铸熊熊熔化的铅水,
> 用他的火炬勾勒出人间的侧影;
> 他带着这样的模型,把生命的石膏,
> 完全赤裸裸地投掷在它的背景之上。

在阴暗的人头像上没有一笔雕凿,
只有一副像上帝铸造的青铜假面。

"没有一笔雕凿",应用在这个时期最强有力的文体家的作品上,是滑稽可笑的;不过,缪塞主要地把梅里美当成一个自然的模仿者,是再明白不过了。这个观念来源于已经提到过的一个事实,即浪漫主义在其最初阶段有自然主义的成分。年轻的浪漫主义者们不能一下子看出这两者之间的鸿沟。歌咏羽毛帽子和托利多①的利刃的诗篇,比起他们周围所见的现实生活,无疑更要投合他们的趣味;然而,现实充满色彩和个性,再加上热情、火焰和异国情调的芳香,也可以表现得诗意盎然;而这一切在梅里美的作品里应有尽有。在梅里美身上像在其他浪漫主义者身上一样,可以找到自然主义的萌芽;但在其他人的身上,对艺术的爱好都比模仿自然的倾向更强烈一些。尽管如此,梅里美由于偏爱野蛮题材和造作的冷酷,已明确地预示了下一代文学的倾向。在泰纳的《格兰道日先生的生涯和言论》(1867)一书中,有一段关于当时社会生活的评论,同样也适用于文学。"十年以来,一种野蛮的色调在补充着风雅。"在第二帝国时期几乎所有最负盛名的作家身上,我们都可以意识到这一点——如小仲马,如堪称下一代的梅里美的福楼拜,如泰纳本人,他像梅里美一样,有一个"精巧的谋杀案"来描写,就喜气洋洋,他让他的格兰道日准确地教导读者如何最切实地用剃刀割断喉管。②

今天梅里美被认为是一位古典作家了。他的风格清楚明白、晶莹透明,他坚决避免在抒情方面离题走板,避免滥用隐喻和堆砌辞藻,这一切似乎为他在浪漫派之外保留了一席地位。但我们看

---

① 托利多,西班牙地名,从罗马时代以来以产利刃的宝刀出名。
② "当克伦威尔经过爱尔兰时,他记下了被屠杀的人的数字和身份,就此而已。但同时,屠杀得多么漂亮啊!又是多么好的机会使读者深入了解,冷酷的狂人如何挥舞狂热的刀剑屠杀啊!"(泰纳:《论基佐》)。(原注)

到所有法国浪漫主义者又在某种意义上同时是古典主义者;不能因为在梅里美身上,特别可以看出这一点,就赋予他截然不同于其他浪漫主义者的地位。

何况,我们要记住,他同雨果和维尼一样都受了司各特的影响;在他的某些作品中有拜伦主义的、"恶魔派的"鲜明的痕迹;他虽然是个清醒的怀疑派,却用霍夫曼的风格写了一些作品(如《查理十一世的幻象》);他是司汤达的弟子;而且,他几乎总是用地道的浪漫派的方式,选择异国情调的非现代的题材——凡此种种,使我们从这个与法国浪漫主义者具有这样多共同特征的作家身上,不得不看出他是这个时代真正的宠儿。

即令我们不承认他有绝对的艺术独创性,他的形象在1830年才华照人的文学集团中也足以出类拔萃了。别的作家身披华丽的铠甲,头戴镶金的头盔,矛头飘着燕尾旗,纵马驰入竞技场。他在壮观的浪漫派比武中是一名黑衣骑士。

二十七　泰奥菲尔·戈蒂耶

1830年1月初的某一天,在巴黎香榭丽舍附近一条新铺的道路上,可以看到三个年轻小伙子,走向未来大街尽头一家孤独的房子里去。其中一个是十九岁的美发青年,稍微有点驼背,走起路来像鸟儿一样敏捷,所有口袋里都露出塞满了的稿纸,他就是诗人德·奈瓦尔,一个和蔼可亲、温文尔雅的空想家,他的主要任务就是为朋友的事跑断两条腿。走在他身旁的是面色苍白、蓄着黑胡须的佩特路·博雷尔,他仪表堂堂,面孔严肃得像加斯蒂利亚人,已经二十二岁,在一群年轻的艺术迷中间年纪最大,是个中心人物。走得稍稍靠后的是一位十八岁的小伙子,皮肤呈橄榄色,五官端正,面目清秀,步伐蹒跚,内心慌乱;他的两个朋友答应把他介绍给这座孤独房子的主人维克多·雨果(他们本人是雨果家里的座上客),这是使他们被很多人嫉羡的一份好运气。

年轻的戈蒂耶跟在德·奈瓦尔和博雷尔身后,两次登上了台阶,仿佛鞋子里装了铁铅一样沉重。他几乎不能呼吸了;前额直冒冷汗,他听得见他的心在怦怦跳动。每次他们走到门口,两个朋友中的一个正要去拉响门铃,他转身又跑下台阶去,他的朋友叫着笑着去追赶他。第三次的尝试总算成功了,就像童话里说的一样。这个年轻人感到两条腿几乎支撑不住了,刚要在最高一级台阶上坐一会儿缓口气,这时门打开了。在一道宛如太阳神阿波罗头上的光圈似的光波里,雨果亲自出现在他们的眼前,衬着楼梯口幽暗的背景,显得神采奕奕,容光焕发。他穿一身普通黑色上衣和灰色

GÉRARD de NERVAL (1808-1855)
de son vrai nom Gérard Labrunie
poète et littérateur français né et mort à Paris
auteur d'œuvres charmantes dont LES FILLES DU FEU
où se trouve le gracieux conte « Sylvie »

德·奈瓦尔

佩特路·博雷尔

戈蒂耶

戈蒂耶

裤子,脸上像一个普通人一样刮得干干净净。他看见这位情绪激动的青年,只是微微一笑,似乎并不感到惊讶;因为许多年轻的诗人和画家在他家的门口羞得脸红一阵,白一阵,结结巴巴讲不出话来,他早已司空见惯了。他显然像个普通凡人一样,正要步行到街上去;这比看见雨果坐在五匹白马拉着的凯旋车上,由胜利女神手捧金冠戴在他头上,驰驱过市,更叫戈蒂耶惊讶。但他陪着这几位青年回身走进他的书房了;对于接下去的谈话,戈蒂耶只是默默地洗耳恭听。他太忸怩不安,无法参加谈话,但这次会见在他的一生中开了一个新纪元;从这一时刻起直到他去世的一天,他成了雨果的至死不渝的信徒,热情洋溢的赞美者,感恩戴德的弟子,不倦不休的歌颂者。即令在若干年的别离时期,尽管由于政见不同引起了思想上的隔阂,他从来没有(哪怕短暂地)忘记对雨果绝对地效忠致敬;从这一次初见起,他就在内心里称他为巨匠和大师了。

这几位青年来拜访雨果,和法兰西剧院第一次上演《欧那尼》有关。他们是来领取印有"Hierro"(铁)的红色小方块戏票的。戈蒂耶读过《东方集》,虽说没读过这个剧本,却对它的题材表现得很热情。

在他定居的巴黎那一地区,他早就以奇行怪癖引人注目了。他用各种可能的方式对普通的资产阶级表示轻蔑的反感,年轻的浪漫主义者们尤其厌恶这类人物。他经常身穿黑绒背心,脚着黄色鞋子,带着一把阳伞或雨伞,光着头走来走去,那一头棕黑色的长发几乎垂到腰部,和那橄榄色的皮肤配合得令人叫绝。他口含雪茄,身子笔挺,风华正茂而神态庄严,逍遥自在地走来走去,完全不理睬那些大惊小怪的市民们轻蔑的眼光,和街头儿童们的讪笑。

但在《欧那尼》首次上演那一天,他感到义不容辞,要打扮得更加惹人注目。他定制了一件"红背心",那种将要变成历史性服装的背心。它的红色不是革命家选作为革命象征的红色,也不是政治家提到颜色时所想象的红色;不是那些东西,它是一种火光熊熊的红色,象征着那个时代的青年艺术家对于灰色的憎恨。这个青年画家兼诗人被一块特别的猩红缎子的色调吸引得入迷了。他端详这块缎子的模样,令人想到威罗尼塞①在端详一段丝绢。当他把这件宝贝弄到手时,他就把裁缝请来,向他解释说,这块料子是用来做一件背心的——不错,一件背心。要裁成胸甲的形式,罩满全胸,抽紧背部。戈蒂耶写道:"假如你能从代表人类面部不同表情的一套教学绘画范本中,找出一幅标明'惊骇'的表情,对于这位惊恐万状的裁缝师傅的脸色就可以形成一个概念了。""可是这样一种背心不时兴了呀,先生!""只要我一穿出去,马上就要时兴了。""可是这么一种样式,我可一点也不懂;与其说它是绅士们穿的普通衣服,倒不如说它是舞台戏装;我怕糟蹋了料子。""我可以给你一个亚麻布样子,是我亲自设计、剪裁、缝制的。"这件背心终于做出来了。在法兰西剧院名震一时的暴风雨般的夜晚,那般俗人们彼此用手指着戈蒂耶,使他成为整个剧院望远镜的目标时,戈蒂耶却显出威严赫赫、若无其事的样子。虽然只在这个晚上穿过一次,他的名字就此同这件红背心难解难分了。很久很久,人们只知道他穿过这件红背心,其他什么也不知道(1867年,我在巴黎亲自遇见过一些人,他们相信他仍然穿着那件红背心);在法国文学史上,这件红背心一直闪闪发光到今天,这是人生中爱好光明和色彩的一个天真的标志,是那个热情的青年团体与众不同的特色。

但是,本质上光辉灿烂、绚丽夺目的是艺术,是纯艺术。对艺术本身的无限热爱,完全占据了戈蒂耶的心灵,像他那样为这种热爱所占据的心灵是少有的。他整个一生都为这种热爱所鼓舞,但他在青年时代,就已经感觉到这种热爱,以及它所带来的一切快感,它所激发的一切赞叹,它所赋予的一切勇气,它所唤起的一切仇恨。

---

① 威罗尼塞(Paul Veronese,原名 Paolo Cagliari,1528—1588),意大利画家。

正是这种对艺术的热爱使得这个本人就是一位巨匠的人，成了其他艺术家诚挚、高尚、谦逊的赞赏者。他是雨果的仆从，他是巴尔扎克的自我牺牲的朋友。他是一个诗人，而赞赏使他成为一个批评家；每行结构完美的诗句，每个闪闪发光的辞藻，每个充满画意的表现，每种大胆的奇想，他比谁都能感到更大的快感。他先是画家，然后才成为作家；谁也不如他那样充分肯定强有力（即使多少有点缺点）的独创性，这种独创性在德拉克鲁瓦的画幅里显得五彩缤纷，光辉灿烂，使人对素描方面的缺点视而不见了。他是多么强烈地厌恶斯克里布的陈词滥调和德拉维涅的细心修改，厌恶笨拙的轻歌舞剧和毫无热情的悲剧——这个人，他崇拜风格，他无比推崇马戏团的表演，而不欣赏游艺剧场上演的庸俗喜剧！在马戏团里，人们只是叫喊着：嘿！哈！不会像斯克里布那样犯违反句法和韵律的种种罪过。德拉罗什①（他的真正才能发展得很晚）煞费苦心、高度精致地表现中世纪题材，蛊惑没有受过高等教育的人们，教导他们爱好他所表现的中世纪，而不爱雨果和德拉克鲁瓦所表现的中世纪，戈蒂耶是多么愤慨地对他进行攻击啊！在戈蒂耶看来，把谨小慎微的才能放在奔放不羁的惊人的天才之上，那真是亵渎神明；这些小有才华的人们在公众眼里所受到的青睐，在他心里激起了猛虎般的愤怨。在稍后一个时期，他坦白承认，他恨不得生吃德拉罗什的肉，那将是他人生最大的乐趣。

为艺术而艺术！艺术就是它本身的终点和目的！L'art pour l'art（为艺术而艺术）！这就是戈蒂耶的座右铭。他为艺术本身而爱艺术，就意味着（正如在其他任何事物的场合所意味的一样），他之热爱艺术，毫不顾及它的所谓道德或不道德，爱国倾向或非爱国倾向，实用或不实用。

戈蒂耶的艺术崇拜，标明了在浪漫主义的进程中跨进了一步。

---

① 德拉罗什（Hyppolyte Delaroche，1797—1856），法国画家。

在浪漫主义的第一阶段,文学上的复兴是对天主教和君主政体的效忠致敬。当这个运动由雨果率领开始第二次的大进展时,它无疑已进入"为艺术而艺术"的热诚阶段了。但对大多数人来说,这一步还是不自觉的;他们对于艺术的热诚隐藏在对于中世纪、对于十六世纪、对于热情的力量或是对于地方色彩的热诚之下。唯独戈蒂耶充分意识到潜伏在所有这些表象之下的原则;因此,他的名字就是浪漫主义运动这一阶段的同义语,诗歌在这阶段中维护了它自己的权利。如果我们拿雨果的某篇序言(例如,《东方集》的序言)来做判断,看来仿佛雨果的诗忽视了其他任何理想,除了达成本身的完全自由而外,别无其他目标;然而,雨果天生是个过火的煽动家,只能把这种斗争、这种努力看成开端的一步。把这一阶段当做最终的一步,则有待于这位大师最钟爱的弟子了。对于戈蒂耶,正如对于德国浪漫主义者一样,浪漫主义和功利主义的斗争等于宣告艺术的绝对独立。

泰奥菲尔·戈蒂耶于1811年8月30日诞生在法国南部的塔布。他出自以保王党原则著称的名门望族。像雨果和大仲马一样,他也是一位勇将的后裔。雨果的父亲是拿破仑驻意大利军队的一名少校,同弗拉·狄阿弗洛①作过战,在约瑟·波拿巴特②手下当过将军和西班牙一个省的总督,并且同西班牙骁勇的叛军作过战。大仲马的父亲是个体育健将,根据传说(严格地说,是根据小仲马的说法),他能双腿夹死一匹马,用牙咬破头盔,并独自把守布利克逊桥,阻挡了二十人先遣部队的进攻。戈蒂耶的祖父是进攻贝尔根·奥普·朱姆的第一人,因而远近驰名。他是一个力大无比、身材魁梧的巨人,生活在露天野地里,每天打猎,从没有见

---

① 弗拉·狄阿弗洛(Fra Diavolo,原名 Michel Pezza,1771—1806),意大利著名的大盗。
② 约瑟·波拿巴特(Joseph Bonaparte,1768—1844),拿破仑一世的长兄,被任为那不勒斯及西班牙的国王。

过他不带枪,如果有什么事使他特别高兴,他就把枪朝天一再放它几下。他活到了一百岁。戈蒂耶的父亲,也活到了高龄,主要是在智力活动方面展现出他所继承的充沛的精力。他受过优良的教育,具有多方面不同的才艺。他激赏《克伦威尔》的序言,他赞成他的儿子向诗歌方向发展,这就足以说明他的文学趣味,而且也说明他摆脱了偏见。的确,他非常欢喜他儿子的大胆的小说《莫班小姐》,以致在这部小说的写作过程中,他经常把这个年轻人锁在自己屋子里,并且说:"你不写好几页《莫班小姐》,就不要出来。"戈蒂耶的母亲是一位稳重端庄的美人,据说她的血管里有波旁王朝的血液,她和孩子的父亲联成一气溺爱和崇拜这个得天独厚的儿子。戈蒂耶是生下来就受人赞美和钟爱的这么一种人,不仅他的亲戚朋友,每个人都赞美和钟爱他——他是整个一个世代对他都用昵称的人;因为他是一个大艺术家,同时又是一个大孩子。"泰奥"这个简称,在同时代文学中曾千百遍地这样称呼他,是多么富有深意啊!正是由于赞美到亲昵的地步,才这样简缩他的名字。

在仿佛足以说明他的性格的那些家系特点之中,还必须另加一点,那就是,无疑在他的家族中有着一些东方人的血液。这一点之所以有趣是因为,正如在大仲马和普希金的作品中,大部分凶残和暴力的描写可以追溯到黑人的血统,那么随着年华增长,在戈蒂耶的人品和作品中可以看出东方人的特征,也可以从生理学上加以说明。论天性,他本该戴上一顶土耳其帽子或包头巾,走起路来慢条斯理而又凛然不可侵犯;那么,在他的作品里终于尽可能表现得无动于衷,原是十分自然的了。

泰奥菲尔·戈蒂耶离开法国南部,定居巴黎时,还完全是个孩子。他上学时就推崇在所谓黄金时代前后从事写作的作家,而不喜欢古典方正的作家,这一点可以说明他的性格的早期发展。在法国文学中,他心爱的作家是维庸和拉伯雷;高乃依和拉辛没有给他留下什么印象。在拉丁文学中,他抱着热切的喜悦心情,只读那些颓废派的诗人和散文作家——克劳地安、马尔修、皮特罗尼乌斯和阿普利乌斯①。他用一切可能的韵律在他的拉丁文诗篇中模仿着这些作家;对于西塞罗和昆体良②,他十分冷淡,很看不起。这种态度,首先是因为这位艺术家喜爱富丽堂皇的含有画意的风格;第二是因为这位青年对于我们所谓古典作家作品中不可避免地要碰到的庄严的普遍真理和细腻的感情抱有反感。一个法国人,粗野疯狂有如维庸在色彩上绚丽多姿,丰富充盈有如拉伯雷,由于不曾受到这个伟大世纪的一般雕琢风格的影响,在戈蒂耶看来是有难以估计的优点的;一个罗马人,血管里有非洲人的血液如阿普利乌斯,或者出身于埃及如克劳迪乌斯③,必然比奥古斯都时代更风雅的演说家和诗人更投合他的爱好;因为他喜爱特殊、惊奇、打破常规,而且对人为的雕琢和癖性,只要其中含有几分魅力,他也并不厌恶;可以这样说吧,他想使他的文学稍微"高超"一点。到了成熟时期,他仍然保留童年对于白银时代作家④的热爱。由于他的这种爱好,我们才有了他以《畸人集》为题名出版的优秀评论集,这本集子的目的是为整个一群小诗人恢复名誉——布瓦洛在《诗的艺术》中为了给那些遵守亚里士多德的定理和审美法则的大作家留出更多的篇幅,对于这些小诗人凌辱备至而拒之门外。这些不幸的诗人,前额上顶着布瓦洛的一行判词,便被搁置在文学

---

① 克劳地安(Claudianus),4世纪罗马诗人。马尔修(Marcus Valerius Martial, 43—104),罗马诗人,著有《警句诗》。皮特罗尼乌斯(Gaius Petronius),罗马讽刺作家,尼罗皇帝的宠臣,因政治原因而自杀。阿普利乌斯(Lucius Apuleius),2世纪罗马小说家,著有《金驴》。
② 昆体良(Marcus Fabius Quintilianus),1世纪罗马批评家和修辞学家,著有《演说术》。
③ 克劳迪马斯(Appius Claudius),公元前4世纪至公元前3世纪罗马政治家。
④ 白银时代:指拉丁文学中次于"黄金时代"的时代。"白银时代的作家"指马尔修、塔西图斯等。

陈尸所里,无人过问了。戈蒂耶对于循规蹈矩和平凡庸碌是不共戴天的敌人,他于是挺身而出,为他们申辩了。他对塑形和画境的爱好使他不耐烦研究那些头戴假发、腕扎花边皱褶、坐着写作的神气十足的作家。可是,搜寻出所有那些被人遗忘的稀奇古怪的诗人们,却给他真正的快乐——那些诗人面容陌生,鬼头鬼脑,他们的作品里虽然大部分令人惋惜地充满低劣趣味,但仍然可以在里面发掘出许多有趣的妙句,许多独创的闪光,许多机警而画意很浓的诗句——不,他们的整个诗篇像维庸和魏奥①的最佳作品那样充满了生命力。虽然他们的诗神不是个美人儿,但仍然可以用戈蒂耶描写一个迷人女性的诗句来描写她。

  在她那刺人的丑陋里面,
  有一滴海水的盐味,
  苦涩深渊中辛辣的维纳斯,
  赤裸而迷人地从海上升起。

  十五、十六、十七世纪的那些不幸的诗人们,或者烂醉如泥地躺倒在阴沟里,或者手持长剑在人世间杀出一条血路,或者在断头台上了结残生,其中有一位却以他如痴如狂的风韵和他的诗文,恰好提供了戈蒂耶欢喜勾勒的这样一幅侧影,这样一幅个性鲜明而生动的轮廓。

  年轻的戈蒂耶出于自愿,离开学校,跑到画家李乌的画室充当门生弟子。这个青年人本人和他的亲属,都过高估价他在绘画和写生方面所展现的才能,实际上那不过是他深富画意的诗文绝对无与伦比的天赋中的次要附属品罢了。决定他的毕生事业的是维克多·雨果。雨果吹响了欧那尼的号角,戈蒂耶响应了这个召唤,抛弃绘画而从事文学了。但他已经养成的从画家角度观察事物的

---

① 魏奥(Théophile de Viau,1590—1626),法国讽刺诗人。

习惯,他从来没有丧失过;在他的谈吐中,以及如在谈吐中同样自由地表达自己的那部分作品中(如《莫班小姐》的序言),总是充满大量流行于法国画室中的艺术行话而风趣横生。

他是作为一个抒情诗人而初露锋芒的。在《欧那尼》的第一次著名演出的后五个月,不幸,就在七月革命爆发的同一天,他出版了他的第一部诗集。在多事之秋的滚滚洪流里,这些诗被席卷而去,湮没无闻了;不过,即令在不那么多灾多难的岁月里,这些诗也很难引起更多的注意。作为一个抒情诗人,戈蒂耶是不孚众望的;他的风格遒劲有力,毫无瑕疵,但他的气质却不是一个真正抒情的气质;他的注意力过分为外界事物所分散;他缺乏火力和热情。在他青春时期的诗篇中,当他表现古代异教徒的(实质上是罗马的)享乐主义时——当他谈到幸福的三要素"阳光、美女、骏马"时;当他歌唱人生的欢乐,赞颂色彩、歌曲、诗文时(如在《放荡》中);或者当他再现情侣们的亲密接触所产生的那种朴素的、近乎肉感的、无论怎样说也是完全不复杂的幸福感觉时(如在《五月的曙光》中),他可以说是登峰造极了。非常精美而且也十足代表戈蒂耶作品的是那首小诗《自命不凡》,这首诗的讽嘲性的题目巧妙地避开了对于它的感伤情调的任何攻击。它表现了青春力量寻欢作乐的气焰。最初的两节诗是这样的:

> 我年轻:我的血管里充满鲜红的血。
> 我的头发是黑玉,我的目光是火焰。
> 我深深的胸腔里没有沙砾,没有浓痰,
> 我深深地呼吸着天空的气息,上帝的气息。
>
> 随着从波希米亚吹来的变幻莫测的风,
> 没有计算,我度过了多少日日夜夜,
> 脸色苍白的曙光常常发现我,
> 揭开天鹅绒的假面,躺在酒瓶中间。

直到戈蒂耶的晚年,他才以抒情诗人知名于世。《珐琅与雕玉》是一卷八音节短诗集,就形式而言,有时令人依稀想到歌德的《东西方集》和海涅的《短歌集》,从中可以看到戈蒂耶个人风格最具特色的范例。各色各样的题材,完全是以造型艺术的精神处理的。作者的意图是利用色彩的生动和细致交融,形式的完整和精美,韵律的严谨纯净和全体和谐,总之,利用哪怕微不足道的小节也不忽视的技巧,产生出古人遗留给我们的类似碧玉玛瑙那样小巧玲珑的诗歌杰作,或者是同文艺复兴时期意大利和法国嵌在黄金上的珐琅彩绘不相上下的诗歌。在这些诗篇中,以及一篇由于海涅而遭禁的题名《秘密博物馆》的令人赞叹的诗篇中(在贝尔那拉的《泰奥菲尔·戈蒂耶》一书中可以找到),他达到了可谓"无懈可击"的语言美。只有勒贡特·德·李斯尔晚期诗歌的造型美,才可以和它先后辉映,互相媲美。《艺术》是这本诗集的最后一首诗,就语言而论是真正足以垂之后世的艺术珍品,其中包括他那仿佛刻在岩石上的艺术见解。他对他所透彻理解的艺术热爱备至,竟置之于世间万物之上,并视之为能经受时间变迁的唯一事物。毫无疑问,他过于倾向以创作过程中所克服的困难来品评一件艺术品的价值,但只是因为他相信,同困难做斗争,才能使一件完工的作品赋有强度,才能使它抵抗蛀虫和锈菌的腐蚀。听听他自己的话吧:

> 一切消逝了。——雄伟的艺术
> 巍然而独存。
> 半身雕像
> 比城市更长生。
>
> 一个农民
> 在地下发现的

简朴的勋章,
　　显示出一个帝王。

　　神祇们自己也将消亡,
　　然而至高无上的诗篇,
　　　永留人间,
　　比青铜更有力量。

——这一番话,这最后的一番话,用在戈蒂耶所写的诗句上,是当之无愧的。

二十八　泰奥菲尔·戈蒂耶

对于团结在雨果周围的年轻而豪放的浪漫主义集团,要想找一幅生动活泼的图画,一幅以其放纵恣肆的自我嘲谑为特色的图画,我们只有求助于戈蒂耶的《年轻的法兰西》了。作者写这篇作品,意在讽刺浪漫主义,其手法很像《可笑的女才子》曾经讽刺前一时期的文艺怪现象一样;但不幸,《年轻的法兰西》只是一个少年才子嬉笑怒骂的游戏文章,而《可笑的女才子》却是一部不朽的成熟作品。《年轻的法兰西》几乎是戈蒂耶刚一加入浪漫主义阵营就写成的,像佩特路·博雷尔和菲罗泰·欧奈地①的诗歌一样,这篇作品使我们得以赏识少年英俊之士的豪迈情谊。由戈蒂耶来写作这样一本著作,可谓适得其人。因为,不仅在当时,就是到他生命的最后一刻,他都是一个真正豪放不羁的艺术家;他总是或多或少地和社会及其体面观念格格不入;在青年时期,他作为画家、诗人、新闻记者和旅行家,就过着一种豪放不羁的生活(就这个词儿的一般意义而论);到了晚年,他和他的姊妹和他的孩子们定居下来,再没有动过结婚的念头。在他多次的男女关系中,和埃尔奈丝妲·格丽西(他的两个女儿尤狄丝和埃丝泰拉的母亲)的关系维持得最久。他还长期热恋过她的妹妹卡尔罗塔。他的舞剧就是为卡尔罗塔写的。他虽然是个朝秦暮楚的情人,但却是一个充满

---

① 菲罗泰·欧奈地(Philothée O'Neddy,1811—1875),泰奥菲尔·冬戴的署名。参阅本卷第34章。

深情的父亲和兄弟。他让女儿们都受到模范教育。他的绝招之一就是让她们学习日语和汉语,精通这两门语言的人是很稀罕的,这样就为一个需要谋生的女性提供了谋生的手段。由于他的先见之明,他的女儿尤狄丝确实获益匪浅。

然而,使我们对年轻的戈蒂耶的内心生活产生最优美、最完整的印象的,并不是《年轻的法兰西》,而是紧接着这部著作而写的一本小说《莫班小姐》(1836)。在《莫班小姐》中,他的青春像香槟酒的泡沫一样沸腾迸溅。这是一本纯属异教徒味道的书,有时也是一部完全诲淫的书——就像小克莱比翁的对话体小说一样诲淫——可是它有力量。虽然史文朋①称之为"美的金书"是夸大其词,但毫无疑问,这本书展现了异乎寻常的美感。它是这位年轻人发泄过剩精力的一个出口。

泰奥菲尔·戈蒂耶本来是个体质羸弱的人,他所擅长的体育运动只是游泳;可是他一心一意想成为运动家,——运动家和拳击家超乎其他一切人成为他仰慕的对象。他花好几年的工夫,学习击剑和拳击,骑马和划船,果然他的体质完全改变了,而且在红宫开放那一天,他朝一个崭新的"土耳其人的头"②一下子打出了创历史纪录的五百三十二磅的重量,这时他心满意足,简直不可言传。在一篇自传性的随笔中,他以一种令人可亲的虚荣心说:"这是我一生最值得骄傲的一桩事了。"他这样说,显然是十分真诚的;因为即令到了老年,当朋友们对他的怪论表示怀疑,而且一齐同他唱反调时,他向来是用粗糙的大嗓门,喊得大家鸦雀无声:"至于我,我强大得很。我打'土耳其人的头'打到五百三十磅的重量;我的暗喻法,人人都在模仿哩。还有什么可说的呢?"在《莫班小姐》中,我们同时看到能够大打出手的年轻的花花公子和"暗

---

① 史文朋(Algernon Swinburne,1837—1909),英国诗人兼批评家。
② "土耳其人的头",测量体力的一种设备。

喻连篇"的艺术家,就是说,他的遣词造句在我们眼前呈现为一幅幅图画。但是,我们更加意识到那种纯属盎然古风的造型性质,这是使戈蒂耶在才华横溢的世代里有别于其他人的特征。在他让主人公自己描写自己性格的一段文字中,他这样描绘了他自己:

"我是荷马时代的人;我生存的世界不是我的世界,我不理解我周围的社会。基督不是为我而生的;我像阿尔齐巴底斯或菲狄亚斯①一样是个异教徒。我从没有在各各他山上采撷过耶稣受难之花②;从被钉死者身边流出的、用血红的带子缠绕着世界的深沉的血流,从没有让我在它的波浪里面沐浴过。我叛逆的躯体拒不承认灵魂的主宰,我的肉体拒不压制情欲。对我说来,这个大地像天堂一样美丽;在我眼里,形式的完整就是美德。灵性不合我的心意;我爱雕像,不爱幽灵;我爱正午,不爱黄昏。使我产生快感的三件东西是——黄金、大理石、猩红;灿烂辉煌、扎实坚固、色彩鲜艳。这些就是我梦寐以求的东西,我用它们建筑我全部的空中楼阁……我从没有幻想过迷雾和蒸气,或任何飘浮不定的东西。我的天空万里无云,如果偶尔有几片云彩,它们也是坚固的,是以朱庇特雕像上落下的大理石碎片雕凿出来的……因为我喜欢用手指触摸亲眼目睹的东西,而且喜欢把外形的轮廓触摸到它们最难捉摸的隐微曲折处……这就是我一贯的性格。我是用雕刻家的眼睛、而不是用情人的眼睛来观看一个女人的。我一生最感兴趣的是酒瓶的形式,而不是装在瓶里面的内容。我相信,要是潘多拉③的盒子落到我手里,我是不会把它打开的。"

---

① 阿尔齐巴底斯(Alcibiades,公元前450—前404),希腊雅典的将军和政治家,苏格拉底的弟子。菲狄亚斯(Phidias,公元前500—前431),希腊雕刻家,他的宙斯雕像为世界七大奇迹之一。
② 中译名为"西番莲",状如钉死耶稣的十字架。
③ 潘多拉是传说中宇宙间第一个女人的名字。宙斯为了普罗米修斯盗取天火,创造了她来给人类带来灾难。她从天上带来一个装着各种病害的盒子,由于好奇,她打开了盒子,各种病害就散布在大地上了。

泰奥菲尔·戈蒂耶是和德国浪漫主义者并驾齐驱的寥寥无几的法国浪漫主义者之一。他的短篇小说《弗屠尼欧》，由于美化享乐和怠惰，是弗里德里希·施莱格尔①的《卢琴德》在法国的翻版；他轻视诗歌里的特殊诗意，也令人想到德国浪漫主义者。有一次，泰纳评比缪塞和雨果而贬低雨果时，他对泰纳说："我这才真正相信，你堕落到市井小儿的低能程度了。诗中的感情……那是无关宏旨的东西。绚丽辉煌的词句，音韵和节奏——这些才是诗。诗不证明什么，也不叙述什么。例如，拿雨果的《拉特贝尔》的开篇来说吧；世界上再没有那样的诗了；那才真正是喜马拉雅山的高峰。整个意大利，连同中世纪的纹章，全在那里面了——除了辞藻而外，没有别的。"戈蒂耶爱好只有形式而无思想的诗，这一点是和蒂克相似的；但他们之间又截然不同：蒂克的目标是使语言挥发为音韵，把诗溶化为单纯的情调，溶化为音乐，而戈蒂耶这个地道拉丁人则志在使语言产生光和色彩，把诗歌压缩为语言图画或语言雕刻。

他在厌恶功利主义这一点上和德国浪漫主义者完全吻合。他的格言"为艺术而艺术"，就是厌恶功利主义的产物。从某种观点看来，他在《莫班小姐》的序言里阐发得振振有词的这种理论是绝对无可争议的。

这种理论之所以无可争议，是从这个意义上来说的：艺术并不服从那些正当地统治人生的合礼法则，更不会服从那些不正当地统治人生的合礼法则了。比如说，一尊雕像裸体屹立在人群之中，是完全正常的，然而一个男人或一个女人这样做的话，就有伤大雅了——人生和艺术对于道德是处于截然不同的关系之中的。戈蒂耶坚定不移的奋斗目标，就是把艺术从劝善性批评的束缚中解放

---

① 施莱格尔（Friedrich von Schlegel，1772—1829），德国诗人和学者，德国的浪漫主义创始人之一，奥·威·施莱格尔的胞弟。

出来。在《莫班小姐》那篇朝气蓬勃、慷慨激昂的序言里,他向那些功利主义的批评家们大声疾呼:"不,傻瓜,不,你们这些白痴和患甲状腺肿的病夫,一本书决不是一碗浓汤,一部小说不是一双没有缝好的鞋子,一首十四行诗不是不断喷水的喷射器,一出戏剧不是一条铁道,一切东西本质上都是使人得到教养的。"谈到那些永远恶语伤人的批评家时,他说:"如果在一本书或一张画里出现了裸体,他们一下子就扑上去,就像母猪扑向泥潭一样,"……而且他还提到《伪君子》说:"就我而论,漂亮的侍女多丽诺有充分的自由展示她的千娇百媚;我肯定不会从口袋里掏出手帕去遮盖那片不应该叫人看见的胸脯。我看她的胸脯,正如我看她的脸蛋,如果它雪白而匀称,它就给我快感。"批评家一再指责他不道德,他为自己辩解说:"所谓讲道德的新闻记者的一种极其古怪的变种,便是同女人发生关系的新闻记者。……要一名这类新闻记者,一个人必须为自己准备一些必需的工具,例如两三个合法的妻子,几个母亲,尽可能多的姊妹,一批花色齐全的女儿,以及数不清的表姊表妹。其次的必需品就是一篇戏剧或小说、一支笔、墨水、纸张和印刷机。……然后他就写开了:带着妻子去看此剧是不成的;或者:这样一本书,一个男子不可送到他所尊敬的女人手里。……妻子用扇子遮着羞人答答的脸,还有姊妹,堂表姊妹,无不如此,等等。(亲属的名义可以千变万化;必要的是这些亲属必须是女性。)"虽然戈蒂耶的实践并非永远无懈可击,而在理论上他却是正确的。诗有其本身的道德,这种道德发源于对美和对真理的爱,不管表达得如何朦胧曲折,那种爱才正是它的本质;然而,它决不受社会因袭成见的束缚。诗本身就是一种道德力量,正如科学一样——例如,像生理学这样一种科学,它决不会把自己局限在适于文雅社会的话题之内的。有不道德的诗人,正如也有不道德的外科医生一样,但他们的不道德同他们不关心社会习俗毫无联系——那种不关心正是艺术和科学所必需的目标,也正是两者固有的天性。

像戈蒂耶这样一个具有造型艺术气质的人,如果不牺牲他的特殊才能,便不能满足以道德名义对于诗歌的要求,因此他特别宜于坚持上述这个真理。他的特殊天赋就是用语言再现感官的印象。他第一个以富丽堂皇的风格指出,莱辛在《拉奥孔》中阐发的学说并不是全部真理,因为他本人描写了许多莱辛认为无法描写的东西。戈蒂耶不能用语言描写的东西是没有的——女性的美,城市的风光,甚至一道菜肴的味道,或者说话的声音,他对这一切都能得心应手,涉笔成趣。圣伯夫有一次说:"自从有了戈蒂耶,法国语言中就再也不存在'不可表达'这个单词了。"戈蒂耶对于新词一贯抱有浪漫主义-古典主义的深恶痛绝态度,但他却用大量无辜废弃的十五、十六世纪的语言,以及许多具有精确暗示性的专门术语丰富了现代法语。法语词典是他心爱的读物。无疑,他的心灵完全倾注于外界事物;但也只有强烈的感情和巨大的艺术热忱,才能造就戈蒂耶所中意的外界事物。触动多愁善感的心灵,当然不是他的艺术的目的;但连歌德也有过他所写的这类心情:

啊,多愁善感的心灵!低能的作者都能打动他们;自然啊,只有感动了你,才是我唯一的幸运!

《弗拉卡斯上尉》是戈蒂耶青年时代开始构思、上了年纪才动手写的一部小说,它使人对他的散文留下了最优美的印象。我们看见书中人物就像在现实生活中一样——他们的丰姿、服饰、动作以及建筑或风景的背景无不如此。

这部小说开卷第一章题名《悲惨宅第》,有一段描写一群流浪艺人在一个贫穷的年轻男爵的荒废宅第一个房间里共进晚餐,这座建筑是路易十三时代的,由两座贴满了金纸的巨大木制烛台照耀着。这段描写使我们想起德累斯顿博物馆中伦勃朗的名画《以斯帖的婚礼》。我们看见烛光映照人面,阴影匍匐墙上。其中没有一个动人的词儿,可是一种微妙的忧郁感浸透着整体,使我们完全理解戈蒂耶向一旁看他写作的费道①所说的话:"这是我的心境的准确描绘。"

还有一章题名《雪的印象》,描写那些艺人深夜驱车穿过深厚的积雪。过了一阵,这伙人找不到他们的一个伙伴;那个徒步跟在车后的喜欢吹牛的士兵马达莫尔。他们四处搜寻他,但徒劳无益;他们敞开嗓门对着广阔的雪原呼喊他的名字,也是枉然。没有回答。他们有个人提着灯笼,灯笼的红光在雪地上移动;我们看到不成形状的长长阴影在白雪皑皑的大地上跟着这些人们。他们的一条黑狗也跟在他们后面狺狺地狂吠。突然,犬吠停止了,飘落的雪花窒息了万籁,我们感到到处弥漫着死一般的沉寂。最后,那个眼睛最尖的演员,觉得他看见一个古怪的形体躺在树下,一动也不动,预示着不祥。正是他——那个不幸的马达莫尔。他正背靠着树干躺着,伸出来的两条长腿半埋在落得正紧的雪里。他那把巨大的长剑——人们总看见他剑不离身——和他的胸膛形成一种古怪的角度,在任何其他场合,人们准会发笑。拿灯的人举起灯笼照了照可怜同伴的脸孔,他大吃一惊,几乎把灯笼都摔掉了。面孔像石蜡一样惨白;被死亡的瘦骨嶙峋的手指掐扁了鼻孔的鼻梁,像乌贼骨一样闪闪发光;两个太阳穴之间的皮肤绷得紧紧的;眉毛上和眼睫毛上尽是片片雪花;眼睛无精打采地瞪得大大的。每根沉重尖削的胡须末梢都拖着一条闪闪发光的小冰柱,冰柱的重量把头发也压弯了。曾经用轻松愉快的大吹大擂使多少听众兴高采烈的两片嘴唇,已被封上了永恒沉默的封条;一副骷髅从惨白瘦削的脸孔下面显示出来,脸上由于惯作怪相布满了皱纹,而今那个滑稽表情显得十分可怕了。"天哪!"一个伙伴说:"我们可怜的马达莫尔死了。下得正猛的雪花把他弄得精疲力竭,麻木无知了,他必定在

---

① 费道(Ernest Aimé Feydeau,1821—1873),法国小说家。

这棵树下寻求过片刻的庇护,可是他的骨头上连二两肉也没有,他马上就冻入骨髓了。我们在巴黎时,他为了产生更大的效果,每天缩减食量,把自己弄得比打猎季节的猎犬还要瘦。可怜的马达莫尔!现在你再也不必为了扮演角色而不得不忍受拳打脚踢和棍棒交加了!现在,你的身子僵硬得仿佛吞进了你自己的匕首。"这里由于对题材进行认真的造型处理,间接地使情景分外哀婉动人。

　　这种程度的感情罕见于戈蒂耶这样的一种艺术,原是很自然的;有时,他醉心于一种白描的写作,它在这类作品中虽然很完美,但越来越没有灵魂,也是很自然的。他热爱旅游;1840年,他访问了西班牙,1845年陪同奥马尔公爵到过非洲,1850年到过意大利,1852年到过君士坦丁堡,次年游历俄罗斯,一直深入到诺夫哥罗德。他对所有这些次旅游,都一一描写出来;由于他对事物外表有惊人的记忆力,这些描写虽然往往是在他回国以后很久才写成的,其精确程度简直无与伦比。有一件事可能会使读者失望,那就是,不同国度的万事万物,他都描写到了,就是没有描写那些国家的居民。据说吉拉尔丹夫人读了他的《山荫》,对他说道:"可是,泰奥,西班牙难道没有西班牙人吗?"——这句评语对他全部这类作品都是适用的。对他来说,内在的人逐渐不复存在了,甚至外在的人也终于穿上他的衣服看不见了。戈蒂耶有一次和他的女婿贝尔叶拉交谈,其中有一段既有风趣、又有特征的话:"一只威风凛凛的老虎是比人更美的生物;可是,人用虎皮为自己剪裁成一袭富丽堂皇的服装,他就变得比老虎更美了,我也就开始赞美他了。同样的道理,一座城市之所以令我发生兴趣,只是由于它的公共建筑。为什么呢?因为这些建筑是城市居民的天才的集体成果。即令这些居民卑劣已极,这座城市也是罪恶的渊薮,只要我在观赏这些建筑时没有被暗杀,这对我又有什么意义呢?"这就对美和艺术崇拜到不同凡响的极端了。人间的、情绪的、现代的生活本身,对艺术家和艺术爱好者戈蒂耶说,终于兴味索然了。在戏剧艺术中,除了风格、服饰和布景,他对一切都漠不关心。他时常坚持认为,一个戏剧家应该能够在不同的场合使用四个丑角产生全部效果——因为最需要的是"生活的印象,而不是生活本身"。他常常还加上一句:"生活本身太丑恶了。"

　　这样,他终于仿佛批判了自己,除了对他的盲目的崇拜者外,他对一切人展示了他自己的局限所在。他在自己身上就显露出"为艺术而艺术"的原理的软弱的一面;他证明,如果艺术只是围绕艺术本身的轴心转,这种艺术不可避免地要变得枯燥无味,空洞无物。艺术的热忱可以用大理石造出加纳蒂①的雕像,但个人的思想之流才是赋予雕像以生命的神圣气息。

　　尽管如此,戈蒂耶以前无古人的精力把艺术从不正当的要求中解放出来,并以其力所能及的特殊方式把艺术发展起来,他在这方面做出了伟大而杰出的贡献。虽然这样做对于艺术是不够的,但一个人做到这一点还颇不容易。不过,却不能说在戈蒂耶的有生之年,他的才华得到了应得的赏识;形成他的读者的只是艺术小圈子;仅仅懂得文艺的人们都不理解他,更不要说广大的读书界了。我经常从法国一些饱学之士口中听见这样一种荒谬的说法,说戈蒂耶是靠翻字典写他的作品的,说他什么都不注意,只注意语言的音调和僻义。

　　对戈蒂耶这样缺乏理解,在相当程度上可以用这个事实来说明,即在一般大众的心目中,作为新闻记者的戈蒂耶已经逐渐代替了作为诗人的戈蒂耶。早在1836年,这个曾经对新闻记者说出这些辛辣真理的人,却加入了他们的队伍来谋求每天的面包;他和报界的联系一直维持到他呼吸停止——足有三十六个年头。他奋笔疾书的才能对他极为有利,他作为艺术批评家和戏剧批评家所完

---

① 加纳蒂,希腊神话中海上女神之名。据云塞浦路斯国王兼雕刻家庇格玛良为她刻一雕像,并钟情于此雕像,爱神应国王祈祷特赐雕像以生命。

成的工作量是极其浩大的。按照他自己和贝尔叶拉的计算,如果把他所有的文章搜集起来,足可编三百卷之多,虽然这无论如何有点言过其实。他为吉拉尔丹的报纸《新闻报》撰稿十九年之久,后来在帝国时代,他主要是为《箴言公报》撰稿。他写戏剧评论,并非出于自愿,它们的价值仅在优美的风格方面。作为一个艺术评论家,随着时间的推移,他把自己越来越限于评述绘画,而他对于这门艺术却是一窍不通的。对职业厌倦,不愿与人为敌,对初学者和缺乏才能者充满同情,一视同仁的善良温厚和心平气和,使他越来越宽大为怀了。他终于以同样宁静的冷漠态度,以同样煊赫雕琢的风格,称赞每一件事,表扬每一个人。一般公众只知道他是个艺术评论家和文学批评家。

可是对于诗歌作者和散文作者,他的影响是巨大的。优秀的散文作家保尔·德·圣维克多,现代诗人中最无感伤情绪的勒贡特·德·李斯尔,"恶魔派"抒情诗人波德莱尔,第二帝国时代以"高蹈派"名义结成一个流派的整个一群青年诗人——所有这些人都是泰奥菲尔·戈蒂耶的嫡系后裔。圣维克多继承了他的形式感和色彩感,继承了他对于造型艺术的忠诚;德·李斯尔继承了他对外国文化的彻底理解和他的东方人的宁静;波德莱尔继承了他对变态的感情和热情的偏爱;高蹈派则继承了他那无懈可击的韵律和节奏。

可是,虽然戈蒂耶影响深远,超过了1830年代,超过了他自己的有生之年,他的名字却同浪漫主义初期的战斗年代不可分割地紧密相连。他的最后一篇未完成的文章,还在描述维克多·雨果的《欧那尼》初次上演之夜的观众的情况,这是意味深长而又令人感动的。

二十九　圣伯夫

戈蒂耶的文艺批评,尽管在他的全部作品中占很大分量,却几乎被人遗忘了;他是作为小说家和诗人而扬名后世的。但他同时代的一个人,和他一样既是诗人又是批评家,这个人的名字和他的名字在他们生前常常被人相提并论,而他的命运却截然不同。圣伯夫以文艺批评家的身份为自己赢得了崇高的地位,致使他作为诗人、作为历史家(就这个词的一般意义而言)的地位完全黯然失色。作为诗人,他显得拥有精细而独创的才华;然而,他却是个划时代的批评家,是开创一个体系、奠定一门新艺术的人物之一。从某种意义上可以说,他在自己的领域内比当代其他作家在他们各自的领域内,更是一个伟大的革新家;因为在雨果以前就有了现代抒情诗,而现代文艺批评——就这个词的严格意义而言——在圣伯夫以前是并不存在的。无论如何,像巴尔扎克完全改造了小说一样,他完全改造了文艺批评。在他的晚年,他的权威是不容置疑的;尽管如此,直到他逝世后约莫十年,法国境外的文艺界才觉醒过来,充分认识到他的超群绝伦的才华。国外一位杰出的研究法国文学的批评家、德国历史学家卡尔·希列勃兰特,曾宣称圣伯夫是一代宗师。这个说法虽然夸大其词,但只有把文艺批评本身看成是比戏剧或抒情诗较低一级的艺术部门,它才显得是荒谬的。可是,这种观点今天看来确已陈旧过时。对于作家来说,能使他的性情获得充分表现的那门艺术,才是最高级的艺术;虽然各种智能或许有优劣等级之分,但如说各种艺术也有优劣等级之分,那就是极其可疑了;而当一种艺术或一种艺术部门被一个多产的才子改造成为他自己的特殊器官,几乎是他个人的器官时,那种说法就最为可疑了。可以肯定地说,在推理能力方面(不只是在批评的敏锐方面),圣伯夫在1830年代所占的地位是首屈一指的。

他的心灵的特质在于它能理解和阐释其他大多数心灵。如果不能说他优越于这一集团其他突出的个人,理由就在于他的天资的局限性。在他所理解的那些心灵中间,像巴尔扎克那样富饶多姿而又不很精炼的天才的心灵,像司汤达那样伟大而又反常的天才的心灵,是不包括在内的。而且,尽管他目光远大,他却很不容易具有一种包罗万象的观察;历史学家和思想家具有这样紊乱的心灵,还是少见的。这个缺点也有好的一面;他从系统化的倾向中摆脱出来,使他永远保持清新,使他永远仿佛在蜕变;因此,这个在1829年以他在《环球报》上发表的第一篇文章引起歌德注意的人,到了1869年对于一群青年科学家和艺术家(他们当时赋予法国一种要求欧洲尊重的权利)不仅有着完全心心相印的同情,而且在某种方式上成为他们的领袖。直到他生命的最后一刻,他被所有优秀人物视为天然统帅,"青年近卫军"特别渴望在他的眼里出头露面一番。但是,圣伯夫缺乏系统性,不能从整体把握他的题材,这不仅妨碍他以任何一部伟大作品名重一时,甚至使他的作品也不能达到比例上的宏伟和风格上的壮丽。他的眼睛只能看到细节,富有特征的重要的细节,而不能看到整体。他在经常不断、瞬息万变的运动中(这种运动就是人生)看到这些细节,并在头脑里模仿这种运动,用他的笔勾勒出比从前更为准确的近似人生的图画。然而,他不能充分主宰他的细节;他没有才能从表面的原因探寻幽深的原因,再从这些原因探寻一个最初的原因。

作为批评家,他只能描述孤立的个人,而且即使是个人,他也

圣伯夫

只能非常偶然地提出全面的、决定性的概念（如对塔勒朗、普鲁东①）；他有时从这一面，有时从那一面，有时从这一时代，有时从另一时代，有时从这种社会关系，有时从另一种社会关系，来表示他的见解。甚至他的短文都显示出他缺乏集中注意的能力；他把最优美的观念隐藏在从属句子里，把最富暗示性的思想隐藏在注解里。他把人生的面包弄成碎屑。他像农民常做的一样，把金子藏在黑暗的角落里，藏在地板和墙壁的窟窿里，藏在柜子的底层，藏在袜筒里；他不能把黄金塑造成形象。

摆脱系统性，正是他的长处，它有很大的便利，可以防止他的作品陷于人工雕琢的匀称。他从没有为了他作品内在的均衡而忍痛割爱他认为应该说出的一个音节；他更不肯为了描写生动、风格鲜明而这样做。他对复杂的、错综的、未完成的东西，并没有反感。然而，他缺乏那种主要在于概括倾向的哲学精神，也缺乏把整体当做整体的爱好，结果就使读者从他的作品中永远得不到强劲而朴素的印象。重要的和不那么重要的，他时常是等量齐观的。作为艺术家来看，他使我们想起一些日本画家——这些日本画家的作品的伟大艺术价值，大约在1880年才开始为欧洲人所承认。这些艺术家的绘画之所以令人惊讶和喜悦，一个理由便是在里面找不到丝毫学究气的匀称；这些画永远不会令我们完全感到满足，因为它们轻视透视画法，可是它们给我们画了一些活物，简直栩栩如生。

夏尔·奥古斯丹·德·圣伯夫于1804年12月23日诞生在布诺涅·絮尔·梅尔城。他的父亲是一个精明的政府官员，一个有教养的绅士，行年五十二岁才下决心结婚；他的母亲结婚时也将近四十岁了。圣伯夫先生结婚不到一年，在他儿子诞生前两个月

---

① 塔勒朗（Charles Maurice de Talleyrand-Périgord, 1754—1838），法国外交家。普鲁东（Pierre Joseph Proudhon, 1809—1865），法国无政府主义哲学家。

就辞去人世,这个儿子的批评性的沉思性格显然是从他未曾见面的父亲身上继承下来的。老圣伯夫对各种文学都感兴趣,对于诗的兴趣尤浓;他遗留下来的书籍,页边写满了注释和评语,这种精神奇妙地预示了他儿子作品的倾向①。圣伯夫夫人(她的母亲是位英国妇女)在她儿子幼年就教他学习英语。他对英国抒情诗,对勃尔斯、克莱布、柯伯②,尤其对华兹华斯及其他他经常翻译并引用的湖畔诗人们的爱好(这在当时法国是很不平常的),无疑要归功于他的母亲。他生性郁郁寡欢,少年老成,十之八九,一部分是由于他的双亲年已老迈,一部分是由于他诞生以前他父亲病重和死亡在他母亲心灵上产生的影响。

圣伯夫是一个胆怯而忧郁的孩子。十二岁时,家庭影响就在他身上陶冶了一种几乎令人吃惊的稚气的虔诚;作弥撒时他分外热心地充当神父的司仪助手。对天主教的狂热历时很短,可是留下一些痕迹,在他生活后期的一段时间表现得非常明显;在这个少年的早期生活中,他不仅保持对基督教的崇敬,而且总是细心思考宗教上的疑问和神学问题。这种情况历久不衰,直到他当了大学生,才一下子为十八世纪的哲学家们和感觉论哲学的现存代表人物如特拉西、道努、拉马克③等人所吸引,并且借助他们的力量才从神学的控制中解放出来。刚进入成年时期,他的思想见解是纯经验论的;稍后一个时期,宗教情绪和倾向再度表露出来;然而这些情绪和倾向又被经验论取而代之,经验论证明是他最后的思想态度。上学时,他在历史和语言方面成绩斐然;可是,虽然他对文

---

① 这位父亲的一些警句作为附录刊在圣伯夫致巴尔伯神父书信集的摩朗版本中。(原注)
② 勃尔斯(WilliamLis le Bowles, 1762—1850),英国诗人,著有《十四首十四行诗》。克莱布(George Crabbe, 1754—1832),英国诗人,著有《乡村》《故事》等诗集。柯伯(William Cowper, 1731—1800),英国诗人,著有长诗《课业》。
③ 道努(Francois Daunou, 1761—1840),法国历史学家。拉马克(Jean-Baptiste Pierre de Monet Lamarck, 1744—1829),法国生物学家。

学有强烈的爱好,他决心学医,一半是为前途着想,一半由于抵制一种过于纯粹的文艺训练。从1823年到1827年,他在绝对不忽视文学的同时,却带着热情和兴致钻研过普通生理学和解剖学。他贫穷,但从不匮乏;因为他很节俭,而且极其勤劳。

这个年轻的医科大学生,长相实在谈不上漂亮。他的头颅既大又圆,长满稍带红色的蓬乱头发,和他的躯体比起来,几乎是太大了;他的身材也很难看。但他有一双明亮的蓝眼睛,时而显得很大,时而又显得很小,有时还奇怪地直瞪着;这双眼睛里闪耀着千百种疑问,浮现出恶作剧的机智的微笑,而且梦想着一种奇妙迷人的、半诗意而又半情欲的憧憬。这位其貌不扬的穷学生,和女性的交往几乎完全限于拉丁区的一些意志薄弱的坏女人。他有一种富于炽烈的情欲而又粗野的气质,要求欲望得到立刻满足;可是满足之后,又必不可免地感到悔恨和强烈的屈辱。随着情欲同样显著发展起来的,是一种梦幻的、诗意的想象力,又有一种柔和的忧郁气氛,这就自然地使他倾向于浪漫主义和神秘主义了。或许,他是有一点丑男子情不自禁的嫉妒心,讨厌那些见面就博得女人欢心的小白脸,可是他本人又有些他们那种大献殷勤的危险劲儿。

早在1827年,圣伯夫就在《环球报》上发表了两篇评论雨果的《颂歌和歌谣》的文章,使他得以跻身于浪漫主义作家之林。雨果前往致谢,可是在他家里没有找到他。几天以后,圣伯夫前往回拜,雨果和他的妻子正在用早餐,他于是同时认识了在未来许多年月里对他的生活发生重大影响的两位人物。他很快成了浪漫派信得过的批评家。他的第一件重大任务,就是证明这个新流派和较为古老的法国文学的渊源,也可以说为浪漫派找到了它的高卢祖先。他以其杰出的批评文集《十六世纪法国诗歌概论》(1827—1828)完成了这个任务,其目的就在于明了地指出文学中的一条主线,这条主线跨越古典时期延绵而下,把1830年代的作家们同隆萨尔、杜·贝雷、菲力普·戴·波尔特以及其他长期不公正地受到轻视的文艺复兴时期的作家们连结起来了。这部著作在圣伯夫的作品中,占有和《畸人集》在戈蒂耶的作品中同样的位置。这部著作是在《畸人集》之前写成的,它的远见卓识既透彻而又富于批判力,正如戈蒂耶的作品既富于造型力而又显得光怪陆离一样。

1829 年出版了圣伯夫的第一部抒情作品《约瑟·德洛姆诗集》,这是一部构思奇巧、字斟句酌的诗集,引起了不小的风波。这些诗声称是一个死于肺病的年轻医科学生所写;但在序言里,在一眼就能识破的假名下面,圣伯夫描述了他本人和他自己的生活。约瑟·德洛姆属于奥勃曼家族①——贫穷,有才华,对于人类苦难满怀同情,像这个家族的奠基人一样是个不露锋芒的天才,但在性格上甚至比他更为复杂;因为约瑟是个哲学家,由于怀疑一切而陷于不幸;是个理想主义者,纵有全部理想,却醉心于低级的放荡。这个主人公是 1830 年代一个普通的绝望青年,但比圣伯夫同时代作家的主人公们有更多的资产阶级气味;他的绝望不那么壮丽动人,却更忠实于自然。在形式方面,惹人注目的是,这些诗又回到隆萨尔和夏尔·德·奥尔良②那种优美动人的古代法语韵律,而且频频重复十四行的形式(圣伯夫爱好十四行,正如奥·威·施莱格尔一样)。然而,这些诗之所以使我们感到兴趣,主要是因为诗人已经开始展现出现实主义倾向。这种现实主义有时虽可追溯到英国湖畔诗人的影响,它通常由于选择题材的大胆(如在《蔷薇》这首诗中),却是独创一格的,本质上富有法国风味。理想的因素表现在作者对"文艺社"所倾注的欣喜若狂的感情上,这是他新近加入的由诗人和画家结成兄弟情谊的小团体,他为该社成员大唱赞歌,有时歌颂全体,有时歌颂个人。他对他的文友推崇备至,简直没有限度。有些诗在发表的当时,就因为装腔作势而为人

---

① 奥勃曼是法国作家瑟南古的同名心理小说的主人公。参阅本书第 1 分册《流亡文学》第 41 页。
② 奥尔良(Charles d'Orléans,1391—1465),法国公爵和诗人。

讪笑(《黄色的光线》无疑是近于荒谬可笑的),另一些诗则被认为俗不可耐。基佐就指出,约瑟·德洛姆是"一个维特式的雅各宾党人兼医科学生"。不管怎样,从整体看,这本书可以说已经取得它所应得的显著成就。

圣伯夫的下一部诗集《安慰集》(1830年3月出版),他的小说《逸乐》(1824年出版),以及他的《波尔·罗雅尔》的前两卷——这些作品标志着作者一生中感情丰富而又多少有些虔诚的时期。《安慰集》是以狂热的誉美文句和基督教的忏悔之辞呈献给维克多·雨果的,雨果的名字在诗集中频繁出现;但这本诗集事实上同样呈献给雨果夫人——雨果夫人是圣伯夫青年时代的恋人,集中第一首和其他几首诗都是写给雨果夫人的。他和她的关系,他在《爱情之书》中写得太露骨了——这部诗集显然写的现实生活,虽曾刊印,却从未发行。① 在《逸乐》这部小说中,我们也不难从阿莫里和著名政治家库阿恩先生及其夫人的关系,看出作者和雨果及其家庭的关系。

圣伯夫本人和他的许多传记作者都曾暗示过,他对雨果夫人满怀热情时期所写的作品,全部带有淡淡的天主教的色调和光泽,它们都是直接受到雨果夫人的鼓舞而产生的。雨果夫人在青春时期是个虔诚的天主教徒,虽然在她晚年,由她丈夫口授而写他的传记时,是一个热烈的自由思想家。有人断定,圣伯夫在他对他的恋人满怀热情时,竟至习以为常地用她的口吻说话,甚至和她心心相印。无论如何,对于这种说法,我是不敢苟同的,因为我确信,圣伯夫在晚年那样谈论他年轻时代的作品,既是自欺,也是欺人的。1863年7月,在给女作家奥尔唐斯·阿拉尔·唐·梅里丹(莎曼夫人)的一封信里,他写道:"我在青年时代,试笔写过一篇基督教

---

① 这本诗集中最重要的一些诗篇刊印在蓬斯的下流著作《圣伯夫及其不知名的情妇》中。(原注)

的小神话;可是这篇作品已经荡然无存了。对我来说,它是勒达的天鹅①,是接近女性、在女性心中引起脉脉温情的手段。青年是有空闲时间的,也会施展各种手段。"我反对以这种至少可谓轻薄的态度来辩解一个现象,这个现象明显地来源于天主教对一个年轻温顺而不能独立的性格所具有的天然吸引力;这种吸引力在目前的场合被这个时代的一般倾向所加强了,而这种倾向又往往在它完全绝迹以前逐渐成为一种时髦的倾向。这个时期是哲学的唯灵论复活的时期。儒弗洛瓦②停职以后在家进学,圣伯夫在1828年听了他的课;而且和当时所有青年一样,他还受到库桑的强烈影响。这些风行一时的哲学家暂时改变了他对感觉论的信仰。许多年轻人仍然按照雨果原先的看法来看待浪漫主义,也就是说,把浪漫主义看成是古典主义者对于异教文学艺术的反动。浪漫派的一个支流,由于迫切盼望中古遗风在诗歌方面的复兴,同集合在拉马奈周围、创办《未来报》(圣伯夫为它撰过稿)的年轻天主教派系密切结合起来,因此新天主教洒圣水的刷子落到青年浪漫派作家身上,并浸润了他们的作品,就毫不足怪了。《逸乐》中描写修道院生活的那部分,的确是拉柯代尔③写的。贯穿《安慰集》的那份虔诚——它使很多人感到不快,其中包括圣伯夫的一个至诚的赞美者司汤达——以及弥漫在《逸乐》第二部中的香火气息,令人生动地联想到德国浪漫主义中的类似现象。

《逸乐》尽管冗长沉闷,却是一篇细致而深刻的心理研究。它含有卢梭式的忏悔,但它的风格比卢梭的忏悔录在形象上更富丽,在色彩上更浓郁、也更加细致而绰约多姿;多情善感的抒情情调,令人想起拉马丁的《若斯兰》,这是一部更加纯洁地处理同类题材

---

① 勒达,希腊神话中斯巴达王后,主神宙斯化为天鹅与之亲近,生美人海伦。
② 儒弗洛瓦(Jouffroy,1796—1842),法国折衷主义哲学家。
③ 拉柯代尔(Jean-Baptiste Henri Lacordaire,1802—1861),法国著名的宣教士和演说家。

的作品。圣伯夫的作品呈现在我们眼前的,是一个追求享乐的放荡青年的生平事迹,其中穿插着一些深刻而敏锐的感想。它把灵魂的肉欲冲动和柔情刺激表现得同样有害于青年的生机和精力。它主要描写同青年妇女,尤其同已婚少妇厮混的那种消磨精力的友谊,聪明的小伙子为培育这种友谊常常浪费很多时间。"浪费"这个词,在我看来,似乎比"丧失"这个词更好地表达了圣伯夫的意思;因为他本人指责过一个有天赋的作家(他的雄浑的风格缺乏色度),说他工作得太辛苦,生活得太孤寂,太不去追求"最上流的社会,使人最愉快地消磨大部分时间的社会——女性的社会",因而损害了自己。

这部小说的主人公阿莫里和三个妇女交往密切。一个是他的老师兼上级的妻子,他深深地爱她,不敢冒昧让她知道;第二个已经和他订了婚,但他为了第一个而抛弃了她;同时,他又不知不觉和第三个女人发展了亲密的情谊,他时而热情地崇拜她,时而又用残酷的冷淡来折磨她——这种情谊既不能满足他,又不能挽救他不沉湎于最低级的淫欲之中。阿莫里虽然才华横溢,胸怀大志,而又孜孜不倦地辛勤努力,但所有这些爱情纠葛却逐渐麻痹了他那精力过人的才华;他终于感到,除了对罗马天主教教会最严格的清规戒律唯命是从而外,他已别无希望了。他对青年时代的自述,是以一个教士忏悔的形式写成的,其中某些部分的虚情假意简直不堪入目;一阵阵爆发性的悔恨,那些道德劝谕和宗教训诫,那些祈祷和说教,打断了流畅的故事,是令人厌倦的;然而读者却从中获得了充分的补偿。

有两样东西使这部书成为不同凡响的著作——第一是本书对于灵魂的发展过程和病症所显示的完整的理解力,这种理解力表明了顽强的自我检查精神,预兆了这个未来批评家的苗头;第二是对于女性性格的洞察力它显示出圣伯夫本人天性中的女性因素,他对知名女性人物的批评判断所取得的独特成功,于此可见端倪。

他的敏锐的观察和动人的感想，可以列举数例如下："青年人天生是多么忘恩负义呀！凡不是由他自己赋予他的一切，他都轻蔑地弃若敝屣。他只受自己形成的束缚的拘束，他要求自己选择的朋友，也仅仅为了自己，他肯定在他灵魂里蕴藏着足以收买人心的宝藏，足以使这些心灵开花结果的生机。因之，我们看见他对于昨天还不认识的朋友，不惜以生命相交，对于几乎完全陌生的女性，宣誓永恒的忠诚。""人间的友谊是多么可鄙呀！它们怎样在相互排斥啊！它们像滚滚波涛一样彼此相随而又相互驱散！天哪！这座房子，你每早每晚都要去，它仿佛是你的家，又胜似你的家，为了这座房子，你把迄今使你感到甜蜜的一切都置之度外；但你可以十分肯定，这座房子总有一天会在你心目中失去欢心；你将避若蛇蝎那样地躲避它，如果你偶然有事到它附近去，你会绕一个大圈子来避免看见它。你越聪明，这种感情就越强烈。"每一个性情纯真而又痛感有必要隐藏他或她的真实情感的人，对下面的句子是会心领神会并为它的洗练赞叹不已的：——"我努力表现我真正感觉到的，而表面上却表现了我所没有感觉到的——对自己忠实而又把她带坏了。"这儿又是一幅令人哀伤的人生的小小画面：——"一支队伍沿着大路慢慢地行进。敌军的部队埋伏在道路两旁，用步枪造成了可怕的破坏，最后展开了一场肉搏。这支队伍终于把敌人赶跑了。傍晚时分，将军率领着队伍里幸存的残兵和军旗的破片抵达附近的小镇，这就叫做凯旋了。当我们的计划、我们的抱负、我们的爱情有一部分所受的损失比其余部分少一点时，我们就称之为光荣或成功。"下面是一个恰如其分的小小比喻。圣伯夫所写的是关于嫉妒的爱情："在这个阶段，当爱情只想到绝对占有，当它被最轻微的反对，不，哪怕是被所爱对象对别人的爱慕，所激怒和伤心的时候，我只能把它比作亚洲的暴君，他们为了清除道路让自己登上宝座，不惜杀害所有近亲，哪怕是他们自己的兄弟。"

圣伯夫以《八月的思念》这本诗集，结束了他的诗人生涯。这是他的诗歌创作中唯一很不成功的作品,其中所收的诗篇确实是他最冰冷的诗篇;可是在我看来(虽然我的这个意见未必受到任何其他批评家的支持),他正是在这部集子里第一次展现了显著的独创精神。它是现实主义的,在浪漫派的抒情诗歌中达到了独一无二的程度;还没有一个诗人敢于这样自由地应用日常生活的语言和情境。在北方,一个诗人甚至今天都几乎没有勇气让公共汽车或铁路站台在抒情诗中占一席地位,像《八月的思念》这样的作品几乎仍然被视为未来诗歌的一个样本。

在这本诗集里,如在《约瑟·德洛姆诗集》里一样,我们发现英国湖畔诗人的若干特征移植到法国土壤上来了。圣伯夫和那些英国诗人一样,向我们呈现了现实生活单纯肃穆的画面;他的风格也和他们的风格一样,是建立在这种信念上的,即散文语言和韵文语言之间不应有任何本质的区别。可是在那些英国诗歌里,波折和重点缺乏得出奇,而圣伯夫的诗篇却有着真正的法国戏剧性的紧张。其中每一篇诗都是在短短的抒情叙事体范围内发展起来的一出小戏剧。

作为一个好榜样,就拿题名为《致T伯爵夫人》的一首诗来说吧。接受献诗的伯爵夫人在讲故事。她正乘坐轮船由科隆驶往美因茨。为了更好地眺望风景,她坐在自己那辆摆在船头的小车里,因此她还能接近统轮的旅客——一些仆人、工匠和家属,各式各样的穷人。她的一个孩子叫嚷着:"妈妈,那是保尔伯爵!"她向四周一看,认出了这个旧相识,一个波兰的流亡政治家(当时是1831年)。他容貌秀丽,双手白皙,却穿着工人穿的又旧又破的衣服。他正陪伴着一个普通的英国劳动者的家庭。这个家庭的丈夫长相很粗野,不是在吃东西就是在抽香烟;他的妻子,乍看起来并不引人注目。他们身边有个女儿,是个十四岁左右的漂亮姑娘。伯爵夫人最初以为这个波兰青年被这个姑娘吸引住了;接着她看出来,只要这位青年在什么地方,姑娘的母亲的眼睛就转到什么地方。这位母亲已经不再是青年妇女了,虽然在不久以前,肯定是非常美丽的。她虽然穿着寒碜,可是身材优美,头发也很漂亮。天在下雨,青年把大衣披在她肩上,并且替她撑着一把雨伞,这份关心不是出于爱情,而是出于对爱他的人的一片温存。他为她的小孩们买来了价钱很贵的葡萄。伯爵夫人揣想,这个青年在他避难的遥远小城里,在这个贫苦家庭里找到了朋友。他的朋友们还要乘船继续他们的旅程,而他却像伯爵夫人一样要在美因茨登岸了。

  登上船面,我从头到尾注视着
  这场黯然神伤的别离!
  他温柔地亲吻着两个小男孩,拥抱那个丈夫,
  紧握着女儿的手(这个孩子微笑了,
  机灵而好奇,她的灵魂早已成熟。)
  他也握着那位妻子的双手,握得紧紧地,
  躲开了她的目光。铃声响了,
  最后一次铃声响了!他跳上了岸。
  啊,这最后告别的片刻呀!
  人们一面拆除吊桥,一面起锚,
  缆索支支发响,啊,伤心怵目的时刻呀!
  他走向海岸,不得不看到,
  那一家人对他做着手势,挥着手帕;
  那群孩子们,什么事都会感到高兴,
  奔跑在甲板上,向他欢呼着再会。
  可是那个女人,那个女人呀,待在那里不动,
  她的手臂举起了,拿着一方红蓝色手帕,
  却并不挥动,我看她没了生命,
  愿上帝可怜她,把她变成化石吧!

  我想:可怜的心,失掉了如痴如醉的爱情,
  明天,今晚,永远永远,又将怎样呢?

丈夫凡俗粗野,孩子肮脏淘气;
还赤贫如洗。女儿的姿色已经长得美丽,
她暗地已经知道,在整个旅程上,
她已用不很温和的眼光,窥察你的苦恼:
这是什么命运啊!——我的眼光投向他去,
这迟迟不去的离别又是多么使他烦恼,
他已下了船了。——我们闲逛着。一小时后,
我走近他的身旁说:"先生,今天你孤零零的。"
他用烦恼的语气说:"是的,
从伦敦算起已有六个星期,
我始终和这几个善良的人一起航行。"
傲慢的语调说出了这几个宽容的字样。
我鼓足勇气说:"你不久会见到他们吗?"
"永远不会!"他回答时现出奇怪的微笑;
"我肯定永远不会见到他们了;
我要到瑞士;然后,还要到更远的地方!"

我还要提请大家注意一首真正是天才作品的小诗,《小学教师约翰先生》。这是一个贫穷的乡村小学教师的故事,他在孤儿院里长大,完全不知道双亲是谁,有一天他突然发现他的父亲原来是鼎鼎大名的卢梭,读者们都知道,他曾经把他妻子泰莱莎的孩子们送进了巴黎的孤儿院——他不能绝对肯定他是这些孩子的父亲。这位小学教师从未读过卢梭的作品,但现在开始读了,他以极其浓厚的兴趣研究《爱弥尔》和《新爱洛绮丝》以及所有其他作品。他比其他读者更强烈地感到,作者在这些作品里表现得无比亲切,同时个人责任感又非常薄弱。最后,他再也按捺不住要去认识他的父母了。

于是,他动身了,在浓雾弥漫的巴黎奔走;
他走进死胡同,到处找寻那

他想使他欢欣若狂的人;他找到了那条小路,
他走上去;每走一步,他慌张的胆量
都使他心烦意乱。——"应该转去吗?"
靠近敞开的门口,他听见一声不满的呼喊,
一声严厉的申斥,带着咎音的声调:
就是这里啦! 他内心想好的计划
受了干扰;他走进去,很想讲话。
老人身子转也不转地听着,
伏在桌上,全心浸沉在音乐里。
儿子嘟嘟囔囔;可是,不等说出来意,
便感到丝毫不假的一丝怀疑的目光
像当间谍被人当场抓着:
"小伙子,这种勾当和你的年龄不称,
勤勤俭俭去过你的孤独的穷日子吧;
哪里来就哪里去吧! 你羞红的脸戳穿了你的谎言!"
小伙子迷迷茫茫,哑口无言,
逃出来,仿佛迷失在这神秘的语言中了,
感到两次受到一个父亲的摒拒。
那个人就在那儿,他要屈膝跪求的那个人
他要在上帝面前赎罪,在一切人前公开承认!
那里就是他……伤心呀! 不可能的希望。

于是,他赶忙返回乡下,作为一个贫穷的教师,毕生实践在他父亲著作中找到的,但被自己的实践一笔抹杀的那些伟大的教训。卢梭的《爱弥尔》中的良好种子,在这个小学教师所教的儿童们的教育中萌芽了。

《八月的思念》出版丁1837年。此后,圣伯大就专门从事文艺批评了。

三十　圣　伯　夫

圣伯夫放弃诗歌艺术的实践,是为了追求他自己独具的真正使命。他所放弃的只是艺术;因为诗歌像一道地下泉水,使他对于哪怕最枯燥、最严肃的题材的批评研究都富于生命和清新气息。

观察一下第一个伟大的现代批评家为实践他的使命所准备的一切步骤(这是一个多少有些复杂的过程),是饶有趣味的。当浪漫派团体为七月革命弄得四分五裂时,圣伯夫和正统派领袖关系极为亲密,波里纳克甚至想要推荐他去给拉马丁充当秘书——拉马丁正要升任为驻希腊的大使。这位青年诗人本来是不会反对接受他们提出的这个职位的;此后,他却对新政府油然产生了一股愤慨之情,而他所有的文友几乎都在新政府里捞到了高官厚爵。隐藏在他性格里的民主主义因素脱颖而出(他放弃了他有资格加在名字前面的 de 字的尊称);他成为那个热忱而天真的社会主义哲学家比皮埃尔·勒茹的一种阐释者,并继续为《环球报》撰稿,即令是在这份报纸从浪漫派教条主义者手里转移到圣西门主义者手里,作为他们的机关报,印着"按劳定职,按职付酬"的格言出版以后。像海涅一样,他对长老昂凡丹①热烈赞颂。在 1831 年所写的一篇文章中,他把圣西门的宗教著作置于莱辛的《人类的教育》之上。

---

① 昂凡丹(Barthélemy Prosper Enfantin,1796—1864),法国教士,圣西门主义的倡导者之一。

圣西门主义者的"大家庭"在1832年瓦解之后,他刚和他们分道扬镳,就和共和主义法国的文艺领袖阿曼德·卡雷尔发生了关系。虽然圣伯夫在1852年所写的论卡雷尔的文章中否认自己和他的密切联系,但十分肯定的是,他在卡雷尔的报纸《民族》上撰稿达三年之久,既讨论政治问题,也讨论文艺问题。他参加了共和党人的阵营,和他们有了往来,正如他从前和圣西门主义者、浪漫主义者、正统主义者有过往来一样。大约同时,他的朋友安佩尔介绍他加入了"森林修道院"的团体,这个团体以可敬的雷喀米埃夫人为盟主,而且崇拜夏多布里昂。他写了一篇论巴朗施的文章,而卡雷尔认为这篇文章太褊袒正统派,他就和卡雷尔争吵了一番;以后,由于拉马奈主动表示友好态度,圣伯夫就和拉马奈结成了联盟。他很快成为拉马奈的心腹和顾问,拉马奈之所以吸引他,一部分是由于这位伟大的教士对人民恳挚而炽烈的忠诚,一部分是同情他的主要理论,即:为了使逐步高涨的民主潮流就范,有必要拿一种更其强大的宗教原则来同民主潮流强大的、在某种程度上无可反驳的原则相对抗,宗教原则对人民拥有权威,对国王也同样拥有不在其下的权威。拉马奈叛离罗马教会以前的态度,强烈地激动过圣伯夫的心灵,所以他在一篇文章中就这次叛离事件,向他的朋友提出了公开的、然而有节制的指责,坚持认为一个最近还努力使别人的心灵服从教会权威的人,是没有权利摇身一变而为反对教皇的煽动家的。

从1834年到1837年是圣伯夫一生中最痛苦的时期。1837年,他同雨果夫人的关系突然告终,同时也中断了他同浪漫派的联系,泯灭了他的宗教倾向。他隐退到洛桑。在1837年到1838年间,他在洛桑开始讲学,他的讲义形成了他的巨著《波尔·罗雅尔》的基础。这些讲义早已拟就,而且有一部分是以前写好的;这些讲义所针对的听众虽说是新教徒,却是正统派,这个事实在相当程度上决定了讲义的基调。圣伯夫和赫赫有名的瑞士牧师维奈交往密切,对这部作品也有影响。维奈是圣伯夫平生始终尊重的少数人物之一,他的性格和学识同样使圣伯夫感到兴趣;他是持身谨严、信仰笃诚的宗教人士,也是极端敏锐而细致的法国文学批评家。他把基督教表现并证明为精神性,深深打动了圣伯夫的心——神学问题对他具有一种天然的吸引力。维奈看到他的朋友全神贯注洗耳恭听,以为已经改变了他的信仰,然而圣伯夫离开洛桑时依然是个没有信仰的人。从意大利旅游归来,他重返巴黎,恢复了批评家的职务,而且写得比从前更出色了,不同的是,他的批评从前是论战性的,现在则侧重于阐释和启迪了。

他成了《两世界评论》为人高度景仰的文艺批评家,成了有影响的社交界人士,成了贵族家庭里受欢迎的客人。他被认为是多少有些独来独往、可是高尚而尊严的作家;一般说来,他的政见属于"中立偏右派"。和他交往最密切的一位贵妇人,保证了他在社交界的地位。她就是德·阿布维尔夫人,写过几篇伤感而有趣的小说;她是一位将军的遗孀,国务总理莫莱的侄女。每当冬天,圣伯夫就在她家或她朋友家里消磨余暇,夏天就到她乡下亲戚家里串门访问。他成了莫莱伯爵的朋友和文学顾问,与这位富有教养的贵族和古典派的信徒们站在一起,反对自己浪漫派的老朋友——这些老朋友这时显得已无风雅和机智可言了。[①] 他受到全体君主主义者和古典主义者的支持,于1844年被选为法兰西学院院士,未曾经受任何预试的失败。(他的聪明的敌人吉拉尔丹夫人,在一封信中针对这次选举,对他进行了辛辣的攻击。)接纳这位过去的浪漫主义者为院士,恰巧轮到维克多·雨果来致任命演说辞,而雨果却是经过三次拒绝才当选的,这就特别令人啼笑皆非了。

---

① 参阅圣伯夫论维尼被接纳进入法兰西学院的文章,并参阅雨果夫人就此事写给圣伯夫并由他本人发表的一封信。(原注)

不过,圣伯夫的新社会关系并不比以前任何社会关系更使他感到束缚。1848年的革命把这个圈子打得四分五裂,而且胜利的共和党人公布了一件愚不可及的罪状来打击他,使他的感情受到致命的创伤,他感到比以往更加孤立了。① 他再度离开法国,定居于列日,并在那里讲学,他的《夏多布里昂及其文艺集团》一书就是从那些讲稿演化而来的。那些讲稿的基调肯定会得罪君主主义者和教会派系,同时也表明了他所抱幻想的破灭。

德·阿布维尔夫人卒于1830年,随着她的去世,他和旧派系之间的私人联系也就割断了。民主主义和社会主义的本能,过去曾经吸引他倾向于阿曼德·卡雷尔和圣西门主义者,现在却吸引他倾向于第二帝国了。除了一个原则崇高而才华平庸的诗人阿古斯特·巴比埃这个唯一的例外,圣伯夫像1830年的所有其他人一样,在某种程度上具有一般人对于拿破仑的热诚;在他看来,帝国是深受群众拥戴的帝国主义,是和资产阶级的统治为敌的;现在,在他那篇受人唾骂的名文《遗憾》中,他不仅公开声明对拿破仑三世效忠致敬,而且论述到奥尔良派和正统派时,他所表示的轻侮也是健忘得出奇的。他是《立宪报》的定期撰稿人,后来有一个时期为《箴言报》写稿,后来又恢复了跟《立宪报》的关系。在他晚年,他却为反对派的报纸《时代》写稿了。他显然是十分诚实的;他这样朝秦暮楚,改变见解,决不是为了任何私利;现在和往常一样,他是不由自主地受到了影响——结果却是使他未来的批评文章在洞察和领悟方面有了一目了然的收获。他和皇帝的私人接触非常稀少;在政治上,他是"左翼"的信徒;玛蒂尔德公主和拿破仑皇子把他视为尊贵的朋友,而他以最无私心的方式利用公主的友谊,也就是用来促进不引人注目的纯粹慈善事业。

---

① 他被控接受了路易·菲力普政府秘密基金的贿赂。这项指控的根据是,他曾领受一百法郎的赐赏,以修理他所供职的马札朗图书馆的火炉。(原注)

圣伯夫到了他文学生涯的最后阶段，他的才华才得到充分的发展。一个没有批评能力的作家，随着年龄老大，往往可能日趋退化；而一个批评家却可能大有进展。圣伯夫一年比一年地进步，直到生命最后一息。绝对真诚，正如他的勤奋努力一样，自然形成了他的性格特征，但过去由于瞻前顾后，顾虑重重，时常受到妨碍，现在却可以更加自由地发展了；他的工作能力仍和青年时代一样大。圣伯夫的著作足有五十卷之多，其中没有一行疏忽大意，不精确的地方极为罕见。可是要到他文学生涯的最后阶段，他才有足够的胆量完全自由地表露他关于宗教问题和哲学问题的真正见解。从他青年时代研究十八世纪哲学家以来积郁在心头的万端思绪，他现在才袒开胸怀，宣泄无遗了。对于巴尔扎克和司汤达，他不能欣赏——巴尔扎克的性格比他粗犷得多，司汤达的性格又比他古怪得多；可我们不能因此忘却他维护法国新兴一代作家的勇气和决心，其中甚至有他完全理解不了的作者如福楼拜和龚古尔兄弟。他拒不撰写评论拿破仑的《恺撒传》的文章，他在上议院中孤立而坚定地反对教权主义，这些都是不应当忘记的。

1867 年 3 月，他为勒南①及其《耶稣传》辩护。同年 6 月，圣·埃蒂安诺市的达官贵人啧有烦言，提出一个提案，要求把公共图书馆里供人阅读的一切反对教会的文学作品（其中包括伏尔泰、拉伯雷等人的作品）全部注销，这时在那个为教会所操纵的奴颜婢膝的上议院中，他是英勇捍卫知识自由、热烈辩护法国文学的光荣的独一无二的议员。在 1855 年曾经把他当做帝国主义者而发嘘声责骂的大学生，现在却派代表并设宴向他致敬了。1868 年，他出于无心，恰巧在耶稣受难日开了一个小宴会，教会报纸就借题发挥，散布流言蜚语，说他是反基督分子，是伏尔泰的化身；

---

① 勒南（Joseph Ernest Renan，1823—1892），法国历史家和批评家。1863 年发表《耶稣传》，对当时的学生及青年作家影响极大。但以其离经叛道，大受教会人士攻讦。

1869年5月,他在上议院作了最后一次努力,用他那微弱的声音,可是健壮的心胸,为出版自由辩护,并且抨击天主教大学法案,这时他的名字成了战斗的口号,成了自由思想的象征。1869年1月,他放弃了对帝国主义的效忠。同年10月,他以一个禁欲主义者坚韧不拔的精神,忍受了五年的缠绵疾病和长期可怕的痛苦以后,与世长辞了。

圣伯夫以他那格外敏感的气质,经历了一系列宗教的、文艺的和政治的变迁。他之成为现代文艺批评的奠基人,这些变迁是他必须经历的学校。他的见解虽然屡经变化,我们可以有把握地说,他是诚实的。如果一个人生性诚实得像在作品里所表现的那样,他在处理大事时,私人利害是对他无能为力的。正如富兰克林所说,真理和诚实就像火和火焰一样,它们具有某种不能伪造的天然的亮光。

三十一　圣伯夫与现代批评

《波尔·雅罗尔》(1840—1859),圣伯夫最长的一部连续性作品,在同类作品中是独一无二的。不愿重蹈前人常轨,作为浪漫主义者对于宗教热诚的同情,这两个早就使他与众不同的特点,影响他选择法国詹森教派①的历史作为题材。詹森教派是一种热情、明智、强烈的虔信形式,它虽说是在天主教范围之内发展和保存下来的,其特点仍然是一种个人的、也就是异教的对真理的热情,这种热情以其独立性格触动我们的智力,并以其反对迫害和压制的大无畏精神引起我们的同情。詹森教派像它的这本历史《波尔·雅罗尔》一样,在帕斯卡尔身上达到了最高峰;帕斯卡尔体质纤弱,面容憔悴,作为这一教派的象征,和那位血气方刚、心灵更为健康的德国人马丁·路德②形成奇妙的对比。这位德国人在一世纪以前的邻邦,为了反对教会方面的妥协企图,曾经进行非常相似的、然而远为成功的斗争。

圣伯夫具备撰述詹森教派史所必需的全部条件。他并不是该教派的信徒,然而他曾经是、或者说他相信他曾经是它的一个信徒。一个人不容易批判他本人所持的见解,同样也不容易理解他

---

① 詹森(Cornelis Jansen, 1585—1683),荷兰天主教神学家。他的学说植根于法国,形成詹森教派,受波尔·雅罗尔修道院的帕斯卡尔等学者拥护,不顾教皇训谕谴责其巨著《奥古斯特》而反对耶稣教派。路易十四迫害此派,并于1712年摧毁波尔·雅罗尔修道院。

② 马丁·路德(Martin Luther, 1483—1546),德国改革教派的领袖。

自己从未有过的见解；我们最能理解的是我们一度有过而不再有了的见解。如果有人怀疑圣伯夫究竟能不能理解那些中世纪的感情、那种超脱尘世的冲动、那种觉醒了的灵魂同自然的斗争，以及灵魂对于神恩的悔恨而急切的皈依；如果有人怀疑他究竟是否领悟鼓舞了那些训诫和神学小册子的真正精神，是否领悟女修道士道袍里面跳动着的芳心，是否领悟在那小小芳心圣地上繁荣滋长的忠诚、希望、憧憬、神秘的狂喜和圣洁的热情，那么，就请那位怀疑者读一读《波尔·雅罗尔》的前两卷，一直读到关于帕斯卡尔的一章！帕斯卡尔是比较容易理解的，因为他是一个更为宏伟的人物，而且已经为人所熟知了。请那位怀疑者研究一下圣弗朗莎·德·萨尔和圣西兰的精彩画像吧，请他观察圣伯夫是如何借助于书简、转述的对话、几本小册子和说教训谕，终于把这两位人物呈现在我们面前的，他们那么忠于自然，那么富于人情味，我们仿佛和他们生活在一起似的。我们经常记起的是，圣伯夫原先是一个小说家。那个鸽子笼（比如说，女修道院）里天真的住客们的种种场景，便具有写得精彩的小说的栩栩如生的特点。但圣伯夫只在描写方面发挥想象力，他决不向壁虚构，或曲传失真。

  这本著作开始的几部分，虽然很多是优美的读物，却不是用历史风格构思出来的——这该是本书的一个缺点。我们还非常鲜明地想到，圣伯夫一直是拿文艺副刊作为表达工具的。在开头的这几卷中，圣伯夫仅仅是把波尔·雅罗尔作为出发点的。这座古老的修道院只不过是他的城堡，他从这里一次又一次地出击；他有时在文学作品中，有时在现实生活中搜寻对比，发现类似——有趣是有趣的，但往往牵强附会；他不仅探讨了高乃依、拉辛、莫里哀、伏尔泰、沃弗纳格[①]等作家，还研究了拉马丁和乔治·桑这样的现代

[①] 沃弗纳格（Luc de Clapiers Vauvenargues, 1715—1747），法国作家，著有《格言集》《法语辞典》。

作者。另一方面，后几卷虽有更谨严的历史风格，却缺乏这些插笔的魅力；而且题材也太专门了，不能维持长久的兴趣，尽管作者对这种题材赋予了亲切的关注。

虽然《波尔·雅罗尔》被认为是圣伯夫的主要作品，他却在《星期一漫谈》和《新的星期一漫谈》连篇累牍的冗长卷册中，达到了远为高超的水平；这两部著作中收集了他最完美时期写成的稍短一些的文章。这些文章是不会在短期内湮没无闻的。作者逝世时，于尔巴克①写道："我们现在引以自豪的文学，将有多少不受时间的淘汰，我讲不出来。是拉马丁和雨果的一些诗歌吗？是巴尔扎克的一些小说吗？然而有一点是可以肯定的：要撰写历史而不求助于圣伯夫，不把他的作品从头到尾读一遍，是不可能的。"

圣伯夫具有两种风格，青年时代的风格和成熟时期的风格。在他研究十六世纪文学时期（他像其他年轻的浪漫主义者一样，从十六世纪文学辞藻里继承了各式各样的表现法），他养成了一种刻意求工的习惯，对辞藻挑剔选择，对文句润色雕琢，结果招致公允的严厉批评——虽然被他的一些冷讽热嘲的文章惹恼了的巴尔扎克，对他大发雷霆，猛烈责骂，却很难说是他所应得的。然而，当他撰写新闻稿件时，那种过分雕琢的风格却消失了。正如李特雷②所说："当他规定每周给文艺副刊发稿以后，他就没有余暇来败坏他的文风了。"

圣伯夫的第二种风格如刀刃一样锐利而柔韧，要说明这种风格的特征是不容易的。首先，它决不是一种令人注目的风格。对法国文学不特别娴熟的读者，是领会不到任何可称之为风格的东西的。文句一个接着一个，没有什么音韵；它们并不整队成形，而是像法国轻步兵行军那样随便前进：我们从没碰到华丽的句子，也

---

① 于尔巴克（Louis Ulbach，1822—1868），法国小说家。
② 李特雷（Maximilien Paul Emile Littré，1801—1881），法国辞书编纂家和哲学家，以其1863至1873年编纂的《法语辞典》著称。

很少碰到热情的句子;间或来那么一声惊叹——"啊,诗人呀!"如此等等。语言就像微风吹皱一池春水那样流过去。但它高尚的文雅词句却迷住了观察入微的读者。语调不是武断的,而是带着从容、宁静的怀疑色彩。我且从几部不同作品里列举几个例子。"他的性格的根基究竟是坚定还是不坚定呢?你认为不坚定。可是在这不坚定里面,难道没有一些更坚定的东西吗?你相信是有的。可是在这种坚定里面,难道没有一些不那么坚定的东西吗?"心理学家在研究性格时往往会这样质问的,可是能够把问题提得这样细致而精确的又是多么寥若晨星啊!圣伯夫风格的所谓怪僻,往往只是他的形象化手法中某些惊人的东西;然而暗喻本身总是惊人地正确。他描写十六世纪一个道貌岸然的鼓吹忏悔的大传教士时,他说这位教士的同时代人由于他索然寡味,苛刻严厉,就把他比拟成"荆棘丛生的灌木林"。后来,他描述了这位人物义愤填膺、勃然发作之后,又补充说:"如果我可以说德·圣西兰先生有时像一片灌木丛,而且是一片永不开花的灌木丛,就应该补充说,他常常也是一片如火如荼的灌木丛。"注意一下这种柔韧圆活的风格是多么适宜于冷讽热嘲啊!圣伯夫批评他的文坛敌手尼沙的风格时,在许多又苦又甜的赞语当中,巧妙地插进了这一段小评论:"学院院士说他精力充沛,而学者们说他温文风雅。"他对库桑的评语是:"他是一只长有鹰眼的兔子。"这种风格中潜存的描绘性格的能力,可举他对缪塞的评述为例:"这不是用连续工序一层层涂抹起来的色彩组合,可是现实就这样装潢起来了,而且像熹微晨光中的一粒原子,一转眼就在神化的变幻之中飞翔起来了。"至于表示义愤的能力(尽管圣伯夫的风格是平稳的),可以用下面一段话为例,这段话也说明了这个人的性格。有一部作品原来经专家委员会评定予以授奖,可是法兰西学院举行秘密会议拒绝评奖,因为这部作品所依据的一些"无神论"原则和当时官方承认的折衷主义哲学发生抵触。圣伯夫这样评述这部作品的题材,"的确是有少数庄重而谦逊的哲学家,他们生活俭朴,不要阴谋诡计,全力以赴地认真探索真理和培育自己的智能。他们举止有节,绝不沉湎于其他任何热情,把全部注意力贯注在支配宇宙的法则上,到处倾听和调查自然领域里世界的灵魂和世界的思想对他们的启示。这些人在内心是禁欲主义者,企图做好事,尽可能正确而正当地思索,甚至对未来的任何个人报酬都不抱希望,怡然自得地感到同自身相协调,同宇宙的和谐相一致。我要问问,为了这个缘故就对这些人加恶名,摒弃他们,或者至多不过容忍他们,像我们容忍迷途或犯罪的人一样,这难道适当吗?在我国,他们不是甚至还没有为自己争得一席阳光照耀的地位吗?啊,你们这些高贵的折衷主义者,拿他们来同你们相比,我是感到快慰的,你们那永恒的、绝对的公正无私,以及你们那不变的高尚精神是人神共鉴的;而他们由于学说的纯净,动机的正直,生活的清白,难道没有权利至少处在与你们同等的地位上吗?这伟大的前进的最后一步,是与十九世纪相称的,我只有看见有人采取这一步,才会感到死而无憾。"

圣伯夫在批评的艺术方面做了各式各样的改革。首先,他为批评奠定了坚固的基础,并赋予批评以历史和科学的踏实的立脚点。古老的批评,所谓哲学的批评,处理文艺文献,仿佛它们是从云端坠落下来似的,毫不考虑作者就来评判它们,把它们归入历史的或美学的表格中的某一类。圣伯夫则在作品里看到了作家,在书页背面发现了人。他教导他自己的这一代,也教导未来的后人:一本过去的著作,一册过去的文献,我们在认识产生它的心理状态以前,在对撰写人的品格有所了解以前,是不能理解的。只有到了那时,文献才是活的。只有到了那时,灵魂才能赋予历史以生命。只有到了那时,艺术作品才变得晶莹透明,可以被理解了。

圣伯夫最显著的特征是不可满足的求知欲,他所具备的这种品质采取了可以称为科学好奇心的形式。这种品质甚至在它尚未表现在他的批评中以前,就指导着他的生活了。起初,这种品质在他的作品里只不过是隐约可见,因为他开始是漫无限制地赞扬他的同时代人,如夏多布里昂、拉马丁、维克多·雨果、阿尔弗雷德·德·维尼和其他一些人;大部分这类溢美之词,他后来都不得不撤销了。这样,他和戈蒂耶正好背道而驰,戈蒂耶开始很严格,逐渐沦入一种麻木不仁的宽大。然而,从圣伯夫最初的非批评的赞扬中却可以追溯到他的批评的本能。那种赞扬之所以夸大其词,是由于他作为一个青年人,同他所批评的对象站得太近了;而这种情况本身又是由于他的好奇心。在他认识这些作家以前,他朦胧地预感到书本和生活之间的差距,不像别人那么容易接受作者本人的自述,不容易接受作者希望通过他的著作印在读者心灵上的他自己的形象。正是这种下意识的探求的本能,这种天生心理学家的锐敏兴趣,这种亲自迫近现场观察的渴望,这种忽略一切公式和传统、直接深入隐蔽的真理、深入可以说明本质的细小事实的倾向——凡此种种才使他要求亲自结识那些作家;虽然他自己相信:是他对观念的热爱不可抗拒地把他引向了观念的创始者。

在这里,批评家就面临一个最大的困难了——他所知道的真实只是关于活人的,而他可以讲出来的只能是关于死人的真实。一个作家逝世了,批评的论调完全为之一变,毫无疑问,这会给人一种不愉快的印象;例如圣伯夫对于夏多布里昂的批评,便因作者的逝世而改变了。他最初评论夏多布里昂的文章完全是一味奉承。我们知道这篇文章写作时所受的社会压力,知道作者的畏惧和尊敬,个人同情和私人关系,知道他害怕可爱的眼睛里射出愤怒的眼光,他不能批评雷喀米埃夫人家的偶像而伤害这位娇媚的贵妇人的感情,总之,我们知道这一切影响综合起来,便使得第一篇论夏多布里昂的小文简直成了一片谀辞。相反,后来的长篇巨著则是在渴望撕掉假面具、渴望说出"不"字的激昂情绪的鼓舞下写出来的。

但是,圣伯夫在创作鼎盛时期,终于发现了中庸之道。他不赞颂一切,把一切归之于高尚的动机,他也不苦心搜寻卑劣的动机。他既不颂扬人性,也不毁谤人性。他对它有所理解。他同各色男女的往来,经常的批判性的观察,法国人细腻的感觉,巴黎人的训练——所有这些都赋予他一种不同凡响的鉴赏能力。在他创作鼎盛时期,他那多方面发展的心灵确实使我们想到了歌德。我们有时会忍不住说他"明智",而能引动我们在他们身上使用这个形容词的批评家实在寥若晨星。他很少让自己被冠以一个名称的流行见解所迷惑或影响,不论这个名称是崇高的、动情的还是贬抑的。他深入调查作家的家谱、他的体质和健康、他的经济情况;他抓住他所做的一些无心的自白,指出它可以用其他言论来证实,指出它能说明、能解释这个人的行动。他在他神采奕奕的高尚时刻描写他;他在他衣冠不整时冷不防撞见了他;他以"草堆里寻针"的惊人毅力,发现了死者埋藏在内心深处的东西。他以科学研究者公正不阿的冷静态度,列举他向善的倾向和向恶的倾向,并在天平上衡量它们的轻重。他正是用这种方式创作出一幅值得信任的画像——或者可以说创作出一组画像,其中每一幅都是值得信任的,虽然有一些是互相矛盾的。因为,尽管圣伯夫是鼎鼎有名的批评家,他却始终回避了批评家不得不争取克服的一个最大的困难。一个认真的批评家,对于他着手阐述和批评的作品,照例阅读了许多次,而且是在他的不同发展阶段去阅读的;每读一次,他就会有些不同的感受;到最后,他从那么多不同的观点观察了这部作品,以致如不对自己施加某种内心的强制,他是不可能维持一种观点,一种感情态度的。如果碰巧他不是评论一部单独的作品,而是经历了许多发展阶段的高度多产的作家,甚或可能是一个文学流派,要想用从全然不同的心理状态下所感受到的许多不同印象,做出一幅包罗万象的图画,其困难程度也就相应地更大了。一座建筑物,我们只见过一次,一半沐照在阳光中,一半深藏在浓云的阴影里,它便在我们记忆里以某种光辉映衬着特定的天空,清晰地显现出来。然而一座建筑物,如果我们时时刻刻见到它,在昏暗里,在月光中,从四面八方,从各种高度,既从外部,也从内部见到它;如果我们就住在这座建筑物里,它的体积随着我们年纪增长而在我们眼里日见缩小——关于这样一座建筑物,我们就觉得很难做出一幅充分绘影绘声的图画了。圣伯夫对同样的作家及其作品经常作出新的描写和新的评论,让读者自己去做结论,因而他就回避了这个困难。赛纳克·梅朗①说:"我们在变动着,我们在评判变动着的人",他选用这句话作为他一系列著作的题词,是很有道理的。

梅朗这个命题的后半句,即我们所评判的每个人已经变动了,已经日渐为人所知;圣伯夫比过去任何人都更懂得这个道理。他不仅每当改变论题时就改变他的调子,而且每当作为他的论题的男女暂时有了改变时,他也改变他的调子。他那敏捷的才能模拟着个别人的灵魂在其发展过程中的一切活动。② 所以,他的方法和他的题材一样是变化多端的;他时而是传记作家,时而是批评家;他尽可能在全句中塞进许多限定性的和释义性的插句;把一些互相修饰的文句连结起来;使用引出一整串概念和往事的专门术语;使用比字面含意更多的模糊表现法。因为,虽然他能以一个潜水员看得见水底生物的准确性,穿过一个人的生涯的朦胧深渊,他却为了种种理由,宁愿把他所看到的一切写得朦朦胧胧,含糊其

---

① 赛纳克·德·梅朗(Sénac de Meilhan,1736—1803),法国政论家。
② 《波尔·雅罗尔》中的如下两句可以作为例子说明我的意思。在第一句中,我们看见他冷静而坦率地放弃试图在同一个人的许多性格画像之间制造雷同的印象;在第二句中,我们看见他决心揽括那个人物性格的各个方面:"我们今后看到的圣西兰先生完全定型和成熟了;他今后的所作所为,在他是真诚的;如果说那和他以前所做的某些事不相一致,我们就丢掉它吧,正如他本人在前进途中丢掉了它一样。"——的确,人们可以把圣西兰先生雕琢成为一个加尔文教徒,然而那样作的条件,就是得把他生气勃勃的主要部分都删削掉。(原注)

词。当他写到活人时,当然只能含糊地暗示他们的私生活;至于死人,他们照例不乏后代和亲友小心维护他们的名誉。因此,圣伯夫一般只好满足于显出深通世故,知道得很多,只是不愿深谈罢了。

他年龄渐长,在心理分析方面变得更加大胆,更加科学了。在下面这段话里,他声辩自己有权利这样做,一位批评家①为了他的一篇文章中一些诽谤性的评语而责备他。他在1863年5月9日给这位批评家写了一封信,下面就是这封信的摘录:"艺术——特别像文艺批评这类纯智力的艺术——是一种难以掌握的工具;它的价值依存于艺术家的价值。承认这一点,难道不是绝对必要摆脱那种愚蠢的成见,那种伪善的口吻吗,它强迫我们不仅要按照他的主观意图、而且还要按照他的装腔作势来评判一个作家?例如,我岂不是必须把丰塔纳只看成一个体面、高贵、风流儒雅、具有宗教虔诚的巨匠,而不顾及他的轻率、莽撞而又好色的真面目吗?……或者来看看我们自己的时代吧……我有三十多年的机会来观察维勒曼,他智力出众,才华过人,确实洋溢着宽宏大度的、泛爱亲仁的、基督教的开明感情,但是尽管如此,他却又是现存的最卑鄙、最恶毒的猴子。在这种场合,应该怎么办呢?难道我们应该像他周围的人一样,永远无止无休地赞扬他的高尚而卓越的情愫吗?难道我们应该自欺欺人吗?难道文人、历史家、道德家只是一些演员,除了按照他们为自己选择和规定的角色而外,我们就无权研究他们了吗?难道只允许我们看到他们粉墨登场吗?我们有了足够的知识,难道不可以勇敢而温和地插进解剖刀,指出盔甲的弱点,指出才华和灵魂之间接缝的漏洞吗?难道不可以一面赞颂才能,一面指出实际上障碍才能、障碍才能可能产生的永久影响的灵魂缺陷吗?采用这种写作方式会使文学受到损害吗?也许可能吧;但心理学却将因此而受益。"

---

① 指埃尔奈斯特·贝尔索(Ernest Bersot,1816—1880),法国哲学家。

那么,这是前进的第一步——我们脚下有了坚实的地面;不要骗人的理想化!其次,批评至今还是一个四分五裂、支离破碎的过程,到了圣伯夫手里,由于他性格所产生的限制,变成了一个有组织能力、起建设作用的过程了。他的批评产生了一个有机体,一个生命,就像诗歌一样。他的批评并不把既定的材料捣碎成筑路金属和碎石,而是用它们建成一座建筑物。他的批评并不把人的灵魂分解成为各个构成部分——那样,我们所理解的灵魂便只是一块死机械,我们不知道它在运动中究竟是什么样子。不,他指给我们看的正是运行中的机器;我们看见推动它运行的火焰,我们听见它所发出的声音,同时我们还逐渐体会它构造上的秘密。

由于圣伯夫的这些改革,一向被认为是历史科学的次劣部门的文学史,已经变成历史本身的指南了,已经变成历史中最有趣味、最生动活泼的部分了;因为各个国家的文学正是历史必须处理的最有吸引力、最有教益的材料。

我们开始曾经断言,圣伯夫的批评活动并没有使他放弃诗歌。现在我们能够证明,他在晚年,在他发展的最高阶段所实践的批评艺术,已经和现代诗歌发生了最密切的关系。因为诗歌已经同批评水乳交融,合而为一了;在诗歌与批评两方面,创作动因是一样的,即科学逐渐征服了现代智力生活的整个领域。在十九世纪初叶,想象被认为是诗歌的基本素质;诗人之所以为诗人,是由于他有创造的能力;他不受自然和现实的束缚,在超自然世界和现实世界里都同样怡然自得。在1830年代,诺迪埃和大仲马这样的作家都以各自的方式表达了这种看法。然而,当浪漫主义逐渐发展成为现实主义时,创造性文学便逐渐放弃了幻想的太空遨游。它竭力侧重于理解,而不在于虚构;这就和批评形成了密切的联系。小说变成心理学式的。小说家和批评家在他们各自的范围内,其出发点现在是一样的:即一个时代的精神气氛。在这种气氛里,真实人物和虚构人物在我们面前纷然杂呈;小说家的目的在于表现和解释一个人的行动,而批评家的目的却在于表现和解释一部作品,采用的方式是使读者可以看到,当某些内在的性质和倾向受到外界暗示的影响时,这些行动和作品就是真实的或表面的必然性所产生的结果。唯一的基本区别在于,创造性的作家创作了他的人物的言谈和行动,这些人物虽然是虚构的,一般却是从生活中摄取而来的,是特定环境的可能的产物;而批评家的想象却受到事实的束缚,必须限制自己只能表现导致或影响他所描写的言谈和行动的心理状态。小说家从他对人物的观察中推断出一个人可能的行动。批评家从作品中推断出一个作家的性格。

批评被公认为是一个人以其广阔的多方面的同情克服其天然的狭窄心胸的能力,它已成为十九世纪所有最伟大的作家们的卓越才能了。爱弥尔·蒙泰居[1]把批评叫做最年轻的天才,叫做一切智慧中的"香岱丽拉"[2],就是从这种观点来看待批评的。他写道:"批评是第十个文艺女神。[3] 它就是歌德的神秘的新娘;正是她把他变成了二十个诗人。作为德国文学的基础的,不是批评又是什么呢?我们今天的英国诗人又是些什么人呢?他们是富有灵感的批评家。意大利崇高的莱欧帕地是什么人呢?他是个暴烈的批评家。在所有现代诗人之中,只有拜伦和拉马丁两个不是批评家;正因为如此,他们缺乏多面性和多样性,变得像他们现在这样单调了。"如果批评按照更广泛的含义,按照这个词更充分的意义来理解,最后这个界限就消失了。因为就它具有判断现存事态的能力这一点来说,批评正是现代所有伟大浪漫主义抒情作家(从拜伦到雨果,从拉马丁到乔治·桑)身上都有的一种鼓舞人心的

---

[1] 爱弥尔·蒙泰居(Jean Baptiste Joseph Emile Montégut,1825—1895),法国文艺批评家和莎士比亚翻译者。
[2] 香岱丽拉(Cinderella),欧洲童话中一个聪明而不外露的少女,通译为"灰姑娘"。
[3] 希腊神话中文艺和美术的女神共有九个。

力量。从他们的诗歌不再排除当代所有重要的生活和思想的时刻起,从浪漫派抒情诗转化为伟大思想的工具的时刻起,批评在他们的作品中,也变成了一种鼓舞人心的原则。批评鼓舞雨果写了《惩罚集》,鼓舞拜伦写了《唐璜》。批评是人类心灵路程上的指路牌。批评沿路种植了树篱,点燃了火把。批评披荆斩棘,开辟新路。因为,正是批评撼动了山岳——撼动了信仰权威的山岳,偏见的山岳,毫无思想的权力的山岳,死气沉沉的传统的山岳。

三十二　戏剧:维泰、大仲马、德·维尼、雨果

　　浪漫派在抒情诗、小说和批评方面的成功是不容置疑的,但有一个文艺部门,浪漫派却没有实现它开始其事业时所怀抱的大胆期望;而按照古老的美学原则,这个部门曾经被认为是(十分奇怪,现在照例仍然被认为是)最高级的部门,它就是戏剧。由于这门艺术受到这样高的推崇,浪漫主义者在这方面取得的成就比较微小,就使他们感到切肤之痛了。他们的戏剧从未被公众真正喜爱,从未在任何剧院的保留剧目中占一席地位。雨果的戏剧只是作为意大利歌剧的歌词而风行过;梅里美的剧本压根儿就没有上演;乔治·桑和巴尔扎克的戏剧通常只是受到"行家的赏识";缪塞的几个短剧是在很久以后才搬上舞台的;反之,斯克里布及其同伙则不仅在法国,就是在国外也轰动得场场客满。

　　可是,浪漫派在戏剧领域中仍然做了很多令人赞叹的工作。第一次尝试是维泰动手的,他在1826年到1829年间写了一系列"戏剧场景",后来集合成册,以《同盟》的题目出版。他的原意是想把法国历史中的逸事不加任何虚构成分写成戏剧;他的想象力除了使历史富有生气外,他不让它多所发挥,而他这样做来取得了令人惊叹的成功。维泰作品的气氛是远古时代的气氛,他的十六世纪人物的谈吐给人一种逼真的印象,我们读着他的戏剧,仿佛感到一小时一小时地生活在历史之中。

　　吕多维克·维泰于1802年诞生在巴黎,在高等师范学院受教育,作为自由主义者参加过当时的政治运动,是"自助天助社"的

成员，而且如前所述，作为浪漫主义的热情战士在《环球报》上写过稿。除了1849年以《奥莱安的局势》为题出版的、比其余作品显然低劣的一组"戏剧场景"外，他的富于诗意的历史作品全都写于青年时期。

他一生太平无事。年轻时期，他是杜夏泰尔伯爵难舍难分的朋友。七月革命使他的朋友们当了权，杜夏泰尔成为基佐内阁阁员，维泰被任命为历史文物视察官——这个位置是基佐专门为他而设的。此后他就从政了；1834年，他当上国民议会议员；1836年，任参事院参事；1846年，任法兰西学院院士。

他是个始终一贯的君主主义者和保守派。从1851年到1871年，完全脱离政务。战后又在蒂埃尔手下身居要职。1873年逝世。

一个强大的艺术运动的最初推动力，其力量足以鼓舞那些即使生来并不富有创造力和艺术气质的人，维泰在这方面就是个好例子。1830年以后，他只是作为一个渊博的艺术史家而声誉卓著。他写了一部杜夏泰尔伯爵的传记。他的文艺论文和历史论文同梅里美的论文一样枯燥无味，令人厌烦。

我们总是欣慰地转向他青年时代的作品——《街垒》《布洛瓦的局势》以及《亨利三世之死》。这些作品中的主要人物，如亨利二世、亨利三世，以及好几代居斯公爵，都是用精湛的风格加以刻画的，可以和莎士比亚伟大历史剧中的主人公媲美（亨利四世和理查三世当然除外）。那个时代的风习和思想清清楚楚摆在我们眼前，我们感到仿佛他们的当代人也不可能比我们更熟悉或理解他们了。《布洛瓦的局势》确切无疑是这些作品中最优美的一部。凡是想了解维泰最精彩作品的读者，请读一读描写居斯公爵被害的那些场面吧。很少作者敢于在历史剧中把诗的清规戒律置诸脑后到如此地步。呈现在我们眼前的事变、甚至比在德拉罗什的精美画卷中更其生动、更其逼真，那幅画让我们看到亨利三世正小心翼翼地推开房门，窥视着躺在地板上的他的大敌的尸体。维泰则

吕多维克·维泰

首先向我们展示,国王在清晨四点钟坐在屋子里,把几把西班牙短刀浸在圣水中,浑身发抖地把短刀递给他的宠臣,甚至不敢说出敌人的名字。接着的场面是公爵的住室,他的母亲和情妇都在恳求他不去冒生命危险,不去出席第二天早晨要开的会议,可是无济于事。我们接着看到他在议事厅里;他感到一阵不舒服;他的鼻孔开始流血了;他忘了带手帕,就派人去取。苏格兰卫兵愚蠢地挡住了这个人的去路;可是他们很快就发觉他们的错误,公爵拿到了手帕。可是他心神不定,这位经常正视白刃而面不改色的伟大军人,开始感到晕眩了。这是因为他仍然在斋戒中,要是吃一点东西,这种感觉就会过去的;他打开挂在腰带上的糖果盒子,盒子是空的。他打发人去取一点甜食和水果来。就在这时,雷佛尔从国王寝宫里出来说:"陛下请你去谈话,大人!"议事厅的大小官员停止了谈话,互相交换眼色。公爵站了起来;他费了一点时间系紧他的外套,外套先从一个肩膀滑下去,然后又从另一个肩膀滑下去。他无意识地拖延他离开的时间——他太骄傲了,哪怕是走向死亡,他也不会不欣然就道,但在死亡的门槛上踌躇片刻,却也是很合乎人情的。由于第一条手帕沾上了血污,他势必得有另一条;于是又走了一个同谋者,使其他人惴惴不安地挂虑着。维泰所表现的六神无主,焦急不安和愚蠢的羞耻感,都是绝顶精彩的笔墨;这些感觉有时会征服我们,强迫我们仅仅为了逃出痛苦的可笑境地而盲目地冲向最危险的境地。派去取手帕的人又耽搁了时间。于是,骄傲的居斯忍不住了。"我不能让陛下再等下去。"他这么说着就走到了门口;门在他身后一关上,十二个军官就用长匕首戳进了他的身体。

我们看到维泰所涉及的细节都不适合在舞台上演出。他的《戏剧场景》只是为了让人阅读的。所以,它们并不是地道的戏剧。这一点可以这样来解释:维泰纵有对于历史的洞察能力,却缺乏诗的热情,也缺乏艺术的组织才能。因为他从来不能发泄悲天悯人的情愫,从来不能达到高潮,从这个高潮的顶点来看,其余的一切令人感到不过是准备和结果罢了;他从来没有完成过真正的艺术布局。他显然被一种艺术上的顾虑弄得忧心忡忡,害怕把历史事实作极轻微的变动,害怕把自己的个性强加于历史。他没有足够坚强的个性,敢于发行刻有自己形象的艺术货币。他的创造力早就衰竭了,因为鼓舞他作品的想象力,无论是在观察方面还是在再现方面,虽然生气蓬勃,却是不自由的,不独立的;他的想象力被学究习气、被档案局的灰尘拖累了,压垮了。这匹美丽而暴烈的柏伽索斯飞马①在图书馆里被拴住了。

要用同样的比喻来论述另一个浪漫派作家,那未免太不像话。这位作家紧步维泰的后尘,着手把历史逸事改写成戏剧,并在1829年2月,比雨果还早一年,就以一出历史剧《亨利三世及其宫廷》蜚声文坛。这位作家就是亚历山大·仲马,诞生于1802年,具有灿烂而自发的才华和巨人般的体质,像他父亲在战争中一样,他在文学方面也显示了能完成大力神式任务的同等捷才。四十年来,他笔不停挥地继续写作了悲剧、喜剧、长篇小说、短篇小说、游记以及回忆录等等。评述这种惊人庞大的创造才能,这种难以置信的生产能力,要是掉以轻心,抱瞧不起的态度,那就愚不可及了。我们可以在这些作品中追溯出法国人和非洲人的混合血液;其中还有克里奥尔人(生于拉丁美洲的欧洲人)的某种懒散气质,还有黑人种族的强烈的好色气质。大仲马有许多才华远居其下的合作者帮忙,他用自己头脑所创造的东西充斥舞台,塞紧书商的书架,填满各种报纸的副刊;印刷机吱吱嘎嘎,呻吟不已,努力想赶上他那没完没了的创作。这种随便应世的市侩作风,妨碍了真正的发展进程,不能不令人感到惋惜。大仲马只是在他的最初阶段才是一个艺术家。他在浪漫主义时期开始写作,他一开始就是浪漫主

---

① 柏伽索斯,希腊神话中的双翼飞马,它从美杜莎的血泊中飞起。

义的;继续到商业时代,他就继续商业化了。

在《亨利三世及其宫廷》中,他以同样的历史题材,作了维泰没有做到的事,也就是创作了一部生动活泼、可以上演的戏剧;不过这出戏剧在蔑视古典戏剧传统方面是最肤浅的一种。他敢于利用外形来再现那个时期的宫廷习俗。两个世纪以来,主人公和他的亲信在舞台上谈话,要么是双手贴身下垂,要么是左手握住剑柄,而这位剧作家却让亨利国王的一大群廷臣手持杯球①登场了(这种杯球戏正是当时的新发明);休息时,这些达官贵人却从吹筒里吹出小箭而怡然自得。无论如何,他们的感情和谈吐仍然像是1828年的青年人。

大仲马青年时代的其他几篇历史剧的心理描写(《拿破仑·波拿巴》《重臣包围的查理七世》等等),也是同样肤浅的。只有等到他碰上他所理解并能掌握其精神的那个时代,他才能把逝去的时日表现得优美,如在《路易十五治下的一门婚事》和《美丽岛的加布利尔》这两部又有风趣又有效力的戏剧中一样,这两部戏剧(尤其是后一部,对摄政时期的生活方式和风俗习惯作了稍微理想化的描画)都具有真正的文艺价值。但在此以前,在1831年,用一个浪漫派认为足以代表它本身的典型形象,来表现浪漫派的青年一代,这项任务却落在大仲马头上了。他写了《安东尼》。

这个剧本尽管有种种缺点,却有某些素质使它胜于大仲马其他最优秀的作品。这个剧本比起其他剧本来,有更温暖的血液,有更多的人性。这出戏剧尽管幼稚,却给我们留下了一个真正强有力的印象,其原因就是大仲马把他的自我,连同他狂放的激情、青春的热忱和豪侠的本能,一股脑儿都投到舞台上来了。安东尼是一个1830年的英雄,跟雨果的所有英雄属于同一类型——肩膀宽阔,勇猛剽悍,热情而亡命,不吃不睡也能生活,随时准备砸出自己

---

① 杯球,一种玩具,用绳子拴着球,系在一个顶端有一个杯子的木杖上。

的或任何别人的脑浆。但《安东尼》轰动一时,却是因为大仲马做出了雨果从来不会做也不能做的事情,即把他的戏剧情节安排在1830年,让他的主人公登台时穿上当时的时装,穿上男性观众所穿的那种黑上衣。迄今为止,浪漫主义有意在舞台上只限于反映中世纪。现在它不加伪装地露出了现代的本色。

就在这篇戏剧中,我们碰到了为采取这一步所作的辩护。第四幕介绍了关于当时文艺辩论的一场对话。在这场对话中,一个诗人为浪漫主义者回到中世纪去寻找题材的做法这样辩护道:

"热情的戏剧必然是历史的戏剧。历史把真正发生过的热情事迹遗留给我们了。要是我们在现代社会中,企图把跳动在我们丑陋的黑短上衣里面的心脏裸露出来,主人公和公众之间何其相似乃尔!注视着情欲发展的观众会希望这种发展在恰当的地方停止下来,正如它在他自己的情况下也会在那里停止一样。他将呼喊:'停下来吧!这是错误的;我感觉的不是这样。我所爱的女人欺骗了我,我当然痛苦,然而我既不会杀她,也不会杀我自己。'反对夸张和轰动的呐喊声会淹没少数人的喝彩,这些人觉得十九世纪的热情和十六世纪的热情是一样的,觉得血液在布衣下面如在钢铁胸甲下面一样能够热烈地往复循环。"

这番话所引起的喝彩声是可想而知的。一切人都希望表示他们是属于这些少数人的。热情是当日的风气,他们用喝彩来证明自己热情洋溢。《安东尼》真是一篇澎湃汹涌的热情交响曲,要找到它的类似物是不很容易的。几年旅游之后,主人公回到巴黎,发觉他所钟爱的女人已经结婚了。他冒着生命危险挡住她那几匹狂奔的马,从而拯救了她的生命;马车的车杠戳穿了他的胸腔;他被抬到她的屋子里。安东尼是一个私生子和一个弃孤;因此作为情人,他是个违反社会法规的叛逆。他对他钟情的女人说:"别人都有父母兄弟,当他们有困难时,父母兄弟的胳膊都为他张开着;我呢,哪怕一块能读到我的名字而挥泪哭泣的墓碑,我也没有。别人

大仲马

《安东尼》

有祖国；我却没有，因为我不属于任何家族。只有一个名字对我说来是我的一切；而那个名字，你的名字，人们却禁止我把它叫出来。"这位贵妇人提醒他注意社会义务："管它们叫义务也罢，叫偏见也罢，它们就是那样子，它们存在着。"他回答说："为什么我应该服从这些法规呢？制订这些法规的人们，没有一个为我减少过一分痛苦，为我尽过一次义务。我受到的只是不平，我欠人家的只有仇恨。我那不幸的母亲的耻辱已经抹黑了我的前额。"

阿岱尔是爱安东尼的，可是却对他避而远之。在一次旅程中，她不得不在一家小旅店里住上一宿；他在那里撞见了她，用暴力手段占有了她。尽管发生这桩卑怯行径，她仍然继续爱他。我们在巴黎又遇到了这一对爱侣。他们的丑闻已经路人皆知了。我们听见一些假正经的女人在破坏阿岱尔的名誉——她们有办法用外表无可指责的态度隐藏着不可告人的秘密勾当。她们对她的攻击激起了真正高尚的人们的义愤，对于社会及其伪善行为的义愤。可是这篇戏剧临近尾声了。当丈夫的戴尔威上校旅行归来；安东尼劝说阿岱尔和他私奔，没有成功；客厅里听得见被损害的丈夫的脚步声；这位情夫便拔出他浪漫派的匕首，戳进了阿岱尔的胸膛；为了挽救她的名誉，他向戴尔威迎上去喊道："她抗拒我，我把她宰了。"

我们现在来读这个剧本，主要感到它那出乎常情的荒唐。我们觉得，如果它作为一出新剧上演，对于它想用以打动我们的那些角色，我们会情不自禁地微微一笑。今天，我们简直不能理解，1831年它初次上演的夜晚，怎么会有一些特选的观众被它激动得到了最狂热的地步。他们鼓掌，流泪，欷歔，大声叫好。勃卡日和玛丽•多瓦尔的精彩表演也增强了这出戏剧的效果。大仲马说，他当时穿的一件漂亮的绿色上衣简直从他背上撕了下来，撕成了碎片，这些碎片被观众中大部分热情青年作为纪念品珍藏起来。即令我们不完全按字面来领会这桩逸事，那种无限的热情却是无可怀疑的。这说明,对于表达了自己的情绪和感情的作品,人们永远是不会嘲笑的。安东尼不仅仅是近乎残忍的情欲的人格化,那种情欲和一种伟大的柔情融成一片,致使他宁可承担凶杀的罪名,而不愿让他的情人蒙受侮辱和轻蔑;他还是一个拜伦式的、神秘的青年主人公,命中注定要和命运的不平做斗争,而且比他的命运更伟大。可是即使在那个时代,能够看出剧中弱点的批评家也大有人在。扮演安东尼的勃卡日,认为收场的台词太无聊了,如果可能的话,他想删掉它。有天晚上,他果真把它删掉,没讲这句台词幕布就降落下来了。结果,观众呼喊和尖叫起来,好像中了魔一样。他们不愿意让这句台词被人贪污掉。勃卡日已经退场;可是多瓦尔夫人依然一动不动地躺在舞台上,她灵机一动,命令把幕布重新升起,这时她抬起头来,把人称代词变动了一下,微微一笑地说:"我抗拒他,他把我宰了。"①在浪漫主义阵营范围以内,激起了一阵尖锐的冷讽热嘲。感兴趣的读者不妨翻阅一下尤尔·雅南的《戏剧文学史》中评论《安东尼》的精辟的长文(这无疑是雅南所写的最精彩的一篇评论),他将欣然看到神志不清的浪漫主义怎样受尽了嘲笑。

如果《安东尼》可以称为浪漫主义的歇斯底里大发作,那么阿尔弗雷德·德·维尼在舞台上取得成功的一个剧本《查铁敦》,就可以称为浪漫派的一曲挽歌了。1830年一代人所喜爱的这两出戏剧是相互补充的;一出表现天才崇拜,另一出表现热情崇拜;一出同情苦难,另一出赞美顽强的行动;或者说得更深刻一点,一出表现了浪漫主义的条顿方面,另一出却表现了浪漫主义的拉丁方面。

阿尔弗雷德·德·维尼诞生于1799年。他在1834年上演的杰出的历史剧《安克尔元帅夫人》没有获得戏迷们的称赞。个中

---

① 一位当场的目睹者菲拉莱特·夏索告诉我的。(原注)

阿尔弗雷德·德·维尼

原故或许是,剧中人物在一切基本点上,跟观众已在其他浪漫主义历史悲剧中所熟悉的人物,同属于一个类型。例如,情人波吉亚跟雨果的情人们是一个模样,甚至和大仲马戏剧中的情人也相差无几,尽管这两位作家的人物都是大大不同的。这就表明了一个流派有力量在个性千变万化的作家身上打下它的烙印。①

另一方面,《查铁敦》是一部特别能反映德·维尼的个性的作品。在1835年上演的这个剧本所依据的观念,正是作者两年前出版的题名《斯泰罗》的一卷小说中曾经用三种不同形式表现过的那种观念,就是一个真正诗人在现代社会中不幸而又被忽视的处境。首先,德·维尼是从浪漫派的观点来看待这位诗人的,也就是说,把他看成优越的人物,不,简直是芸芸众生中最高贵的人物(德国浪漫派也这样彻底地浸染了这种观念);诗人——特别是青年诗人在最需要援助和赏识的时候,却难于找到能够理解他的心灵,难于找到使他免于为生存而奋斗的庇护人,诗人的这种命运在德·维尼心中激起了强烈的同情。德·维尼代表诗人而不断向公众呼吁,其所以具有某种魅力,是由于他不是为自己而呼吁;因为他出身于一个富有的家庭,永远处在舒适的环境里。依他看来,诗人是一位可怜的不幸者,完全为自己的想象力所主宰。他"除了完成自己神圣的使命而外,一切都无能为力",尤其是没有赚钱的能力;固然,他可以靠写作谋生,可是如果他这样做,那或许就要以他最高贵的天赋为代价了;他要牺牲他的想象力来发展他的批评才能;而燃烧在他心中的神圣的火花也就熄灭了。因此,不应该允

---

① 在人物表中,我们发现对演员做出如下指示,告诉他如何扮演波吉亚这个角色。请看浪漫主义所喜爱的一切品质如何——被列举出来,仿佛在一份清单中一样,而且这些指示在一切基本点上是多么适用于雨果的青年主人公,或者简直适用于安东尼:"粗鲁而善良的山野居民。复仇心切,酷爱族间仇杀几成第二天性:为族间仇杀所驱使如同为命运所驱使。性格刚强、忧郁而又极度敏感。恨得强烈,也爱得强烈。生性野蛮,又好像个由自主地受到他那个时代的宫廷和礼仪的启迪。"(原注)

许这位上天的使者为庸俗的工作而堕落下去;他的头脑是一座火山,当他得以安闲度日时,只能发出"谐和的熔岩"。①

现代读者立刻可以看出,这个观念里有些真理,但更多却是夸张。基于这个观念写成的剧本,使人泪如泉涌的剧本,专门打动人们悲悯的本能,反而收不到应有的悲剧效果;它还具有一种太强烈的偏袒主人公的抒情倾向,以致不能保持内部的平衡,而一出戏剧没有这种平衡也就缺乏稳定性。查铁敦和他所热爱的那个年轻的教友派女教徒,拥有智力的和心灵的每一种高贵品质;而在他们周围除了粗鄙、冷酷、平庸和愚蠢而外,什么也没有。剧本给我们揭示的,就是周围粗鄙凡俗的世界对于一个智慧天才残酷的虐待。这种人生观和德国诺瓦利斯②的作品中,以及丹麦安徒生和英格曼的作品中所能找到的人生观不无相似之处;歌德曾经为这类作家写过《塔索》,可惜没有写成功。由欧伦施莱厄的《科列吉奥》所开创、在德国由霍尔泰③的《月桂树和讨饭杖》等作品所代表的以艺术家为主人公的戏剧,我们今天已经看厌了。查铁敦,"这个为了在繁星中辨识上帝的手指所指出的道路而被创造出来的人",当他宁愿服毒自尽也不愿接受每年收入一百法郎的毫无诗意的职务时,我们对他再也不表示义愤的同情了。同样在这种情况下,1835 年曾经打动每个观众心灵的事情,如今也只能引起人们淡然一笑和耸耸肩膀罢了。

浪漫主义在本质上是太抒情了,产生不出具有持久价值的戏剧作品。我们衡量浪漫派最伟大抒情诗人的剧作时,或许会最强烈地感受到这个事实。维克多·雨果的戏剧与欧伦施莱厄的悲剧

---

① 参阅《查铁敦》富有特征的序文:《撰稿的最后一夜:1834 年 6 月 29 日至 30 日》。(原注)

② 诺瓦利斯(Novalis,1772—1801),德国浪漫主义诗人和小说家。参阅本书第 2 分册《德国的浪漫派》。

③ 霍尔泰(Karl Edwald von Holtei,1798—1880),德国作家和演员。

有很多共同点。我们经常察觉到这两位作家都受过他们的读物的影响。在雨果的《玛丽·都铎》中,我们可以追溯出大仲马的《枫丹白露的基督徒》的影响;而《吕克莱斯·波吉亚》的最后一场,有些地方却要归功于威伯斯特①的《马尔菲的公爵夫人》。这两位作家的剧中人物都不过是大致的轮廓;他们都不是真正的完整的人;然而纯真热情和抒情悲歌的力量却给他们注入了生命。雨果的人物当然更接近现实生活,为了这个缘故,他剧本里所表现的那些情节在法国要比在丹麦发生得更晚近一些。欧那尼使我们想起在旺代省公然抗拒政府的叛军首领;吉尔贝尔为了替他所爱的女人复仇,心甘情愿走向绞颈架,只不过步断头台下许多高贵牺牲者的后尘而已;吕依·布拉从奴仆地位飞黄腾达而为国务大臣,比起卢梭从同等地位一跃而为世界最著名的作家,并不令人觉得更了不起。不过,这实际上并没有什么关系;因为作者对于异常事物、甚至怪异事物的爱好,压抑了使我们联想到我们所熟悉的现实的万事万物,又突出了各种不自然的现象,这些现象虽然在他眼里很崇高,而在后世读者眼里不过荒谬可笑而已。

显示在雨果戏剧中的人性的概念是纯抒情性的;这种概念在本质上使我们想到雨果的对手拉马丁的心理学——拉马丁在其他方面恰好和雨果形成对照。唯一的区别在于:天性和谐的拉马丁欢喜表现一种纯洁而美丽的性格,这种性格会屈服于某种突然的诱惑,然后以若干年的忏悔和苦行来补偿这一失足的软弱时刻(如若斯兰和《一个天使的堕落》中的赛达尔);而雨果,却欢喜在戏剧中表现被卑劣情欲、被各色各样悲惨和屈辱、被恶行、奴役和疾病所摧残了的人类灵魂,这种灵魂却具有这样的结构,以致在一定的环境下,不可抗拒地受到善与美的吸引,它和善与美联合起来同它曾发誓一刀两断的可怕的过去进行战斗。这种灵魂胸怀大

---

① 威伯斯特(John Webster,约 1580—1625),英国戏剧家。

志；它理解哪怕是善与美最微妙的精细之处；但对它所经历的高贵的情绪，它又感到不相称；它不能飞跃到这些不熟悉的领域里去，于是它精疲力竭，灰心丧气，又跌回到它从前的堕落状态里去了。

让我略举数例来说明我的意思。《国王寻乐》中的特利布莱是个出言无状的大炮和受人嘲笑的靶子，这种状态毁灭了他，然而他以最纯洁的柔情热爱着他的女儿。她却从他身边被人拐跑了，于是他完全陷入仇恨，一心图谋报复。——玛里翁（《玛里翁·德罗昧》）成百次地出卖她自己，可是她爱上了一个勇敢的青年，而这种热情使她完全净化了。狄狄埃被判处死刑，在这可怕的考验时刻，她又恢复了玛里翁的本来面目。为了拯救她所爱的男人，她不惜把身子奉献给法官，不理解狄狄埃宁愿送命，也不愿以这种方式得到拯救。——吕克莱斯·波吉亚是在罪恶中诞生的，毕生还过着一种罪恶的生活。可是这个淫荡的女人，这个毒杀人命的女人，有一个她所宠爱的儿子，为了儿子的缘故，她准备和她至今所过的生活一刀两断。但是她遭到了致命的侮辱，激愤之下，她又乞灵于她那套旧法宝；她邀请敌手吃饭，在饭里下了毒药，而无意间却把她的儿子连同别人一起给毒死了。——吕依·布拉迫于贫困，成了一个贵族的仆人。皇后的宠爱使得这个仆人跃身成为国务大臣。对于这个职位，他是称职的；他制定并实行伟大而高贵的计划；他正要成为这个国家的救星的时候，他的过去被翻腾出来反对他了。他的一切希望化为泡影，使他实在太难受；他像从前一样要复仇了；他不愿和他的主人决斗，但却夺了他主人的剑，用它把这个手无寸铁的人杀掉了。

我们看到，关于悲剧的观念永远是一样的。但是，就雨果而论，所有这些戏剧中主要的就是悲壮抒情的源泉，当高贵的热情把堕落的人类灵魂从泥沼里提升起来时，这股源泉就汩汩涌出来了。这出戏剧的真正核心就是在任何情况下对强烈情绪的赞歌，罪恶斑斑的灵魂正是用这种赞歌把自己唱纯洁的。

雨果最著名的诗篇之一(《黄昏之歌》第32首)有一个讽喻,每当我们考察他的戏剧时就会想到它。他这样写道:教堂塔楼高处悬挂着一口古钟。很久以前,这口钟的金属既干净又明亮。刻在上面的只有"上帝"这个字,字的下面是一顶皇冠。可是塔楼的游客络绎不绝,游客中一个用迟钝的小刀,另一个用生锈的铁钉,每人都在钟上刻上自己可鄙的名字,或者一个下流字样,或者一句无聊的俏皮话,或者一些陈腔滥调。这口钟盖满了灰尘和蛛网;这些笔画里生满了锈,在损坏着、腐蚀着这口古钟。

> 然而对于古钟,对于我的灵魂,又有什么相干!
> 到那一天,那个时辰,圣灵就要把它们收回——
> 这一点勾画,那一点涂抹,并向它们说:唱歌吧!
> 忽然,通过所有途径,来自四面八方,
> 从它们装满朦胧阴影而震颤的胸中,
> 通过它们的表面,通过它们的污斑,
> 通过那些尘土,那些铁锈,那可耻的一堆,
> 却有庄严的东西弥漫在上空。

诗人这样歌唱时,不过是希图描述他自己的灵魂状态,可是他所做的不止于此。因为这个讽喻鲜明地描述了使他的戏剧兴味盎然的那些不幸而罪恶斑斑的人物嘴里吐出来的悲壮抒情的呼叫。

可是,慷慨悲歌和嘹亮抒情不管具有多么广阔的幅度,却不是能够单独构成一座戏剧大厦的材料。这里需要一种精确推理的坚实基础,如果办不到,至少需要一种健全常识和正当趣味的坚实基础。

这样的基础雨果却拿不出来。他作为戏剧家的弱点是与时俱增的。在他身上发生了许多艺术家发生过的情况:他的风格退化到矫揉造作的地步。他仿佛成了自己最优秀的门徒;作为一个戏剧家,他终于模仿起自己来——这是一种非常有成效的模仿。

他永远缺乏喜剧感,而且永远容易把崇高与庞大混为一谈。他写《布尔格拉夫一家》,他比从前更加漫无节制地为这种偏向所左右。就连人物表也令人发噱:约伯,黑本黑夫的布尔格拉夫,一百岁;马格吕斯,约伯之子,八十岁;哈脱,马格吕斯之子,六十岁;戈尔洛瓦,哈脱之子,三十岁。约与这出戏剧同时,有一幅巴黎的漫画,把布尔格拉夫一家人画成并立一排,按照年龄依次缩减他们的身高和胡须的数量。

百岁老人是全体成员中精力最旺盛的一个;他代表美好的古老时日。他称呼他八十岁的儿子为"小伙子",可是雨果并不发笑。所有这些老态龙钟的绅士居然要和一个九十岁的乞丐竞赛演说,这个乞丐原来正是腓特烈·巴巴罗萨①,他已经隐姓埋名二十年,现在却跑出来要对年纪最大的布尔格拉夫复仇,因为他在青年时期曾阴谋伤害他的生命。这出戏剧充满了浪漫主义的荒诞事物和不可能发生的事物。例如,为了表现一场辨认人物的场面,雨果让一个士兵手持一块火红的铁来进行战斗,他用这块铁给他希望能重新辨认的敌手打上烙印,因为天黑了,他看他看不清楚了。

这篇想象力过度紧张而产生的荒唐作品,在1843年搬上舞台,结果是彻底失败。第一天晚上,戏演到一半就嘘声四起。雨果的一个忠实亲信赶忙跑去告诉他。像拿破仑一样依靠卫队的雨果,照例这样回答:"去找一批小伙子来吧。"据说,这个送信人眼皮低垂、十分泄气地说:"再也找不到小伙子啦!"十三年前,被浪漫主义打动的一代人已经不再年轻了,而且更糟的是,这一代人早已厌倦了;浪漫主义诗人中不止一个,向这一代人要求得太过分了。

一种反动是不可避免的,而且就在这一年开始了这种反动。

---

① 腓特烈·巴巴罗萨(Frederick Barbarossa,1125—1190),神圣罗马帝国皇帝,诨名"红胡子"。

它找到了它的作家和它的表演天才。

一个还没有名望的青年,离开他从小住过的外省小镇,口袋里装着一卷手稿来到巴黎。他是一个操守高洁的青年,缺乏伟大的想象天赋,却很潇洒,富于风趣,心地高贵而严肃。他名叫弗朗索瓦·彭沙尔,那卷手稿的题目是《吕克莱斯》①。这是一部取材于古代的悲剧——贞洁的吕克莱蒂雅被人奸污,自戕玉碎。风格庄重谨严,令人想起拉辛的手笔。对于浪漫派的风格,公众已经感到厌倦了。长期以来,温静的市民早已对雨果的如下话语摇头不已,如"音调像水流出海绵一样从风琴中潺潺流出"呀,"桌布白得像苍白的伤心怵目的包尸布"呀,"老太婆弯躬曲背蹒跚地行走"呀,等等。但是,直至现在还没有一个人能够和雨果相抗衡。现在终于似乎出现了一个可能的敌手。乍看起来,彭沙尔的戏剧恰巧是走着古老的古典悲剧的路子。欢迎他的戏剧的人,尽管热衷迷恋它们,却没有注意到这个古代题材是用怎样一种现代方式来处理的,彭沙尔从浪漫主义者学习了多少东西,他的戏剧的热烈色彩多么得力于维克多·雨果,以及这位剧坛新秀的特创性又多么微乎其微。

公众只看到,这出戏剧既健康又纯朴。他们看到女主人公是吕克莱蒂雅——不是雨果的令人叫怖的吕克莱斯,那个嗜血成性、纵情声色的怪物,而是罗马的吕克莱蒂雅,那贞洁的象征,女性纯洁的别名。她代表婚姻、家族、家庭诗歌,正如安东尼及其类似人物代表弃儿的道德,代表无法无天一样。天主教的和古典主义的法国,正教的瑞士,都对这位剧坛新人及其剧本高唱赞歌。雨果终于找到了高他一头的人物,拉辛找到了对手。就连吹毛求疵的维纳也加入了伟大的赞美合唱。他对彭沙尔的风格欢喜若狂:"这个作家纺织黄金,正如他的吕克莱蒂雅纺织羊毛一样,"等等。

---

① 又译"鲁克丽丝",莎士比亚写有长诗《鲁克丽丝受辱记》。

《布尔格拉夫一家》在1843年3月7日受到了嘘声攻击。同年4月22日,《吕克莱斯》上演的第一夜却受到雷鸣般的掌声。就像这个情况一样,紧接浪漫派戏剧演出的失败,是所谓"常识派"历时不长的胜利。如果可尊敬的彭沙尔信任他的批评家如雅南及其他人的判断(只有泰奥菲尔·戈蒂耶和泰奥菲尔·冬戴力排众议),他必然会相信他将名垂永久的。

古典主义的反动不仅找到了他的剧作家,还找到了它的女演员。1838年,一个年轻的犹太女郎在法兰西剧院初露头角。她当时只有十八岁,是一个在咖啡馆或街头巷尾弹着竖琴歌唱的不懂事的孩子;但时间证明了拉协尔是天才,是法国有史以来最伟大的女演员。这个伟大的女演员恰巧对浪漫派戏剧为她提供的角色丝毫不感兴趣,而对古老的古典剧目的角色却满怀热情和赤诚,潜心研究,精心扮演,确实做出了谁都不相信是可能的事,那就是,重新恢复了从前被浪漫派轻蔑地赶下舞台的悲剧的魅力。戈蒂耶气愤得紧握双手又有何用!伊芙琴尼亚、梅洛普、爱米丽雅、西美内、费德尔①重登舞台了。她们演得如此高贵而自然,使得敏感的观众对于胆敢轻视这些神圣国宝的作家和批评家,有时实在忍不住愤怒起来。一个民族知道它几世纪以来所崇拜的作家和作品,卓越超群,它并没有弄错,自然是欢欣鼓舞的。

虽然《吕克莱斯》的女主人公是为拉协尔而写的,她开始却拒不扮演这个角色;但当这出戏在奥狄安剧院上演成功之后,她同意了。一个目击者给我描述了她第一次在剧中出现时观众的心情:"我们坐在那儿屏声静息期待着幕布升起。幕布升起了,我们看见扮演吕克莱蒂雅的拉协尔在侍女中间坐在纺车旁边。刚才已经是够安静的了;但当她一抬起头,张开嘴唇,向她的一个奴隶说出第一句话:'站起来吧,拉奥狄斯!'这时简直是万籁俱寂,我连市

---

① 都是古典悲剧的主人公。

弗朗索瓦·彭沙尔

《吕克莱斯》

场上水果贩子卖橘子的声音都听得见。"

公众尽管为拉协尔着迷,却没有认识到,艺术中的古典风格不会因为单独一个天才暂时向往昔的伟大作品注入生命,就真正复活起来;他们尽管为彭沙尔欢欣鼓舞,却不能理解他的胜利必不可免是短促的。常识派,如它的名称所预示,决不会发展出生气勃勃的独创性。彭沙尔本人不过是具有第二流才能的作家。他的一个有天赋的继承人爱米尔·奥吉叶(他向彭沙尔献过诗)青年时代的戏剧,就是模仿他的庄重精神和风格的;可是随着时间的进展,奥吉叶的风格又改变了。① 虽然这个流派在意图上很值得赞扬,决不应当受到包括瓦凯利和泰奥多·德·邦维尔在内的一些不可调和的年轻浪漫主义者对它所做的轻蔑的攻击,但它的历史意义也不过如此——它象征了浪漫主义戏剧老而不死的时期。

---

① 奥吉叶的《加布莉埃尔》大概是常识派所创作的最出色的剧本。他的戏剧《青春》和《试金石》显然受了彭沙尔的《荣誉和金钱》的影响。(原注)

三十三　文学与当代社会运动及政治运动的关系

当时,圣西门主义已经渗透了文学。

拉马丁是在世袭君主政体复辟以后支持保守派的作家中最富才华的佼佼者,他在三十年代初期就开始动摇了。他在1836年问世的韵文小说《若斯兰》,虽然调子温和而虔诚,我们却从中意识到他的信念有新的同情和新的发展。在序言里,他对他的宗教信仰问题避而不谈,只是说,不管情况如何,他没有忘记他青年时代对教会的崇敬。然而,最粗心的读者也不会看不出,这篇故事本身就是对于教士的独身生活的抗议,而独身生活正是教会的基本准则之一。在若斯兰的日记里,我们发现1800年9月21日的记载有如下一段意味深长的话:

> 一天,人间的沙漠旅人宿营在
> 滚滚急流河边的森林里面,
> 他们再也不能向前推进一步了。
> 橡树为他们遮住了太阳,挡住了风,
> 绳索扎着树枝搭起了帐篷,
> 围着树身形成了村落和城镇。
> 人们散布在稠密的青草地上,
> 在树荫下吃着面包,宁静地谈着话。
> 突然仿佛袭来一阵荒诞的狂热,
> 这些人站起来了,怀抱着同样的念头,

> 斧子丁丁砍伐树木，要捣毁
> 繁殖着密密麻麻鸟巢的树顶；
> 藏在树林的野兽逃出了洞穴，
> 鸟儿飞离了古老的树梢，
> 满眼惊惶，凝视着这片废墟，
> 对这种行径不能理解，从心里咒骂
> 这些猛力从事毁灭的愚蠢人群，
> 他们摧毁了给人遮阴的天盖！
>
> 　可是，在夜里，森林的野兽，
> 怜悯这些人，并因惋惜而憔悴，
> 人们还是照样不停地干着破坏行为，
> 在深渊上架上树干搭成桥拱；
> 被砍得七颠八倒的树木铺在两岸，
> 河流被盖住了，可以通过了，
> 然后他们宁静地继续他们走不完的旅程，
> 沙漠旅人胜利达到了河的对岸。

但这只是一个开端而已。《天使的堕落》纵有千般缺点，却表明拉马丁已经抛弃他早期的"天使派"的风格；他第一次的议会演说表明，圣西门主义的观念已逐渐代替了他的正教信仰。这个天生的贵族公开自称"保守的民主派"，渴望在君主立宪政体下实现一切现代的自由和进步观点。他甚至还不到此止步。他1846年出版的名著《吉伦特党人史》（作为历史看，是一部没有价值的著作，但文风极有诗意，能言善辩，令人折服），比其他任何著作都更能使人们的心灵与革命合拍，而且为即将来临的起义做了准备。到1848年，我们看见这个一度身为君主复辟时期宫廷诗人的人，成了共和国的真正首领，站在市政府的阳台上，面对朝他胸膛瞄准的步枪，流露出贵族的无动于衷的高傲神态，同时用护民官的权威辞令向群众发言。他用几句既美丽又刚毅的果断言词拯救了同僚的生命,扭转了内战,这是他一生伟大而不朽的时刻。

皮埃尔·勒茹启发乔治·桑接受新的酝酿中的社会观念,她立刻以女性的冲动加以接受。皮埃尔·勒茹是个心地高尚、头脑混乱的形而上学者,按照谢林①的方式进行三位一体的思维,但却以社会改革家的身份拥护平等和进步。他认为进步就是向平等接近。他之所以油然而生革新的愿望,是因为他愤慨于社会现状,愤慨于法律所认为的平等(它允许富人逃避兵役的艰苦,逃避他的罪行所应得的惩罚),愤慨于包含在自由竞争权利中的自由,也就是说,富人压迫穷人的法权。勒茹所改造的社会,应该是建立在人的三重性质上。人是由知觉、直觉和认识组成的。和这三种要素相适应的有三个阶层——手工业者或工业劳动者、艺术家和科学家。但这三个阶层并不像在圣西门的幻想社会里成为各个等级,而是联合一致行动的。来自每一阶层的三种人中的每个个人或个体,将构成社会的个人或个体;这同样的三种人一起工作,则构成一个"车间"。这些"车间"按照其中占优势的活动能力,还要分为三个阶层,如此等等。

我们想到所有这些乌托邦时,不能不钦佩那些作家对于这些乌托邦所采取的清醒而明智的态度,尽管他们被促成各种不同体系的某些观念弄得神魂颠倒。他们远离一切(或几乎一切)人造的、幻想的、荒唐的事物。他们满足于在心地纯洁的热心人所点燃的祭坛火焰上,燃起他们诗的火炬;他们从这些人的博爱胸怀里,从这些人为穷苦人和被压迫者的炽热战斗中,从这些人对于人民和进步的热烈信仰里,吸取了灵感。

无论会有怎样相反的说法,圣西门主义在乔治·桑一生中起了有益的影响,是有目共睹的。当一阵绝望情绪充塞《莱莉亚》之后,圣西门主义使作者恢复了平静;圣西门主义给了她一种此后从未受到扰乱的信仰,和一个使她为之工作和战斗的目标。她对周

---

① 谢林(Joseph von Schelling,1775—1854),德国唯心主义哲学家。

围发生的一切具有细心观察的慧眼;而到三十年代末叶,法国工人阶级显然处在猛烈动荡的状态中。那时,法国从一个几乎专门从事农业的国家,慢慢变成一个主要的工业国家,已经是既成事实。现在要求改善的,已经不再只是农民的贫困,而且更加迫切的还是大工商业城市的日益增长的无产阶级大众的贫困和不满。像几乎所有法国其他民主主义作家一样,乔治·桑把注意力转向了城市的劳动人民,转向了他们争取生存的艰苦斗争,他们卓越的智慧和他们的社会观念和政治观念。圣西门主义原先是以谴责现存社会传统所支持的两性关系,打动了她并激发了她的热情;它把她所最珍视的一些观念说成应当加以宣扬和拥护的真理——例如,除非是自愿的结合,婚姻就没有美也没有价值;市长、证婚人和教士不能比爱情和良心赋予婚姻更大的神圣性质。现在,圣西门主义使她对人民的爱具有更体贴和更明确的性质。在工人阶级中间,她发现比在中产阶级中间,有更多的无私精神和英雄气概;她开始感到她最初几部小说中所严厉谴责的男性恶行,实际上与其说是全体男性的恶行,不如说是一个阶级的恶行;她对劳动阶级的爱,同她天性中内在的理想主义结合起来,引导她从一个理想的角度来观察和表现劳动人民。她写了一系列小说,把过去写过的两个同阶级男性的对比,一个大公无私,另一个是冷酷的利己主义者,换成了另一种对比,即一方面是劳动阶级的理想化的代表,另一方面是中上层阶级中多少既自高自大又奴颜婢膝的传统代表。

这一批小说中最有趣味的是写于1840年前后的两部,一部是《贺拉斯》(由于《两世界评论》拒不发表,一度引起乔治·桑和这个刊物之间的暂时不和),另一部是《周游法国的旅伴》,这是一本道地的劳工问题小说,这本小说以其天真烂漫和朴素纯洁,和几年以后欧仁·苏①发表的一些具有社会主义和民主主义倾向的色彩

---

① 欧仁·苏(Eugène Sue,1804—1857),法国小说家,著有长篇小说《巴黎的秘密》。

鲜明的小说,形成了显著的对照。

依我看来,《贺拉斯》是乔治·桑最优秀的作品之一。她用书中主人公比从前或以后更敏锐、更深刻地表现了路易·菲力普统治下的年轻资产阶级。她在这种场合所显示的敏锐观察力,决不下于巴尔扎克。她满怀一种强烈的憎恶,而这种憎恶并不排除轻松愉快的宽容处理。与贺拉斯形成对照的是高尚的无产者阿尔塞纳。阿尔塞纳原是个画家,为贫困所迫在一个咖啡馆里充当招待,然而这种寄人篱下的状态并未使他堕落。他性格单纯善良而美好,使他极富魅力。对于他,我们是信任的。

阿尔塞纳在青年学生团体"布森戈"①中交了一些朋友,这些青年在三十年代把浪漫派的风格和行为移到了政治领域。他们的形象出现在当时的平版画上,身穿罗伯斯庇尔式的背心,手持粗杖,头戴上光的礼帽或红绒便帽。从外表来看,他们多少有点像德国的大学生联合会会员;他们还参加了对"中庸"政府表示不满的一切暴动。乔治·桑热烈地为他们辩护,她说:"凡是那时对公共秩序造成轻微骚动的人,想到自己曾经流露过一些青春的热忱,现在丝毫用不着面红耳赤。如果青年人把他所有的高尚品质和勇敢精神,只能用于攻击社会,那么,这个社会的状态必然是非常糟糕的。"阿尔塞纳像一个英雄一样地战斗,在1832年6月5日的工人暴动中身负重伤,作者充满同情地描写了这次暴动;过了几年,阿尔塞纳成了一位富有经验的干练的政治家。有关他的政治教育的故事,我们读来特别感到津津有味,因为乔治·桑在娓娓叙述中毫不含糊地表达了她自己的感情。阿尔塞纳所崇拜的英雄是戈德夫洛瓦·卡威那克②;乔治·桑描写了他和他的朋友们——"人民之

---

① 布森戈(Bousingots),通意为"煽动者",原意为法国1830年革命后鼓吹民主的青年。
② 戈德夫洛瓦·卡威那克(Godefroy Cavaignac,1801—1845),法国民主主义的政治家。

戈德夫洛瓦·卡威那克

拉马奈

友社"。她写道:"他们的观念无论如何标志了对于复辟时期自由主义的一大进步。别的共和主义者都有点过分醉心于推翻君主政体,而对奠定共和国的基础并未充分考虑。戈德夫洛瓦·卡威那克所考虑的,是人民的解放,是自由教育,是普选权,是财产权的逐渐限制,等等。"贺拉斯的冷酷心肠和狭隘气量流露在他对圣西门主义不屑一顾的彻底贬斥之中,他认为这种主义纯粹是江湖术士卖膏药的勾当。他不能欣赏圣西门主义关于两性相互关系的见解,他不得不让一个年轻的女裁缝以自以为优越的冷静态度对他进行指责;这个女裁缝和她的男友、一个聪明的青年医生同居,而且把他们的这种生活看成是"真正宗教性的婚姻"。乔治·桑在这部小说里所抨击的问题无疑要比她所能够解决的更多,但是这部小说大量处理了当代各种观念和目的,这个事实却赋予它一种栩栩如生、引人入胜的历史色彩。再说,作为一个小说家,她的任务也不是解决社会问题,而是指出这些问题如何感动人的心灵,如何使人开动脑筋,这些人甚至包括使人迷恋的年轻妇女和自鸣得意的青年男子。

《周游法国的旅伴》作为一部小说稍逊《贺拉斯》一筹,它特别使我赞赏之处在于它所充盈的情感的冲击力量。由于同情社会上的不幸者而感到自己的心在膨胀而燃烧,由于幸运女神只给我们、不是给所有人惠赐恩宠而感到自己心情沉重——这是许多少男少女都熟悉的感觉。然而,要一个四十岁的男子或女人仍然如饥似渴地为别人追求正义,看见无辜者脖子上套着轭头,就不能安静地坐下来,情不自禁地筹划和奋力追求一种不同于一般社会所满意的制度,一种不同的道德,甚至只要事情仍然原封不动,就连睡觉、娱乐或高兴片刻也果真感到羞愧,这的确是很稀罕的。正是这些稀罕的感情迫使乔治·桑写了这部小说。在它的根基上隐藏着怎样一种对"人民"的爱啊!她所爱的人民正是人民的本色——她爱酗酒的、争吵的人民,也爱勤劳的、向上的人民——这种爱是如此伟大,使得这位女作家对她所见所举的恶行,简直不忍加以描绘或详述。(参看第25章的对话。)这部作品的主导观念的最好定义,在本书中就可以找到。一位贵族声称,他维护一种古老的看法——应当为人民做一切可能的事,但是不应当同人民商量,因为那样会使他们既是诉讼人又是法官了。他女儿回答说:"我们现在的情况不正是这样吗?"

写完这部作品之后不久,乔治·桑在当代实际政治中大大活跃起来了。她同《两世界评论》吵翻以后,就和皮埃尔·勒茹、维雅铎①、拉马奈以及波兰作家密茨凯维奇合作创办《独立评论》;这时(1843)她同几位朋友在她自己的家乡一带,创办了一份共和党的地方报纸。这份报纸名叫《安德尔省的侦察兵》,拉马丁也为它撰过稿;在这份报纸上,她时而为城市手工业者辩护,时而为农民辩护(论巴黎面包雇工的文章,一个黑森林农民的来信)。1844年,在她的长篇论文《政治问题和社会问题》中,她旗帜鲜明地声称自己是社会主义者。1848年革命爆发时,她已经成熟到能够参加这场革命。短短时期内,她出版了《人民的事业》周刊;她写了《向资产阶级进一言》及著名的《致人民书》,并且撰写过临时政府的公告。这年年底,面临即将发生的危险,她的共和社会主义采取了一种几乎狂热的形式。在国民立宪议会接近选举的前夕,她在《大多数和全体一致》一文中告诫选举人用投票表明他们的自由主义原则,此文收尾虽然转弯抹角却也足够清楚地威胁说,如果目前通过普选选出的议会证明不是民众利益所需要的议会,仍然是会诉诸武力的。② 看见这位为人民争取主权的战士竟乞灵于独裁

---

① 维雅铎(Louis Viardot,1800—1883),法国的西班牙文学研究者。
② 下面一段文字中女性的质朴的虚伪是很有趣的:"人民全体一致的声音,现在有了自觉,认识自己了。这声音将迫使你们大家钳口不言。它将像上帝的呼吸一样通过你们的头脑;它将围绕着你们这些国民代表,向你们这么讲:'至此为止,你是不可侵犯的,但我们在这里手持缀有花卉的武器,宣布你是不可侵犯的。努力吧,发挥作用吧,我们将用四十万把刺刀和成百万人的意志保卫你。任何党派,任何阴谋都不能侵犯你。集中精力,行动起来吧!'"(原注)

护家庭的守护神,是社会权利的保证,而且是这些权利中的第一种权利。

把自己隐藏在自由的名义里面的压迫者是最恶毒的压迫者。他在暴政上加了谎言,在不正义上加了亵渎神明;因为自由的名义是神圣的。

当心那些在口头上叫嚷"自由,自由"而在行动上破坏自由的人们!

农民整天劳碌,受到风吹、雨打、日晒,准备用劳动在秋天使收获装满粮仓。

正义就是人民的收获。

手工艺人黎明以前起床,点燃小灯,没有休息地辛勤工作,为了获得一点面包,养活自己,也养活孩子们。

正义就是人民的面包。

商人从来不辞辛劳,从不抱怨痛苦;他耗尽体力,忘记睡眠,为了积累财富。

自由就是人民的财富。

水手漂洋渡海,在波涛和暴风雨中求生,在暗礁之间冒险,忍受着寒冷和炎热,为了到晚年获得些许安宁。

自由就是人民的安宁。

士兵忍受最严酷的艰辛,他警戒、战斗、流血,为了争取他们称呼的光荣。

自由就是人民的光荣。

如果有一种人对正义与自由评价得低于农民对他的收获,手工业者对少许面包,商人对于财富,水手对于晚年的安宁,士兵对于光荣;那么,就在这种人民四周建起一道高墙吧,使他们的臭气不致毒化大地的其他地方。

年轻的士兵,你走向何方?

我去战斗,为了正义,为了人民的神圣事业,为了人类的崇高权利。

祝福你的武器,年轻的士兵!

年轻的士兵,你走向何方?

我去战斗,为了被打翻在地和被践踏的人,反对那些极不公道的人,为了奴隶反对主人,为了自由反对暴君。

祝福你的武器,年轻的士兵!

年轻的士兵,你走向何方?

我去战斗,为了推翻障碍——那些障碍离间人民,妨碍人民互相拥抱,像命中注定在同一种爱中一起生活的同一个父亲的兄弟们那样互相拥抱。

祝福你的武器,年轻的士兵!

年轻的士兵,你走向何方?

我去战斗,为了从人间的暴政里解放思想、语言和良心。

祝福你的武器,七次祝福你,年轻的士兵!

这些言词和叠句,虽说近乎空想而又单调,却具有对普通人产生强烈印象的雄辩力量。

拉马奈的革命情感的呼号非常接近纯正的诗歌。雨果的呼号恰恰正是纯正的诗歌。我们读着雨果在四十年代所写的诗歌,会觉得他的诗人耳朵听到了即将来临的革命在地下沉重地滚滚奔来,会觉得他预见到革命的火山口将在巴黎爆发。早在《秋叶集》的序言中,他就谴责英国把爱尔兰变成一片坟场,谴责欧洲的君主们把意大利变成一座苦役犯人的监狱,谴责沙皇把波兰人移植到西伯利亚。在那篇序言里,他还写到那些正在蜕皮的老宗教,并涉及那些结结巴巴阐明半真半假原则的新宗教(暗指圣西门主义)。而且从此以后,他便在全部作品中都是一位为人民的自由、为他们的自治权利、为人类的宗教而奋斗的战士。作为一个戏剧家,他开暴力的威胁手段,真有点奇怪;这表明这位有才华的女性胸怀蕴藏着多么充沛、炽热而又有丈夫气概的精神啊!创作过几百部小说的这种同样不屈不挠的精力,还表露在她同莱德鲁-罗兰和路易·布朗的合作中,这些人只满足于思考她用语言所表达的一切。

主要是通过拉马奈,民主主义观念的潮流才传到维克多·雨果身上。在拉马奈的主要著作《论淡漠态度》中已经露出端倪,显示他有可能放弃他青年时代那么热心拥护的权威原则了。1832年8月,他的理论受到教皇的谴责。拉马奈同雨果的亲密关系开始于雨果的青年时代;拉马奈在雨果结婚时曾向他道喜,雨果的第一篇短歌就是献给拉马奈的。1822年,罗安神甫说服了雨果,使他决心向一位忏悔神甫解除他心灵的负担。他走访的第一个人是弗雷西努,他一度是一位无私无畏、自我牺牲的教区神甫,现在是一位接触名流的巴黎教士,一位主教,兼任大学校长。雨果对弗雷西努的世俗观念和劝告感到厌恶,于是罗安神甫又把他介绍给著名的拉马奈——这个瘦削、脆弱的矮小人物,面孔蜡黄,鼻子勾曲,眼睛美丽而游移不定,老是穿着破烂的袈裟、蓝色羊毛袜子和平头钉鞋,在巴黎大街上走来走去——雨果早已熟识此人了。

忏悔神甫和悔罪者这两人的思想,在七月革命前几年间经历了一次变化,一个紧跟另一个不久都转到自由主义和反教会的党派中去了。1830年9月的一个傍晚,拉马奈走进雨果的房间,发现他正在写作。"我打扰你了吧。"拉马奈说。"没有。可是我正写的东西,你是不会赞成的。""没有关系;念给我听听吧。"雨果就从他的《一个革命者1830年的日记》中读了下面几行:

"共和国尚未成熟,但在一世纪内它将席卷整个欧洲;共和国意味着社会就是它自己的统治者。它用自己的市民军队保卫自己;用陪审团会审进行裁判;用地方政府管理自己的事务;用人民代表管理自己。君主政体的四根支柱——常备军、法庭、官吏机构、贵族院——对于共和国只是四个讨厌的赘瘤,它们正在枯萎,行将灭亡。"

"你多用了一个分句,"拉马奈说;"那就是'共和国尚未成熟'。你说话用将来式,我要用现代式。"

几年以后,拉马奈和罗马天主教会的关系告终。为了表示他的叛教不是由于没有信仰,而是由于有了新的信仰,他把他的著名宣言加个题目:《一个信徒的话》(1833)。

有人断言,自从印刷术发明以来,没有一本书像这本书一样引起轰动。几年期间,这本书就印行了一百版,并被译成多种文字在国外各国出版。密茨凯维奇的《波兰民族和波兰朝圣之书》不久以前问世,《一个信徒的话》就是模仿这部作品的。一半采用《旧约》的风格,一半采用基督教的风格,它痛斥欧洲的君主政权、教皇和教团(波兰的沦亡和意大利的奴役就是由他们造成的),以及法国自私自利的资产阶级政府。书中的雄辩才能纯粹是祭司类型的;书中的悲壮情绪是强烈的,而心理分析却是脆弱的;本书一味谴责和赞扬,在黑白之间不分浓淡深浅——黑就黑得像地狱,白就白得似天堂;尽管如此,作者心肠之热烈,动机之纯洁,灵魂之优美,却赋予它一种稀有的魅力。

1837年,《人民之书》接着问世,这是以同样精神写成的一部作品。这位大胆的神甫身陷囹圄,可是他从监狱里把一本又一本书送到外面世界上来了。《发自监狱的声音》《人民的过去和未来》《论现代奴隶制度》,都是在圣·佩拉日监狱里写成的。

拉马奈在二月革命的前三年,在政治上和社会上剧烈动荡的时候谢世了。

我且从《一个信徒的话》中摘出几个片断,来看看他的风格:

> 你们可别让自己上了空话的当。有些人力图使你们相信你们是真正自由的,因为他们会把自由二字写在纸上,贴遍所有的十字街头。
>
> 自由不是人们在街头巷尾读到的一张通告。自由是人们在自己身上和自己周围感觉得到的一种活生生的力量,是守

始只反抗风格方面的传统规则;但没有好久,他就像一世纪以前的伏尔泰一样,把戏剧作为传播思想的工具了。他的一个剧本《国王寻乐》,是对弗兰西斯一世所代表的绝对君主专制的一次抨击,这位君主是法国无道昏君中最残暴的一个。另一篇戏剧《安琪罗》(其序言肯定了真正圣西门主义的原则),把社会范围以内的妇女和以外的妇女作了对比,把上层贵族仕女所缺乏的一些美德赋予巡回演出的女伶,并使她们各自具有自己的理想性。第三篇《吕依·布拉》象征着最下层阶级上升到至高的权力。在莫里哀的《可笑的女才子》中,对待仆人就像对待动物一样,不管他多么聪明,即使他刚刚执行了主人的命令,也容易受到皮鞭的抽打;到大革命前不久,史嘉本变成了费加罗①,费加罗尽管依然穿着仆人的号衣,却公开操纵他的主人了;在《吕依·布拉》中的仆人(即天生的平民)则脱掉他的号衣,大权在握而发号施令了。我们充分意识到这些戏剧的弱点,意识到这些情节很不可能发生,同时还感受到其中弥漫着新思想的气氛。

雨果的头脑是如此固执武断,他一生中所投入的每一个新的观念世界,都为他结晶成为教义的法典了。从他成为民主主义者起,他就一直反对死刑。在《一个死囚的末日》中,以及在《葛洛特·格》中,他作为一个作家对死刑提出抗议,把一件大煞风景的真实事件颠倒过来,把一个十恶不赦的匪徒变成了一位英雄和受害者。作为一个个人,他也反对死刑;他既向法国国王,又向外国的陪审团亲自呼吁废除死刑。虽然对谋杀罪行废除死刑是否可取,意见仍然分歧(也是很有理由的),雨果力图拯救政治犯的生命,却有权获得我们一致的同情。1839年,他为高尚的革命者阿尔曼·巴尔贝②写诗求情;不过这一次,雨果的诗尚未送到御前,

---

① 史嘉本和费加罗都是莫里哀剧中人物,身份都是仆人。
② 阿尔曼·巴尔贝(Armand Barbes, 1809—1870),法国政治家,民主主义者。

路易·菲力普早已免了他的死罪。

  但是,法国最伟大抒情诗人的精神状态的最绚丽多姿而又唯一完美精确的表现,自然可以在他的诗歌中看得出来。他第一期的戏剧,他第二期的小说(这不在本卷的范围之内),同他在两卷《静观集》中所收集的三十年代和四十年代的诗篇比较起来,意义是微不足道的。在这些诗中,他的进步信仰,他的政治信念,他对社会的希望,他对宗教的感情,都用适合它们的唯一艺术形式表现出来了。这种形式是不能分解的,这种风格是不能言传的;只有阅读原文才能欣赏。

  雨果有一切权利宣称,像他在本集一篇诗中所宣称的一样:

> 在书籍里,在戏剧里,在散文或诗歌里,
> 我曾为渺小而悲惨的人们进行辩护;
> 向幸福的人和无情的人苦苦哀求;
> 我为他们恢复了名誉,那些小丑和优伶,
> 所有受苦受难的人,如特里布尼,玛丽翁,
> 那些奴仆,那些囚徒,那些娼妓。
> …………
> 我为妇女和幼童恢复了权利;
> 我努力使人类光明和温暖!
> 我奔走呼喊:科学!文艺!言论!
> 我要兴办学校来消灭苦役的监牢。

  但是,他抱怨道:

> 过去并不想就此离去,它不断回头,
> 它再要求,再攫取,再掌握。

> 昨日的大叛徒,它的名字叫做明天;
> 五月勒住了马缰,留住了冬天;

  用它的黑爪重新抓住一切;大发雷霆;
  它涨起了旧波浪,响起了旧雷雨,
  它吐出了旧黑夜,高呼:打倒! 高呼:灭亡!
  它哭泣,它雷鸣,它兴风作浪,它雷光闪闪,
   它怒吼,它杀伐。

  然而,前进的运动是阻挡不住的。1848年涤荡一切的暴风雨在欧洲上空爆发了。到来的是地震的一年,解放的一年,英勇战斗的一年,天哪! 也是浪漫派胡闹的一年——这时掌握法国舵轮的不是政治家,而是诗人和热心人;这时国家议会里流行的,不是实际政治观念,而是圣西门主义的观念,新基督教的观念和诗的观念。下面这件小事多么雄辩地说明问题啊,临时政府(根据拉马丁的建议)所采取的第一批措施之一,就是宣布废除黑人奴隶制度! 浪漫主义法国的观念在1848年的革命中得到了实现。

三十四　被忽略和被遗忘的人们

　　如果我们在任何一场伟大的新文学运动开始后十二年,在新时代的队伍已经证明在斗争中取得胜利的时刻,对这种文学作一番考察,我们便感到仿佛是在检阅一个战场。通过胜利者的欢呼,我们听到了被压抑的悲哀的叹息。我不是指那些被征服的溃退的军队发出的哀嚎;他们的败北是理所应得的,他们的痛苦在我的心中唤不起同情;盘旋在我脑际的是胜利军中受到创伤并被人遗忘的人们。因为文艺战争也有它的"阵亡和失踪"。踏遍战场看一看1830年代的作家们是很有意思的,他们在年富力强、风华正茂之际就夭折了,或是受到重伤,以致残废或喑哑,从此苟延残喘,了此残生。

　　文艺事业的情况是:几百个参加竞争的人们,只有两三名达到了目的。其余的人都精疲力尽地沿途倒下了。最先支撑不住的是那些才力显然不能胜任的不幸者,他们只有一鳞片爪的才能,却为名利所诱,在一种令人眼花缭乱的幻觉的气氛里向前奔跑,直到精疲力竭而晕倒,到了医院里才清醒过来。其次倒下来的是这样一些人,他们尽管确有高超的才华,却缺乏他们所生存的社会中为成功所不可缺少的特殊综合品质,他们没有能力适应环境,更不能改造社会来适合他们的需要,他们被多少灵活一些的凡夫俗子超过去了——广大的公众在这些凡夫俗子身上认出了他们自己的血肉。

　　文学工作的性质对许多人来说是致命的。这种工作不知道有什么叫休息日,它绞尽脑汁,而且不能悠闲地完成,因为只有作家在白热时刻产生的作品才能够用他所感受到的情感来感染读者。一般说来,这种工作的报酬是非常微薄的。这种工作由于纯属脑力劳动,便精炼了工作者的感官,并把他的感情提高到与他的地位和环境不能相容的程度;可是这种工作同时又使他受环境的束缚,使他和环境融成一体。——在这些环境里,他必须像他的邻人一样遵循同样的规则和习俗。因此,许多人就这样渴望生活,渴望变化,渴望美,渴望经历一切而又始终得不到满足,反而耗尽了生机,而世人把这种渴望叫做衰退、耗竭或疯狂。

另外还有一些人,屈服于与作家地位分不开的困难。社会的均衡在一定的时刻取决于不能公开宣布全部真理的默契。可是,每个社会都有一些特殊的个人,他们唯一的任务,他们的使命,就是要道出全部真理。这些人便是诗人和作家。除非他们道出真理,否则他们便堕落成为一味阿谀奉承的公式主义者。因此,作家永远左右为难。他必须进行选择:或者把他应该公开宣布的置之度外——这种行为会使他智力迟钝,成为废物——或者采取直言不讳的危险步骤,这样做会使他成为只有在文学中才有可能的那种敌对情绪的众矢之的。这样一种敌对情绪,如果它想要说话,便有千百个口舌替它说话,可是如果它想使一个作者和他的作品湮没无闻,它也有千百种钳制手段;如果一个人,他的生命靠名声而定,这就是所有危险中最大的危险,他会被沉默的气枪悄悄而阴险地杀害。

作家一生的疲劳、危险和艰难在1830年这样的时期必然是加倍巨大的,这时仿佛经过魔杖一挥,一大群赋有才华的作家们在同一时刻登场了;这时每个具有一些才智或想象天赋的青年,都感到自己被文学艺术的职业所吸引;这时在这类职业中博得声誉,仿佛在拿破仑时期卓著军功一样光荣;这时,要名列前茅比以往任何时候都更困难;再则,这时把敌视所有陈规陋俗、敌视中产阶级生活中恬静的规律性看做在艺术中取得成功的必要条件,而从事文学的理想就是以一种使人形销骨毁的热情去爱别人和被人所爱,去创作杰作,去嘲笑人类或拯救人类,然后溘然长逝。

当我们扫眼综观一下无名小卒纷纷倒地的战场,我们可以看到他们一排排密集倒卧在那里。有些人得天独厚,心智发达,如欧赛伯·德·萨尔(1801年生于马赛),一个伯爵、医生、东方旅行家和阿拉伯文教授,他的《沙恭达罗在巴黎》(1833)是当代一部最有才华、最有独创性的心理小说,但是他的作品没有一部再版过,更没有为他博得声誉,尽管他会记得年轻时在诺迪埃家里一个星期日晚上,他和雨果平起平坐,被当做当代的英雄。——还有勒尼埃-代斯图贝,他的小说《路易斯》是献给雅南的,也许有些地方还应归功于雅南,这本小说把一件痛苦的题材写得既有眼力又有情趣。——还有夏尔·多瓦尔,他二十岁那年在一场决斗中送命,他的诗集《气仙》所显示的才能使作者死后受到雨果热烈的赞赏。——还有忧郁的欧仁·雨果,维克多的胞兄兼忠实的同志和朋友,他具有与维克多近似而略逊一筹的抒情才能,在第一次浪漫主义运动中站在维克多一边战斗,可是在1837年因神经错乱而逝世。——还有一个天赋卓越而高贵的人,雨果的另一位忠实信徒封塔涅。封塔涅一度在马德里公使馆担任过秘书。他是一个骄傲、文雅而含蓄的人,在他的小说《永别》(《两世界评论》,1832)中讲述了他自己生活中一段浪漫凄绝的奇遇。乔治·桑的传记中提及的一起不幸的桃色事件,便是他在1837年逝世的原因。——还有一些具有精致细腻的诗才的人们,如费利克斯·阿威尔,他的名字现在只使人想起一首优美的十四行诗;又如拉奔斯基,只有一首颂诗使他留在人们的记忆里;又如埃尔奈斯特·福意内,他在隆萨尔版本的一页空边上写了一首十四行诗《给两个幸福的人》,这是经圣伯夫建议,由全体浪漫派作家(他们每人都对该派诗歌造诣有过贡献)题赠给维克多·雨果的。尽管福意内本人被人忘却了,至少他的一行诗句:

> 为了让香散发香气,必须把香燃起。

应该是不会被湮没的,因为它仅用一个比喻,一个短句,就传达出了整个浪漫派的诗歌理论。——还有一些不走运的圣西门派的诗人们如波雅;一些讽刺作家如泰奥菲尔·费利埃尔,他在一些作品中以戈蒂耶的《年轻法兰西》的风格嘲笑了青年浪漫主义者的铺张浪费,他的《查铁敦爵士》是德·维尼戏剧的滑稽续篇;最后还有人如乌尔利克·居廷叶,人们之所以记得他,仅仅因为年轻的德·缪塞给他写过一首热情倾慕的诗。

为了让这些幸运的继子们留下略为逼真的印象,我将稍微详细地评论一下他们中间一两个人的人品和事迹,借此也对那个时代的性格作进一步的阐明;因为一个时代的性格常常在一些由于怪癖或放肆而不能获得永久声誉的个人身上,打下它最明晰的印记。

我首先提到印贝尔·加洛瓦,不是因为他比其他人更伟大,而是因为他是一个典型人物。印贝尔是日内瓦一个教师的儿子,天资出众,受过优良教育。他不可抗拒地为浪漫主义胜利的报道所吸引,身上带着甚至不足维持一月生活的金钱,离开故乡,前往巴黎;决心去瞻仰一下他热情倾慕的人们,而且如果可能的话,还想在他们中间取得和他们平等的一席之地。

他不久就探得门径,走访了这个新流派的创始人夏尔·诺迪埃、首领雨果和旗手圣伯夫的家里。雨果描绘了他的第一次的访问,现缩写如下:

"1827年10月一个寒冷的早晨,一个高大的年轻人走进了我的房间。他身穿一件相当新的白色外衣,手持一顶旧帽。他跟我谈论诗歌。他胳膊下面夹着一卷纸。我注意到他小心翼翼地把双脚藏在椅子下面。他有点咳嗽。第二天大雨滂沱,但这个年轻人又来了。他逗留了三小时,热情地谈论着英国诗人,对他们的作品知道得比我还多;他特别赞赏湖畔诗人。他咳嗽得很厉害,我又注意到他总是把双脚藏在椅子下面。最后我才看出,他的鞋子破了几个洞,他的脚湿透了。我不敢冒昧问起这些事。他除了谈论英国诗人外,什么也没说就离开了。"

我们可以看出,加洛瓦就是这样径直走近当代最著名的作家的。他的谈吐,他的诗文显示出他有点才华;他受到热情的接待,甚至得到资助;他投寄日内瓦的书信,由于能够夸耀一番什么样的人物把他作为同辈接待,以及他结识了多么著名的朋友,因而流露出一种幼稚的沾沾自喜的虚荣心情。可是与此同时他又为忧郁所折磨。他命中注定处于落落寡合的环境里。他一生最大的伤心事就是恨未生为一个英国人,这似乎有些异想天开,然而是千真万确的。他的头脑老是苦思冥想着这件事,简直濒于疯狂。他感到他得心应手的是英国文学而不是法国文学;他从早到晚阅读英文,他的唯一目标便是挣得足够的金钱,住在伦敦,成为一个用英语写作的作家。在他达到巴黎一年之后,他被发现倒在他那凄凉的房间里的床上,死于绝望和贫困,手中还拿着一本英语语法。

听一听他书信的语调吧。"啊,我唯一的朋友!生来不幸的人是多么悲惨呀!……昨夜我发了一阵高热……自从我来到此地,我的不幸简直是五花八门,然而我所有悲惨的根源则是我未曾生在英国。不要笑我吧,我恳求你;我是这样不幸呀。我同最有名的作家保持友谊,在他们的社会里流连,当我的诗得到赞许时,偶尔也会有淡淡的喜悦;可是尽管我可以为一个晚间、一个时刻的这些小小胜利感到陶醉,我的内心生活却不仅纯粹是悲惨凄凉,而且是致命的癌症。熔化了的铅在我的血管中流动。如果人们能够看透我的灵魂,他们会怜悯我的。英国拥有一切——至少有五十个作家,过着惊险的生活,他们的作品里充满了想象;而在法国连三个都没有。在英国我会找到一个连他们的偏见我都能够喜欢的国度,因为在英国古老的习俗里有那样多的诗意……一个正在给我讲课的英国太太说,两年后我就能够十分自如地用英语写作了。"

这是一个令人感伤的幻觉。这个可怜的年轻人还不能完全掌握他自己的语言,他的颂诗时常上气不接下气,他的诗文尽管在技巧上圆润无瑕,可是缺乏生命——他却梦想在一两年内用漂亮流畅的外国语言写作了。他很快对自己的才能丧失了信心,对自己的诗歌评判得比别人苛刻得多,比它所应得的也苛刻得多。他幽然退隐,不愿见任何人,对外界发生的一切漠不关心了。他当年从日内瓦出来,对于每件事和每个人都深感兴趣,而且充满热情的自信。在巴黎,他在清谈和争辩中浪费了他的才能(做这种事永远是危险的),直到他头脑中没有剩下一个未受影响和未经篡改的观点。这时他变成了出版商的雇佣文人,撰写一些书评和传记,直到他完全感到恶心为止。他二十二岁逝世,那时他早已对一切普遍兴趣完全淡漠了,对自己的能力也失去了信心。他简直是让自己走向死亡。①

我再谈几个更为卓越并具有纯正才华的人,从中可以选出三位——路易·贝尔特兰,佩特路·博雷尔,以及泰奥菲尔·冬戴。这些作家在世时几乎默默无闻,现在却为法国国内外许多文学爱好者所熟悉了。这些不幸的青年作家们,在生前短短几年里,不可能出版他们的作品;而现在(特别自从夏尔·阿塞利诺恢复了人们对于这些作品的兴趣以来)它们却用精装本出版了;就连他们初期作品的卷首插图和扉页都被人精心模仿,这些书在出售图书目录中被标为"高价珍本"。

路易·贝尔特兰于1807年诞生在第戎市(他曾那么迷人地为这个城市唱过赞歌),以笔名"夜神"更为世人所知。他比其他浪漫主义者更完全地代表着浪漫派的努力目标之一——即散文风格的改革。当同时代人正忙于激烈地强夺世界时,他却在他故乡小城里以雕刻家和金匠的艺术品质琢磨语言。没有任何人像他那样

---

① 印贝尔·加洛瓦的《遗诗集》1834年在日内瓦出版。集中收有圣伯夫的《自杀》一诗,这纯属误会,谈不上什么剽窃。(原注)

厌恶陈词滥调和迂腐的表达方法。他在写作之前,仿佛用格筛把语言筛过一遍,把所有沉闷、枯萎、陈腐的单词清除得一干二净,仅仅留下那些画幅一样生动、音乐一样响亮的单词为他的艺术效劳。一篇诗里必须有一些单词,真正只是为了韵脚和韵律才摆在那里;贝尔特兰的艺术的本质是要把每个赘词和每片垫衬都严格地删掉。他的作品属于他自己所创立、后来又被别人(例如波德莱尔)所培养的一门文学;他写过一些短小的叙述文,从未超过一两页的篇幅,时而像伦勃朗,时而像卡洛,时而像维尔维特-布洛盖尔,时而像叶拉尔·多乌,时而又像萨尔瓦托·罗扎①的风格;其中最精彩的可与这些大师的绘画相媲美。

1828年,在浪漫主义完全不带政治色彩的第一时期,贝尔特兰在他故乡小城里帮助创办了一个宣传浪漫主义观念的文艺性机关刊物。他在《外省》上发表的稿件引起了巴黎知名人士夏多布里昂、诺迪埃和维克多·雨果等人的注意;不久,首都开始吸引这个青年作家,他想方设法要到那儿去。一个星期日的晚上,在夏尔·诺迪埃家里举行的文艺晚会上,他初露头角,被允许在那里高声朗读一篇歌谣。在诺迪埃家里,他结识了整个圈子里的人。他特别投身于圣伯夫的保护下,这位大师成了他的良师益友,在他短暂逗留巴黎期间对他殷勤款待,并被他委托代管他的原稿。贝尔特兰既有外省人的笨拙,又有艺术爱好者的奢侈;但只要看到他那双羞怯不安的小黑眼睛里的热情火焰,便可以预测他是一个诗人了。

七月革命以后,他立即热情投身到政治活动中,依附极端的反对派。他不愧为共和国和帝国的一个老兵的儿子,向市民统治者发泄了迄今一直郁积胸中的好战本能。他年仅二十三岁,反对派的一家报纸因为他年轻对他特别表示轻蔑。他迫使报纸编辑答复他那盛气凌人的文章,他在文章中写道:"我宁可受到你们的轻

---

① 萨尔瓦托·罗扎(Salvator Rosa,1615—1673),意大利画家。

视,不愿得到你们的赞扬。在维克多·雨果、圣伯夫、斐迪南·德尼以及其他人表扬了我的文学才能之后,你们满意不满意在任何情况下都无足轻重。你们的侮辱使我不得不援引天才们亲自屈尊施惠于我的赞辞。维克多·雨果先生写信给我说:'我向我的朋友们高声诵读你的诗,正如我读安德烈·谢尼埃、拉马丁或阿尔弗雷德·德·维尼的诗一样;在掌握形式的奥秘方面,不可能有人比你更上一层楼了'等等。这就是维克多·雨果写给你们称为事务员的那个人的话。诚然,我没有荣幸作为高贵的胁肩谄笑之辈的后裔,而且我不能使自己在选举时成为一名候选人(这等于说,我没有被列入纳税最重的市民名册中)。我父亲不过是一个宪兵队长,不过是一个1789年的爱国志士,一名幸运的士兵,他十八岁那年赶赴莱茵河并在那里洒下了鲜血,到五十岁那年便有了三十年役龄,经过九次远征,受过六次伤。诚然,他只给我留下了荣誉和宝剑,先生,你看见这把宝剑拔出来,就会吓得往后退的。"

这便是1832年法国的新闻风格——当然不够朴实,但也并非死气沉沉。贝尔特兰是乔治·桑在《贺拉斯》中以同情口吻提到的那一批年轻人中的一个,他们奉戈德夫洛瓦·卡威那克为他们的政治领袖,通常被称为"布森戈"(水手帽)①。共和主义者的粗鲁和浪漫主义者在艺术上的极端风雅在贝尔特兰本人身上奇妙地融为一体。他从没有赢得名望。他在最初的努力中付出了过多的热情,没有养精蓄锐。他为了赡养母亲、抚育妹妹而劳碌过度,1841年在巴黎一家医院里贫困而死。伟大的浪漫主义雕刻家大卫·德·安叶尔忠实地守护在这个垂死者的床前,派人到贝尔特兰家里去找一床细白被单来包裹他的尸体;他是陪他到墓地去的唯一的送葬者。② 安叶尔替他建立了一座墓碑;圣伯夫和维克

---

① 参阅本书第372页注②。
② 参阅大卫·德·安叶尔关于贝尔特兰之死的动人书简,收入夏尔·阿塞利诺编《浪漫主义文献杂俎》。(原注)

多·帕维出版了他的《夜神》。1842年,这本书勉强售出了二十本,但到1868年,浪漫主义作品的收藏家夏尔·阿塞利诺却发行了一种精装本。

作为贝尔特兰风格的范例,我可以举出《蒙巴宗夫人》这篇速写,连同摘自圣西门回忆录的题词如下:

> 蒙巴宗夫人是一位非常俊俏的人儿,她为了另一世纪的爱情而死——按照字面来说,——为了那个一点也不爱她的马路骑士。
>
> ——《圣西门回忆录》

侍女在漆桌上摆了一个花瓶和几盏烛台,烛光在病妇的床头枕边,在蓝绸罗帐上映出红黄相间的波纹。

"玛丽埃特呀,你相信他会来吗?"——

"啊!睡吧,太太,睡一会儿吧!"——

"对,我马上就要入睡了,为了梦见他,永远永远梦见他!"

听见有人登上楼梯:"啊!如果是他该多好啊!"垂死的人嘟哝着说,含着微笑,黄泉的蝴蝶已经降落到她的双唇。

这是一个小童仆,他替皇后给公爵夫人用银盘子送来了果酱、饼干和长生不老的药物。

"啊,他不来了,"她说话的声音虚弱,"他不会来了!玛丽埃特呀,给我一朵花吧!为了表示对他的爱,我要亲亲这朵花,闻闻它的气息!"

于是蒙巴宗夫人合上了眼睛,一动也不动了。她是为爱情而死的,在风信子的芳香里断了气。

这些过早从文学园地消失的人们的位置,常常仿佛或迟或早会被别人所填补。但是严格说来,没有一个人真正能够填补另一个人的位置。从路易·贝尔特兰手里落下来的笔,毫无疑问就由泰奥菲尔·戈蒂耶接了过去;而戈蒂耶远为广博的天赋却使贝尔特兰被人忘却;但是任何有鉴赏力的人不会看不出,贝尔特兰的作品里有一种细腻微妙、哀婉动人的品质,是戈蒂耶更冰冷的造型天赋从未达到过的。

我们已经时常提起佩特路·博雷尔,他那简陋的住宅长期以来是维克多·雨果的青年朋友们的指挥部。博雷尔既是艺术家,又是作家;他在戴威利亚的画室中学画,并用"狼狂病者"的笔名写作桀骜不驯的诗歌。他使别人对他怀有极大的敬意。从外表来看,他颇像十五世纪的西班牙人或阿拉伯人;他的伙伴们看完菲尔曼(惯于去德拉维涅和斯克里布剧中角色的演员)扮演欧那尼以后从剧院归来,总是痛惜那个理想的强盗角色没能够让佩特路去充当。他会像一只鹰隼一样扑落舞台;他要是带上红色包头巾,穿上绿袖子的皮短上衣,会显得多么威武雄壮啊!他当然会是那样的,因为他和他那样的人正是欧那尼精神上的原型。

博雷尔的诗集《狂想曲》,是一部非常富有朝气而又不成熟的作品;其中有一些真正优美的诗篇,却混杂着稚气的抗议和诅咒。它说明了一件事:在整个浪漫派阵营中,没有一颗跳动的心比这位作者的心更为高傲的了。他的诗歌吐露出充塞诗人胸臆的由贫困引起的绝望、孤独感、对自由的热爱,以及对正义的令人憔悴的饥渴。读一读从《绝望》一诗摘出的如下一节诗吧:

> 我凶悍地走着,满怀痛苦,
> 像一只母狼在扑空地狩猎食物,
> 磨着牙齿,在大路上东奔西突。
> 我孑然一身,谁也不和我携手,
> 没有一个声音对我说:"明朝会。"

你就实际体会到大仲马在《安东尼》中搬到舞台上的那种感情生活。就连这本书的版式也是意味深长的。卷首插图画着博雷尔本人坐在桌前,光着脖子和胳膊,头戴一顶福利吉亚①人的小帽,手持一把宽刃匕首,他正沉思地凝视着这把匕首。序言使我们对于1832年青年浪漫主义共和派中风行一时的情调,留下了一个生动的印象。博雷尔在序言中写道:

"不等问题提出,我先作答复,我坦白地说:是的,我是一个共和派。请问一问奥尔良公爵(国王)吧,问他是否记得,他在8月9日走向前议会宣誓途中,那向他追来当面大喊的声音:自由与共和!而受骗上当的居民却高声欢呼不已?……然而,如果我谈到共和国,这只是因为这个词对我代表着社会和文明所容许的最大可能限度的独立。我是一个共和派,因为我不能成为一个加勒比人。我需要大量的自由……而一个命运与我相似的人,一个被数不清的弊端所激怒的人,如果他梦想绝对的平等,如果他要求一种土地法,那是只应当受到赞许的。……有人说这本书庸俗得令人生厌,我要这样回答他们,本书作者确实不是国王寝宫侍从。然而,难道他不是处于这个时代的水平上吗?——在这个时代里,统治这个国度的是许多愚蠢的银行家和一个君主,他的座右铭是:'赞颂上帝吧,也要赞颂我的货摊!'"

不言而喻,用这种风格写文章的青年是不会飞黄腾达的。博雷尔在极度贫困中生活;他知道饥饿是什么滋味,而且不止一次,头无片瓦,夜间不得不寻找一座尚未完工的建筑栖身。他嫉恶如仇的青年习性,也有损于他成为一个作家。在他的两卷小说《普蒂法尔夫人》中,女主人公彭巴杜夫人②的性格就为作者的共和主义的愤怒和憎恶所歪曲。这个洛可可③时期放荡淫邪而爱好艺术

---

① 福利吉亚(Phrygia),古代印欧人居住小亚细亚中部的古国。
② 彭巴杜夫人(Madame Pompadour,1721—1764),法国国王路易十五宠幸的情妇。
③ 洛可可式(rococo),欧洲18世纪建筑、艺术的一种风格,其特点是纤巧、浮华、烦琐。

的文艺女神,一度有那么一点儿轻薄的自由主义倾向,庇护过百科全书派,拜布奢①为师学过铜版雕刻,而今变成了一个嫉妒成性的复仇女神,她见到一个陌生男子就倾慕得五体投地,当他不肯和她有任何往来时,她就把他投入巴士底狱的地窖,以惩罚他的冷漠无情。这本书到结尾处有了改进。袭取巴士底狱,一个适合博雷尔笔调的题材,就是用一种生动、热烈的散发火药气的风格描写的。

博雷尔的第三本书《香巴威尔,缺德故事集》于1833年问世。这本书没有引起注意,作者也毫无所得——由于其中几篇小说是用作者早期煞风景的凶残风格写成的,这种命运的不公道倒也并不完全不可理解。但在最优美的几篇里,愤怒被控制住了,得到合乎艺术的处理,正如熔岩得到玉石雕刻工的处理一样。所有的故事都以恐怖事迹为题材(那些事迹之所以可能,恰巧因为它们十分丑恶,说不出口),既然没有一个罪犯像一个犯下谁也不会置信的罪行的人那样容易逃脱惩罚。而且,这些恐怖题材都是小说很少描写过的,因为一般说来,作家的主要目的之一是要创作容易销售的书籍,如果可能,是要创作适于在家庭小圈子内高声朗诵的书籍。

题名《美丽的犹太女郎狄娜》的场面,位于1661年的里昂。一个有男子气概而又毫无偏见的青年贵族爱上了一个年轻貌美的犹太女郎,跑到他乡下家里去,试图争取他父亲同意他们的婚姻。这位父亲咒骂儿子,一怒之下真想开枪打死他,可是没有命中。有一天,埃马尔不在身边,狄娜在沙恩河畔散步。她灵机一动,想到河上去玩玩,便叫了一只船,跨了上去,船顺流而下,她便躺在天篷下做着美梦。船夫抢劫了这位美丽的犹太女郎的戒指和其他首饰,捆住了她的胳膊,塞住了她的嘴,奸污了她,把她扔到河里去了;那塞嘴的东西从她嘴里滑出来以后,每当她的尸体浮上水面

---

① 布奢(François Boucher,1703—1770),法国18世纪画家。

时,他又拿叉子来刺她。然后,他打捞起这具尸体,抬到市政厅去索取了两枚金币——凡是从河里捞到尸体的人都会得到这种报酬。地方官问他:

"你认识这具死尸吗?"

"是的,老爷,一个名叫狄娜的年轻姑娘,是宝石商人伊斯拉尔·尤达的孩子。"

"一个犹太女人吗?"

"是,老爷,一个异教徒,一个胡格诺派……一个犹太女人……"

"一个犹太女人!你公然去打捞一个犹太女人,混账东西!做了这种事,亏你还有脸来讨赏?喂!管家!喂!马尔丹!喂!勒法布尔!把这个蠢货给我轰出去!这个笨蛋!"

犹太区域的场面和船上的场面,在残酷的现实主义描写上是无与伦比的。博雷尔描写中世纪犹太人生活的画面,和海涅给我们写的东西交相辉映,毫不逊色。

1846年,泰奥菲尔·戈蒂耶凭借权势赫赫的贵妇人吉拉尔丹夫人的支援,暂时改善了博雷尔的境遇。他们在阿尔及利亚市内,靠近穆斯塔加奈姆,为他谋得一个殖民地视察官的位置。虽然这是一个可怜的小职位,但对于博雷尔这样一个像狼人一样不敢接触人类的人,却是恰好适合的。然而,他的强烈的正义感不幸使他指控一位上司犯有诈骗政府罪,不久他就被解除了职务。他从未再见到法国;他死在非洲,有人说是死于中暑;另外有人说他是饿死的。

我们早就评述过,梅里美继承了博雷尔的特殊文学部门,并在他那令人钦佩的短篇小说中,用更为老练的手笔处理了令人厌恶的题材。但是,在梅里美的作品中,社交人物的玩世不恭和迂回曲折的温文尔雅,把作为博雷尔长处的热情给扑灭了。我们在梅里美作

博雷尔

泰奥菲尔·冬戴

品中，发现博雷尔当面向社会投去的一些挑战，换成了使它们适于摆在客厅桌面的语言。佩特路·博雷尔灵魂深处的殿堂中的熊熊之火，是没有继承人的。

早年凋谢的作家中，我将提到的最后一个是泰奥菲尔·冬戴，他的另一个名字菲罗泰·欧奈地更为世人所知。

欧奈地生在1811年，1833年以一卷题名《火与火焰》的诗集在文坛上初露锋芒；公众当时正为优秀诗篇层出不穷而欢欣鼓舞，对这部诗集是不屑一提的。作者极端贫穷，不得不为了赡养母亲而充当一名小公务员；他丧失了锐气，就从未发表另外的诗了。他自费出版这部诗集，几乎一本也没有卖出去。他像一头受伤的动物，隐退到自己的巢穴里去。三十年后，戈蒂耶会见这位白发苍苍的老人，向他致意时提出了一个问题："下一部诗集什么时候问世呢？"上了年纪的欧奈地叹息一声，回答说："啊！要到没有了资产阶级的时候！"很可能有人认为，他的创作力已经枯竭了。然而，在他死后，从他的遗稿中间，找到了很多很多美丽的抒情诗。他的第一部诗集的售价现在是三百法郎，这肯定比作者用他全部作品赚到的钱还多。

泰奥菲尔·冬戴的早期诗篇，像博雷尔的诗一样不成熟，也一样日中无人。在《火与火焰》的序言里，他恳求他的更伟大的战友们接纳他进入他们的团体；因为，他写道，"像你们一样，我用我的全部灵魂蔑视社会秩序和政治秩序，政治秩序是社会秩序的垃圾粪便（！）；像你们一样，我对文学中和学院里的论资排辈嗤之以鼻；像你们一样，我被世界上各种宗教、华而不实的玩意儿弄得又怀疑又冷淡；像你们一样，我只有被诗歌这上帝的孪生姊妹才燃得起虔诚的情绪。"他六神无主，兴奋激动，过度紧张；他时而病体奄奄，时而又为自杀的念头所纠缠；而这一切都以一位巨匠的手笔雕刻成为诗文了。他的自杀情调的一次爆发是独具风格的。诗人提倡三位一体的教义（他并不信仰它），把基督殉教的死亡当做足资

楷模的自杀:

> 瞧,死亡才是你避难的地方!
> 把救世主基督当做楷模吧,
> 在同一时间里充当裁判者,
> 牺牲者和执行者。①

欧奈地的那些不表现自己个性的诗篇,全都奉献给自由思想和未来共和国的事业。但绝大多数诗篇具有浓厚的个人色彩,约有八分之七是爱情诗。一位煊赫的贵妇人用她的爱使这个默默无闻的贫苦平民受到恩宠,于是这些诗篇就洋溢着忧郁的狂喜和对被爱者的崇拜。然而,欧奈地感觉到也知道自己是个病人,他深信幸福不是属于他的,无意间把爱的念头和死的念头联系起来。

他青年时代所寻找并找到的诗歌形式,是一种使他自己感到满足的形式,因为它是恰好能表达他的感情和思想的工具;但他却不像那些更为幸运的诗人,能够赋予这种形式一种晶莹而妩媚的魅力。于是,读者大众就转过脸去,对他不屑一顾了。他越来越感到自己已被人生所遗忘,命中注定将未尽其才而离开人间;在他的遗诗中,他一再自称不过是一具活尸罢了。例如,下面是他的一首十四行诗:

> 一个山里人有一把极好的宝剑,
> 他把它丢在阴暗的角落里生锈。
> 一天,剑对他说:"我怎么受得这种冷落!
> 如果愿意,去战斗吧! 我的锋刃经过千锤百炼。

---

① 我们在乔治·桑的《旅人书简》(1835 年 1 月)中的一封信里碰到非常相同的想法:"耶稣以他的蒙难做出了自杀的伟大范例",这时我们感到像这样一点小小的灵感,是多么地道的浪漫主义,又是多么深刻地具有这个时代的特征啊! 诺瓦利斯从没有产生过这种念头,是很奇怪的。(原注)

"在你激烈的战斗里,在陡峭的山坡上,
在你坚实而硬朗的胳膊里,
它挡得住在城墙下闪闪发光的别的宝刀。
为什么你只把它收起,弃置不用?"

我就像这把利剑,我对命运说:
"为什么我只有一个不能出头露面的命运?
难道你不理解,什么是我灵魂的素质?"

"它能射出荣跃煊赫的光芒,
如果你的阳光正面照着它的刀锋!
它是纯钢炼成的呀!……命运呀,如果你愿意!"

然而命运,按照它的习惯和性质,是冷酷无情的。像一个遭到沉船之灾的人紧抱着一块岩石,等待着在水平线上出现一只船来拯救他,欧奈地也这样等待着——等待了好几年;但命运的船只航行过去了,留下他孤独地站立在岩石上。那个曾经爱过他的贵妇人弃他而去时,他失去了一切希望。同时,他的诗歌已经逐渐流露出一种更为肃穆的哲学情调。在一首诗里,他把笛卡儿哲学名言①改头换面,他宣称:"我受罪,所以我存在。"还有许多其他美丽的诗篇都是悲观主义的,其悲观的程度在浪漫派的抒情诗中实属罕见。例如,读一读下面的几行诗吧:

那么,真实是什么呢? 真实是不幸;
它吐一口气,到手的幸福就熄灭而成泡影;
它的永久的供应者,就是欲念和希望,
在它的火焰下面,痛苦使我们变得老成。

---

① 笛卡儿的哲学名言是:"我思故我在。"

> 真实是不确定的;真实是无知的;
> 真实是在黑暗和谬误之中摸索;
> 真实是节日的合唱,然而恐怖透顶;
> 真实是中性的,是遗忘,是严寒,是冷淡。

欧奈地也曾尝试过文学批评,可是碰上了不吉利的时刻。他开始称颂作为戏剧家的雨果,正逢四十年代这位伟大人物的名望走下坡路的时候。他热情诚挚地为《布尔格拉夫一家》辩护,这篇文章由于感情的清新而赋有美感。欧奈地还指摘雨果的批评家们对彭沙尔的《吕克莱斯》的态度,他对彭沙尔不是不公正的,并显示了一种肃然起敬的精神。但下一次他写文为雨果辩护时,《祖国》的编辑大权操在别人手里,他的文章被退给他了。他对这次挫折耿耿于怀,放弃了新闻写作,从此不再为报纸撰稿。他隐退到自己内心世界里去,感到自己像返回家园的堂吉诃德,或者像莫里哀笔下颓然追求孤独的厌世者。然而,他在最后一首诗中却这样写道,尽管他不相信不朽,如果他的英雄们能够胜利地驰过他那被遗忘的坟头,他的心脏将会随着马蹄嘚嘚而重新跳动起来:

> 侧耳倾听的人会听见我高傲的心脏,
> 随着得意者的春风马蹄而一起跳动。

他景仰至深的"英雄们",在实行家中间是加里波第①,在诗人中间是维克多·雨果,在散文作家中间是米什莱和奎奈,后来则是勒南。

欧奈地的晚年很悲凉。失去贵妇人的爱情之后,他又丧失了母亲。他长期疾病缠身,最后竟至瘫痪。他晚年的唯一乐事,就是看见自己在泰奥菲尔·戈蒂耶的一篇文章中受到热情的赏识——这篇文章现在收集在戈蒂耶的《浪漫主义史》中。直到1875年,

---

① 加里波第(Giuseppe Garibaldi,1807—1882),意大利的爱国志士。

他才长辞人世,这时他作为一个诗人已沉默了四十二年。

我们从事搜寻这些为文艺战斗和胜利而倒下的牺牲者,仿佛自始至终听见沉闷的鼓声奏出了送葬进行曲。我们看见牺牲者如此众多,不由得更要对德·维尼的《斯泰罗》那样的书,和他的《查铁敦》那样的剧本投以青眼了。诗人或艺术家总是多灾多难,这个观念在那个时期本来司空见惯,不足为奇;可是许多应该有较好命运的人,却也任人毁灭了。看来在所有时期,在每一个时代,很难发现受尽折磨而又有成就的佼佼俊杰。

历史家的任务不在于感动读者,而在于说明他的主题;他要暂时突出一下这些背景人物,因为时代的特征在他们的作品中得到清楚而显著的表现,不下于在这个时代的天才们的作品中。天才们显示给我们的浪漫主义是健康而茁壮的;浪漫主义的病态的一面则要从这些不幸者的作品和生活中去研究。他们或者热情地专心学习外国语言,因而忽略了本国语言的修养;他们或者像火光一闪,爆发出一阵突如其来的、朝生暮死的文艺活力;他们或者拼命追求名誉,而第一次遭到挫折后,就心灰意冷,一蹶不振;他们或者从公众的冷淡受到致命的打击;他们或者过分紧张地使用自己的才能,直到突然衰竭了。这些作者和其他任何作者一样,是1830年浪漫主义的合法后裔。他们是浪漫主义的真正的"敢死队"。

三十五　结　论

　　法国的浪漫派就是这样，它的胜利者和失败者就是这样，它艺术上和社会上的热心人就是这样。法国的浪漫派就是这样兴起的；它就这样凭借天才和才能的全部财富茁壮成长，雄冠一时；它就这样作为一个派别而瓦解，又在各不相同的个人的精神生活中持续它的生命，这些人即令表面上和他们的起点相去很远，却仍然保持着这一流派的基本品质——因为我们大家都把我们举过的第一面旗帜的标志久久挂在肩头。浪漫派终于支离破碎，烟消云散了；但在它消亡以前，浪漫主义曾经几乎在每个文学部门使风格赋有新的活力，曾经在艺术范围内带来了从未梦想过的题材，曾经让自己受到当代各种社会观念和宗教观念的滋润，曾经重新创造了抒情诗、戏剧、小说和批评，曾经作为一种滋润万物的力量渗入了历史科学，作为一种鼓舞一切的力量渗入了政治。

　　试图写出这一流派的全部历史，对我说来，无异试图做一件行不通的事。在本卷中，如在本书其他各卷一样，我只探溯了主流。我冗长而详细地讨论了一些主要人物，没有介绍许多第二流人物，他们虽然确实重要而又有趣，却有碍于我以简约为目标；对于一两个主要人物的文学生涯，我探索得甚至超过这个时期的界限，这是因为要到1848年以后，他们才呈现出他们全面的独创风格。

　　有许多出类拔萃的人物，我只略加涉及——如大仲马，他不愧称为法国浪漫主义的阿里奥斯托;还有德·维尼,他曾用"荣誉是责任的诗歌"这句话来描述过自己。另外一些人,我只能提一提他们的名字——如"文艺副刊王子"尤尔·雅南,他的小说《死驴子和上断头台的女人》是后期自然主义不同凡响的先驱;还有诺迪埃的继承者,浪漫主义的尤佛里昂①,耶拉尔·德·奈瓦尔,他的女性人物像天仙一样精致纤巧,他的超自然的幻想有一种东方的异国情调,他神经错乱时所写的十四行诗是这个时期最精巧最优美的诗篇。许多第二、三流的才子,我就只好完全不提了——例如安东尼·戴尚,他在文学中的地位就像雷欧波尔·罗伯特在艺术中一样;还有维克多·雨果的崇拜者奥古斯特·瓦凯利,他由于盲目信仰浪漫主义,自视甚高,令人兴趣盎然,他的戏剧《特拉加巴尔达》是法国浪漫主义轻快风格最显著的功绩之一。我照例是只能够、也只希望把一些伟大的典型人物凸现出来。这个时期的伟大女性乔治·桑,作为女性的代表人物,必然是卓尔不群的,尽管描写其他几位女性也不无兴味——如聪明伶俐的吉拉尔丹夫人,心情抑郁的戴斯波德-瓦尔摩尔夫人,或者两个思想解放的女作家阿古尔伯爵夫人和阿拉尔夫人。圣伯夫是文艺批评的唯一代表;至于菲拉莱特·夏索和尤尔·雅南这两位,我只好略而不提。巴尔扎克一个人就能代表小说中的现实主义,天分稍差而又欠深刻的人生观察家如阿尔封斯·卡尔或夏尔·德·贝尔纳就不足挂齿了。1830年代的作家很自然地分为两派,少数派是为整个世界写作的,多数派则只为法国而写作;我竭力要向读者推荐的,只是前一派。

我们已经看到,两个复辟的君主政体——正统派和民众派——的性格如何形成浪漫主义得以脱颖而出的历史背景,没有

---

① 尤佛里昂是歌德的《浮士德》第2部中的人物,浮士德同海伦所生的儿子,是英国诗人拜伦的象征。

这种背景就不可能理解浪漫主义;我们还观察到,浪漫主义运动有过许多国外先驱,而在法国本土也经历过不算太短的准备时期。君主复辟成了浪漫主义的滥觞;"中庸"政府鞭策浪漫主义向前推进;对司各特和拜伦、歌德和霍夫曼的研究,丰富了它的内容;从安德烈·谢尼埃手里,它接受了它抒情的供品;《环球报》上的笔战发展了它的批评能力。夏尔·诺迪埃的作品(它属于浪漫主义,是就这个名词的欧洲一般意义而言)为伟大的法国浪漫主义者准备了道路。然后,维克多·雨果取得了这个运动的领导权,证明自己能够胜任他所承担的任务,并且从一个胜利接着走向另一个胜利。不久,他和德·维尼作为抒情诗人可以和拉马丁相提并论;随后,雨果就使其他所有人相形见绌了。圣伯夫和戈蒂耶两人都具有抒情的气质,但作为抒情诗人,阿尔弗雷德·德·缪塞排挤了所有其他年轻人,赢得广大读者的爱好,甚至有时排挤了雨果本人,长期成为青年崇拜的偶像。

　　浪漫主义在初期具有一种历史的倾向;德·维尼、维克多·雨果、巴尔扎克、梅里美曾经努力把英国借以自豪的历史小说引进法国;维泰、梅里美、大仲马、德·维尼、雨果曾经试图创造一种历史剧来取代悲剧。然而,历史小说很快就让位给乔治·桑、司汤达和巴尔扎克以各种形式写成的现代小说了;历史剧不久也失去人心;因为一般说来,历史剧要么像维泰和梅里美的剧本那样枯燥得兴味索然,要么像雨果的剧本那样抒情得夸张过分。剧作家们照例是在他们最初的青春热情迸发干净以后,才在舞台上取得最大的成功。接着而来的是四十年代,那时不仅在浪漫派以外有一个"常识派",而且在浪漫派圈内作家的生活中也有一个"常识"阶段。正是在这个时期,阿尔弗雷德·德·缪塞写了他的短剧,乔治·桑写了她的恬静小说和农民故事。当雨果作为一个抒情诗人稳步增长权势的时候,戈蒂耶正领导浪漫主义走向造型艺术。巴尔扎克在生理学方面发展了浪漫主义;司汤达则在民族心理学或比较心理学方面,梅里美在历史方面,圣伯夫在自然主义的批评方面,各自发展了浪漫主义。在这些领域的每一方面,1830年这一代人都产生了不可磨灭的杰作。

因此,法国的浪漫派可以毫不夸张地称为十九世纪最伟大的文学流派。